MORD BEIM DONAUFEST

W0470815

Nach über drei Jahrzehnten erfolgreichen Musikinstrumentenbaus wechselte Helmut Gotschy zur Schriftstellerei. Neben seinen Kriminalromanen hat er ein Fachbuch über Instrumentenbau, zwei autobiografisch angelegte Romane und einen Kurzgeschichtenband veröffentlicht.

Dieses Buch ist ein Roman. Handlungen und Personen sind frei erfunden. Ähnlichkeiten mit lebenden oder toten Personen sind nicht gewollt und rein zufällig.

HELMUT GOTSCHY

MORD BEIM DONAUFEST

Schwaben Krimi

emons:

Bibliografische Information der Deutschen Nationalbibliothek
Die Deutsche Nationalbibliothek verzeichnet diese Publikation in der Deutschen Nationalbibliografie; detaillierte bibliografische Daten sind im Internet über http://dnb.d-nb.de abrufbar.

MIX
Papier | Fördert gute Waldnutzung
FSC® C083411
FSC
www.fsc.org

© Emons Verlag GmbH
Alle Rechte vorbehalten
Umschlagmotiv: pixabay.com/Hans
Umschlaggestaltung: Nina Schäfer, nach einem Konzept von Leonardo Magrelli und Nina Schäfer
Umsetzung: Tobias Doetsch
Gestaltung Innenteil: DÜDE Satz und Grafik, Odenthal
Lektorat: Lorenz Knieriem
Druck und Bindung: CPI – Clausen & Bosse, Leck
Printed in Germany 2023
ISBN 978-3-7408-1909-5
Schwaben Krimi
Originalausgabe

Unser Newsletter informiert Sie regelmäßig über Neues von emons:
Kostenlos bestellen unter
www.emons-verlag.de

Dieses Buch ist allen Mädchen und Frauen gewidmet,
die in Kriegen ihre Unversehrtheit verloren haben
und ihrer Würde beraubt worden sind.

Da weiß ich als Patriot,
welcher von unseren Feinden mir
der hassenswerteste scheint!

Karl Kraus,
»Die letzten Tage der Menschheit«, 1926

Prolog

Mai 1992

In der Zeit zwischen Mitternacht und dem ersten Hahnenschrei liegt die Stille wie eine samtene Haube über dem kleinen Ort Donja Vraca. Burhan Hodžić sitzt am Küchentisch, beugt sich über die Straßenkarte und markiert Ortschaften. Er fährt die Hauptstraße R 473 mit einem roten Stift nach. Auf losen Blättern macht er Notizen, rechnet und streicht durch. Die Glühbirne über ihm wird von Motten umflogen, und der Mokka, den er sich gekocht hat, ist längst im Kupferkännchen erkaltet. Seine Gedanken sind woanders. Er lässt den Stift fallen und reibt die Hände übers Gesicht. Sie schaben über die Bartstoppeln.

»Was machst du da?« Anka steht im Türrahmen, geht zum Spülstein und lehnt sich dagegen. Sie hat die Schlafdecke über die Schultern gelegt und hält sie vor der Brust zusammen. »Warum schläfst du nicht?«

»Ich weiß jetzt, wie wir es machen.«

Anka blinzelt gegen das Licht.

Burhan richtet sich auf. »Schau her.« Er dreht die Landkarte in Ankas Richtung. »Wenn die Straße von Teslić nach Zenica fertig ist, dann werden die Laster nicht mehr auf dem alten Autoput nach Süden und zurück rollen, sondern direkt bei uns vorbeifahren. Und genau das ist unsere Chance.«

Anka runzelt die Stirn. »Das lässt dir wohl keine Ruhe.«

»Komm her.« Burhan streckt die Hand nach seiner Frau aus.

Sie stößt sich von der Spüle ab, geht um den Tisch und schlingt die Arme um ihren Mann.

Burhan spürt ihre Wärme und die festen Brüste an seinem Rücken. Er presst seinen Kopf gegen ihre Schulter und sagt euphorisch: »Ich werde die Werkstatt vergrößern. Und wenn der Pachtvertrag für die Tankstelle endgültig unterschrieben ist, dann richten wir daneben einen Imbiss ein. Du kochst und kümmerst dich um die Gäste, und ich erledige den Rest.«

»Und wie willst du die Genehmigung dafür bekommen? Das dauert doch Jahre, zudem wird sie ein Vermögen kosten.«

»Eben nicht. Zlatko kennt den Beamten beim Bauamt in der Kreisstadt und weiß, dass der schon lange scharf auf Breitreifen mit Alufelgen ist und seinen alten Opel Manta tiefergelegt haben will«, sagt Burhan und grinst breit. »Die Reifen habe ich schon!«

Anka geht wieder zum Spülstein, lässt Wasser aus dem Hahn in ein Glas laufen und trinkt es zügig leer. Sie stellt es ab und knabbert an der Unterlippe. »Und du meinst wirklich, das lohnt sich?«

»Ganz bestimmt. Die Griechenland-Touristen mit ihren Wohnmobilen werden auch froh sein, wenn sie hier rasten können. Später bauen wir ein kleines Motel dazu.«

»Und das Baby?«

»Meine Mutter ist einverstanden. Sie wird dich unterstützen.«

»Und das entscheidest du einfach so!« Über Ankas Nase bildet sich eine tiefe Falte. »Ohne mich zu fragen?«

»Es ist das Beste, glaub mir.«

Anka kommt zurück an den Küchentisch, schiebt die Blätter hin und her und beugt sich darüber. Sie betrachtet die Skizzen. »Und woher nehmen wir das Geld? So ein Restaurant kostet doch Unsummen. Und dann brauchen wir Personal. Wo willst du das denn herbekommen?«

»Kein Restaurant, Anka. Jedenfalls jetzt noch nicht. Ich dachte an etwas viel Kleineres. An einen Bauwagen oder, noch besser, einen einfachen Schuppen mit Toiletten und Waschgelegenheiten. Mein Cousin hat versprochen, mir zu helfen. Und er hat jede Menge Freunde, die beim Bau arbeiten, die würden alle mitmachen.«

»Glaubst du ihm?«

»Meinem Cousin? Natürlich. Er hat immer gehalten, was er versprochen hat. Nach Feierabend und an den Wochenenden.

Keine zwei Monate, dann steht der Laden, und wir können loslegen.«

»Immer noch der alte Träumer.« Anka tritt wieder hinter Burhan, küsst ihn auf den Scheitel und streicht mit den Händen über seine Brust. »Da bin ich dann schon im vierten oder fünften Monat. Das weißt du, oder? Lange kann ich das nicht machen.«

»Apropos – an unser Kleines habe ich natürlich auch gedacht. Und an Eltern, die mit ihren Kindern bei uns Rast machen werden.«

»Aha?« Jetzt klingt Anka neugierig.

»Hinter unserem Haus bauen wir einen Spielplatz. In den Nussbaum hängen wir eine Schaukel, daneben kommt eine Rutsche und davor ein Sandkasten.«

Anka krault Burhans Nacken. »Du denkst wirklich an alles.«

»Also gefällt dir die Idee. Gib's zu! Und bis dann im Winter unser Kind kommt, haben wir schon das erste Geld verdient.«

Anka löst sich einen Schritt von Burhan und blickt zum Fenster. »Hast du das eben gehört? Was war das?«

»Was meinst du? Was soll ich gehört haben?«

»Na, dieses Donnern. Jetzt schon wieder.« Anka geht zum Fenster und öffnet es. Sie späht ins erste Morgengrau, in dem der Nussbaum nur zu erahnen ist.

Burhan stellt sich neben Anka. Er legt einen Arm um sie und lauscht. Von ferne ist erneut ein dumpfes Rumpeln zu hören. In sorglosem Ton antwortet er. »Ach was, das ist ein Gewitter. Um diese Jahreszeit zwar eher selten, aber es kommt vor. Was sollte es denn auch sonst sein?«

»Ich weiß nicht«, flüstert Anka und schmiegt sich dicht an ihren Mann. »Es ist so unheimlich.«

Ein drittes Rumpeln weiter weg entfernt. Danach herrscht wieder Ruhe.

Die Amsel hat ihr Morgenlied unterbrochen und wird fortan schweigen.

Teil eins

1

Mittwoch, 6. Juli, 8.30 Uhr, Ulm

Als Konrad Bitterle, der Erste Kriminalhauptkommissar des Ulmer Dezernats für Tötungsdelikte – kurz: Mordkommission –, sich auf den Weg ins Böfinger Kraftwerk machte, hatte er bereits die schlimmsten Befürchtungen. Vor dem Einlauf einer Turbine war eine Leiche geborgen worden. Er sah diese Katastrophe geistig direkt vor sich, während er sich durch den Neu-Ulmer Berufsverkehr quälte, weiter über die Gänstorbrücke fuhr und rechts in Richtung Thalfingen abbog. Die Bilder in seinem Kopf waren schrecklich!

Das Plärren des Alarms tobt durch die gesamte Anlage und hallt von den Betonwänden wider. In Gängen, Kontrollräumen, Büros, vor allem im Herzstück, der Turbinenhalle, kann keiner dem Signal entkommen. Warnleuchten werfen ihr giftgelbes Licht an die Fassaden, das an den Oberlichtern reflektiert wird.

Schnelle Schritte trampeln durch Flure. Von allen Seiten eilen Männer herbei und brüllen Befehle in Walkie-Talkies. Sie reißen Türen auf und starren auf Bildschirmwände. Auf einem Monitor zur Rechten blinkt es rot auf.

Eine Szenerie, als hätten Filmemacher einen Meteoriteneinschlag in ein interstellares Raumschiff simuliert.

Aber das ist keine Science-Fiction. Kein Raumschiff in einem Studio in Hollywood. Alles ist echt! Ulm droht ein Blackout in weiten Teilen der Stadt. Zigtausend Haushalte wären betroffen. Mindestens. Ampeln fallen aus, Aufzüge bleiben stecken, Notstromaggregate verpesten die Luft mit ihren Dieselabgasen. Die gesamte Kommunikation bricht zusammen. Und das alles passiert am frühen Mittwochmorgen, während die Friedrichsau im ersten Morgenlicht badet und Enten den Schlaf aus den Flügeln strecken.

Bitterle war klatschnass geschwitzt, als er gegen neun Uhr beim Böfinger Kraftwerk eintraf. Er parkte den neuen Opel neben einem Container, stieg aus und sah sich um. Einsatzkräfte der Polizei hatten bereits einen Bereich mit Absperrband gesichert und bewachten ihn. Ein Laster des THW stand mit laufendem Motor auf dem Parkplatz, und die Techniker begannen, die Gerätschaften mit Dampfstrahlern zu reinigen. Die beiden Taucher hatten ihre Neoprenanzüge zur Hälfte ausgezogen und saßen, die Ellbogen auf die Knie gestützt, rauchend auf silberfarbenen Transportkisten. Sie sahen mitgenommen und müde aus, vor allem aber wirkten sie geschockt.

Aus dem Kraftwerk kam ein Mann mit aschgrauer Gesichtsfarbe, buschigen Augenbrauen und hoher Stirn auf Bitterle zu und streckte ihm die Hand entgegen. »Murat Coşkun, Schichtleiter, guten Morgen«, sagte er auf Hochdeutsch mit schwäbischem Einschlag.

Bitterle kam gleich zur Sache. »Was ist passiert?«

Coşkun atmete geräuschvoll aus und rieb sich übers Gesicht. »Schlimme Sache! Gegen Viertel nach sechs gab es einen Alarm. Im Einlassschacht der ersten Turbine wurde ein Fehler gemeldet. Schwemmgut, irgendwas Großes musste sich, nachdem es teilweise durch den Rechen gerutscht war, im Trichter verfangen haben. Damit drohte der Turbine ein Stillstand. Das hätte im schlimmsten Fall das komplette Kraftwerk lahmgelegt.«

»Und wie kann so was passieren?«, wollte Bitterle wissen.

»Der Fangrechen hätte schon längst ersetzt werden müssen, manche Teile sind nicht mehr sicher. Aber durch diese ganzen Corona-Probleme haben sich erst die Lieferungen verzögert, und als das Material endlich da war, konnten wir keine Monteure auftreiben. Das sind Spezialarbeiten. Unterwassermontage kann nicht jeder.«

»Und dann?«

»Dann habe ich das THW mit Tauchern angefordert. Die kamen auch zügig, denn ich habe denen klarmachen können, was ein längerfristiger Ausfall unseres Kraftwerks für Ulm bedeuten würde.«

»Das heißt?«

»Nun ja, am Strom hätte es nicht gemangelt, da springt sofort ein anderer Anbieter ein. Aber uns wäre dann nachgesagt worden, wir hätten die Anlage nicht im Griff. Schlamperei hätte es geheißen. Sie kennen ja die Presse.«

Bitterle ließ das so stehen. »Was genau haben Sie denn gefunden?«

»Kommen Sie mit.« Coşkun ging flussaufwärts um einen Bagger herum, über eine betonierte Fläche und zeigte auf eine grüne Gewebeplane, wie es sie in jedem Baumarkt gibt. Sie lag ausgebreitet auf dem Boden über einer Wasserlache. Coşkun blieb einige Schritte hinter Bitterle stehen und sagte: »Da, sehen Sie selber. Ich tu mir das kein zweites Mal mehr an.«

»Verstehe«, sagte Bitterle, trotzdem runzelte er die Stirn.

Coşkun machte kehrt und wollte zurück in Richtung Kraftwerksgebäude.

Bitterle wandte sich halb zu ihm um. »Moment. Wie kann ich Sie erreichen, wenn ich noch Fragen habe?«

»Ich bin noch bis mindestens Mittag hier. Bis die Synchronisation mit dem Stromnetz wieder stimmt, das dauert immer eine Weile. Und dann der ganze Papierkram.« Coşkun verdrehte die Augen. »Sicherheitshalber gebe ich Ihnen noch meine Handynummer.« Er klopfte seine Taschen ab und zuckte mit den Schultern. »Hab keine Karte dabei, die liegen drinnen auf dem Schreibtisch. Wenn Sie bitte mitkommen möchten?«

»Danke«, sagte Bitterle und deutete auf die Plane. »Ich komme später darauf zurück.«

Er ging in die Knie, hob einen Zipfel an und schlug ihn beiseite. Ihm stockte der Atem, als er sah, wer da in der Pfütze lag. Er kannte den Mann, hatte erst am Samstag auf dem Donaufest zusammen mit seiner Partnerin Iris bei ihm Cevapcici gegessen und sich dabei ein bisschen mit ihm unterhalten. Der Tote trug sogar die gleiche Kleidung wie letzte Woche hinter seinem Grillstand. Eine grau-weiß karierte Hose und die weiße Jacke mit den zwei schwarzen Knopfreihen, selbst das rot-weiß karierte Tuch war noch um seinen Hals geknotet. An den Namen konnte Bitterle sich allerdings nicht mehr erinnern, wusste nur noch, dass der Mann von irgendwo aus dem ehemaligen Jugoslawien stammte und mittlerweile seit vielen Jahren hier in Ulm ansässig war. Genauer würde er das aber im Donaubüro erfahren, war er sich sicher.

»Weiß die Gerichtsmedizinerin schon Bescheid?«, fragte Bitterle einen der Uniformierten, der näher getreten war und nun seitlich von ihm stand.

»Ja. Sie meinte, sie würde sich gleich auf den Weg machen.«

»Wann war das?«

Der Beamte sah auf seine Armbanduhr. »Knappe Stunde etwa.«

Dann müsste sie ja bald da sein, dachte Bitterle und beugte sich wieder über die Leiche. Ihr Kopf war ramponiert. Neben Abschürfungen im Gesicht hatte sie eine klaffende Wunde an der linken Schläfe. Die ehemals weiße Jacke war an vielen Stellen zerfetzt und blutig. Ob das von der Strömung herrührte oder der kaputte Rechen gewesen war? Oder steckte da was anderes dahinter, fragte sich Bitterle. Er war sich sicher, Ina Weichselbraun, die aus Wien stammende Gerichtsmedizinerin, würde es herausfinden. Bitterle deckte den Körper wieder zu, stand auf und ging zu den beiden Tauchern.

»Schlimme Sache«, sagte er und stellte sich vor, als er vor ihnen stand.

»Kann man wohl sagen.«

Der andere fügte hinzu: »So was hab ich mein Lebtag noch nicht erlebt.«

Bitterle setzte sich auf die Metallbox gegenüber. »Was genau war denn los?«

»Also, der Notruf kam so gegen halb sieben bei uns rein. Wir sind sofort los und hierher. Coşkun hat uns die Stelle gezeigt, wo er das Problem vermutet hat. Wir sind runter und haben ein paar Fetzen Folie aus dem Turbinentrichter gezogen.

Ging am Anfang recht flott. Doch dann hat sich irgendwas verhakt.«

»Sie müssen wissen«, sagte der zweite Taucher, »wenn eine Turbine stillsteht, hat's da unten 'ne Mordsströmung Richtung Wehr auf der Neu-Ulmer Seite. Uns hat's regelrecht rübergezogen.«

»Genau. Obwohl das von oben so friedlich aussieht, haben wir uns mit Seilen sichern müssen.«

»Gut, und dann?«, fragte Bitterle, der langsam ungeduldig wurde.

»Ja, dann kam unter dem letzten Stück Folie die Leiche zum Vorschein.« Der Taucher warf einen Blick nach rechts, wo der Tote unter der Plane lag.

»Ist ja kein Wunder«, sagte sein Kollege, »so marode, wie der Rechen teilweise ausschaut. Hätte längst erneuert werden müssen.«

Bitterle hatte genug gehört. Die beiden Taucher würden ihm nicht weiterhelfen können. Er beschloss, nicht länger auf Ina zu warten, er würde sie später in der Gerichtsmedizin kontaktieren. Stattdessen machte er sich auf den Weg zum Kraftwerksgebäude, um sich bei Coşkun dessen Nummer zu holen, doch da kam ihm dieser bereits entgegen und drückte ihm seine Karte in die Hand.

»Wollen Sie noch kurz reinkommen und sich die Anlage anschauen?«

Bitterle sah auf die Uhr und dachte an Ina. *Zehn Minuten gebe ich dir noch.* »Danke, gerne. Wann hat unsereins schon Zeit, sich schlauzumachen, wo unser Strom herkommt?«

Er folgte Coşkun zwischen den THW-Fahrzeugen hindurch. Gemeinsam traten sie durch ein hohes Stahltor, in das ein Lkw gepasst hätte.

»Hier sehen Sie die beiden Turbinen. Durch jede von denen fließen pro Sekunde mehr als fünfundachtzig Kubikmeter Wasser, das entspricht der durchschnittlichen Füllmenge von rund sechshundertfünfzig Badewannen. Und das, wohlgemerkt, pro Sekunde!«

Bitterle sah Coşkun an, wie stolz er war, hier zu arbeiten. Der Schichtleiter zeigte auf eines der blauen runden Monster, zu denen je ein Aufgang mit Stufen führte und die mit einem massiven Geländer gesichert waren. Durch Aussparungen im oberen Teil konnte Bitterle die Seiten blank polierter Scheiben sehen.

»Kommen Sie mit.« Coşkun wies auf die Aussparungen der Turbine. »Hier, das sind die Kollektoren. An denen wird der Strom abgegriffen, und durch die drei Rohre am oberen Ende werden die Leitungen nach draußen in separate Transformatoren geleitet.«

Obwohl Bitterle in Sachen Technik höchstens ein interessierter Laie war, abgesehen von der Kettenschaltung seines Rennrads, fragte er nach: »Kupfer, nehme ich an?«

»Nein. Der Strom wird durch zweieinhalb Zentimeter dicke sogenannte Aluminium-Groblitzenkabel abgeführt.«

»Wozu das denn?«

»Alu ist leichter und viel billiger, und die geringere elektrische Leitfähigkeit fällt kaum ins Gewicht.«

»Aha, und wozu sind die Trafos?«

»Nun, jede Turbine bringt bei einem Schaufelraddurchmesser von knapp vier Metern eine maximale Leistung von fünftausend Volt bei über sechshundert Ampere. Um die Energie ins Netz einspeisen zu können, muss diese dem üblichen Standard von zehntausend Volt angepasst werden, und erst dann geht sie ins Netz.«

»Und wie viele Haushalte können damit versorgt werden?«

»Das kann man so nicht genau sagen. Kein Haushalt gleicht dem anderen, der Verbrauch ist mal höher, mal niedriger.«

»Nur so ungefähr.«

»Hm, ich würde mal sagen, so um die zehntausend. Aber zum Vergleich: Das Zylinderkopfdichtungswerk gegenüber der Donau hat einen bedeutend höheren Stromverbrauch, als wir hier, selbst bei maximaler Auslastung, produzieren können.«

»Dann ist das ja gar nicht so gigantisch, wie ich es mir vorgestellt habe«, murmelte Bitterle vor sich hin.

»Das ist relativ! Als dieses Kraftwerk 1953 gebaut wurde, also vor immerhin rund siebzig Jahren, war die Leistung für damalige Verhältnisse enorm. Möchten Sie ein paar Bilder aus dem Archiv sehen?«, fragte Coşkun und wirkte wieder ganz euphorisch. »Kommen Sie doch kurz mit hoch.«

Bitterle folgte ihm in den ersten Stock und blieb vor einer Wand stehen, an der Holzrahmen mit technischen Zeichnungen und alten, zum Teil schon ausgeblichenen Schwarz-Weiß-Fotografien hingen. Sie zeigten Aufnahmen der damaligen Großbaustelle, Armierungen des Fundaments und die Verschalungen der Auslasstrichter, durch die das Wasser siebeneinhalb Meter tiefer wieder in die Donau fließen würde. Die Monteure, die die Turbine in den Schacht absenkten, wirkten wie Ameisen im Vergleich zu dem monströsen Schaufelrad, das nach Fertigstellung und Inbetriebnahme den Strom erzeugen würde.

Coşkun zeigte auf eine der Aufnahmen. »Rund einhundert Tonnen wiegt so eine Turbine. Das war eine logistische und technische Meisterleistung.«

Aber verglichen mit den Pyramiden ein Klacks, dachte Bitterle und sah auf die Uhr. »Oha. Die Zeit fliegt mal wieder. Herzlichen Dank, Herr Coşkun, aber ich denke, jetzt muss ich mich um den Toten kümmern. Bestimmt ist die Gerichtsmedizinerin schon eingetroffen und wartet auf mich.«

»Aber selbstverständlich, Herr Kommissar. Bitte entschuldigen Sie, dass ich Sie so in Beschlag genommen habe. Aber, wissen Sie, dieses Kraftwerk hier, das ist mein Ein und Alles.«

»Das merkt man«, sagte Bitterle freundlich. »Und das ist auch gut so. Menschen, die mit so viel Herzblut in ihrer Arbeit aufgehen, werden heutzutage immer seltener. Haben Sie vielen Dank für die außerordentlich interessante Führung.«

»Keine Ursache, gern geschehen. Und falls Sie noch Fragen haben, meine Karte haben Sie ja.«

Mittlerweile waren die Spezialisten der KTU eingetroffen, vorneweg Lederle, der kurz die Hand hob, als er Bitterle sah. Offenbar warteten auch sie auf die Gerichtsmedizinerin.

Auf dem Parkplatz blieb Bitterle vor seinem Wagen kurz stehen und zog sein Handy aus der Tasche. Ihm war bewusst, dass er diese Nummer nur im absoluten Notfall wählen durfte. Aber jetzt pressierte es! Er schaute himmelwärts, und nach kurzem Zögern schob er seine Skrupel beiseite und drückte eine Kurzwahltaste.

»Der von Ihnen gewünschte Teilnehmer ist zurzeit nicht erreichbar. Sie haben aber die Möglichkeit, eine Nachricht zu hinterlassen.«

Auch das noch! Bitterle versuchte es ein zweites Mal – mit demselben Ergebnis.

Da die Gerichtsmedizinerin Ina Weichselbraun immer noch nicht am Fundort der Leiche eingetroffen war, beschloss Bitterle, sich nach dem Namen des Grillstandbetreibers zu erkundigen. Dazu musste er ins Donaubüro zu Jens Liebeskind. Dessen Arbeitsplatz war im schönsten Fachwerkhaus weit und breit untergebracht, in der Kronengasse 4, nur einen Steinwurf von der Zentralbibliothek entfernt und direkt an der Stadtmauer gelegen. Der Direktor des Donaufestes würde ihm bestimmt weiterhelfen können.

Bitterle ging zurück zu seinem Wagen, bekam dann allerdings zunächst Probleme, ihn zu starten, vor allem, da ihn die Ansagen des Fahrerassistenzsystems nervten.

Zwanzig Minuten später hatte er die Innenstadt erreicht und parkte im Hof des Neuen Baus, seines alten Arbeitsplatzes im Polizeipräsidium, bevor die Kriminaldirektion nach Söflingen umgezogen war. Das Donaubüro würde erst um zehn Uhr öffnen, also blieben Bitterle noch zwanzig Minuten Zeit, um zu frühstücken. Da Mittwoch war, fiel die Entscheidung des Wohin leicht. Er steuerte den Bratwurststand auf dem Ulmer Wochenmarkt an, gleich vor dem ehemaligen Abtgebäude, das inzwischen ein Hotel war, und dachte dabei an die armen Touristen, die den ganzen Weg vom Bahnhof bis zum Münster ihre Rollkoffer durch die Fußgängerzone würden zerren müssen. Heute ging er aber nicht wie normalerweise quer über den Münsterplatz, um hier und dort einen Blick auf die Gemüse-, Obst- und Käsestände zu werfen, sondern schlenderte entlang der Häuser und vorbei am ehemaligen Café Tröglen, das den Betrieb nach mehr als zweihundert Jahren eingestellt hatte. Und zu den üblichen morgendlichen Stammbummlern und Käufern kamen die Massen an Donaufestbesuchern und sonstigen Touristen hinzu, denn der Ulmer Wochenmarkt galt bei vielen Reiseanbietern inzwischen als Geheimtipp.

Bitterle bahnte sich einen Weg bis vor zur Ecke und staunte: Sogar jetzt, am frühen Morgen, reichte die Schlange vor dem Imbissstand schon bis in die Platzgasse hinein – alle schienen hungrig. Doch Bitterle hatte Glück. Der Standbetreiber hatte ihn entdeckt und auch gleich erkannt, er winkte ihn zu sich her und legte ihm die nächste fertige Bratwurst, eine rote in der Semmel, in die Hand.

»So, isch unser Münsterplatz-Columbo au scho wieder um den Weg. Gell, wie immer, groß und kross und mit viel Senf.«

»Ganz genau«, sagte Bitterle, nahm die Wurst entgegen und drückte dem Mann fünf Euro in die Hand. »Stimmt so. Ich hab's heut eilig.«

Der hob zwei Finger und sagte: »Jaja, weiß ich doch! Stets im Dienst.«

Bitterle nahm den gleichen Weg zurück, setzte sich am oberen Ende der Hirschstraße auf die runde Ziegelmauer, die den Baum umfasste, und genoss seine Rote. Mit der freien Hand fischte er sein Handy aus der Tasche und drückte die Wahlwiederholung. »Der von Ihnen gewünschte Teilnehmer …«

Verdammt, wo steckst du? Wir brauchen dich!

Kaum hatte er aufgelegt, rappelte sein Handy.

»Morgen, Ina, was gibt's?«, mümmelte er mit halb vollem Mund.

»Viel habe ich noch nicht, aber eines kann ich dir sagen: Es war nach meiner bisherigen Einschätzung aller Wahrscheinlichkeit nach kein Unfall. Oder besser gesagt: nicht nur.«

»Sondern?«

»Das, lieber Konni, müssts ihr rausfinden.«

»Also Mord?«

»Ich schließe nichts aus. Wann kommst du?«

»Mal sehen, muss jetzt zuerst ins Donaubüro. Ich denke, wenn ich hier fertig bin, schau ich vorbei.«

»Also, bis dann. Servus, baba.«

Auch das noch, dachte Bitterle, tupfte sich den Senf von den Lippen und sah auf seine Uhr. Zehn nach zehn. Er machte sich auf den Weg. Am Stadthaus vorbei überquerte er beim Optiker die Neue Straße, ließ die blaue Pyramide links liegen und bog rechts in die Kronengasse ein. Das Donaubüro lag hinter einer gutbürgerlichen und traditionsbewussten Gaststätte versteckt im Innenhof, zu dem ein schmales, tunnelartiges Gässchen führte. Das Pflaster dort war kunstvoll mit verschiedenen Steinen belegt, und Bitterle ärgerte sich wie so oft, dass er nie genügend Zeit fand, die vielen verborgenen Schönheiten seiner Stadt in Ruhe zu bewundern.

»Haus der Donau« stand auf der Briefkastenklappe neben dem Klingelknopf. Bitterle drückte die Glastür auf und trat ein. Kaum war er im Inneren, befand er sich am Fuß einer kurzen Treppe, die zu einem Foyer mit weiß betuchten Stehtischen führte. Dort sortierte eine Frau, jung, dunkelblond, in blauer Jeans und gelber Bluse, einen Stapel Flyer in den Aufsteller. Sie bemerkte Bitterle, kam auf ihn zu und fragte, ob sie ihm helfen könne. Laut dem Clip am Revers handelte es sich um »Verena Strunk, Direktionsassistentin«.

Bitterle wies sich aus. »Ich möchte zu Herrn Liebeskind, dem Direktor des Donaufestes. Wo finde ich ihn?«

»Die Treppe hoch, dann gleich links. Aber ich muss Sie enttäuschen. Der Chef ist noch in einer wichtigen Sitzung im Rathaus.«

»Wie lange noch?«

Frau Strunk lächelte entschuldigend. »Ich denke, gegen halb zwölf müsste er wieder da sein. Kann ich ihm etwas ausrichten?«

Bitterle schürzte die Lippen. »Sagen Sie ihm bitte, dass ich ihn unbedingt sprechen muss, dass er auf jeden Fall auf mich warten soll.«

Sie wirkte irritiert. »Polizei, sagen Sie? Ist denn was passiert?«

»Tut mir leid, das kann ich nur mit Ihrem Chef persönlich besprechen.«

Er verließ das Gebäude, ging zurück zur Stadtbibliothek und setzte sich dort auf die oberste Stufe des halbkreisförmigen Rondells. Während ihm die Sonne im Nacken brannte, drückte er in unregelmäßigen Abständen die Wahlwiederholung seines Handys und dachte nach.

Wer zum Teufel brachte auf dem Donaufest einen Grillstandbetreiber um? Einen Jugoslawen, der schon lange in Ulm wohnte? Gab es Streit mit jemandem, hatte das Ganze womöglich einen politischen Hintergrund? Auf serbischer Seite fingen einige ja wieder an zu zündeln, hatten wieder irgendwelche Gebietsansprüche aus der Mottenkiste gezogen. Erzkonservative Machthaber, die einfach keine Ruhe gaben. Aber wieso hier in Ulm, beim Donaufest, diesem zumeist doch so friedlichen und fröhlichen Miteinander der Menschen aus den Anrainerstaaten, wenn es auch manchmal recht hektisch zuging und eng wurde? Welche Länder waren das eigentlich noch mal genau – zehn an der Zahl, oder?

Klar, in Deutschland ging es los mit der Donau. Bitterle dachte an den Spruch seiner Mutter, den sie ihm immer wieder bei Spaziergängen am Fluss eingebläut hatte: »Brigach und Breg bringen die Donau zu Weg.« Und dann natürlich in der Schule im Heimatkundeunterricht: »Iller, Lech, Isar, Inn fließen rechts zur Donau hin. Altmühl, Naab und Regen fließen ihr entgegen.« Wie er gestaunt hatte, wie breit die Donau beim Kloster Weltenburg war. Damals, auf der Klassenfahrt, als einer der Lehrer so betrunken war, dass ihm beim Pinkeln das Toupet in die Schüssel rutschte und er glatzköpfig und mit einer Tüte in der Hand zum Bus zurückgetorkelt kam. Mein Gott, war das lange her! Was der jetzt wohl machte? Ob er überhaupt noch lebte?

Und dann in Passau, am Zusammenfluss von Donau, Inn und Ilz, da wurde aus der in Ulm noch so friedlichen kleinen Donau ein mächtiger Strom. Bitterle hatte damals einen Kloß im Hals bekommen, als er die Hochwassermarken am Rathaus gesehen hatte. Erst im Juni 2013 war die Donau fast so weit über die Ufer getreten wie damals im August 1501, als ganze Landstriche weggespült worden waren, Dörfer einfach von der Bildfläche verschwanden und ganze Familien ausgelöscht wurden. Bitterle dachte an vorhin in Böfingen. Nicht umsonst hieß es Wasser*kraft*.

Aber er war ja bei den Ländern gewesen, richtig. Also, ab Passau floss die Donau durch Österreich, Wien war klar, dann vorbei an der Slowakei und weiter nach Ungarn. Budapest war berühmt für seine Kettenbrücke – da wollte Bitterle auch schon lange noch mal hin. Dann weiter durch Belgrad in Serbien, durch Rumänien und Bulgarien. Und bis zur Mündung ins Schwarze Meer floss sie noch durch Moldawien und durch die Ukraine.

Bitterle zählte die Länder an den Fingern ab, brachte es jedoch nur auf neun. Was fehlt mir, fragte er sich, kam aber beim besten Willen nicht drauf. Er musste sich überwinden, um bei Google nachzusehen, wischte dann so lange übers Display seines Handys, bis er das zehnte Land gefunden hatte: Kroatien. Immerhin auf fast zweihundert Kilometern Donauland. Das hätte ich jetzt nicht gedacht, staunte Bitterle. Nach einem Blick auf seine Armbanduhr erhob er sich und machte sich wieder auf den Weg ins Donaubüro.

Gleich im Foyer kam ihm Frau Strunk mit verlegener Miene entgegen. »Das tut mir jetzt wirklich leid, Herr Kommissar, aber Herr Liebeskind lässt Ihnen ausrichten, dass die Sitzung im Rathaus unerwartet länger dauert.«

»Wieso das denn?«, maulte Bitterle die Direktionsassistentin an. »Haben Sie ihm nicht gesagt, dass es eilt?«

Frau Strunk biss sich auf die Unterlippe und holte tief Luft. »Doch, natürlich! Mein Chef hat versprochen, so schnell wie nur irgend möglich hierher zurückzukommen.«

»Und was heißt ›so schnell wie irgend möglich‹?«

»Also in spätestens einer Stunde, denke ich, können Sie ihn sprechen.«

Bitterle stieß den Zeigefinger in Strunks Richtung. »Ich nehme Sie beim Wort!« Dann machte er kehrt, riss die Eingangstür auf und verschwand um die Ecke.

Unglaublich, schnaubte er innerlich. Aber nun gut, würde er halt die Zeit nutzen und Ina einen Besuch abstatten. Vielleicht hatte die Gerichtsmedizinerin inzwischen schon mehr herausgefunden. Und Kula hatte er auch immer noch nicht erreicht. Apropos … Bitterle holte erneut sein Handy hervor und drückte die Wahlwiederholung.

2

Mittwoch, 6. Juli, 12.00 Uhr, Naxos, Griechenland

Während Spiros die noch lauwarmen Oktopusstückchen mit Zitronensaft beträufelte und Pfeffer darüberstreute, schlenderte Kula den Sandweg vom Meer hoch und rubbelte ihre Haare trocken. Kula Skoulatopulos, Kriminalhauptkommissarin der Ulmer Kripo, hatte sich die lange geplante Woche Urlaub genommen und war nun bei ihren Eltern auf Naxos zu Besuch.

Zwei Jahre vor Kulas Geburt hatten Spiros und Despina Skoulatopulos Hals über Kopf geheiratet und diese griechische Kykladeninsel in der Ägäis verlassen. Kulas Vater hatte, obwohl nur einfacher Bootsbauer und Motorenmechaniker, ein Jobangebot bei Liebherr in Ehingen erhalten, das er unmöglich hätte ausschlagen können. Seine Frau war begeistert gewesen und hängte von heute auf morgen ihren Job beim Hafenamt an den Nagel. Nun, ein halbes Leben später, nachdem Spiros in Rente war, war die Sehnsucht nach der alten Heimat so groß geworden, dass sie beide in Mikri Vigla, einem kleinen Ort direkt am Meer, etwa fünfzehn Kilometer südlich der Inselhauptstadt, ein kleines Hotel mit Restaurant eröffnet hatten. Viele inzwischen alt gewordene Hippies aus früheren Zeiten durften sie zu ihren Stammgästen zählen. Das Geschäft lief prima, obwohl Spiros sich von Beginn an gegen die Vereinnahmung durch die üblichen Reiseveranstalter gewehrt hatte. Er hatte schon immer seinen eigenen Kopf.

Nachdem Kula einen Becher Brunnenwasser in kleinen Schlucken getrunken hatte, goss sie sich ein Glas Retsina ein. Dieser einst für Griechenland typische geharzte Weißwein war seit Jahren out, aber ihr Vater hatte noch seine Quellen, und Kula hatte nichts gegen ein wenig seiner Nostalgie einzuwenden. Sie spießte ein Stück Oktopus auf und genoss die

Vorspeise. Inzwischen werkelte Spiros am Grill, und es duftete verführerisch nach Lammkoteletts mit Bergthymian.

»Dein Handy hat die ganze Zeit geklingelt, während du im Meer warst.«

Kula sah sich um und entdeckte es auf dem Fenstersims neben dem Topf mit den Margeriten. Sie stand auf und fragte: »Wer war's denn?«

»Also bitte! Glaubst du, ich gehe an dein Handy?« Ihr Vater klang entrüstet.

Sie wischte durch die Anruferliste. Bitterle, Bitterle und nochmals Bitterle. »Verdammt!«, entfuhr es ihr.

»Ist was passiert?«

»Ich fürchte, ja. Wenn mein Kollege mich privat anruft, dazu so oft hintereinander, brennt die Hütte. Moment, bin gleich wieder da.«

Kula verschwand hinter der Terrasse und hockte sich auf einen Felsen, der aus dem spärlichen Gestrüpp ragte. Für den Moment hatte sie das Bild vor Augen, wie gestern ihr Vater den Kraken unermüdlich gegen den Felsbrocken geschlagen hatte. Sonst würde er zäh wie Gummi bleiben, hatte Spiros gemeint.

Nach dem dritten Klingelton nahm Bitterle ab, und Kula lauschte mit zunehmend frustrierter Miene, was ihr Kollege berichtete. »Und das hat wirklich nicht noch bis nächste Woche Zeit?«

»Auf keinen Fall! Die Hälfte des Donaufestes ist bereits um. Von den zehn Tagen bleiben nur noch fünf, den Fall aufzuklären. Bis nächste Woche sind vielleicht alle, die mit dem Mord zu tun haben könnten – Zeugen, Verdächtige, Täter –, wieder über alle Berge verschwunden, besser gesagt: den Bach runter, und wir haben nichts Greifbares mehr in Händen.«

»Und was ist mit Lukas?«

»Keine Chance. Den brauchen wir am Computer! Du weißt doch, wie unschlagbar er dort recherchieren kann.«

Kula seufzte. »Okay. Aber ich habe keinen Schimmer, wie schnell ich von hier wegkomme. Ich vermute, alle Flüge sind ausgebucht, jetzt, wo es keine Reisebeschränkungen mehr gibt.«

»Dann flieg meinetwegen Business-Class, wenn es gar nicht anders geht. Ich nehme das auf meine Kappe.«

»Du weißt schon, was du von mir verlangst?«

»Ja, weiß ich.« Damit beendete Bitterle das Gespräch.

Langsam ging Kula zurück. Sie blickte zu ihrem Vater, der die Lammkoteletts zusammen mit den gebackenen Kartoffeln auf den Tisch stellte.

Er sah sie besorgt an. »Probleme?«

Kula zuckte mit den Schultern. »Sieht so aus.«

»Jetzt iss erst mal, dann sehen wir weiter.«

Kula nippte am Retsina und schnupperte über den Teller. Im Nu war ihr Ärger verflogen, und sie lächelte.

Ihre Mutter stellte eine Schüssel Risogalo auf den Tisch. Auf dem Reisbrei schimmerten Zimtzucker und abgeraspelte Zitronenschale. Früchte aus dem Garten. Despina setzte sich dazu und kniff in Kulas Wangengrübchen. »Die haben mir so gefehlt! Weißt du das?«

Kula nickte und legte den Kopf an Despinas Schulter. »Danke, Mama.«

»Was ist denn passiert?« Despina strich über Kulas Arm.

»Ich fürchte, ich muss zurück nach Deutschland.«

»Aber du bist doch erst seit drei Tagen hier, noch nicht mal richtig angekommen!«

»Ich weiß doch …« Kula tätschelte die Hand ihrer Mutter.

»Wie geht es dir denn sonst so? Du hast noch fast gar nichts erzählt. Vor allem, wie geht es dir mit Svenja? Seid ihr glücklich in eurem neuen Häuschen?«

Kula atmete lange aus und sah Despina direkt in die Augen. »Das Häuschen ist toll, und mit der Nachbarin verstehe ich mich auch gut. Aber mit Svenja ist es in letzter Zeit schwierig. Sie ist fast nur noch am Arbeiten und dabei so oft in Karlsruhe, dass wir uns kaum noch sehen. Und wenn sie endlich heimkommt, ist sie müde.« Kula senkte den Blick. »Sagt sie jedenfalls.«

Despina legte den Arm um Kulas Schulter. »Ach, was glaubst du, wie oft ich das mit deinem Vater erlebt habe.« Sie drehte sich um, sah, dass sie unter sich waren. »Da gab es immer mal wieder Phasen, in denen wir uns am liebsten an die Gurgel gegangen wären. Manchmal waren Streitereien und laute Worte die Regel. Aber das hat sich immer wieder nach kurzer Zeit eingerenkt. Und schau, wie glücklich wir heute immer noch sind.«

»Das meine ich nicht, Mama. Es ist vielmehr ... Wie soll ich sagen? Es kommt mir vor, als hätte sich eine Art Interesselosigkeit bei ihr eingestellt. So nüchtern und nur noch funktional irgendwie.«

Despina legte den Kopf in den Nacken, sah über Kula hinweg in die Ferne und sagte dann: »Auch das haben dein Vater und ich erlebt. Immer dann, wenn die Arbeit keinen Platz mehr für Persönliches gelassen hat. Wir haben nur noch funktioniert.« Sie strich Kula über den Rücken. »Habt ihr schon darüber geredet?«

»Keine Zeit bisher.«

»Dann mach das. Und dann fahrt ihr gemeinsam ein paar Tage weg. Einfach mal raus aus dem Alltag. Du wirst sehen, das hilft.«

Kula gab ihrer Mutter einen Kuss auf die Wange. »Du hast bestimmt recht. So werden wir es machen.«

Sie lächelten sich an.

»Wolltest du nicht auch noch deinen Cousin Ioannis besuchen? Er und Larissa haben letztes Jahr geheiratet und ein Töchterchen bekommen.«

»Ja, das hatte ich mir fest vorgenommen. Sonst verliert man sich ja komplett aus den Augen. Aber ich glaube, das muss ich auf den nächsten Besuch verschieben.«

»Bist du wirklich so sehr in Eile, Kula?«

»Ich habe keine Wahl, Mama. So bald wie möglich komme ich aber wieder. Bestimmt noch in diesem Jahr. Versprochen!«

Nach dem Risogalo und einem überzuckerten Mokka zog sich Kula zurück in ihr Zimmer und checkte die Verbindungen. Alle Direktflüge von Santorini nach München waren wie zu erwarten ausgebucht. Über Athen würde sie zwei ganze Tage verlieren, denn die Schnellfähre nach Piräus würde in einer halben Stunde von Naxos-Hafen ablegen. Keine Chance, die noch zu erwischen.

Was mach ich denn jetzt?

Sie ging zurück auf die Terrasse, wo ihr Vater saß, mit seinem Kugelkettchen spielte und aufs Meer blickte.

»Und«, fragte er, »wann musst du los?«

»Der letzte Flug von Athen nach München geht heute Abend kurz nach sieben. Aber das schaffe ich unmöglich. Nicht bei dem Verkehr durch die Stadt.«

»Hm …« Spiros schürzte die Lippen. »Kannst du dich noch an Larissas Vater Dimitrios erinnern?«

»Klar. Ist das nicht der ehemalige Fischer, der das riesige Agia-Anna-Beach-Resort mitten in die Plaka gepflanzt hat, diesen steingewordenen Schandfleck?«

»Tja, so ist das nun mal. Jeder steckt in seinem eigenen Leben fest, und alles andere verschwindet allmählich in den Hintergrund. Und wenn einer erst einmal Geld gerochen hat, diese Sucht wird man schwer wieder los.«

»Und Larissa? Was sagt die dazu?«

»Die kümmert das nicht weiter. Sie liebt ihre Arbeit als Fremdenführerin und ist glücklich mit deinem Cousin.«

»Wie schön. Aber zurück zu Dimitrios, was ist mit dem?«

Spiros legte seine Hand auf die seiner Tochter und tätschelte sie sanft. »Der ist so reich geworden, der hat jetzt sogar ein eigenes Flugzeug. Komm, mach dich fertig, und in spätestens drei Stunden bist du in Athen am Flughafen.«

»Ist nicht dein Ernst, oder?«

»Und ob. Weißt du, Dimitrios ist mir noch was schuldig.«

Kula packte ihre Sachen zusammen. Zwanzig Minuten später saß sie neben ihrem Vater, der seinen Mazda Pick-up das Ufersträßchen entlang Richtung Naxos-Stadt steuerte und wegen der Touristen langsam und in Schlangenlinien fahren musste. In Agios Prokopios bog er links ab und hielt am Fuße des Stelida vor einem würfelförmigen Gebäudekomplex, der in den typischen Kykladenfarben Weiß und Blau gehalten war. Sie stiegen aus. Kula bewunderte die Blumenpracht in Keramiktöpfen, die im selben Blau wie die Fensterläden leuchteten.

Dimitrios, ein braun gebrannter Mann in den Fünfzigern mit markantem Kinn, Haarzopf, Vollbart und lauernden Reptilaugen, trat aus der Tür und sagte: »Gib mir fünf Minuten, Spiros. Die müssen eh erst meine Cessna startklar machen.«

Spiros winkte ab und setzte sich zu seiner Tochter, die auf einer Steinbank aus schneeweißem Naxos-Marmor Platz genommen hatte. Sie kraulte einen Kater zwischen den Ohren, der sich gegen ihr linkes Bein drückte. Eine junge Frau kam aus dem Garten und steuerte auf die Besucher zu, ein friedlich vor sich hin schlummerndes Kleinkind auf dem Arm.

Kula erhob sich, ging auf Larissa zu, nahm sie in den Arm und drückte sie an sich. »*Yassu*, meine Liebe, wie geht's dir? Schön, dass wir uns doch noch sehen.«

»Kula! Deine Mutter hat erzählt, dass du da bist. Aber was ist los? Musst du schon wieder zurück?«

»Tja, leider. Leichen nehmen keine Rücksicht.« Kula kniff das kleine Mädchen auf Larissas Arm, das inzwischen erwacht war, zärtlich in die Wange. »Und wer bist du denn?«

»Dorea, unser Sonnenschein.«

Als Dorea ihren Namen hörte, wurde ihr Mund breit, und sie strampelte mit den Beinchen.

»Wo steckt Ioannis? Ihn wollte ich doch auch noch sehen. Arbeitet er immer noch so viel?«

Larissa hob die Schultern und seufzte leise. »Die Gäste werden immer anspruchsvoller und wollen alles auf einmal. Segeltörn mit Tauchen, am nächsten Tag eine Bergtour zum Zeus, hinterher zum Weingut, gleich danach in die Käserei. Und, und, und. Anstatt dass sie mal Urlaub machen und sich erholen.«

»Jaja, die Zeiten haben sich geändert«, murmelte Spiros und zupfte die kleine Dorea zärtlich an den Zehen. »Wie alt ist sie jetzt noch mal?«

»Ein Jahr«, sagte Larissa. »Sie fängt schon an zu laufen.«

»Dann pass gut auf sie auf! Ab dem Alter gehen die ersten Probleme los.«

Larissa verdrehte die Augen. »Erzähl mir nichts. Jeden Tag bekomme ich zu hören, was ich damals alles angestellt habe.«

»Mein Gott, so sind sie halt. Wenn ich da an die kleine Kula denke. Kaum konnte sie stehen …« Spiros wandte sich seiner Tochter zu.

»Jetzt übertreib nicht so, Papa. Sonst machst du immer einen auf gaaanz stolz!«

Kaum hatte Dorea Kulas Stimme wieder gehört, drehte sie sich und streckte ihr die Ärmchen entgegen. Kula nahm sie auf den Schoß, und Dorea gluckste glücklich vor sich hin.

»Du bist ja ganz eine Süße, du kleiner Fratz. Wirst bestimmt mal genauso schön wie deine Mama.«

Larissa strahlte.

Dimitrios kam aus der Tür, hatte einen Lederblouson über der Schulter hängen, und die dunkle Pilotenbrille funkelte im Haar. Er schenkte weder seiner Tochter noch dem Enkelkind einen Blick, schnippte den Zigarettenstummel seiner filterlosen Karelia zwischen die Bougainvillea und fragte: »Was ist jetzt? Wir können. Worauf wartet ihr?«

3

Mittwoch, 6. Juli, 12.30 Uhr, Ulm

»Sie werden erwartet, Herr Kommissar.« Frau Strunk ging auf Bitterle zu und lächelte. »Kommen Sie bitte mit.« Nach wenigen Schritten klopfte sie an einer historischen Eichenholztür und drückte gleich danach die Klinke. Sie hielt die Tür auf, Bitterle trat ein und sah sich flüchtig um. Außer an den schmalen Fenstern merkte man dem Raum nicht das Alter dieses Gebäudes an.

Der Direktor des Donaufestes, Jens Liebeskind, sommerlich gekleidet in Jeans und hellem Poloshirt, schob seinen Stuhl nach hinten. Er stand auf, beugte sich über den Glastisch, der vor Akten, Schnellheftern und losen Blättern überquoll, und streckte Bitterle die Hand entgegen.

»Herr Kommissar, bitte entschuldigen Sie, dass Sie so lange warten mussten, aber eine dringende Sitzung im Rathaus«, er drehte die Hände nach außen, »da musste ich teilnehmen. Bitte setzen Sie sich doch. Was kann ich für Sie tun?«

Bitterle ließ sich in den Freischwinger aus Stahlrohr und schwarzem Leder fallen, betrachtete Liebeskind und atmete hörbar aus. »Sie haben mittlerweile gehört, was im Umfeld des Donaufestes passiert ist?«

»Überhaupt nichts Genaues bisher. Nur, dass einer unserer Gastronomen spurlos verschwunden sein soll. Ich habe noch nicht einmal den Namen.«

»Genau deshalb bin ich hier. Ich habe zwar letzten Samstag bei ihm gegessen, aber an den Namen kann ich mich beim besten Willen nicht erinnern.«

»Da kann ich Ihnen bestimmt helfen. Ich zeige Ihnen den Lageplan, bitte schauen Sie selbst.« Liebeskind fischte einen dunkelblauen Flyer aus dem Papierstapel neben sich, faltete ihn auseinander und schob ihn über den Tisch. Er hatte ihn so gedreht, dass Bitterle die einzelnen Nummern über den farbigen Kästchen erkennen konnte.

»Hier.« Bitterles Finger tippte zuerst auf den Metzgerturm und fuhr dann weiter bis auf eines der Gastronomiesymbole. »Das war der Stand, an dem ich gegessen habe. Können Sie mir bitte den Namen sagen? Herkunft, Wohnort und so weiter. Das Einzige, an das ich mich noch erinnern kann, ist, dass er ursprünglich aus dem ehemaligen Jugoslawien stammt und in Ulm wohl noch ein Lokal betreibt, ›Plitschka‹ oder so ähnlich.«

»Sie meinen bestimmt das ›Plitvička‹ in der Friedrichsau, ein bekannter Biergarten, der Milan Zivković gehört, der wiederum während des Donaufestes hier einen Imbissstand gleichen Namens hat. Herr Zivković ist seit Beginn des Donaufestes dabei, und es gab nie irgendwelche – wie soll ich sagen? – Unstimmigkeiten mit ihm. Was ist denn überhaupt passiert?«

»Herr Zivković wurde heute Morgen tot im Einlass des Böfinger Kraftwerks aufgefunden. Bislang deutet vieles auf ein Gewaltverbrechen hin.«

»Mein Gott, das ist ja schrecklich! Wer tut denn so was?«

»Genau das, Herr Liebeskind, versuche ich herauszufinden.« Bitterle hob den Kopf, beugte sich vor und sah den Direktor des Donaufestes an. »Und zwar möglichst schnell, bevor das Fest am Sonntag zu Ende geht und sich alles in sämtliche Himmelsrichtungen zerstreut, darunter womöglich auch Zeugen oder sogar Tatbeteiligte.«

»Verstehe.« Liebeskind schluckte. »Natürlich, dann hoffe ich, dass ich Sie dabei unterstützen kann.«

»Das hoffe ich auch. Zuerst bräuchte ich die Nationalität.«

»Nun, meines Wissens hat er die deutsche Staatsbürgerschaft, stammt aber ursprünglich aus Kroatien.«

»Feinde? Es gibt ja zum Beispiel auch Serben auf dem Fest.«

»Um Gottes willen, Herr Kommissar, wo denken Sie hin? Seit Jahren geben wir uns hier alle Mühe, ein friedvolles Miteinander zu veranstalten, bei dem von allen zehn Anrainerstaaten die große Gemeinsamkeit im Vordergrund steht.«

»Sie meinen die Donau?«

»Ganz genau. Aber nicht nur.«

»Sondern?«

»Eine zehntägige große Feier, bei der Teilnehmer wie Besucher endlich einmal die Probleme, die im jeweiligen Heimatland manchmal vorherrschen, vergessen können.«

Bitterle musste sofort an Ungarn denken, wie dort die einst hart erkämpfte Demokratie nach dem Fall des Eisernen Vorhangs nach und nach ausgehöhlt worden war und nun zusammenzubrechen drohte. Und das unter den immer wieder zugedrückten Augen der Europäischen Union.

»Trotzdem. Wir müssen jeder Spur nachgehen, und sei sie auch noch so abwegig.«

»Woran denken Sie?«

»Ich brauche eine Liste sämtlicher Teilnehmer am Donaufest.«

»Gut, da muss ich allerdings bezüglich des Datenschutzes alle Augen zudrücken.«

»Dann tun Sie das bitte, Herr Liebeskind. Uns bleibt nur sehr wenig Zeit. Wenn wir uns nicht beeilen, ist der Täter womöglich über alle Berge. Außerdem lässt sich bis jetzt selbst ein terroristischer Hintergrund nicht ausschließen.«

Liebeskind zerrte am Kragen seines Shirts. Sein Blick huschte unstet im Raum umher, von Bitterle zur Tür und zurück.

»Und zwar nicht nur von diesem Jahr, sondern auch vom letzten. Angefangen bei Deutschland bis runter zur Ukraine. Ich denke, am schnellsten wird uns zudem geholfen sein, wenn Sie mir gleich die Adresse des Toten geben, sowohl die von seinem Lokal als auch die der Wohnung, sowie Festnetz- und Handynummer.«

Liebeskind nickte bedächtig. »Ich glaube, ich habe verstanden.« Er machte sich an der Tastatur auf seinem Schreibtisch zu schaffen. Gleich darauf schob der Drucker mehrere Blätter aus dem Fach. Er reichte sie weiter zu Bitterle, der einen Blick darauf warf, sie mehrfach faltete und in die Tasche stopfte.

Na, geht doch, dachte er und fügte hinzu: »Ich gebe Ihnen die Mailadresse meines Kollegen Lukas Langenwalter. Dorthin schicken Sie bitte sämtliche relevante Dateien.«

»Und bis wann brauchen Sie die?«

»Bis wann? Sie sind gut. Am besten natürlich sofort! Wie gesagt, Herr Liebeskind: Die Zeit drängt! Was glauben Sie, was los ist, wenn da noch etwas hinterherkommt und man dann Ihnen und der Organisationsleitung vielleicht Schlamperei oder sogar Hinhaltetaktik nachsagen wird.«

Das saß! Liebeskind schluckte. »Verstehe. Sie haben die geforderten Daten innerhalb der nächsten Stunden.«

»Gut.« Bitterle sah auf seine Uhr. »Jetzt ist es Viertel vor eins. Um fünfzehn Uhr heute Nachmittag sind die Daten bitte in der Dienststelle in Söflingen. Unser Recherchespezialist wird sich dann darum kümmern. Wird es später, kann ich für nichts garantieren, weder mit Blick auf einen Fortgang des Festes noch auf sich daraus dann womöglich für Sie ergebende Konsequenzen.«

Liebeskind trat der Schweiß auf die Stirn, und irgendwie tat er Bitterle nun doch leid. »Schauen Sie, das ist keine Gängelei unsererseits, sondern wirklich zwingend notwendig, um einen weiterhin ruhigen Ablauf des Donaufestes gewährleisten zu können. Das werden Sie sicher verstehen. Und falls Ihnen noch etwas einfallen sollte, auch wenn es noch so unwichtig scheinen mag, hier können Sie mich immer erreichen.« Bitterle fingerte eine knittrige Karte aus der Hosentasche und reichte sie Liebeskind. »Zu jeder Zeit!«

Nachdem sich Bitterle verabschiedet hatte, steuerte er wieder die Stufen hinter der Zentralbibliothek an und hockte sich hin. Er fummelte das Papier mit Zivkovićs Geschäfts- und der Privatnummer hervor und wählte. Niemand nahm ab. Weder im »Plitvička« noch in der Wohnung in Böfingen.

Bitterle schaute auf seine Uhr. Es war kurz nach eins. Er studierte den Lageplan, den er ebenfalls von Liebeskind bekommen hatte, und suchte nach direkten Nachbarn des kroatischen Grillstandes. Schräg gegenüber fand er den Stand eines gewissen Adrian Popescu. Ein Rumäne, der laut Flyer handwerklich gefertigte Lederwaren anbot. Vielleicht hat der etwas gesehen, überlegte Bitterle und wollte sich auf den Weg machen.

Doch kaum dass er stand, meldete sich Julia Michalek auf seinem Handy. »Was gibt's?«, fragte er knapp.

Die Sekretärin der Dienststelle atmete hektisch und klang besorgt. »Herr Bitterle, hier steht das Telefon nimmer still. Die rennen mir quasi die Bude ein. Ich hab nimmer gewusst, was ich machen soll, da dacht ich, Sie täten am besten selber mit den Leuten reden.«

»Mit welchen Leuten?«

»Presse, Rundfunk, Fernsehen. Im Internet geht wohl das Gerücht rum, dass ein Standbetreiber vom Donaufest tot ist, und alle wollen jetzt wissen, was passiert ist und ob eine Gefahr für die Donaufestbesucher besteht.«

»Himmelherrgottsakrament aber auch! Bleibt mir denn gar nichts erspart?« Bitterle fluchte so laut, dass Passanten stehen blieben und sich nach ihm umdrehten. Er wünschte sich, Kriminalrat Dr. Hinrich Sprekel wäre anwesend und würde sich nicht im Chiemgau auf einem Golfturnier rumtreiben. Immer wenn man diesen Pfau mal brauchte, war er nicht da! Bitterle kratzte sich am Nacken und wischte sich den Schweiß an der Hose ab. »Und jetzt?«

»Ich hab denen gesagt, sie wären um halb zwei im Neuen Bau und würden die Fragen beantworten.«

»Wie bitte?« Bitterle sah auf seine Uhr. »Das ist ja schon in zwanzig Minuten!«

»Ja, ich weiß. Tut mir auch wirklich leid. Aber was hätte ich denn machen sollen?«

»Was ist mit Lukas?«

»Der ist schon unterwegs und hat gemeint, er würde alles so weit organisieren. Bestimmt ist er schon da.«

Langsam beruhigte sich Bitterle, denn ihm wurde mal wieder klar, dass auf die Michalek Verlass war – immer! Und dass sie ihm, so weit wie möglich, Steine aus dem Weg räumen würde, selbst wenn es Felsbrocken waren. »Also gut. Vielen Dank, dass Sie sich darum gekümmert haben.« Damit drückte er das Gespräch ohne weiteren Kommentar oder Abschied weg. Ihm blieben noch fünfzehn Minuten.

Auf dem Weg zum Ulmer Polizeipräsidium, diesem wuchtigen, hohen Backsteinbau südlich des Münsterplatzes, fragte sich Bitterle, wo das Informationsleck zu suchen war. Spontan fielen ihm nur die Taucher vom THW ein. Saubande, dachte er. Schon von Weitem sah er nun die Kombis der Rundfunk- und Fernsehanstalten sowie die kleinen Stadtflitzer der lokalen Presse, als er von der Neuen Straße aus durch den Torbogen trat.

Dennoch wählte er den Haupteingang, nahm dann die Treppe rechts hoch in den zweiten Stock, da der Aufzug von Kameraleuten mit ihren schweren Gerätschaften blockiert war. In der kriminalpolizeilichen Dienststelle des Präsidiums angekommen, war Bitterle außer Atem und schon wieder klatschnass, doch er wurde bereits erwartet. Hinter dem lang gezogenen Tisch neben der Fensterreihe hatten der Staatsanwalt Dr. Beurer, der für Öffentlichkeitsarbeit zuständige Erste Polizeihauptkommissar der Schutzpolizei Manfred Braun und am Ende Lukas Langenwalter Platz genommen. Lukas winkte Bitterle zu und zog dessen Stuhl zurück.

Während er sich zu seinem Platz begab, war Bitterle bewusst, dass jeder seiner Schritte von der Medienmeute verfolgt wurde, bis er endlich saß.

Die Begrüßung durch Braun fiel knapp aus, anschließend berichtete Bitterle den Anwesenden vom Fund der Leiche des Gastronomen Milan Zivković, von der Auffindesituation und den Verletzungen des Opfers. Der Staatsanwalt überflog unterdessen einen Text in seinem Ordner und eröffnete dann die Fragerunde mit einem Blick in Richtung Bitterle, den er als den leitenden Ermittler vorstellte. Kurz herrschte noch Unruhe im Konferenzraum, bis die Kameras der Regionalfernsehsender aufnahmebereit waren.

Die erste Wortmeldung kam wie zu erwarten von der Ulmer Südwestpresse und war an Bitterle gerichtet: »Können Sie uns schon nähere Einzelheiten zur Todesursache des Gastronomen sagen?«

»Tut mir leid, das ist noch zu früh. Das gerichtsmedizinische Gutachten steht noch aus.«

»Aber Sie müssen doch wissen, was passiert ist.«

»Woher soll ich das wissen? Ich war nicht dabei. Ich bin zum Fundort einer Leiche gerufen worden.«

»Unseren Informationen nach war das am Donaukraftwerk Böfinger Halde.«

»Das ist richtig.«

Die nächste Frage kam von der NUZ, der Neu-Ulmer Zeitung. »Sehen Sie einen Zusammenhang mit dem Ulmer Donaufest?«

Bitterle fixierte den Journalisten so lange, bis dieser zur Seite sah, und sagte dann: »Schauen Sie, die Tatsache, dass ein Gastronom, der auf dem Donaufest tätig war, Opfer einer Straftat geworden ist, bedeutet noch lange nicht, dass da zwingend ein Zusammenhang bestehen muss. Aber natürlich schließen wir nichts aus.«

»Sehen Sie bei dem Mord einen politischen Zusammenhang? Immerhin war Zivković Kroate …«

»Das ist Schwachsinn und völlig aus der Luft gegriffen!«

Der Staatsanwalt sah kurz zu Bitterle und runzelte die Stirn.

Die nächste Wortmeldung kam von der Schwäbischen Zeitung. »Was unsere Leser am meisten interessieren dürfte, ist die Frage der Sicherheit. Können Sie garantieren, dass es nicht weitere Opfer geben wird?«

»Diese Frage wird Ihnen niemand beantworten können. Aber Sie können sicher sein, dass wir alles Menschenmögliche unternehmen werden, um einen reibungslosen Ablauf des Donaufestes so weit wie möglich zu gewährleisten.«

»Das bedeutet, dass Sie die Sicherheitskräfte verstärken und Streifenpolizisten in erhöhte Alarmbereitschaft versetzen werden. Stimmen Sie mir da zu?«

Ein Zwischenruf kam von einer ganz in Schwarz gekleideten jungen Frau mit rosa gefärbten kurzen Haaren und jeder Menge Metall im Gesicht. »Hey, aber das bedeutet doch letztlich noch mehr Einschränkungen der persönlichen Freiheit und einen weiteren Schritt in Richtung Überwachungsstaat, denn wenn Sie –«

Lukas schnitt ihr das Wort ab. »Das ist doch völliger Quatsch! Oder möchtest du, dass wir dich als Nächste aus der Donau fischen?«

Gelächter entspannte die Situation für den Moment, bis sich die Redakteurin des Regionalsenders SWR4 zu Wort meldete, die für ihre kritische Berichterstattung bekannt war. Die Kamera von SWR Aktuell war dabei direkt auf Bitterle gerichtet.

»Herr Kriminalhauptkommissar, trotz Ihres zuvor getätigten Beschwichtigungsversuches möchte ich noch einmal die Frage nach einem politischen Hintergrund stellen. Immerhin wurde in letzter Zeit von erneuten Spannungen in Gebieten des ehemaligen Jugoslawien berichtet, ausgehend von der serbischen Regierung, die ungerechtfertigte Gebietsansprüche stellt. Wie können Sie sich da so sicher sein, dass es keine derartigen Motive geben könnte?«

Bitterle atmete tief durch. »Schauen Sie …« Er sah kurz auf die Uhr, dann fuhr er fort. »Es sind jetzt gerade sechs Stunden seit dem Fund der Leiche vergangen, wobei wir noch nicht einmal wissen, wie lange sie in der Donau gelegen hat. Was wir allerdings mit Sicherheit wissen, ist, dass Herr Zivković am Samstagabend noch gelebt hat und in seinem Imbissstand tätig war. Also«, wieder machte er eine kurze Pause, während er den Blick über die Medienmeute schweifen ließ, »was erwarten Sie von uns? Wir können weder hexen noch zaubern. Das Einzige, was wir jetzt tun können, ist, der Sache mit Hochdruck und unter Einsatz aller verfügbaren Kräfte nachzugehen, um den Ulmerinnen und Ulmern sowie den von außerhalb angereisten Besuchern ein unbeschwertes Fest zu ermöglichen. Wir werden den Täter finden, das verspreche ich Ihnen.«

Vereinzelt war Applaus zu hören. Der Staatsanwalt allerdings runzelte erneut die Stirn, doch bevor Manfred Braun Bitterle zu Hilfe kommen konnte, gab es ganz hinten noch eine Wortmeldung. Ein unscheinbarer, klein gewachsener Mann in dunklem Lederblouson fragte: »Ist Ihnen bekannt, dass in Zivkovićs Lokal, dem ›Plitvička‹ in der Friedrichsau, illegale Glücksspiele stattgefunden haben?«

Bitterle streckte sich, um den Fragenden genauer sehen zu können, aber der hatte sich hinter dem Kamerateam des Bayerischen Rundfunks weggeduckt. Daher sagte Bitterle bloß: »Vielen Dank für den Hinweis, auch dieser Sache werden wir nachgehen.« Daraufhin nickte er Braun zu, als Zeichen, dass er keine weiteren Fragen mehr beantworten wollte.

Der Kollege reagierte umgehend. »Meine Damen, meine Herren, wir danken für Ihre Aufmerksamkeit. Sobald wir weitere Erkenntnisse haben, werden wir Sie unverzüglich in Kenntnis setzen. Hiermit ist die Sitzung beendet.«

Als Bitterle beim Verlassen des Raumes an Lukas vorbeikam, der gerade seine Unterlagen in eine Mappe schob, beugte er sich zu ihm hinunter und flüsterte ihm ins Ohr: »Geh dieser Sache mit dem Glücksspiel nach. Umgehend, hörst du?«

»Geht klar.«

Bitterle klopfte ihm auf die Schulter und verließ den Konferenzraum. Er war heilfroh, als er diese Löwengrube endlich verlassen konnte. Im Anschluss machte er einen kleinen Zwischenstopp in seinem ehemaligen Büro. Nach der Hektik des bisherigen Tages tat es gut, einmal kurz durchzuschnaufen und einen Kaffee mit früheren Kollegen zu trinken. Er schmeckte immer noch so grässlich wie einst. Anschließend machte Bitterle sich auf den Weg zur Donauwiese.

4

Mittwoch, 6. Juli, 15.00 Uhr, Ulm

Noch war es verhältnismäßig ruhig an der Donau. Einzelne Besucher oder Grüppchen schlenderten über den Platz, manche bereits mit Bierkrügen in der Hand. Bitterle beachtete sie kaum.

Am Ufer angekommen, drehte er sich um. Er ließ den Blick entlang der Stadtmauer schweifen und blieb am Dach des Metzgerturms hängen. Diese Farbenpracht! Es musste den damaligen Zimmerleuten bestimmt großen Spaß gemacht haben, diese bunten Schindeln anzubringen. Das erinnerte an die alemannischen Hästräger zur Fasnacht mit ihrer Kostümierung.

Bitterle riss sich von seinen Träumereien los, machte sich an die Arbeit und besuchte den vielleicht ersten Zeugen.

Adrian Popescu hatte einen Doppelstand zwischen einem bulgarischen Töpfer und einem ungarischen Buchbinder. Er lümmelte auf einem niedrigen Klappstuhl mit Lederbespannung und hielt die Beine weit von sich gestreckt. In einem Mundwinkel hing eine Selbstgedrehte und qualmte vor sich hin. Der Mann, dessen Gesicht faltig und zerfurcht war, schien ganz in seiner Welt versunken und schenkte Bitterle keine Beachtung. Er saß einfach da und drehte Zigaretten. Sobald eine fertig war, legte er sie in eine Blechdose. Sie war beinahe voll.

Bitterle räusperte sich. »Herr Popescu?«

Popescu sah langsam hoch, so als ob er aus einer fremden Welt auftauchen würde. »Äh, ja?« Doch dann kam plötzlich Leben in ihn. »Was kann ich für Sie tun? Brauchen Sie eine Tasche oder einen Rucksack? Alles beste Qualität und alles von Hand gefertigt.«

Bitterle sah ihn schweigend an.

»Wollen Sie etwas für sich selbst oder für eine Dame?

Schauen Sie, ich kann jeden Ihrer Wünsche erfüllen.« Popescu betrachtete Bitterle von oben bis unten und sagte dann: »Einen Gürtel vielleicht? Hier, schauen Sie, jede Breite und die Verschlüsse aus massivem Messing oder ganz exklusiv sogar aus reinem Silber. Da, schauen Sie her.« Er war im Begriff, die Waren vor Bitterle auszubreiten, doch der hob die Hand.

»Weder für mich noch für sonst wen. Und einen Gürtel brauche ich auch nicht.« Instinktiv zog er seinen Bauch ein und die Hose hoch. »Aber einen Wunsch können Sie mir vielleicht trotzdem erfüllen.«

Popescu war die Enttäuschung anzusehen, denn das Verkaufslächeln fiel in sich zusammen. Was blieb, war ein ausgemergeltes trauriges Gesicht. »Hm. Und das wäre?«

»Es geht um Herrn Zivković, den Gastronomen.«

»Und, was ist mit dem?« Popescu schielte an Bitterle vorbei zum Stand seines Nachbarn. »Der ist noch nicht da. Hab keine Ahnung, wo der steckt. Müsste längst aufhaben, ist doch schon Essenszeit.«

»Wann haben die Zivkovićs normalerweise ihren Stand geöffnet?«

»Bis zur Mittagszeit ist bei denen immer alles paletti. Während dem Donaufest kommen ja viele in der Mittagspause zum Essen.«

»Und am Abend? Wann haben sie zusammengepackt?«

»Das geht flott bei denen. Die fahren mit dem Kombi vor, laden ein und sind weg.«

»Wissen Sie noch, um wie viel Uhr das gestern war?«

Popescu schüttelte den Kopf. »Keine Ahnung. Ich habe schon vorher meinen Stand dichtgemacht.«

Schade, dachte Bitterle, dann sagte er: »Heute wird es keine Cevapcici und keine Spieße geben.«

»Aha?«

»Wir haben heute früh Herrn Zivkovićs Leiche gefunden. Bitterle mein Name, Kriminalhauptkommissar bei der Ulmer Kripo.« Er zog seinen Ausweis hervor und hielt ihn Popescu vor die Nase.

Der nahm seine Kippe aus dem Mund, warf sie zu Boden und trat sie aus. Den Tabakkrümel, der an seiner Lippe klebte, spuckte er hinterher. »Und jetzt denken Sie, ich hätte etwas damit zu tun, oder? Den Rumänen, denen kann man es ja in die Schuhe schieben, wir sind ja immer die Loser. So ist es doch, oder?«

»Bitte beruhigen Sie sich. Niemand wirft Ihnen etwas vor oder beschuldigt Sie. Ich bin nur hier, weil ich Informationen brauche. Vielleicht haben Sie in den letzten Tagen etwas gesehen, etwas Ungewöhnliches bemerkt oder auch nur gehört. Einen Streit vielleicht oder eine Drohung.«

»Wissen Sie, mich kümmern die Nachbarn nicht besonders. Die meisten bleiben unter sich. Und wenn hier Kundschaft ist, bekomme ich eh nichts mit. Ich versuche, von meiner Arbeit zu leben, und habe dann keinen Kopf für irgend sonst was.«

»Kann ich verstehen. Trotzdem: Irgendetwas haben Sie vielleicht doch bemerkt. Eine Kleinigkeit, und wenn sie Ihnen auch noch so unbedeutend vorkommt.«

Popescu schürzte die Lippen und rieb sich die Nasenwurzel. »Stimmt! An eine Sache kann ich mich erinnern. Das war gleich zu Beginn des Donaufestes. Bei Zivković war ein Riesenhallo. Ein Mann kam und hat dem die Bude eingerannt. Einen auf fröhlich und Superkumpel gemacht. Der kam noch zu mir herüber und hat mich gebeten, von allen ein Foto mit seinem großkotzigen Tablet zu machen.«

»Wie sah der Mann aus?«

»Zuhältertype. Affig gekleidet, Kettchen um den Hals, so ein richtiger Macho, der auf Sieger macht. Dabei war er ziemlich klein, hatte einen runden Kopf mit grauen, nach hinten gekämmten Haaren. Wirklich schräg, sage ich Ihnen.«

»Und da mussten Sie fotografieren.«

»Ja, zwei oder drei Bilder hab ich gemacht. Zivković hat mir dafür eine Portion Cevapcici spendiert.«

»Würden Sie den Mann wiedererkennen?«

»Mit Sicherheit, so einen Vogel vergisst man nicht.«

»Und sonst? Wie hat der Mann denn gesprochen? Können Sie sich vielleicht daran erinnern?«

Mit einem Mal lächelte Popescu. »Ha, jetzt, wo Sie danach fragen … Der Typ muss aus dem Ruhrpott oder aus der Gegend stammen. Ich habe früher in Duisburg in einem Stahlwerk an der Schmelze gearbeitet. Dass mir das nicht vorher aufgefallen ist.«

»An den Namen des Mannes können Sie sich nicht erinnern?«

Popescu hob die Schultern. »Er hat mir später noch seine Visitenkarte auf den Tisch gelegt, die habe ich aber gleich weggeworfen. Was soll ich auch damit?«

Wäre auch zu schön gewesen, dachte Bitterle. Aber immerhin hatte Popescu mit seiner Aussage einen ersten Anhaltspunkt für die weiteren Ermittlungen geliefert.

Bitterle sah auf die Uhr. So langsam sollte ich mich auf den Weg nach München machen, ging es ihm durch den Kopf. Dann roch er verstohlen an seinen Achseln und stellte fest, dass er zuvor noch unter die Dusche musste.

5

Mittwoch, 6. Juli, 19.30 Uhr, München

Der Airbus der Aegean Airlines aus Athen landete kurz nach halb acht mit nur zehn Minuten Verspätung am »Franz Josef Strauß«-Flughafen in München. Bitterle wartete am Ausgang des Terminals II und behielt das Gepäckband im Auge. Er entdeckte Kula, die im Pulk mit anderen Reisenden durch die Abfertigung schritt und sich wenig später einen Rucksack schnappte. Sie blickte mürrisch drein, und zwischen ihre Augen hatten sich tiefe Furchen gegraben. Bitterle stand an der Glasfront und winkte ihr.

Kula steuerte direkt auf ihren Kollegen zu. »Hast du ein so schlechtes Gewissen, dass du mich höchstpersönlich abholst?«

»Das auch. Aber glaub mir, Kula, es ist wirklich höchste Eisenbahn! Uns bleiben nur vier Tage, um den Fall aufzuklären und den oder die Täter zu fassen. Heute ist Mittwoch, am Sonntag ist das Donaufest vorbei, und wir haben noch keinen Schimmer, worum es in dem Fall geht.«

»Was für ein Fall? Was ist denn überhaupt passiert? Und warum diese Eile?«

»Das erzähle ich dir während der Rückfahrt. Wie war der Flug?«

»Wie soll er schon gewesen sein?«

Bitterle hatte direkt am Terminal geparkt, drückte auf den Schlüssel, und die Heckklappe schnappte auf. Kula warf ihren Rucksack rein.

»Saubande!«, fluchte er bei der Ausfahrt, als er für die paar Minuten über zwanzig Euro bezahlen musste, bevor sich die Schranke hob. Er folgte den Schildern Richtung Autobahn und fädelte sich auf die A 92 Richtung München ein. »Heute Morgen wurde am Böfinger Kraftwerk eine männliche Leiche gefunden. Sie war im Fangrechen zusammen mit einer Plane hängen geblieben. Neben einer Kopfwunde hat sie meinem ersten Eindruck nach schwere Verletzungen im Rumpfbereich, so zerfetzt, wie die Kochjacke ausgesehen hat. Und mein Bauchgefühl sagt mir, dass das mit dem Donaufest zusammenhängen könnte. Und das dauert halt nur noch bis Sonntag.«

»Oh, verstehe … Deshalb die Eile.«

»Genau. Ina ist dran, ich hoffe, sie hat bald Neuigkeiten.«

»Weiß man schon, wer die Leiche ist?«

»Das ist es ja! Ich kenne – oder besser: kannte – den Mann, wenn auch nur vom Sehen.«

»Wie bitte?« Kula wandte ihm den Kopf zu.

»Na ja, kennen ist zu viel gesagt. Er war Gastronom und hatte auf dem Donaufest einen Stand. Am Samstag habe ich bei ihm Cevapcici gegessen. Er war Kroate. Aber er kam nicht extra angereist, sondern lebte in Ulm. Seiner Familie gehört das ›Plitvička‹ in der Friedrichsau.«

»Moment. Das ist doch das ehemalige ›Loretta am Ausee‹, meinst du das? Da war ich früher öfters, die hatten einen tollen Biergarten und ein super Kulturprogramm.«

»Den Biergarten hat's immer noch, aber die Jazzkonzerte gibt's seitdem nicht mehr. Da gebe ich dir recht. Aber das ist alles nicht das Problem.«

»Sondern?«

»Ich war gleich heute früh im Donaubüro und habe den Leiter Jens Liebeskind von dem Leichenfund in Kenntnis gesetzt. Auch um herauszufinden, ob es Auffälligkeiten mit dem Opfer gegeben hat, einem gewissen Milan Zivković.«

»Was für Auffälligkeiten?«

»Na ja, so einfach ist das ja alles nicht. Das Donaufest besteht, wie du weißt, seit 1998 und findet dieses Jahr nun zum zwölften Mal statt.«

Kula wandte ihren Kopf in Bitterles Richtung. »Logisch weiß ich das als Ulmerin. Aber das Beste daran ist doch, dass die Macher es bislang geschafft haben, alle zehn Donau-Anrainerstaaten friedlich unter einen Hut zu bringen. Ein Zeichen der Völkerverständigung sozusagen. Ein toller Erfolg, wenn du mich fragst.«

»Ganz genau. Alles hat die ganze Zeit prima geklappt und lief mehr oder weniger friedlich ab. Die Idee, so was ins Leben zu rufen, war genial. Zwischen zwei- und dreihunderttausend Besucher kommen laut Liebeskind jedes Mal an die Donau, und dabei sind wohl viele Freundschaften entstanden. Meinen Einwand, dass sich in letzter Zeit doch so einiges politisch geändert habe und dass dadurch Sprengstoff entstanden sein könnte, wollte er nicht gelten lassen.«

Kula zog den Mund schief. »Du denkst an Orban, oder?«

»Nicht nur. Auch die Serben zündeln wieder. Und die Kroaten haben mit denen auch noch die eine oder andere Rechnung offen. Aber wenn es nach Liebeskind geht, sollen wir in der Richtung keine schlafenden Hunde wecken.«

»Hat er das wirklich so gesagt?«

»So in etwa.«

Kula schmunzelte. »Na, da ist er bei dir ja an den Richtigen geraten.«

»Tja, du kennst mich.« Bitterle wandte sich Kula zu, schmunzelte ebenfalls und fuhr fort: »Jedenfalls müssen wir das komplette Umfeld von Milan Zivković überprüfen. Nicht nur, was das Donaufest betrifft – also die Standnachbarn, Freunde dort oder mögliche Konkurrenten –, sondern auch alles und jeden rund um das ›Plitvička‹. Aber das läuft uns nicht weg. Vorrang hat das Donaufest. Wie gesagt, in vier Tagen ist dort Zapfenstreich. Und mich mit den Behörden auf dem Balkan herumzuschlagen, dazu habe ich nicht die geringste Lust. Da wird doch erst wochenlang der passende Stempel gesucht.«

»Übertreib nicht!«

Bitterle schnaubte, setzte den Blinker und lenkte den Wagen auf die Spur zur A 8 Richtung Stuttgart. Er drückte das Gaspedal durch, der Opel machte einen Satz und zog an einem Mittelspurschleicher vorbei.

Kula drehte sich zu Bitterle und sah ihn mit großen Augen

an. »Was war das denn? Was ist das überhaupt für ein Auto? Wo ist dein alter Ascona?«

»Erinnere mich nicht! Der hat am letzten Samstag seinen letzten Schnaufer getan. Das Ganze war die absolute Katastrophe!«

6

Samstag, 2. Juli, 14.00 Uhr, Ulm

Endlich wieder ein Jazzkonzert! Dazu im Freien und in exotischer Kulisse, genauso exotisch wie die Band. Die Veranstalter des Kulturgewächshauses in Birkenried bei Günzburg haben es geschafft, Kabaka Blues zu engagieren, eine fünfköpfige afrikanische Percussiongruppe aus dem Sudan, die, unterstützt von einem Bassisten und zwei Trompetern, als die derzeit ultimativste Ethno-Jazzband gilt. Die perfekte Sommermusik nach ewig langer Kultur-Abstinenz.

Konrad Bitterle kann es kaum erwarten.

Er schlängelt sich über den ehemaligen Marktplatz beim Ulmer Rathaus und parkt vor dem Eingang des Ulmer Museums. Seine Lebensgefährtin Iris Mützenrieder, die inzwischen bei ihm am Illerkanal eingezogen ist, hat noch Unterlagen für ein gemeinsames Projekt über Buchbinderkunst bei der Kuratorin abgeben wollen. Sie ist von dem Ausflug nach Birkenried ebenso begeistert, denn sie wird massig Zeit für die afrikanischen Skulpturen im weitläufigen Park haben und weiß ihren Partner für längere Zeit gut aufgehoben, muss sich nicht vor Biergarten- oder Heimwärts-Drängeleien fürchten.

Bitterles blau gestreiftes Poloshirt klebt am Rücken, und unter den Achseln haben sich große Schweißflecken gebildet. Er zerrt am Ausschnitt und sieht auf die Uhr. Schon fast zwanzig Minuten lässt Iris ihn warten. Er trommelt mit den Fingern auf dem Lenkrad seines inzwischen vierzig Jahre alten Opel Ascona, als von rechts ein Schatten näher kommt und sich dann eine Politesse zum Fenster niederbeugt.

»Schönen guten Tag auch, der Herr. Ich habe Sie schon eine ganze Weile im Blick. Offensichtlich sind Ihnen die hier geltenden Parkregeln nicht geläufig.« Sie zieht die Stirn kraus und den Mund schief. »Sie sind mit zwanzig Euro dabei.«

»Äh, entschuldigen Sie bitte.« Bitterle fühlt sich gemaßregelt und muss an sich halten, um nicht loszuwettern. »Ich warte hier nur auf jemanden. Bin jeden Augenblick wieder verschwunden.«

»Na, dann machen Sie mal.«

Bitterle schnauft laut auf und zieht eine Grimasse. Er lässt den Motor an, legt den Rückwärtsgang ein und setzt im Schritttempo zurück. Sein Nacken fühlt sich steif an, und es zwickt. Kaum ist er ein paar Meter gefahren, hört er ein lautes Knirschen aus dem Motorraum, es klingt wie ein Schwung Blechdosen, die bei manch einer türkischen Hochzeit übers Kopfsteinpflaster scheppern. Der Wagen kommt mit einem Ruck zum Stehen, der Motor stirbt ab.

»Ja, Kruzifix, was ist denn jetzt schon wieder los?«, flucht Bitterle laut. Er dreht den Zündschlüssel zurück und will starten, doch außer einem metallischen Klacken und dem Brummen des Anlassers ist nichts zu hören, der Motor springt nicht an. Auch nicht beim nächsten und beim übernächsten Versuch. Er schaltet die Scheinwerfer an und betätigt den Fernlichthebel. Alles gut. Die Batterie ist in Ordnung.

In seinem Kopf meldet sich eine leise, aber eindringliche Stimme, die er Mal ums Mal seit der letzten Inspektion verdrängt hat: »Vergessen Sie nicht, den Zahnriemen wechseln zu lassen. Der ist längst überfällig!« Aha, jetzt ist es also so weit, denkt Bitterle.

»Probleme?«, fragt die Politesse, tritt vor den Wagen und notiert sich das Kennzeichen. »Nur zur Sicherheit«, ruft sie ihm zu und grinst dabei schelmisch.

»Hören Sie«, sagt Bitterle, »ich kann das erklären. Der Motor scheint einen Defekt zu haben. Ich kümmere mich darum.«

»Ich gebe Ihnen eine halbe Stunde. Dann wird's teuer.«

Bitterle gibt sich geschlagen. »Ist ja gut. Ich besorge einen Abschleppdienst.« Dabei hofft er, noch jemanden bei seiner Opel-Werkstatt zu erreichen. Schließlich ist Samstagnachmittag.

Er hat Glück im Unglück. Bei Opel ist tatsächlich noch jemand da, aber der Abschleppwagen kann frühestens in drei Stunden kommen, wird ihm mitgeteilt. Am Blaubeurer Ring habe es ordentlich gescheppert. Mal wieder! Er hinterlässt seine Mobilnummer und redet mit der Politesse. Die zeigt sich zwar einsichtig, meint aber, wenn der Wagen heute Abend um sechs immer noch dastünde, gäb's richtigen Ärger.

Bevor Bitterle etwas erwidern kann, kommt Iris leichtfüßig auf ihn zugelaufen und winkt fröhlich. Er steigt aus und lehnt sich gegen den Kotflügel, lässt die Mundwinkel nach unten hängen.

»Tut mir leid, mein Schatz, aber es hat halt etwas länger gedauert.« Iris sieht sein mürrisches Gesicht, und ihr Blick pendelt von ihm zu der Politesse und zurück. »Was ist passiert?«

»Kaputt. Das war's jetzt mit Birkenried.«

»Oh.«

»Kabaka Blues kann ich mir wohl abschminken.«

»Ach komm, nimm's nicht so tragisch. Die kommen bestimmt mal wieder, und die Skulpturen im Park laufen mir auch nicht davon.« Sie breitet die Arme aus und rezitiert theatralisch den Schiller: »›Festgemauert in der Erden, steh'n sie dort aus Lehm gebrannt.‹ Also was soll's? Genießen wir doch einfach das schöne Wetter.«

»Du hast gut reden. Ich kann jetzt erst einmal auf den Abschleppdienst warten. Drei ganze Stunden muss ich hier herumstehen. Und du redest von schönem Wetter und Genießen?«

»Weißt du was? Gehen wir doch solange aufs Donaufest. Keine hundert Meter, und du wirst auf andere Gedanken kommen.«

»Was soll ich denn da? Glaubst du, mir geht es besser unter all den vielen Leuten? Heute, am zweiten Tag, herrscht dort doch ein wahnsinniges Getümmel.«

»Hör auf zu meckern!« Sie hakt sich bei Bitterle ein und zieht ihn Richtung Syrlinbrunnen. »Bis der Werkstattwagen kommt, sind wir längst wieder zurück. Und so wie ich dich kenne, verlangt es dich eh bald nach einer Bratwurst.«

Da hat Iris allerdings recht.

Schon vom Brunnen aus ist die Schlange zu sehen, die bis runter zur Stadtmauer reicht. »Also doch Gedränge«, mault Bitterle, »hab's ja gleich gewusst!«

Iris dreht die Augen nach oben und meckert. »Jetzt reg dich ab. In Birkenried hätte uns das Gleiche erwartet, dazu hätten wir noch ewig laufen müssen. Du erinnerst dich, wie voll das beim Afrika-Fest letztes Jahr war?«

Bitterle gibt sich wortlos geschlagen und seufzt bloß. Erst nachdem sie durch den Bogen des Metzgerturms getreten sind, beruhigt er sich, und nach ein paar Schritten bleibt er schnuppernd stehen.

»Hab ich's dir nicht gesagt? Kaum witterst du etwas zu essen, wirst du wieder friedlich.«

»Jetzt hör bitte auf zu nerven. Du hast ja recht, wie immer!«

Iris stößt ihn sanft in die Rippen. »Schau mal da!« Sie zeigt in Richtung eines Gastrostandes, bei dem rund zehn Personen Schlange stehen. »Das riecht doch wirklich verlockend, oder?«

Bitterle hat Zeit, den Gastronomen zu beobachten, der hektisch über den Grill gebeugt Hackfleischröllchen und Schaschlikspieße dreht, sie – wenn durchgegart – zur Seite schiebt und Fleisch nachlegt. Seine grau-weiß-schwarz gemusterte Küchenuniform spannt über der Brust und am Bauch. Seinen runden, von der Hitze geröteten Kopf dreht er bei jeder aufsteigenden Rauchschwade zur Seite. Ihn bedeckt ein rot-weiß kariertes Tuch, das im Nacken zusammengeknotet ist und an die kroatische Nationalflagge erinnert. Während er sich mit dem Unterarm alle paar Sekunden über die Stirn wischt, scheucht er zwei Frauen, die altersmäßig und vom Aussehen Mutter und Tochter sein könnten, herum und treibt sie zur Eile. Trotz der offensichtlichen Hektik sitzt bei ihnen jeder Handgriff. Die jüngere kassiert und gibt Marken und Pfandchips aus, die ältere füllt Teller und Schüsseln.

Endlich ist Bitterle an der Reihe. Er zeigt auf die Fleischröllchen, die dicht nebeneinander vor sich hin brutzeln.

Bitterle läuft das Wasser im Mund zusammen, als er eine Platte mit zehn Cevapcici, leuchtend rotem Ajvar, Zwiebelringen und einem runden Fladenbrot in die Hand gedrückt bekommt, während Iris ihre Nase schon über zwei Krautwickel in brauner Soße hält.

»Da hat es noch ein Plätzchen für uns«, sagt sie und deutet mit der freien Hand auf eine Biergartengarnitur ein paar Meter flussaufwärts. Sie stellt den Teller ab und wendet sich in Richtung eines der Getränkestände. »Für dich ein Hefeweizen, nehme ich an.«

»Bitte alkoholfrei.«

Iris hebt den rechten Daumen und marschiert davon.

Bitterle kann nicht warten. Er stößt die Holzzinkengabel ins Fleischröllchen, stippt es in die Soße und schiebt es in den Mund. Himmlisch! Während er kaut, erinnert er sich an das Werbebanner, das über dem Gastrostand hängt. »Plitvička, ein Hauch Kroatien ganz in Ihrer Nähe. Landesküche und großer Biergarten ohne Ruhetag«. Da war ich schon, überlegt Bitterle, das ist aber lange her. Damals hieß das Lokal noch »Loretta am Ausee« und bot im Sommer ein exquisites Kulturprogramm. Unter der Konzertmuschel stand ein schwarzer Flügel, Wolfgang Dauner saß mit wallender Mähne davor und schlug weltvergessen in die Tasten. Ja, das ist wirklich lange her!

»Weißt du noch, wie du von deiner Idee erzählt hast, mit mir zusammen die Donau runter bis zum Mündungsdelta nach Sulina zu reisen?«, fragt Iris, während sie das Hefeweizen und ihren roten Kadarka aus Ungarn im Viertelliterfläschchen abstellt und sich neben ihn setzt.

»Ich? Wann soll das denn gewesen sein?«

Iris hebt den Kopf und schiebt das Kinn vor. »Komm schon. Damals, nach dem katastrophalen Ende beim Fischerstechen-Fall, nachdem dir Dr. Diagouraga von der Uniklinik wieder dein Schlüsselbein zusammengeflickt hat. Erinnerst du dich jetzt?«

»Ach so, das. Ja, stimmt. Ich wollte mich die Donau runtertreiben lassen und überlegte, ob du dabei vielleicht mitkommen würdest. Wie kommst du jetzt darauf?«

»Du kannst vielleicht blöd fragen!«

Bitterle hört auf zu kauen und sieht Iris irritiert an.

»Da!« Iris zeigt mit der Hand über den Tisch. »Da ist die Donau.« Dann macht sie mit dem anderen Arm eine weit ausholende Geste über das Gelände. »Und da hast du die Vertreter aller zehn Anrainerstaaten. Kulinarisch, kulturell und handwerklich. Von uns Deutschen bis runter zum Schwarzen Meer.« Sie kramt in ihrer Tasche und zieht das Programmheft hervor. »Wollen doch mal sehen, ob nicht auch für dich was dabei ist«, sagt sie und fährt mit dem Finger die Uhrzeiten am Samstag entlang. »Hier, wäre das nichts für dich? In zehn Minuten hat es drüben ein Jazzkonzert. Es spielt das Mihály Dresch Quartet aus Budapest. Saxophon, Schlagzeug, Kontrabass und Cymbalom.« Sie schiebt das Heft zu Bitterle rüber. »Sagt dir das was?«

»Und ob! Wann, sagtest du, spielen die?«

»Na, jetzt, ich glaube, die werden gerade angekündigt.«

»Dann nichts wie los!« Bitterle steht so abrupt auf, dass Iris beinahe samt Bierbank nach hinten gekippt wäre. Als sie das Geschirr zurückbringen will, sagt er: »Lass stehen.«

»Und die Pfandbons?«

»Leg sie dazu, irgendwer freut sich bestimmt.«

»Also manchmal bist du mir richtig fremd.«

Sie bekommt keine Antwort.

Eine dichte Menschentraube steht an der Blaumündung und wartet auf das voll besetzte Zillentaxi, das jeden Moment anlegen wird. Bitterle zieht rasant daran vorbei, stellt sich vor die erste Wartende, eine junge Frau, die auf ihr Handy stiert, und sagt: »Tut mir leid, wichtiger Polizeieinsatz!« Dabei hält er ihr kurz seinen Ausweis unter die Nase.

Die Frau wirkt erschrocken und macht einen Schritt zur Seite.

»Was sind das denn für Methoden?«, fragt Iris und klingt empört. »So kenne ich dich gar nicht. Ist das etwa der Einfluss dieser Kula? Setzt du dich jetzt auch über geltende Regeln hinweg?«

»Ausnahme!« Bitterle grinst. »Aber den Dresch werde ich mir nicht entgehen lassen. Ganz bestimmt nicht! Der ist mindestens genauso gut wie Kabaka Blues in Birkenried.«

»Und was ist mit deinem Wagen?«

»Die haben meine Nummer. Werden sich schon melden.«

Die Zille legt an. Bitterle springt als Erster aufs Boot, Iris balanciert ihm kopfschüttelnd hinterher.

»Was ist ein Cymbalom?«, fragt sie, während die Zille über den Fluss gleitet und sich dem Neu-Ulmer Ufer nähert.

»Eine Art Hackbrett, nur mit Rahmen und so groß wie ein Küchentisch.«

»Und darauf spielt man modernen Jazz?«

»Darauf kannst du alles spielen. Sogar deinen geliebten Vivaldi.«

Bitterle ist begeistert von den vier Ungarn, von der zurückhaltenden Virtuosität jedes einzelnen Musikers. Geradezu sphärisch schwebt das Tenorsaxophon über den spritzig aufleuchtenden Beckenschlägen und dem filigranen Fundament des Cymbaloms. Die Klöppel flitzen über die Saiten und versprühen hörbare Funken. Gelassen dagegen der meist gestrichene Kontrabass, der zu atmen scheint. Bitterle schließt die Augen und träumt sich von einem Stück zum nächsten, von schroffen Balkanthemen über melancholisch anmutende Puszta-Szenen bis hin zu prickelnden Csárdás-Fragmenten. Vergessen ist der Ärger um den verpassten Besuch in Birkenried und das endgültige Aus seines Ascona. Einfach im Hier und Jetzt sein, mehr will er nicht. In der Pause ein Bier und nach dem Konzert noch einen Schaschlikspieß beim Kroaten, dazu ein richtiges Weizen. Das zweite dann daheim, zusammen mit Iris auf der Terrasse.

Die Band macht Pause.

Bitterle wird aus seinen Musikträumen gerissen und schwimmt in der Besuchermasse zum Bierwagen mit, doch Iris zieht ihn aus der Schlange heraus und bugsiert ihn ans Donauufer. Dort stehen bunte Stühle um Blechtische, und sie besorgt zwei Becher Kaffee. Dann lässt sie ihren Blick über den Fluss schweifen und zeigt aufs gegenüberliegende Ufer.

»Schau mal, wer da drüben im Weindorf mit dem ehemaligen Oberbürgermeister plaudert! Das ist doch der … Herrgott, wenn mir bloß der Name einfallen würde.« Iris wendet sich ihrem Partner zu. »Du kennst ihn doch bestimmt auch.«

»Klar kenne ich den. Wer kennt den nicht in Ulm? Das ist unser ›Mister Donau‹, wie er von allen genannt wird. Schließlich ist er der Mitbegründer des Donaufestes, der Erfinder sozusagen.«

Iris schlägt sich gegen die Stirn. »Richtig! Meine Freundin, die Wilhelmine von der Museumsgesellschaft, die hat mir auch so einiges über ihn erzählt. Von ihr weiß ich zum Beispiel, dass er die Donau schon immer geliebt hat und davon fasziniert ist, diese europäische Lebensader direkt vor seiner Haustür zu haben. Zu seinen Zeiten, als er noch Stadtrat war, haben die Räte wohl regelmäßig Schachtelfahrten gemacht und Städte wie Wien, Bratislava und Budapest besucht. Da muss es immer hoch hergegangen sein. Und einmal, sozusagen bei einem Entspannungsvormittag, müssen er und der damalige Oberbürgermeister dann im Gellért-Bad die Idee zu dem Donaufest gehabt haben. Unser ›Mister Donau‹ muss so überzeugend gewesen sein, dass der OB gleich zugesagt hat, und gemeinsam haben sie das erste Fest gestemmt. Er war fürs Kulturelle zuständig und die Stadt fürs Geld.«

»Das ist allgemein bekannt«, brummt Bitterle, »mir ist er aber auch noch in einer ganz anderen Angelegenheit in Erinnerung geblieben. Und das war erst vor Kurzem, ist noch nicht mal zwei Monate her.«

»Habe ich da was verpasst?«, fragt Iris und trinkt ein Schlückchen Kaffee.

Bitterle beugt sich vor. »Du kannst dich echt nicht an den

Vorfall mit den ›Spaziergängern‹ erinnern? Als die Ulmer Polizei die Querdenker-Demonstranten nicht daran gehindert hat, durch die Innenstadt zu ziehen und ihren Unsinn unter die Leute zu bringen?« Bitterle hob den Finger. »Trotz fehlender Genehmigung. Unglaublich, sag ich dir! Und dann hat einer den Mut gefunden, den Pelzkappenträgern mit russischen Symbolen, Putin-Verehrern und Corona-Leugnern die Meinung zu sagen und sie zu fragen, ob sie überhaupt eine Ahnung von Freiheit und Demokratie hätten. Das hat er laut gerufen, mitten aus einer kleinen Schar Gegendemonstranten. Und das war unser ›Mister Donau‹. Mutig und richtig war das, muss ich sagen. Und was ist passiert? Der Mann wird von der Polizei geschnappt und abgeführt. Seine Personalien werden aufgenommen, und er wird des Platzes verwiesen.«

Iris wirkt bestürzt. »Da fragt man sich, wie der Mann sich gefühlt haben muss. Als Träger des Bundesverdienstkreuzes, ehemaliger Stadtrat und Donaufestinitiator. Ein Mensch, der für eine versöhnliche Völkerverständigung eintritt. Und dann so was. Das ist in der Tat unglaublich.«

»Wütend und angefressen, voller Zweifel an unserer Demokratie soll er gewesen sein! Er hat sich dann in einem offenen Brief an den Polizeipräsidenten gewandt. Offiziell ließ der verlauten, dass er keine Handhabe hätte, denn die Demokratie sichere Meinungs- und Versammlungsfreiheit zu. Inoffiziell hat er sich aber persönlich bei ›Mister Donau‹ entschuldigt.«

Iris zieht die Stirn in Falten. »Davon stand aber nichts in der Zeitung, oder?«

Bitterle schmunzelt. »Nun ja, so was läuft bei uns unter ›vertikaler Flurfunk‹.«

»Das heißt?«

»Manches sickert eben auch mal von ganz oben nach unten.«

»Lassen wir es dabei«, sagt Iris, schaut flussaufwärts entlang der Stände, und ihr Blick bleibt an den Fahnen hängen. »Ich finde, das Fest hier ist zu schön, um über Politik zu reden, meinst du nicht auch?«

»Hast du einen anderen Vorschlag?«

Iris grinst. »Immer, lieber Konrad. Weißt du, die Wilhelmine, die weiß auch noch so manch andere Geschichte über unseren ›Mister Donau‹. Der Mann hat so viele schillernde Seiten und ist auf so vielen Gebieten aktiv, da weiß man oft gar nicht, wo man anfangen und wo man aufhören soll.« Sie lächelt versonnen.

»Ach. Und was zum Beispiel?«

»Eigentlich ist er ja Lehrer. Doch die Ideologien der 1968er und der Studentenbewegung hatte er wohl so verinnerlicht, dass er sie mit in den Unterricht einfließen hat lassen. Jahre später wurde er dann wegen sogenannter gesellschaftskritischer und unausgewogener Unterrichtsgestaltung vom Lehramt suspendiert. Der Verfassungsschutz hatte eh schon länger ein Auge auf ihn geworfen. Und irgendwann meinten sie vom Kultusministerium, er wäre eine Gefahr für die Schüler an der Steinbeis-Schule. Den Prozess am Verwaltungsgericht in Sigmaringen hat er zwar gewonnen, danach jedoch der Schule den Rücken gekehrt.«

»Da hat er aber viel riskiert.«

»Du denkst an die Pension?«, spöttelt Iris.

»An was denn sonst? Lehrer zu sein ist doch ein sicherer Hafen.«

»Oh, Konrad! Lehrer an einer Gewerbeschule, das kann auch ganz schön langweilig und anstrengend sein, vor allem, wenn die Lehrlinge keinen Bock auf Schule haben und wenn man alles von oben herab vorgeschrieben bekommt. Und damals gab es ja noch den Radikalenerlass. Ein falsches Wort, und du hattest jede Menge Feinde.«

»Stimmt.«

»Sei's drum. Er ging dann erst mal in die Politik. Erinnerst du dich an die Menschenkette von Stuttgart nach Neu-Ulm?«

»Klar, die wegen der geplanten Stationierung der Pershing-II-Raketen mit Atomsprengköpfen bei den Wiley-Barracks in Ludwigsfeld, oder? Das hat meinen Kollegen seinerzeit ganz schön Kopfzerbrechen bereitet. Die hatten richtig Schiss. Hätte ja auch schiefgehen können, das Ganze.«

»Quatsch! Wir waren alle ganz friedlich. Weißt du, das war wirklich eine Super-Aktion. Zweihundertfünfzigtausend Menschen, die sich an den Händen halten und für den Frieden demonstrieren.«

»Was heißt ›wir‹? Sag bloß, du warst dabei!«

»Na, was denkst du denn? Ich war schon immer für Frieden und gegen Krieg. Außerdem war ich jung.« Sie lehnt ihren Kopf für einen Augenblick an Bitterles Schulter. »Aber egal. Unser heutiger ›Mister Donau‹ war jedenfalls einer der Hauptorganisatoren dieser Menschenkette. Und das Tolle an ihm ist, finde ich, dass er auch später alles umgesetzt hat, was ihm so im Kopf rumgespukt ist. Egal wie viel Gegenwind ihm ins Gesicht geblasen hat.«

»Was meinst du damit?«

»Na, denk doch bloß mal an das ROXY.«

»Oh ja. An die vielen Jazzkonzerte kann ich mich gut erinnern. Besonders in der Anfangszeit, als das Dach der ehemaligen Magirus-Lagerhallen noch undicht war und es dem Doldinger in seine Kanne geregnet hat.«

»Doldinger? Sagt mir was. Ist das nicht der mit der ›Tatort‹-Melodie?«

»Genau der.«

»Aber was hat das mit einer Kanne zu tun? Wieso Kanne?«

»So nennen manche Musiker ihr Saxophon. Klaus Doldinger kam jedenfalls mit Passport auf die Bühne, und die Band hat losgelegt. Bei jedem Schlag auf die Trommeln ist eine Wasserfontäne hochgespritzt und hat die Bühne zum Glitzern gebracht. Unvergesslich! Und wir? Wir saßen frierend und nass auf dem Boden.« Bitterle reißt sich aus seinen Erinnerungen, denn von der Veranstaltungsbühne hinter ihnen ist eine Ansage zu hören. Der zweite Teil des Konzerts beginnt.

Sie beeilen sich, um wieder die alten Plätze in der vorderen Reihe zu ergattern, müssen sich dann aber mit Stehplätzen ziemlich weit hinten zufriedengeben. Dennoch haben sie ihren Spaß, denn das Mihály Dresch Quartet legt nach der Pause noch einmal richtig los.

Während der ersten Zugabe vibriert Bitterles Handy. Genervt nimmt er das Gespräch an.

»Wo bleibet Sie denn? I wart jetz scho seit einer Viertelschtond. I denk, i soll Ihren Wagen holen. Oder hat sich des erledigt?«

»Um Gottes willen, nein! Bin unterwegs!«, brüllt Bitterle ins Handy und küsst Iris flüchtig auf die Wange. »Ich warte drüben auf dich!«, ruft er ihr zu.

Sie blickt ihm kopfschüttelnd nach, wie er sich an den Jazzfans vorbei durch die Reihen zwängt.

7

Samstag, 2. Juli, 17.00 Uhr, Ulm

Der Fahrer des Abschleppdienstes lehnt rauchend an der Fahrerkabine. Er schiebt den linken Ärmel zurück und sieht auf die Uhr. »Moinet Sie, i han ewig Zeit? Heit isch Samstag, ond en ra guta Schtond isch Anpfiff.«

»Entschuldigung«, keucht Bitterle, noch ganz außer Atem. »Ging nicht schneller.« Er deutet nach hinten zum Metzgerturm. »Da unten ist die Hölle los, kaum ein Durchkommen.«

Der Fahrer geht nicht auf Bitterles Einwand ein, sondern fragt stattdessen: »Wie stellat Sie sich des eigentlich vor, wie i Ihr Auto da auf die Rampe naufzoga kriega soll, so schäpps, wie des dasteht?«

Bitterle kratzt sich am Hinterkopf. Der Mann hat recht. Sein Ascona steht immer noch unter der Linde zwischen Museumseingang und den beiden Behindertenparkplätzen, dazu noch quer zum Abschleppwagen. »Vielleicht könnten Sie mir helfen, ihn vorzuschieben?« Da Bitterle weiß, dass er schlechte Karten hat, fischt er seinen Geldbeutel aus der Gesäßtasche und zieht einen Zehner hervor. »Je schneller, desto früher kommen Sie zu Ihrem Fußball.«

»Meinetwäga«, sagt der Fahrer. Er schnippt den Kippenstummel zwischen die Pflanzkästen, schnappt sich den Zehner und geht zum Wagen. Dann drückt er gegen die Motorhaube des Ascona, während Bitterle wild fuchtelnd am Steuer dreht. Zweimal müssen sie die Prozedur wiederholen, bis der Opel endlich so steht, dass er auf den Abschleppwagen gehievt werden kann.

Mittlerweile ist Iris hinzugekommen und betrachtet ihren Geliebten. Er hat das Kinn tief Richtung Brust gesenkt und die Hände in den Hosentaschen vergraben. Ihm ist deutlich anzusehen, wie sehr er an seinem Oldtimer hängt. Beide schauen sie dem Abschleppwagen nach, der sich durch die Menschenmassen Richtung Neue Straße quält und beim Weißhaupt-Museum nach rechts abbiegt.

»Und? Was ist jetzt?«, fragt Iris, hakt sich wieder bei Bitterle ein und lehnt den Kopf an seine Schulter.

Er schluckt mehrmals trocken. »Was soll's!«, sagt er dann und ringt sich ein Lächeln ab. »Vielleicht hilft ja ein Imbiss vom Kroaten. Hunger hätte ich schon wieder.«

»Gute Idee. Da bin ich sofort dabei. Du gehst zum Grillstand, und ich hole mir einen Marillen-Palatschinken.«

Bei Zivkovićs »Plitvička an der Donau« ist die Schlange inzwischen länger als vorhin, und an der Essensausgabe geht es sehr hektisch zu. Auch der Ton im Stand ist um einiges rauer geworden, da die drei mit Bestellungen, Wechselgeld und Essensausgabe kaum mehr nachkommen. Besonders Zivkovićs Frau scheint am Ende ihrer Kräfte. Sie wirkt erschöpft und vor allem mürrisch. Doch Bitterle will diesmal unbedingt die Schaschlikspieße probieren, nachdem er von den Cevapcici so begeistert war.

Iris hat wieder zwei Plätze ergattert, allerdings weiter vom Stand entfernt, und sie sind nicht mehr allein. Ein Pärchen, so Mitte dreißig, debattiert erregt über die Fahnen, die beide Uferseiten säumen und die seit Beginn des Donaufestes dazugehören wie bunte Eier zu Ostern.

»Und wenn du die alten Fahnen hundertmal schöner gefunden hast«, sagt der Mann mit Illertaler Zungenschlag und einem Männerdutt, »haben die neuen ein weithin sichtbares Signal gesetzt!«

»Weiß nicht. Diese blau-gelben Dinger sind doch langweilig. Und alle irgendwie gleich. Wie ich gelesen habe, haben sie die erst in allerletzter Minute fabriziert.« Die blonde Frau mit der verspiegelten Sonnenbrille im Haar nippt an ihrer Apfelschorle und kippelt die Flasche zwischen den Händen.

»Das hat auch einen guten Grund. Besser kann man Solidarität nicht zum Ausdruck bringen.«

Sie dreht die Augen nach oben. »Jetzt fängst du schon an wie unser Vater. Solidarität! Mich hätten viel mehr die neuen Fahnen interessiert, die die zwei Frauen entworfen und gemacht haben. Die waren fix und fertig, aber kommen jetzt nicht zum Zug. Die waren wirklich Kunst. Und außerdem wäre das ein echtes völkerverbindendes Signal gewesen.«

»Wie jetzt? Wieso das denn?«

»Na, jetzt stehst du aber auf dem Schlauch! Überleg doch mal. Die beiden Künstlerinnen sind seit Langem befreundet und kommen aus genau den beiden Ländern, die vor zwei Jahrzehnten noch Krieg gegeneinander geführt haben. Nämlich aus Kroatien und aus Serbien. Und dass auf diese Art ein neuer Zusammenhalt demonstriert wird, ist mehr wert als alles andere. Hier geht es um Frieden und um Völkerverständigung. So wie beim ganzen Donaufest überhaupt.«

»Manno! Es geht um jetzt und nicht um irgendwann früher. Du kapierst auch gar nichts!«

»Aber du.« Die Frau leert ihr Getränk, knallt die Flasche auf den Tisch und schweigt. Kurz darauf stehen die beiden auf und verabschieden sich mit einem unverbindlichen Nicken.

Iris bringt die Teller zurück, um das Pfand zu holen. Bitterle bleibt sitzen und hängt seinen Gedanken nach. Bunte Fahnen! Er erinnert sich an ein Treffen mit Iris und Laura Fois, seiner krimischreibenden Nachbarin, die ganz begeistert von einer Künstlerin schwärmte, die nur ein paar Häuser weiter in der Memelstraße wohnen würde. Zusammen mit einem in Wuppertal lebenden Designer, von dem die Idee ursprünglich stammte, hätten sie die Motive für die früheren Fahnen gestaltet und dabei versucht, gemeinsam mit einem anderen Ulmer Künstler die Wellenbewegung und das Fließende der Donau farblich umzusetzen. Letztlich wurden davon über sechshundert Stück aufgestellt, die am Ende jedes Donaufestes an Liebhaber verkauft worden waren. Ruckzuck seien alle weg gewesen, hat Laura gemeint.

»Das war grad komisch«, sagt Iris, als sie zum Biertisch zurückgekommen ist.

»Was meinst du?« Bitterle richtet sich abrupt auf und streicht sich übers Gesicht.

»Da gab es grad irgendwie Zoff am Stand. Ein Mann mit fleckiger Kochschürze, offensichtlich auch ein Gastronom, schimpfte wie ein Rohrspatz und drohte dem Inhaber mit der Faust. Beim Weggehen hat er auch noch auf den Boden gespuckt. Und der Typ erst mal – ein richtiger Schrank! Groß, massig, dazu lange graue Haare, irgendwie ungepflegt. Richtig bedrohlich sah das aus!«

»Worum ging es dabei? Hast du was mitbekommen?«

»Kaum. Die haben sich auf Jugoslawisch angeschrien. Serbisch oder Kroatisch, keine Ahnung. Das Einzige, was ich verstanden habe, ist, dass es irgendwie um Fleisch gegangen sein muss. Dieser Wüstling hat andauernd auf die Pfannen und den Grill gezeigt.« Iris blickt nachdenklich auf ihren Partner. »Jetzt frag ich mich natürlich, ob das Sinn macht, die Frau nach dem Rezept für die Krautwickel zu fragen.«

Bitterle winkt ab. »Komm, lass gut sein. So wie ich dich kenne, warst du heute nicht das letzte Mal da. Außerdem, schau dir mal die Schlange an!«

»Da hast du auch wieder recht.« Sie klatscht mit der Hand auf die Tischplatte. »Also, was ist jetzt? Gehen wir noch auf einen Absacker auf unsere Terrasse?«

»Gute Idee.«

Von der Stadtmauer aus ist der Blick nach unten märchenhaft. Über hundert Zelte und weiße Pavillons, zwischen denen die Besucher wie bunt gekleidete Ameisen hin und her wuseln. Überall hört man fröhliche Stimmen und Gelächter. Sieht verliebte Pärchen, umhertobende Kinder und bedächtig schlendernde Ältere, manche davon mit Rollatoren. Ein Fest für alle.

Ein Windhauch lässt Bitterle kurz frösteln, er schaut nach oben. Die Sonne neigt sich flussaufwärts dem Horizont entgegen und taucht den Himmel in kitschiges Rosa, das jedoch zunehmend von dunklen Wolken verdrängt wird. Ein Wetterwechsel ist im Anzug. Höchste Zeit, den Heimweg anzutreten.

Kaum dass sie in Bitterles Bungalow am Illerkanal ankommen, steigt er aus seinen durchgeschwitzten Klamotten und stellt sich unter die Dusche. Währenddessen bereitet Iris ein Hefeweizen für ihn vor, direkt aus dem Kühlschrank. Für sich selbst gießt sie ein Glas Grauburgunder aus der Pfalz ein und packt eine Kühlmanschette um die Flasche. Alles zusammen trägt sie hinaus auf die Terrasse und stellt das Tablett auf das Tischchen. Sie lässt sich mit einem entspannten Seufzen nieder und zieht die Fußstütze des Gartenstuhls aus. Endlich!

Bitterle kommt im Bademantel und barfuß nach draußen, gibt Iris einen Kuss auf die Stirn und setzt sich dazu. Sein Weizenglas leert er in drei Zügen. Kurz darauf steht ein zweites vor ihm, zusammen mit einem Schälchen Blaubeerjoghurt, das er zwar skeptisch mustert, aber Iris zuliebe dann doch leer löffelt. Er weiß genau, dass, wenn er sich weigert, sie ihm wieder mit ihrem »Weniger Fleisch und mehr Vitamine« kommen und dabei auf seinen Bauch schielen würde.

Also gut. Er stellt das Schälchen auf den Boden, zieht die Fußstütze heraus und klappt die Rückenlehne nach hinten.

»Ist das nicht wunderbar, dass die Künstlerin, die die ursprünglichen Fahnen gestaltet hat, gleich bei uns um die Ecke wohnt?«

Bitterle gibt ein zustimmendes Brummen von sich.

»Ich habe gehört, sie sei damals für das ROXY tätig gewesen, und dort wurde sie von ›Mister Donau‹, der das ja lange Zeit auch geleitet hat, gefragt, ob sie nicht Lust hätte, die Fahnen mitzugestalten. Er wüsste noch einen Künstler, der eine tolle Idee haben würde. Und da hat sie spontan zugesagt ... Das Außergewöhnliche an den Fahnen war damals ja zuerst die Machart. Auf langen Masten wurde oben ein Querriegel befestigt, ganz in der Tradition japanischer Tongastäbe, die dort bei allen Feierlichkeiten verwendet werden. An denen haben sie dann die bemalten Stoffbahnen aufgehängt, und zwar so, dass sie frei im Wind flattern und ein weithin sichtbares Zeichen der Verbundenheit der Donauländer darstellen konnten. Dieser bekannte Filmemacher, der 2010 das Donaufest begleitet hat … Wie hieß denn der? Ich komme gerade wieder mal nicht drauf … Jedenfalls, der meinte sogar, die Donaufahnen wären ›das Salz in der Suppe‹. Ist das nicht ein wunderbares Kompliment?«

Iris ist so in Fahrt, dass sie Bitterles ausbleibende Reaktion gar nicht zu bemerken scheint. Sie nippt nur kurz an ihrem Grauburgunder und fährt sogleich fort. »Du musst dir mal vorstellen, wie viel Arbeit und Innovationsgeist gefordert war, um die über sechshundert Stoffbahnen, die sie alle neben- und hintereinander in den Ulmer Messehallen auf den Boden gelegt hatten, zu bemalen! Mit den unterschiedlichsten Motiven. Da merkt man, wie viel Herzblut die beiden dafür hatten. Anfangs hatten sie Mühe, die richtige Farbenzusammensetzung zu finden, und mussten ewig lang herumprobieren. Wenn ich mir überlege, welche Verantwortung auf den beiden gelastet haben muss, damit die Fahnen die ganze Zeit über der Witterung, dem Regen und der Sonne standhalten konnten und rechtzeitig fertig waren! Also, ich finde, das war eine gestalterische und logistische Meisterleistung. Oder was denkst du, Konrad?«

Bitterle spürt, wie Iris ihn am Arm rüttelt, und stottert: »Wie? Was?« Er schlägt die Augen auf und sieht zum Himmel. »Ich denke, wir sollten besser reingehen. Gleich kommt ein Unwetter.«

»Wie war das eben? Sag bloß, du hast die ganze Zeit geschlafen, während ich dir das alles über die Donaufahnen und die tolle Künstlerin in unserer Nachbarschaft erzählt habe. Also wirklich! Du bist und bleibst ein Banause!«

Bitterle schweigt, was soll er darauf auch antworten? Er rappelt sich auf, schnappt das Tablett mit den Gläsern und dem Schälchen und flüchtet ins Haus, denn binnen kürzester Zeit hat sich der Wind in einen ausgewachsenen Sturm und der gerade noch bloß tröpfelnde Regen in haselnussgroße Hagelkörner verwandelt. Einen Moment betrachtet Bitterle das Naturschauspiel im Garten, hört dem Prasseln gegen die Fensterscheiben zu. Doch trotz des Nickerchens zuvor kann er die Augen kaum offen halten und beschließt, sich ins Bett zu verkrümeln. Iris scheint es genauso zu gehen, denn sie huscht mit einem Winken an ihm vorbei und verschwindet im Schlafzimmer. Als er ihr wenig später folgt, hört er nur noch ihr gleichmäßiges Atmen.

Gegen drei Uhr schreckt Bitterle hoch. Der Traum von einem Schrottplatz, auf dem sich Autowracks türmten, er sich suchend umsah und waghalsig über Kotflügel und Motorhauben kletterte, scheint ihn geweckt zu haben. Ein kalter Schweißfilm liegt auf seiner Stirn, ein Rumoren tobt in der Bauchgegend, und er hat einen säuerlichen Geschmack im Mund. Bitte nicht! Er reißt die Decke zur Seite, stürzt ins Bad und schafft es gerade noch, den Klodeckel zu öffnen, als sich ein Schwall trüber Flüssigkeit mit blauen Pünktchen in die Schüssel ergießt. Kaum hat er den Mund gespült und einen Schluck Wasser getrunken, kommt die nächste Ladung.

Zurück im Bett, ist an Schlaf nicht mehr zu denken. Er liegt mit brennendem Rachen unter der Decke und fröstelt. Seine Gedanken bleiben an seiner letzten Mahlzeit hängen. Langsam wird ihm klar, dass, wenn sich Weizenbier und Blaubeerjoghurt einen Kampf liefern, es keinen Gewinner gibt, sondern immer nur einen Verlierer. Ihn!

Wie üblich sorgt Iris am Sonntagmorgen fürs Frühstück. Sie muss Bitterle dreimal rufen, bis er sich aus den Federn schält und im Bademantel in die Küche schlappt. Unschlüssig betrachtet er Rührei, Schinken, Gemüsehäppchen, Toast- und Vollkornbrot. Doch schon als er den Kaffee zum Mund führt, meldet sich sein Bauch wieder. Er stellt die Tasse ab, murmelt eine Entschuldigung und schleicht zurück ins Bett. Drei Weizen und ein Blaubeerjoghurt – schon komisch.

Erst gegen Mittag ist Bitterle wieder so weit fit, dass er sich im Wohnzimmer aufs Sofa fläzen und lustlos die Opel-Prospekte sichten kann, die sich auf dem Tisch stapeln. Der Fahrer des Abschleppwagens hat sie ihm in die Hand gedrückt, bevor er mit dem Ascona auf Nimmerwiedersehen verschwunden ist. Iris hat sie freundlicherweise in ihre Umhängetasche gestopft.

Was hat sich doch alles geändert in den letzten vierzig Jahren! Sardinenbüchsen für Kleinwüchsige, Luxuskarossen für Pelzkragenträger und Stadtpanzer für überbesorgte Mütter oder rüstige Senioren. Senioren – so weit kommt's noch!

Bitterle wirft die Hochglanzbroschüren beiseite und tritt ans Fenster. Das gestrige Unwetter ist einem nieseligen Dauerregen gewichen, dabei hat es die schwüle Hitze mitgenommen.

Irgendwann wird auch dieser Tag zu Ende gehen.

8

Mittwoch, 6. Juli, 21.30 Uhr, Blaustein

Es war kurz vor halb zehn, als Bitterle und Kula in Ulm ankamen. Den Vorschlag, noch schnell in der Dienststelle in Söflingen haltzumachen, um zu sehen, ob Ina Weichselbraun schon Obduktionsergebnisse geliefert hatte, lehnte Kula kategorisch ab.

»Ich bin hundemüde, brauche eine Dusche und mein Bett. Heute erreichen wir eh nichts mehr. Wir sehen uns morgen früh um acht.«

Bitterle brummte Unverständliches, sagte aber dann: »Gut, Kula. Ich fahr dich jetzt nach Hause. Schlaf dich aus.«

Sie schenkte ihm einen dankbaren Blick.

Svenja war noch nicht zurückgekehrt. Die Hardwarejustierungen am Teilchenbeschleuniger im Institut in Karlsruhe zogen sich wohl weiter in die Länge. Kula wählte ihre Nummer, aber es kam nur die Nachricht »Vorübergehend nicht erreichbar«. Was treibst du um diese Zeit, grübelte sie und setzte noch eine Kurznachricht ab. »Musste umständehalber Urlaub abbrechen. Bin wieder da. Bitte melde dich. Kuss, Kula«.

Das Gespräch vom Mittag mit ihrer Mutter fiel ihr wieder ein, und Kula bekam ein mulmiges Gefühl im Bauch. War Svenja wirklich nur bei der Arbeit? Mit wem war sie unterwegs? – Was soll das, fragte sie sich dann. Mach jetzt bloß nicht so einen Wirbel, bloß weil du einmal alleine hier herumhockst. Warum kann Svenja nicht abends mit Kollegen einen trinken gehen und hat vielleicht das Handy in der Jacke vergessen? Du bist auch nicht immer erreichbar. Egal. Sie wird sich schon melden.

Kula verdrängte die Gedanken und ließ den Kurztrip nach Naxos Revue passieren. Es waren nur wenige Tage gewesen, aber sie hatte das unbestimmte Gefühl, ein Stück weit in der Heimat gewesen zu sein, obwohl sie sich doch auch als waschechte Ulmerin – beziehungsweise Ehingerin – fühlte.

Sie packte die Köstlichkeiten, die ihre Mutter ihr aufgeschwatzt hatte, auf den Küchentisch und stellte sich unter die Dusche. Lange stand sie unter dem heißen Wasserstrahl. Jetzt spukte die kleine Dorea in ihrem Kopf herum. Wie lange sie wohl auf der Insel bleiben würde? Fände sie dort ein Leben in Freude? Oder würde sie später nach Athen oder sonst wohin gehen? Kula schob die Gedanken beiseite, schlüpfte in ein XXL-T-Shirt und tapste leichtfüßig in die Küche.

Frische Kartoffeln aus Papas Garten, Eier von eigenen Hühnern und die ersten reifen Tomaten. Nach dem Omelett und dem Salat würde sie sich über den Inselkäse und den Kitron hermachen. Dieser besonders aromatische Likör, den es nur auf Naxos gab, stammte von den alten Zitronatbäumen, die hinter den Lodges wuchsen.

Mit einem frisch gebrühten griechischen Mokka ging Kula auf die Terrasse, setzte sich in den Liegestuhl, legte die Beine auf den Hocker und schloss die Augen.

Gerade war sie eingeschlummert, da ging gegenüber der Radau los. Dietmar Klemm fegte trotz der späten Stunde mit dem Benzinrasenmäher durch den Garten. So wie es sich anhörte, nahm er keine Rücksicht auf die Maulwurfshügel, sondern bretterte – im Gegenteil – mit Absicht darüber hinweg. Dabei fluchte er jedes Mal lautstark. Es hörte sich an, als würde er seine aufgestaute Wut an allem rauslassen – seine Frau hatte ihn nach knapp zwanzig Ehejahren verlassen.

Kula verstand Kerstin, die wirklich etwas Besseres verdient hatte als diesen Proleten, der damit angab, dass man auch ohne Abi reich werden konnte. Reich schon, aber eben ohne Niveau.

Bei seinem Sanitärfachhandel hatte er ein Händchen fürs Geschäftliche gehabt, okay. Aber wenn Kerstin damals nicht den Auftrag für seinen Katalog und die Website angenommen hätte, wären die beiden nie zusammengekommen. Wetten? Logisch, so kurz nach dem Grafikdesign-Studium wäre Kerstin schön blöd gewesen, den Auftrag abzulehnen. War eine sichere Bank.

Und dann, ein paar Jahre später, hatte er sich verspekuliert, der Laden ging pleite, und mit Dietmar ging es ebenfalls bergab. Zum Glück hatte Kerstin sich nicht mit runterziehen lassen. Oh, Kerstin!

Jetzt war sie endgültig weg und hatte ihre Ruhe. Aber Dietmar, der drehte durch. Konnte sich kaum über Wasser halten mit seinem Hausmeisterservice. Den alten Transit hatte er immer noch. Das lausige Logo »Wenn's klemmt, ruf Klemm!« hatte er woanders machen lassen. Er brauche Kerstins »abgehobenen Firlefanz« nicht, hatte er gemeint und sich im Internet was Billiges gesucht. So sah es auch aus.

Kula nippte am Kitron. Puh, das würde ein Rosenkrieg ohne Ende.

Sie wünschte sich in dem Moment, Kerstin säße jetzt neben ihr, den Kopf auf ihrer Schulter – oder ihrer Brust –, und sie könnte sie mit ihren Händen trösten. Kula bekam Herzklopfen, und die Härchen an den Armen stellten sich auf. Sie atmete tief durch und versuchte, Kerstins Bild zu verscheuchen. Nicht schon wieder! Schon ihre Kommilitonin an der Hochschule für Polizei in Biberach, mit der sie einst eine kurze Affäre gehabt hatte, meinte damals: »Jaja, die Kula, immer hitzig und leicht entflammbar.« Scheiß-Gefühle!

Kula stand auf, um sich in der Küche etwas vom Kitron nachzuschenken. Der war aber auch wirklich zu gut. Doch als sie spürte, wie ihr der Likör langsam, aber sicher die Sinne benebelte, entschied sie sich für ein großes Glas Leitungswasser zwischendurch.

Schade, dass Kerstin nun weg war. Diese unkomplizierte Freundschaft hätte doch so einfach weiterbestehen können. Zwischen Frau und Frau, auch wenn Kerstin hetero war. Obwohl? Vielleicht hätte sie sogar Ja gesagt und es einfach mal darauf ankommen lassen. Da wäre sie nicht die Erste gewesen!

Endlich gab Dietmar Ruhe. Kula ging nach drinnen, mixte sich doch noch einen weiteren Kitron, diesmal mit viel Eis und

Tonic. Sie fläzte sich wieder in den Liegestuhl und streckte die Beine von sich. Zweifel schoben sich vor die Gedanken an Kerstin.

Ob das alles stimmte, was ihre Freundin an Dietmar auszusetzen gehabt hatte, so am Gartenzaun? Kula kannte nur Kerstins Sichtweise, aber war das die Wahrheit? Mein Gott, dachte sie, was mach ich mir für einen Kopf über Kerstin! Und das auch bloß, weil ich sie auf einmal weit mehr als nett finde! So ganz allmählich war das gekommen. Ein längerer Blick, ein vertrautes Flüstern, wenn Dietmar um die Ecke kam. Und jetzt? Einfach verschwunden! Fühlt sich fast an wie gestorben, dachte Kula und schluckte trocken. Nie wieder Getratsche am Gartenzaun oder im Café beim Einkaufszentrum. Schade, wirklich schade.

Sie atmete ein paarmal tief durch. Und dann tauchte die kleine Dorea wieder in ihrem Kopf auf, die Tochter ihres Cousins Ioannis, und spukte durch ihre Gedanken. So ein süßer kleiner Fratz. *Ob wir hier auch so ein fröhliches kleines Mädchen finden werden, Svenja und ich?*

Kula schrak hoch. Ob Svenja das überhaupt noch wollte? Sobald sie aus Karlsruhe zurück wäre, würde Kula mit ihr reden.

Und dann machen wir einen Kurztrip in irgendein Wellnesshotel im Chiemgau, genau wie Mama vorgeschlagen hat! Und wenn dann alles klar ist und wir uns sicher sein können, dass nichts zwischen uns steht, gehen wir die Adoption an. Wer weiß, wie lange sich der Behördenkram hinziehen wird?

Aber zuerst wird geheiratet!

Wieder keimten Zweifel auf. *Hoffentlich!*

Letzte Sonnenstrahlen malten rosa-violette Muster an den Himmel, durchzogen von einzelnen Kondensstreifen, die wie feine Striche über Kula schimmerten. Sie suchte den Himmel nach ersten Sternen ab, entdeckte aber nur die Venus, die sich als winziges helles Pünktchen zeigte. Kein Vergleich zu dem nächtlichen Gefunkel auf Naxos, stellte sie mit einem tiefen Seufzer fest.

Ein Geräusch ließ sie aufschrecken. War es ein Fenster, das gegenüber zugeschlagen wurde, oder waren es Gedankenfetzen, die wie Nebelschwaden durch ihren Schlummer waberten? Sie richtete sich auf und schlang die Arme um ihren Körper, denn es war frisch geworden. Die leichte Brise, die vom südwärts gelegenen Roten Berg wehte, holte sie in die Realität zurück und ließ sie an Bitterle und den nächsten Tag denken.

Wer brachte einen Grillstandbetreiber um und versenkte die Leiche in der Donau? Und auf solch offenbar bestialische Weise!

Lass gut sein für heute, dachte sie. Geh ins Bett! Darüber kannst du dir morgen noch den Kopf zerbrechen.

Kula erhob sich und taumelte halb schlafend nach drinnen.

Unter der Decke zwang sie sich, ihre Hände still zu halten, denn sie bekam Kerstins Bild nicht aus dem Kopf. Noch bevor sie es jedoch ausknipsen und durch Svenjas ersetzen konnte, war sie eingeschlafen.

9

Donnerstag, 7. Juli, 8.00 Uhr, Söflingen

Punkt acht stand Kula auf der Matte, wenn auch müde. Doch sie war nicht die Erste. Bitterle hatte sich hinter einem Aktenberg verkrochen und brütete darüber. Lukas, neuerdings mit Halbseitenscheitel, lümmelte im Bürostuhl, die nackten Füße auf dem Papierkorb und die Tastatur auf den Knien. Wie üblich.

»Morgen zusammen«, sagte Kula und steuerte auf ihren Platz zu. »Gibt es schon was Neues?«

Bitterle, der ihr gegenübersaß, zog weitere Papierstapel zu sich her. »Guten Morgen, Kula«, sagte er – und lächelte dabei! »Setz dich erst einmal. Gut geschlafen?«

Kula ließ seufzend Luft ab und klemmte sich eine Haarsträhne hinters Ohr. »Wie man's nimmt. Viel lieber wäre ich jetzt bei meinen Eltern in Griechenland. Was ist nun?«

»Um neun sollen wir in der Rechtsmedizin aufkreuzen. Anscheinend hat die Weichselbraun erste Ergebnisse für uns.«

»Und du, Lukas? Was treibt dich so früh an den Rechner?« Sie machte ein paar Schritte auf ihren Kollegen zu und tätschelte, als sie hinter ihm stand, seine Schulter.

»Ich durchforste Zivkovićs Leben, seit er in Ulm ist.«

»Und?«

»Nichts von Bedeutung. Er hatte lange Jahre ein Lokal in Böfingen, den ›Dubrovnik-Grill‹. In der Nähe davon wohnte er zuletzt auch. Vor vier Jahren hat er zusammen mit seiner Frau das ›Loretta am Ausee‹ von seinem Schwiegervater übernommen und einige Zeit später schließlich das ›Plitvička‹ draus gemacht. Ein paarmal gab es Ärger wegen Ruhestörung. Der Verdacht auf illegale Spiele in einem der Nebenräume konnte nicht bestätigt werden. Aber da bleib ich dran. Spannender könnte sein, was davor war.«

»Aha?«

»Zivković ist Kroate und seit 1993 in Deutschland gemeldet. Er hat in diversen Hotels und Restaurants als Koch gearbeitet. München, Augsburg und Nürnberg, alles gute Läden. Mehr weiß ich bislang nicht. Vielleicht gab es da Unregelmäßigkeiten.«

»Na denn?«

Lukas sah hoch. »Was ›Na denn‹? Immerhin sitze ich seit heute früh um sechs hier.« Er streckte Kula die offenen Hände entgegen. »Da, schau, ich habe schon ganz wunde Pfoten!«

Kula schmunzelte. »Das wüsste ich aber. Trotzdem, gute Arbeit, Lukas.«

»Können wir?«, fragte Bitterle, schob seinen Stuhl nach hinten und drängte zur Tür.

***

»Ois ob i nix anders zu tun hätt, als deine Wasserleichen zu sezieren«, maulte Ina Weichselbraun, als Bitterle den Kopf durch den Türspalt in den Sektionssaal steckte.

»Dir auch einen schönen guten Morgen«, antwortete er und ging auf Ina zu. Kula folgte ihm mit Abstand. Bitterle strich Ina über die Wange, lächelte sie an und zupfte an ihren kastanienbraunen Haaren, die zu einem Bob geschnitten waren. »Steht dir gut.«

Ina blieb muffig. »Ist doch wahr! Immer wann i mal was vorhab, hauts es mir wieder an Kadaver aufn Tisch. Oba jetz is eh scho wurscht.« Sie zog das Tuch vom Leichnam und stemmte die Hände in die Hüften. »Des is scho seltsam«, sagte sie und drehte Zivkovićs Schädel zur Seite. »Also ersoffen is er scho mal net.«

Bitterle beugte sich vor und betrachtete einen klaffenden Riss in der Kopfhaut und den dunklen Bluterguss oberhalb der linken Schläfe. Er deutete auf den Kopf des Toten. »Gibt es hierzu schon Erkenntnisse?«

Ina wechselte, wie meist, wenn es amtlich wurde, ins Hochdeutsche. »Rührt wahrscheinlich von einem Sturz oder heftigen Schlag her. Oberflächlich konnte ich Fettreste feststellen. Normales von der Kopfhaut, dazu die in einer Gastroküche üblichen Absonderungen, Fritteusenfett, Aromen und so weiter. Sicherheitshalber habe ich eine Probe davon zur KTU gegeben. Außergewöhnlich allerdings sind die Verletzungen am Körper, also die Messerstiche. Sieben an der Zahl. Die wären ohne jeden Zweifel tödlich gewesen, wurden ihm allerdings erst zugefügt, als er schon tot war oder gerade im Sterben lag.«

»Wie das denn?«, fragte Bitterle und beugte sich nochmals über Zivkovićs Leichnam.

»Er war jedenfalls bewusstlos, und ob er noch was davon mitbekommen hat, ist fraglich. Aber Genaueres kann ich dir erst nach der vollständigen Obduktion sagen, wie üblich«, sagte Ina mit leicht genervtem Unterton.

»Entschuldige, Liebes, aber du sprichst in Rätseln. Sind die Messerstiche nun für den Tod verantwortlich gewesen, oder gibt es einen speziellen Grund für deine Zurückhaltung?«

»Dazu sag ich dir gleich was, wart's ab. Erst nochmals zu den Stichen: Allesamt waren sie unregelmäßig, die meisten reichten bis zum Messerschaft. Tiefe siebzehneinhalb Zentimeter, Breite der Klinge einunddreißig, Stärke vier Millimeter, nach vorne im Bogen spitz zulaufend und mit einer Einbuchtung oberhalb der Schneide.«

»Das klingt nach einem Kampfmesser«, sagte Bitterle.

»Von den Maßen her tippe ich auf ein amerikanisches USMC«, ergänzte Kula und führte weiter aus: »Das steht für ›United States Marine Corps‹, ein Messer, das in der US-Armee während des Zweiten Weltkrieges verwendet wurde. Trotzdem ist es in bestimmten Kreisen immer noch aktuell und fast überall verfügbar.«

»Da schau her, was du alles weißt. Aber schon möglich«, sagte Ina säuerlich, da sie sich ungern unterbrechen ließ.

»Also rohe Gewalt«, sagte Bitterle.

»Oder maßlose Wut. Da muss, so wie es aussieht, ein gewaltiger Zorn dahinterstecken.«

»Todeszeitpunkt?«, meldete sich Kula zu Wort.

»Schwierig. Dem geringen Verwesungszustand nach zu urteilen schätze ich irgendwann zwischen Dienstag am späten Abend und Mittwoch in der Früh, genauer geht es beim besten Willen noch nicht.«

»Alkohol?«, fragte Bitterle.

»Weit über zwei Promille.«

»Also ein ordentlicher Rausch«, meinte Kula.

»Ah geh«, winkte Ina ab. »Doch net bei am Tschuschn, no dazua am Gastronom. Des woa für den net meah wia a kloana Schwips.«

»Na ja, wenn du das so siehst«, sagte Bitterle. »Aber immerhin ist das ein Anhaltspunkt, dem wir nachgehen müssen. Gibt es sonst noch was von Bedeutung?« Er vergrub die Hände in den Hosentaschen und wartete.

»Da wollte ich eh noch drauf zurückkommen. Passt auf: Da ich mir nicht sicher war, ob ein Sturz, ein Schlag oder die Stichverletzungen letzten Endes für den Tod ursächlich gewesen sind, hab ich ein CT gemacht und dabei ein sauberes Aneurysma festgestellt. Groß wie ein Hühnerei. Nicht auszuschließen, dass das ebenso den Tod herbeigeführt haben könnte.«

»Steht diese Hirnblutung vielleicht mit der Kopfwunde in Zusammenhang? Wäre das möglich?«

Ina hob die Schultern. »Do frogst mi wos.«

»Also wissen wir mal wieder gar nichts. Ob Unfall, Totschlag oder Mord – es ist noch alles offen.«

»So schaut's aus. Das, meine Lieben, müssts ihr halt rausfinden. Aber was im Kopf drinnen passiert ist, kann ich dir gleich sagen, Konni.« Ina grinste diebisch. »Bleib halt da, wanns'd di traust.« Sie ging zu einem Edelstahlgestell, griff nach einem Etui und holte eine akkubetriebene Autopsiesäge hervor. Kaum hatte die begonnen zu surren, ergriffen Bitterle und Kula die Flucht.

»Jetz hobts eich net a so. A Blut is eh koans mehr übrig!«, rief Ina ihnen hinterher, aber die beiden waren längst zur Tür hinaus und suchten das Weite.

»Na, dann eben net«, murmelte Ina, schabte Zivkovićs Haare in eine Petrischale und begann, seinen Schädel zu öffnen.

»So weit kommt's noch«, sagte Bitterle, als sie vor seinem neuen Opel standen. »Wir sind doch hier nicht bei Stephen King.«

Nachdem sie eingestiegen waren, lehnte er den Kopf gegen die Nackenstütze und schloss die Augen.

»Und jetzt? Was ist los?«, fragte Kula, als er keine Anstalten machte loszufahren.

»Wer macht so etwas? Wer bringt den Chef einer Grillbude bei einem Stadtfest um? Und vor allem: Warum?« Bitterle fuhr sich übers Gesicht. »Ich kenne den ›Plitvička‹-Stand und habe Samstag sogar zweimal bei ihm gegessen. Das Essen war prima dort, lange Schlangen. Er scheint beliebt gewesen zu sein.«

»Das muss damit überhaupt nichts zu tun haben«, brummelte Kula.

»Das weiß ich selber. Ich habe nur keinen Schimmer, wo wir anfangen sollen. Ich kapier es nicht! Was steckt hinter dieser … ja, eigentlich Übertötung des kroatischen Gastronomen? Bricht da der alte Balkankonflikt wieder auf?«

»Was meinst du?«

»Iris hat am Samstag etwas Seltsames beobachtet.«

»Aha. Und das wäre?«

»Als sie an Zivkovićs Stand vorbeigekommen ist, muss es einen Streit zwischen ihm und einem anderen Standbetreiber gegeben haben. Sie haben sich wohl regelrecht angeschnauzt, am Ende hat der andere die Faust gehoben und auf den Boden gespuckt; voller Verachtung, wie Iris meinte.«

»Weißt du was? Ich glaube, die ganze Harmonie, die da immer zur Schau gestellt wird, auch auf dem Donaufest, ist eine Farce, ist reine Tünche auf einem uralten Konflikt. Warum wohl macht die serbische Regierung wieder so ein Trara um ihre ›unrechtmäßig geraubten‹ Landstriche, wie sie behauptet?«

»Ist das nicht vielleicht doch zu weit hergeholt?«, fragte Bitterle, der sich Kula zugewandt hatte. »Muss jeder regionale Konflikt immer gleich einen großen internationalen Hintergrund haben?«

»Warum nicht? Schau dir bloß mal Zypern an. Manche behaupten, dort lebten nur Leute mit den gleichen Wurzeln. Doch Ende des 15. Jahrhunderts kamen die Osmanen, widmeten zum Beispiel die Krönungskirche in eine Moschee um und machten aus den halb fertigen Kirchtürmen Minarette. Das ist kein einheitliches Volk mehr.«

»Da magst du wohl recht haben.« Bitterle seufzte. »Das gibt's ja auch in Südtirol oder Nordspanien. Überall sind nationalistische Spaltpilze am Werk … Aber die große Politik hilft uns in diesem Fall jetzt erst mal nicht weiter. Wir suchen primär einen Spinner, der auf einen Toten oder Halbtoten einsticht und ihn anschließend in der Donau versenkt. Und das vor gerade mal ein oder zwei Tagen.«

»Also gut. Wie schränken wir den in Frage kommenden Täterkreis ein? Was wissen wir denn überhaupt?«

»Wir haben Informationen über die mutmaßliche Waffe«, sagte Bitterle mit fester Stimme. »Da können wir zunächst ansetzen.«

»Aber so ein Messer bekommst du doch überall, vor allem im Internet. Bei eBay, was weiß ich? Wo willst du anfangen zu suchen?«

»Waffennarren, Bundeswehr, ehemalige Kämpfer, Sammler, Wehrsportgruppen.«

»Da ist es ja nur noch ein Schritt zur Reichsbürgerszene und den Querdenkern. Wir könnten doch mal bei dem Nazi-Typen in Söflingen vorbeischauen, der mich bei der Wohnungssuche damals so angeranzt hat.«

»Bitte, Kula, bleib sachlich!«

Kula stöhnte auf. »Jaja, du hast ja recht. Mich nervt einfach, dass ich, anstatt bei meinen Eltern am Strand faulenzen zu können, mich hier mit so einer Scheiße abgeben muss. Apropos Eltern: Weiß denn Zivkovićs Frau schon Bescheid?«

»Nein, von unserer Seite nicht. Wir haben gestern tagsüber niemanden erreicht. Ich habe nur gehört, dass sein Stand gestern den ganzen Tag geschlossen war.«

»Dann holen wir das jetzt nach. Du oder ich?«

Bitterle nickte müde. »Am besten zusammen. Ich ruf gleich noch mal im ›Plitvička‹ an.« Nach dem zehnten Klingeln legte er auf. »Mailbox. Lass uns trotzdem dort vorbeischauen, es liegt ja auf dem Weg.«

Er wollte die Kupplung treten und den Wagen starten, doch sein Fuß ging ins Leere. Da fiel ihm das Automatikgetriebe ein – er stellte den Hebel auf »P«, trat die Bremse und drückte den Startknopf. Der Motor sprang an. Ging doch!

Sie fuhren von der Prittwitzstraße über die König-Wilhelm- und die Wielandstraße in die Friedrichsau, um direkt bei Zivkovićs Restaurant nachzusehen. Im Schritttempo lenkte Bitterle den Wagen durch den Park und zeigte bei den Fußgängern, die ihnen entgegenkamen, auf das kleine »Polizei«-Schild, das er an die Windschutzscheibe geheftet hatte.

Am Hintereingang des »Plitvička« stellte er den Wagen ab, blieb noch einen Moment sitzen und betrachtete die Umgebung. Vor der schmalen Eingangstür mit dem »Parken verboten«-Schild lag eine ausgefranste weiß gestrichene Spanplatte, den Spuren nach zu urteilen eine Rampe. Rechts daneben hing ein grüner Briefkasten, darüber ein ebenfalls grünes Zeitungsrohr. Alles wirkte nicht nur verlassen, sondern ungepflegt. Der Eindruck verstärkte sich, als Bitterle ausstieg. Zwischen den Bodensteinen schoss Kraut in die Höhe, und überall hatten Brennnesselstauden die Oberhand gewonnen. Linker Hand stapelten sich ausrangierte Möbel, ein wurmstichiger Sichtschutz, Müllsäcke und Farbeimer.

Kula stand neben ihm und deutete auf das Dach. »Voller Moos. Als ob jahrelang nichts mehr gemacht worden wäre.«

Bitterle zeigte nach vorn. »Der Mauersockel sieht auch nicht besser aus. Scheint alles feucht zu sein.«

»Wie kann man so ein Schmuckstück bloß so verwahrlosen

lassen?« Kula ging zur Tür, drückte die Klinke und rüttelte daran. »Abgeschlossen.«

»Was hast du erwartet?«

Kula zuckte mit den Schultern. »Lass uns mal nach vorne gehen.«

Die Ticketbude neben dem Eingang, an der früher Plakate für die kommenden Konzerte klebten, war verrammelt und mit schlampigen Graffiti verunstaltet. Den Zugang zum Biergarten sicherte ein Drahtgeflecht-Bauzaun, die Bierzeltgarnituren standen im Kies oder stapelten sich in der Konzertmuschel und schienen dort auf bessere Zeiten zu warten.

»Was für ein Drama«, sagte Bitterle und strich sich übers Gesicht. »Wenn ich an früher, an die alten Zeiten, denk …«

»Nicht nur du, Konrad. Ich habe hier auch wundervolle Nächte erlebt.«

»Was soll's?«, sagte Bitterle lakonisch. »Von dem Gejammer klärt sich der Fall auch nicht auf. Ich schlage vor, wir schauen mal nach, ob Frau Zivković zu Hause ist.«

Auf dem Weg zurück drückte er das Gesicht gegen eine Scheibe und spähte ins Innere. Wie zu erwarten war die Küche leer. Aber im Gegensatz zum Biergarten und zum Äußeren des Gebäudes schien dort alles neu und aus Edelstahl. Backöfen, Kühlschränke, Fritteusen und mehrflammige Gasherde mit gewaltigen Brennern.

Er ging zurück zu Kula, die sich noch etwas weiter im Biergartenbereich umgesehen hatte. »Absolut niemand da.«

»Wenn Donaufescht isch, hend die g'schlossa, emmer scho, seit der Jugo des übernomma hôt«, kam es lautstark von hinten. Auf dem Weg stand eine alte Frau mit einem Kinderwagen. Sie warf einen kurzen Blick hinein, rüttelte leicht und murmelte etwas. Der Haltung und den Bewegungen nach schien sie die siebzig weit überschritten zu haben, und ihre Brille hätte man vor Jahrzehnten noch als »Kassengestell« bezeichnet.

Sie stapfte über den Weg, raffte ihre Strickjacke vor der Brust zusammen und wandte sich an Bitterle. »Grad schad, dass der Laumüller mit seim ›Loretta‹ nemme dô isch. Do hôt's wenigschtens no an rechta Wurschtsalat g'het, ond selber gschabte Schpätzla mit Sooß. Aber heit? Heit hôt's bloß no Floischberg vom Grill mit ma saura Salat ond denne fettige Pommes.« Sie verzog angewidert das Gesicht. »Aber no schlemmer isch die ganz Batschakablôs, die, wenn se dô send, an jenseits Krawall machet.« Sie schüttelte den Kopf und winkte in Richtung des Gebäudes. »Ond Sie? Suchet Sie ebber? I glaub, die kommet erscht wieder, wenn's Nacht isch.« Sie hustete lange. »Isch einfach nemme des, was es môl gwää isch, gellet Se!« Sie drehte sich um und ging zurück zum Kinderwagen, denn dort fing ein Kind an zu quengeln. »I komm ja scho, mei Butzele, glei isch dei Omale wieder dô!«, rief sie quer durch die Friedrichsau.

»Also ›Batschaken‹ ist ja auch etwas aus der Zeit gefallen«, meinte Kula, die der Seniorin nachsah, bis sie samt Kinderwagen hinter der Hecke verschwunden war. »Was bedeutet das eigentlich genau?«

»Batschaken?« Bitterle kratzte sich über dem Auge. »Soweit ich weiß, nannten die Deutschen die Balkanbewohner im 19. Jahrhundert so. Nicht sehr wohlwollend – muss ich zugeben. Und als Schimpfwort immer noch bei manchen von den ganz Alten im Umlauf. Du weißt schon, so wie … na ja, ›Zigeuner‹ halt oder ›Neger‹. Sagt man ja auch nicht mehr, die Zeiten ändern sich eben. Aber was soll's? Wir haben erst mal ein anderes Problem: Wie gehen wir weiter vor?

Kula schwieg eine Weile, dann sagte sie: »Wir sollten jetzt Zivkovićs Frau zu Hause aufsuchen. Hast du die Adresse parat?«

»Habe ich. Poppenreuteweg, oben in Böfingen.«

»Also, dann los.«

10

Donnerstag, 7. Juli, vormittags, Ulm

Feiner Nieselregen trübte die Sicht, als Bitterle Richtung Thalfingen abbog. Vorausfahrende Fahrzeuge spritzten zusätzlich Straßendreck auf die Frontscheibe, während er die Windungen der Böfinger Steige hochfuhr und rechts in den Poppenreuteweg abbog.

Zivkovićs Reiheneckhaus war eines der letzten vor der Wendeplatte, etwa zweihundert Meter nach der Postfiliale. Der Parkplatz davor war leer. Auch auf der gegenüberliegenden Straßenseite war von den Wagen der Zivkovićs – einem Audi und einen Renault Kombi, wie Lukas herausgefunden hatte – nichts zu sehen.

»Scheint ausgeflogen zu sein, seine Frau«, sagte Kula und schaute die Fassade empor.

»Abwarten, ich seh mal nach«, erwiderte Bitterle und stieg aus. Mit eingezogenem Nacken ging er auf den Eingang zu und drückte den Klingelknopf. Gedämpft war ein Dreiklanggong zu hören, doch nichts rührte sich. Auch beim zweiten Versuch blieb alles still.

Zurück im Wagen, wo Bitterle sich die Nässe von der Stirn wischte, sagte Kula: »Ob sie vielleicht bei ihren Eltern sein könnte?«

»Gute Idee. Weißt du, wo die wohnen?«

»Logisch. Ich habe inzwischen nach deren Adresse geforscht. Wir müssen nach Burlafingen in den Klosterweg.«

Wieder runter zur Donauhalle, links nach Thalfingen und über die Donaubrücke, am Gewerbegebiet vorbei und beim Seniorenheim links weg. Tatsächlich, vor Laumüllers Einfamilienhaus parkte ein weißer Audi A3. Carola Zivković, Laumüllers Tochter, war also bei ihren Eltern!

Das Anwesen war gepflegt, der Garten üppig bewachsen,

und die Blumenpracht zeugte auch ohne Sonnenschein von einem grünen Daumen.

Gleich nach dem Läuten wurde geöffnet, und sie standen einem Mann Ende sechzig gegenüber. Die tiefen Falten an den Wangen und über der Stirn ließen auf ein arbeitsreiches und nicht unbedingt sorgenfreies Leben schließen, die wenigen Haare waren nachlässig nach hinten gelegt. Bitterle erinnerte sich an das Gesicht des Mannes, der ihn vor Jahrzehnten bei Konzerten oder Trinkgelagen mit Kollegen bedient hatte.

»Sie wünschen?«, fragte Jakob Laumüller und hielt dabei den Türflügel mit einer Hand fest.

Bitterle zeigte seinen Ausweis. »Kripo Ulm. Guten Tag, Herr Laumüller. Das ist meine Kollegin Skoulatopulos.«

Kula nickte knapp.

»Wir suchen Ihre Tochter, Frau Carola Zivković.« Bitterle wies mit dem Daumen in Richtung des Audi. »Kann es sein, dass sie bei Ihnen ist?«

»Darf ich fragen, worum es geht?«

»Das würden wir gerne drinnen besprechen, wenn das möglich ist.«

Laumüller zögerte einen Moment, dann gab er die Tür frei. »Bitte, treten Sie ein.« Er ging voraus in ein eigentlich geräumiges Wohnzimmer, in dem jedoch jeder freie Platz mit Pflanzen, Nippes und Pokalen eines Kegelvereins belegt war. Bitterle erinnerte sich an die lautstarken Kegelabende im »Loretta«, vor allem im Winter.

Laumüllers Frau kam aus der Küche, packte ein paar Gartenzeitschriften neben den Stapel auf dem Couchtisch und sagte: »Bitte nehmen Sie Platz. Kann ich Ihnen etwas anbieten? Kaffee, Tee oder ein Kaltgetränk?«

Die Kommissare lehnten ab.

»Also noch mal, worum geht es? Warum sind Sie hier?«, fragte Laumüller, die Arme vor der Brust verschränkt.

Sie wissen noch nichts, dachte Bitterle erstaunt und sagte: »Wir würden gerne, wie gesagt, Ihre Tochter sprechen.«

»In welcher Angelegenheit, wenn ich fragen darf?«

»Nun, das würden wir ihr lieber selber sagen.«

»Sie schläft. Wenn Sie vielleicht in ein oder zwei Stunden wiederkommen könnten?«

Bitterle und Kula wechselten einen Blick.

»So viel Zeit haben wir leider nicht«, übernahm Kula. »Glauben Sie uns, es ist wirklich dringend.«

»Hören Sie«, Frau Laumüller drängte sich an ihrem Mann vorbei, »Carola geht es wirklich nicht gut. Sie war schon gestern nicht am Stand auf dem Donaufest. Ihr Mann muss alles allein mit unserer Enkeltochter Sarah machen.«

Kula sah Bitterle an, und ihm war klar, dass sie das Gleiche dachte wie er zuvor: Die haben keinen Schimmer, was passiert ist. Die wissen von nichts!

»Ist schon gut, Mama. Ich kann eh nicht schlafen.« Carola Zivković kam vom Flur ins Zimmer, ihr Gesicht sah genauso zerknittert aus wie ihr Joggingdress, die dunklen Locken kreuz und quer über den Kopf verteilt. »Sie wollen mich sprechen?«

Bitterle räusperte sich. »Frau Zivković, wir haben leider eine traurige Nachricht für Sie. Möchten Sie sich vielleicht setzen?«

»Was ist passiert?« Carola Zivkovićs Gesichtsfarbe, die eh schon Grau gewesen war, wechselte zu Weiß. Sie sank langsam auf das Sofa, presste die Hände zwischen die Knie und sah zu Boden. Ihre Mundwinkel zuckten.

»Wir müssen Ihnen leider mitteilen, dass wir Ihren Mann tot aufgefunden haben.«

Wie elektrisiert fuhr ihr Kopf hoch. »Das kann nicht sein, nicht Milan! Sie müssen sich irren.«

»Leider nein. Wir sind uns ziemlich sicher.«

Carola Zivković schluckte mehrmals, führte eine Hand zum Mund und biss sich auf die Knöchel.

»Sehen Sie sich in der Lage, ihn zu identifizieren?«

»Wann? Wann soll das gewesen sein?«

»Gestern früh.«

»Und wo? Wo haben Sie ihn gefunden?«

»In der Donau. Am Böfinger Kraftwerk.«

Carola Zivković sprang urplötzlich vom Sofa hoch, trat einen Schritt auf Bitterle zu und packte ihn am Hemd. Dann schrie sie: »Völlig ausgeschlossen! Sie müssen sich irren!« Sie begann, mit den Fäusten auf Bitterles Brust zu trommeln.

Er wehrte ihren Angriff ab und versuchte, ihre Hände zu fassen, doch sie ließ nicht locker. Schließlich wurde Bitterle laut: »Frau Zivković, bitte beruhigen Sie sich!« Er drückte sie behutsam, aber bestimmt zurück aufs Sofa. Dort ließ sie sich fallen und sank schluchzend zusammen.

Kula zog ihr Handy hervor. »Ich rufe, glaub ich, besser einen Notarzt.«

»Tu das«, sagte Bitterle.

11

Donnerstag, 7. Juli, vormittags, Burlafingen

Knapp zehn Minuten später klingelten die Rettungssanitäter bei Laumüllers, prüften Carola Zivkovićs Vitalfunktionen und setzten ihr eine Beruhigungsspritze, die sie sich widerstandslos geben ließ. Sie wurde auf die fahrbare Trage gelegt, mit Gurten gesichert und in den Rettungswagen geschoben. Kula zeigte ihren Ausweis und durfte nach kurzem Zögern des Notarztes mit einsteigen. Die Eltern sahen mit besorgten Gesichtern hinterher.

Nachdem noch einmal Puls und Blutdruck kontrolliert worden waren, sagte der Arzt: »Wir bringen sie in die Donauklinik nach Neu-Ulm. Was ist denn passiert?«

Kula sah ihn unsicher an, gab sich dann einen Ruck und sagte leise: »Ihr Mann wurde tot aufgefunden. Deshalb würde ich ihr gerne ein paar Fragen stellen. Sind Sie damit einverstanden?«

»Nur, wenn sie sich nicht weiter aufregt. Falls doch, werden Sie die Befragung umgehend abbrechen müssen«, sagte der Notarzt und prüfte abermals Puls und Blutdruck.

Carola Zivković, die bisher stumm nach oben geschaut hatte, nickte zaghaft und sagte mit brüchiger Stimme: »Ist schon okay. Was wollen Sie wissen?«

»Wir gehen davon aus, dass Ihr Mann keines natürlichen Todes gestorben ist, sondern Opfer einer Gewalttat wurde. Können Sie mir vielleicht irgendeinen Anhaltspunkt geben, was der Grund sein könnte?«

»Eifersucht«, murmelte sie, während der Rettungswagen durch die Burlafinger Dreißiger-Zone rollte und danach links in Richtung B 10 abbog.

»Was meinen Sie damit?«

Carola Zivković sprach leise und schleppend weiter. »Milan … hat mich … oft betrogen … gerade beim Donaufest.«

»Haben Sie jemand Bestimmten in Verdacht?«

»Na, die Ungarin, wer denn sonst? War doch immer das Gleiche.«

»Wie darf ich das verstehen?«

»Seit Jahren. Kam immer angeschlichen – mit was dabei.«

»Mit was dabei? Was heißt das, ›mit was dabei‹?«

»Paprika, Gewürze. Hat einen Grund gesucht.«

»Welchen Grund?«

Carola Zivković sah Kula entgeistert an. »Um ihn zu treffen und was auszumachen. Was denn sonst?« Sie rieb mit zwei Fingern am Nasenrücken.

»Können Sie mir einen Namen nennen?«

»Benkö. Aranka Benkö. Kommen aus Budapest. Haben beim Fest einen Stand.«

»Und wieso sollte Frau Benkö Ihren Mann töten wollen? Ich sehe da keinen Zusammenhang.«

»Aber sie doch nicht – sondern ihr Mann. Der Ungar.«

Die redet sich noch um Kopf und Kragen, dachte Kula, sah aus dem Heckfenster und beobachtete den Verkehr, der ihnen folgte, ohne ihn direkt wahrzunehmen. Wer außer der betrogenen Ehefrau selbst hätte denn einen Grund haben sollen, ihrem Mann etwas anzutun? Außerdem – der Umstand der Messerstiche wies auf eine hochemotionale Tat hin. Da hatte Ina völlig recht. Eben!

Kula wandte ihren Blick wieder zu der Frau auf der Notfallliege. Carola Zivković war eingeschlafen und atmete ruhig und gleichmäßig.

Der Notarztwagen hatte inzwischen die Ratiopharm Arena erreicht und bog rechts in die Memminger Straße ab, wo der Verkehr ins Stocken kam.

Kula kramte ihr Handy hervor und schickte Bitterle eine Nachricht: »Sie verdächtigt einen Ungarn namens Benkö. Standbetreiber beim Fest. Eifersuchtssache.«

***

Bitterle hatte sich zu einer Tasse Kaffee überreden lassen und saß bei Laumüllers auf dem Wohnzimmersofa. »Es tut mir leid, dass Sie erst jetzt und auf diese Weise erfahren haben, was passiert ist. Unsere Kollegen hatten gestern versucht, Ihre Tochter zu informieren, sie aber weder zu Hause noch am Grillstand oder im ›Plitvička‹ angetroffen und auch telefonisch nicht erreichen können. Dass sie krank ist und sich hier bei Ihnen aufhalten könnte, auf die Idee sind wir in der Hektik erst vorhin gekommen. Was ich mich aber frage: Ihr Schwiegersohn wurde bereits gestern Morgen tot aufgefunden – warum hat Ihre Tochter denn in der Zwischenzeit nicht mal versucht, ihn oder Ihre Enkelin anzurufen und nach der Lage der Dinge beim Grillstand zu fragen? Dann hätte sie doch stutzig werden müssen, dass sie niemanden erreicht, oder?«

»Carola kam Dienstagabend hier an und meinte, es gehe ihr nicht gut, sie werde die nächsten Tage nicht arbeiten und würde auch ihr Handy ausschalten. Milan und Sarah wüssten aber Bescheid und würden sich allein um den Stand kümmern. Da haben wir dann nicht weiter nachgebohrt.«

»Und Ihre Enkelin, Sarah? Die hätte doch am Stand arbeiten sollen. Warum hat sie sich nicht bei ihrer Mutter oder wenigstens bei Ihnen gemeldet und nachgefragt, was los ist, als ihr Vater gestern nicht erschienen ist?«

»Das verstehe ich allerdings auch nicht.« Laumüller ließ die Handflächen auf die Knie fallen. »Ich werde sie gleich anrufen, wenn wir wieder allein sind. Vielleicht ist sie auch plötzlich krank geworden und wollte uns nicht beunruhigen? Oder vermeiden, dass am Ende noch ich mich überwinde und Milan beim Stand helfe, wenn seine beiden Frauen ausfallen? Mein Verhältnis zu unserem Schwiegersohn ist … Verzeihung: war … nicht das beste.«

»Trotzdem! Dass das so schrecklich enden muss mit Milan …«, sagte Frau Laumüller. In ihrer Stimme schwang zugleich die Sorge um ihre Tochter mit.

»Ich hab es ja schon immer gesagt«, brummte ihr Mann. »Der Kerl taugt nichts. Der hat nie was getaugt.«

»Aber Carola hat ihn geliebt, vergiss das nicht. Und lange Zeit war doch alles gut.«

»Pff. Du machst dir immer noch was vor.«

Frau Laumüller hob eine Augenbraue. »Ich geh nach oben und leg mich hin. Hoffentlich kommt unser Mädle bald wieder auf die Beine. Du sagst Bescheid, wenn du was von ihr hörst?«

»Jaja, mach ich.«

Bitterle sah Frau Laumüller nach, wie sie aus dem Wohnzimmer ging. »Tja«, sagte er, trank seine Tasse leer und stand auf. »Fürs Erste war es das wohl. Falls Ihnen noch was einfällt …« Er fischte eine Karte aus der Hosentasche, versuchte, sie glatt zu streichen, und streckte sie Laumüller hin. »Hier können Sie mich erreichen.«

Der nahm sie entgegen, warf aber nur einen flüchtigen Blick darauf und sagte: »Warten Sie, Herr Kommissar, ich bringe Sie noch zur Tür.«

Im Hausflur blieb Bitterle stehen und sah zu den Postern und gerahmten Bildern verschiedener Künstler, von denen viele signiert waren. Er deutete auf ein Schwarz-Weiß-Foto, das einen Mann mit monströsem Schnauz- und Unterlippenbart zeigte. Ebenso ungewöhnlich waren die langen dunklen Locken, die rings um den ansonsten kahlen Schädel wucherten. »Das war in Ihrem ›Loretta‹, Ende der Siebziger, stimmt's?«

Um Laumüllers Lippen spielte ein versonnenes Lächeln. »1981, um genau zu sein. War ein grandioser Klavierabend. Waren Sie dabei?«

»Und ob! Eines der besten Konzerte, die ich je in Ulm erlebt habe. Die Meute hat getobt.«

»Allerdings! Wunderbare Zeiten waren das damals.«

»Warum haben Sie aufgehört?«

»Man bleibt nicht ewig jung. Dazu kam, dass immer mehr Künstler von Agenturen vertreten worden sind und ich mir die Gage für hochklassige Leute einfach nicht mehr leisten konnte. Das Publikum hat gewechselt, die Ansprüche, die Auflagen, GEMA und so weiter.«

»Und dann hat Ihre Tochter das ›Loretta‹ übernommen.«

Laumüller biss sich auf die Unterlippe. »Sozusagen. Ich habe es ihr vor ein paar Jahren überschrieben. Als verspätetes Hochzeitsgeschenk. Für sie und diesen Taugenichts.«

»Das klingt verbittert. Ist etwas vorgefallen?«

»Allerdings. Carola hat nach der Hotelfachschule begonnen, Eventmanagement zu studieren, und um sich das Studium zu finanzieren, hat sie nebenher als Bedienung gejobbt. Leben muss man ja auch noch.«

»Hm.«

»Und dann ist sie in Böfingen im ›Dubrovnik‹ gelandet, bei diesem Zivković. Und, wie's der Teufel will, hat sich Hals über Kopf verliebt und keine Ruhe mehr gegeben. Ich war von Anfang an skeptisch. Aber mein Gott, was will man machen, wenn die Tochter so einen sturen Esel zum Vater hat? Der Apfel fällt bekanntlich nicht weit vom Stamm.«

Bitterle musste an seinen Sohn denken, der unbedingt nach Südafrika gewollt hatte, um dort ein Weingut zu leiten. Und auch der Liebe wegen. »Und dann? Ich meine, nachdem Ihre Tochter und Ihr Schwiegersohn das ›Loretta‹ übernommen und daraus das ›Plitvička‹ gemacht hatten?«

»Anfangs lief alles gut. Die ersten paar Monate wenigstens. Doch dann stand irgendwann die alte Kundschaft aus dem ›Dubrovnik‹ vor der Tür und hat den Laden nach und nach umgekrempelt. Das neue Angebot mit jugoslawischer Küche war zunächst ja noch echt gut, weil kochen konnte der Milan, keine Frage. Aber irgendwann ging's dann halt los. Billigfleisch, Saufgelage … Und vor allem, und das war das Schlimmste: illegales Glücksspiel im Hinterzimmer. Wie viel Milan genau verloren hat, weiß ich nicht. Jedenfalls geriet er zunehmend in Schwierigkeiten. Zwischendurch war er sogar zahlungsunfähig, wie ich von meinen ehemaligen Lieferanten erfahren habe. Zahlungsunfähig, das muss man sich mal vorstellen! Und das bei dieser Goldgrube.«

»Und da haben Sie ihm aus der Patsche geholfen, nehme ich an.«

»Ihm?«, fragte Laumüller zornig. »Nein, meine Tochter

habe ich unterstützt. Von mir hätte der keinen Pfennig bekommen. Nicht den Dreck unterm Fingernagel. Nur gut, dass ich damals darauf bestanden habe, dass Carola als alleinige Besitzerin im Grundbuch eingetragen worden ist, sonst hätte Milan längst das Weite gesucht und wäre mit dem Geld über alle Berge verschwunden.«

»Jaja«, meinte Bitterle lakonisch, »Glücksspiel hat noch selten dem Spieler Glück gebracht.«

»Sehen Sie darin etwa ein Motiv?«

»Kaum. Das letzte Hemd hat bekanntlich keine Taschen. Aber wir werden dem selbstverständlich nachgehen. Möglich ist alles.« Er streckte Laumüller die Hand hin. »Vielen Dank für Ihre Zeit. Hat mich gefreut, Sie kennenzulernen, wenn auch unter den denkbar ungünstigsten Umständen. Sobald wir mehr wissen, werden wir uns bei Ihnen melden. Und alles Gute für Ihre Tochter.«

Zurück im Wagen, hing Bitterle für einen Moment seinen Gedanken nach. Vielleicht waren ja Zivkovićs Finanzprobleme das Motiv? Aber wieso sollte man jemanden umbringen, der einem noch Geld schuldete? Das machte doch überhaupt keinen Sinn. Entweder war da etwas ganz gewaltig aus dem Ruder gelaufen, oder es hatte einen völlig anderen Grund.

Dann entdeckte er Kulas Nachricht und machte sich eine Notiz.

12

Donnerstag, 7. Juli, 16.00 Uhr, Ulm

Bitterle war genervt. Nachdem er sich von Herrn Laumüller verabschiedet hatte, wollte er eigentlich gleich zurück nach Ulm und sich auf die Suche nach dem von Kula genannten Ungarn machen. Dann aber hatte er sich entschieden, zunächst Erkundigungen im persönlichen Umfeld der Zivkovićs einzuholen. Vielleicht hatte Jens Liebeskind ja recht und der Tod des kroatischen Gastronomen gar nichts mit dem Donaufest zu tun, sondern das Motiv war im privaten Bereich zu suchen.

Die Recherchen vor Ort hatten jedoch nichts gebracht. Die Nachbarn der Laumüllers waren entweder nicht zu Hause gewesen oder wussten nichts. Und in Böfingen, wo Bitterle rund um Zivkovićs ehemaliges Lokal »Dubrovnik« von Tür zu Tür gezogen war, hatte er ebenfalls nichts Entscheidendes erfahren. Die Ehe der Zivkovićs war zwar nicht konfliktfrei, aber zumindest nach außen nicht übermäßig zerrüttet und das Glücksspiel im Hinterzimmer ein offenes Geheimnis gewesen.

Nun war es bereits nachmittags, und Bitterle hatte weder eine heiße Spur noch einen neuen Ermittlungsansatz entdeckt. Immerhin war es Kula inzwischen gelungen, im Krankenhaus ein weiteres Mal mit Carola Zivković zu sprechen. Allerdings hatte sie, wie sie Bitterle telefonisch berichtete, zunächst stundenlang warten müssen, bis sie zur Witwe vorgelassen wurde. Und dann war die Befragung auch noch ein Schlag ins Wasser gewesen. Carola Zivković hatte ihren Verdacht gegen den Ungarn Benkö bekräftigt, sich ansonsten aber ahnungslos gegeben. Der Tatabend sei ohne besondere Vorkommnisse verlaufen, abgesehen davon, dass ihr irgendwann schlecht geworden sei. Daraufhin habe sie das Lokal ohne ihren Mann verlassen und sei zu ihren Eltern gefahren.

Neben dieser vagen und – wie Kula meinte – »irgendwie

ausweichenden« Schilderung hatte Carola zudem noch besorgt erzählt, dass ihre Tochter, Sarah Schwarz, am Dienstagabend das »Plitvička« vor ihren Eltern verlassen hatte und seitdem nicht erreichbar war, was bei Kula die Alarmglocken schrillen ließ.

Da Herr Laumüller sich ebenfalls über den Verbleib seiner Enkelin verwundert gezeigt hatte, mochte Bitterle gar nicht daran denken, dass ihnen nun womöglich sogar noch ein Vermisstenfall ins Haus stand. Er hoffte, die anstehenden Befragungen auf dem Donaufest würden endlich Ergebnisse bringen.

In der Stadtmitte parkte er frech direkt vor dem Weishaupt-Museum, klemmte das »Polizei im Einsatz«-Schild an die Windschutzscheibe und machte sich auf den Weg zur Donau.

Mirko Stanković, der Chef der Sicherheitsfirma »SMS – Security Mirko Stanković«, der der Ulmer Kripo schon öfters gute Dienste geleistet hatte, lehnte an der Mauer des Metzgerturms und sah den steilen Kopfsteinpflasterweg nach oben in Richtung Rathaus. Sein Blick war starr auf die Massen der Besucher gerichtet, die sich über das holprige Pflaster langsam zum Donaufest quälten, mit zum Teil abenteuerlich unpassendem Schuhwerk. Als er Bitterle entdeckte, winkte er ihm zu.

Bitterle trat aus der Schlange. »Na, heute selbst am Posten? Wie geht es Ihnen?«

»Ach Gott, ja. Hab schon lange nicht mehr so viele Menschen auf einem Haufen gesehen. Aber klar, nach der langen Durststrecke wollen jetzt alle raus und feiern. Gott sei Dank gibt es keine Einschränkungen mehr. Was haben wir uns im Vorfeld einen Kopf gemacht wegen Tests und verschiedenfarbigen Tagesbändchen, damit die Gäste ohne Schikane von hier nach Neu-Ulm und zurück können. Sogar bewachte Zugänge an den Ufern und so weiter.« Mirko grinste breit. »Zum Glück war die Mühe umsonst.«

»Da sagen Sie was.« Seinen Zweifel, ob da nicht im Herbst erneut ein Bumerang draus werden könnte, behielt Bitterle für sich.

»Und bei dir?« Mirko hielt kurz inne und fuhr dann fort: »Oh, sorry. Tut mir leid, dass ich Sie gerade geduzt habe, ist mir einfach so rausgerutscht.«

Bitterle lächelte. »Kein Problem. Wir kennen uns nun schon so lange, und irgendwie gehören Sie ja quasi zur Familie.« Er streckte Stanković die Hand entgegen. »Also, ab jetzt bin ich der Konrad für dich.«

»Und ich für dich der Mirko!« Er nahm Bitterles Hand und schüttelte sie heftig. »Prima. Bin froh, dass du nicht böse bist deswegen.« Dann knuffte er Bitterle gegen die Schulter. »Wirklich schlimm, was da passiert ist. Seid ihr schon weiter mit dem toten Kroaten, diesem Zivković?«

»Nein, nicht wirklich. Viel kann ich dir eh nicht dazu sagen, du weißt schon …«

»Klar, laufende Ermittlungen.«

»So ist es. Aber bei einer Sache könntest du mir vielleicht weiterhelfen«, sagte Bitterle mit nun gedämpfter Stimme und kam einen Schritt näher auf Mirko zu. »Ist dir irgendein Streit zwischen Zivković und einem Landsmann oder, besser gesagt, einem Mann aus Ex-Jugoslawien aufgefallen?«

»Du meinst, ob er hier auf dem Fest Krach mit einem anderen Kroaten oder Serben gehabt hätte?« Mirko rieb sich übers Kinn und schürzte die Lippen. »Also offiziell ist alles in Ordnung. Da achtet schon die Organisation drauf. Keiner will, dass es da Stunk gibt, jetzt, wo man endlich wieder unbeschwert feiern kann. Aber du weißt ja selbst, wie es manchmal unter der glatten Oberfläche brodelt. Gerade in letzter Zeit gibt es da wieder so Gerüchte von wegen gegenseitige Gebietsansprüche.« Mirkos Blick wanderte nachdenklich den Boden entlang und dann wieder hoch zu Bitterle. »Aber: Nein, ehrlich gesagt kann ich mir nicht vorstellen, dass deswegen jemand den Zivković umbringen sollte. Er war ja hier voll integriert. Und sein Essen war auch okay, früher jedenfalls.«

»Wie meinst du das?«

»Na ja, mehr Fleisch auf dem Teller ohne höhere Preise, irgendwie muss doch da die Qualität leiden, oder?«

Bitterle schob den kurz aufflackernden Gedanken an die Nacht nach Schaschlik, Weizen und Blaubeerjoghurt beiseite und fragte stattdessen: »Und aus dem Umfeld des ›Plitvička‹?«

»Da weiß ich nichts. Ganz früher war ich öfters in seinem alten Gasthaus, dem ›Dubrovnik‹, oben in Böfingen. Aber inzwischen habe ich mit der Heimattümelei nichts mehr am Hut. Außerdem gehen mir die Zocker auf den Geist. Recht raue Burschen zum Teil, wenn du weißt, was ich meine.«

»So in etwa. Dass im ›Plitvička‹ Pokerrunden laufen, scheint ja ein offenes Geheimnis zu sein. Weißt du was von Schulden?«

»Wie gesagt, ich habe keinen Kontakt mehr. Außerdem, warum sollte wer jemanden umbringen, der bei ihm Schulden hat? Da bricht man dem lieber einen Finger als Warnung oder legt Feuer oder so.«

»Ja, das hatte ich mir auch schon überlegt … Und auf dem Fest selbst«, Bitterle deutete zum Torbogen, »ist dir da irgendetwas Ungewöhnliches aufgefallen?«

»Keine Chance. Weißt du, was drinnen auf der Wiese passiert, da kriege ich so gut wie nichts mit. Bin entweder hier oder im Büro, um Schichten zu koordinieren. Und bei den Mengen an Besuchern – beim letzten Mal waren das um die dreihunderttausend, heuer erwarten sie noch mehr –, also, da bin ich wirklich überfragt. Tut mir leid. Aber ich könnte mir vorstellen, dass einer seiner Standnachbarn etwas beobachtet haben könnte.«

»Richtig. Genau deswegen bin ich auch hier. Trotzdem, falls dir noch was einfällt, du weißt, wie du mich erreichst.«

»Oder die Kula …« Mirko grinste. Dann knackte sein Sprechfunkgerät, das er an die rechte Brusttasche geklemmt hatte. »Was gibt's?«

»Stress an der Blaubrücke beim Zillentaxi. Zwei Radfahrer wollen ums Verrecken nicht absteigen.«

»Okay, ich komme!« Er zuckte mit den Schultern und sagte zu Bitterle: »Immer das Gleiche. Ein paar von denen kapieren es einfach nie.«

Bitterle hob die Hand. »Bis bald!«

Der Platz, auf dem er mit Iris letzte Woche gesessen und die Cevapcici gegessen hatte, war frei, und Bitterle setzte sich so, dass er Zivkovićs geschlossenen Stand und dessen Umfeld im Blick hatte. Blöd, dass ich im Dienst bin, dachte er, denn das Verlangen nach einem Weizen wurde umso größer, je länger er die Gäste auf den Bierzeltgarnituren um sich herum betrachtete.

Er fummelte das Notizbuch aus der Gesäßtasche, befeuchtete den Finger und blätterte durch die letzten Eintragungen.

Ungarn wegen Verhältnis zu Z. fragen! (Eifersucht?)
Wer hat warum bei Z.s Stand auf den Boden gespuckt? (Könnte Landsmann oder Serbe gewesen sein)
Wer sind Standnachbarn? Wer hat was bemerkt?

Bitterle kratzte sich an der Nase. Hatte Kula den von Frau Zivković verdächtigten Ungarn nicht sogar benannt? Er zog sein Handy hervor und wischte durch die Nachrichten. Richtig! Benkö war der Name.

Auf seinem Weg zu einem Infostand, um sich den Lageplan des Festes zu besorgen, kam Bitterle eine schnatternde Touristengruppe entgegen und hinderte ihn am Weitergehen. Die rund vierzig Gäste – augenscheinlich Asiaten – scharten sich um einen Guide mit rotem Fähnchen und kleinem Megafon, der wild durch die Gegend fuchtelte und in scheinbarem Kauderwelsch auf sie einredete. Außer den Wörtern »Stadtmauer« und »Donau« verstand Bitterle rein gar nichts.

Der Infostand war umringt von einer Traube Besucher, und Bitterle stellte sich hinten an. Es dauerte und dauerte jedoch, sodass er langsam unruhig und zudem seine Kehle immer trockener wurde. Schließlich siegte sein Durst, er verließ die Warteschlange, ging zum nächsten Ausschank der örtlichen Brauerei und suchte sich mit einem leichten Hefeweizen einen Sitzplatz. Zum Glück hatten an dem Bierstand ebenfalls Lagepläne ausgelegen, und er konnte ihn nun in aller Ruhe studieren. István Benkö bot Feinkost und Handwerkskunst an, sein Stand lag keine hundert Meter flussabwärts. Die beiden serbischen Gastrostände auf der Neu-Ulmer Seite spare ich mir für später auf, überlegte Bitterle, trank zügig aus und machte sich auf den Weg.

Am Rand des Donaufestes, kurz vor der Herdbrücke, entdeckte er Benkös Stand. Bitterle blieb ein paar Meter davor stehen und besah sich das Ganze.

Zu beiden Seiten hingen die ungarischen Nationalflaggen in Rot-Weiß-Grün schlaff an kurzen Stangen. Ein Mann und eine Frau saßen hinter einem vollgepackten Tisch. Der Mann sah müde aus. Er war in Hirtentracht gekleidet und hatte dunkle Ringe unter den geschwollenen Augen. Die Frau daneben trug eine helle, bunt bedruckte Seidenbluse in modischem Schnitt, einen dunkelblauen Faltenrock und hatte die Haare zu einem Kranz geflochten. Sie wirkte wacher, aber schien sich zu langweilen, denn weit und breit war keine Kundschaft zu sehen.

Das Regal an der Rückwand war bis zur Decke mit Lebensmitteln vollgestellt. Bitterle entdeckte Gulasch in Konservendosen, Beutel mit Paprikapulver und Maismehl sowie verschiedene Salamisorten, die in Folie eingeschweißt waren. Marzipankugeln in Zellophan lagen neben Gläsern mit eingelegten Paprikaschoten. Auf den nächsten Brettern reihten sich Getränke. Weiße Tokajerweine verschiedenster Qualität und Jahrgänge standen neben »Erlauer Stierblut«, dem Sinnbild ungarischen Rotweins. Noch weiter unten sah Bitterle Aprikosenschnäpse und original »Barack«, von mini für die Hosentasche bis zu bauchig-runden Literflaschen. Den Abschluss bildete eine Reihe dunkelgrüner Glaskugeln mit weißem Kreuz auf rotem Grund: »Unicum«, der berühmt-berüchtigte ungarische Schnaps, der angeblich aus über vierzig Kräutern destilliert wird und Tote zum Leben erwecken soll.

Bitterle trat näher an den Stand und betrachtete das Angebot an Handwerkskunst. Neben den üblichen Touristenmitbringseln wie Aschenbechern mit Parlamentsmotiv, Keramikvasen und verzierten Enteneiern für den Osterstrauß gab es auch Glaskunst in schillernden Farben, hauptsächlich Vögel und Phantasiegebilde; echtes Kunsthandwerk, soweit er es beurteilen konnte. Er überlegte kurz, ob er für Iris etwas kaufen sollte, konnte sich aber auf die Schnelle nicht entscheiden.

»Kann ich Ihnen helfen?«, fragte die Frau, während sie aufstand und an der Bluse herumzupfte.

Bitterle kam gleich zur Sache und zeigte seinen Ausweis. »Kriminalhauptkommissar Bitterle von der Ulmer Mordkommission. Sind Sie Frau Benkö?«

Der Mann ruckelte unruhig auf seinem Stuhl herum, während die Frau sich versteifte und erwiderte: »Ja, das bin ich. Und das ist mein Mann István. Was wollen Sie von uns?«

Bitterle bemerkte das beinahe akzentfreie Deutsch. »Keine Sorge, ich hätte da nur ein paar Fragen.«

»Geht es um Milan, ich meine, um Herrn Zivković?«

Bitterle nickte.

Herr Benkö blickte seine Frau an und räusperte sich ausgiebig. Dabei entströmte ihm eine Schnapsfahne.

»István, ich glaube, du brauchst dringend einen Kaffee. Ich hole dir einen – nicht, dass du mir hier noch einschläfst. Der Tag ist noch lang.« Und an Bitterle gewandt: »Kommen Sie, Kaffee gibt's nicht weit von hier, Sie können mich gerne begleiten.«

Aha, dachte Bitterle, die Dame hat Geheimisse. Er folgte Frau Benkö zum Uferweg.

Sie steuerte auf eine Bank zu, setzte sich und sah Bitterle zweifelnd an. »Geht also immer noch das alte Gerücht um?«

»Ich weiß nicht genau, wovon Sie reden. Mir wurde nur gesagt, dass Sie mit Herrn Zivković bekannt gewesen sind, und mich interessieren die Umstände davon. Woher kannten Sie sich?«

»Na ja, von hier, vom Donaufest. Wir sind ja fast Standnachbarn.«

»Und wie lange schon?«

»Nicht von Anfang an. István und ich kamen erst später dazu. Vor zwölf oder vierzehn Jahren. Ganz genau weiß ich das gerade nicht mehr. Es ist zu viel passiert seitdem.«

Bitterle schwieg, er wollte Frau Benkö Zeit lassen.

»Ja, mein Gott, Milan und ich hatten mal was miteinander.« Sie knetete ihre Finger. »Es war eine einmalige Angelegenheit, und das ist Jahre her.«

»Geht das etwas genauer, bitte? Es wird behauptet, Ihr Mann könnte etwas mit Zivkovićs Tod zu tun haben.«

Frau Benkö richtete sich auf und sah Bitterle amüsiert an. »Wie bitte? Also das ist absoluter Blödsinn. Wer behauptet denn so einen Quatsch?«

»Dazu kann ich Ihnen leider nichts sagen. Trotzdem: Was ist damals vorgefallen, dass es nach so langer Zeit immer noch ein Thema sein könnte?«

Frau Benkö sah zum Neu-Ulmer Ufer. »Es war 2016, beim Abschlussfest aller Teilnehmer. István, also mein Mann, hatte an dem Abend zu viel getrunken und saß in der Ecke und schlief. Ich aber wollte noch tanzen. Da kam Milan auf mich zu, hat mich an der Hand geschnappt und in die Mitte gezogen. Dabei wurde es recht eng, wir sind anschließend noch die Donau entlang und … na ja. Seine Frau hat uns wohl dabei beobachtet und mir am nächsten Tag eine Szene gemacht. Vor allen Leuten und vor allem vor meinem Mann. Es hat lange gedauert, bis er sich wieder beruhigt hatte.« Frau Benkö sah hoch. »Reicht Ihnen das? Sind Sie nun zufrieden?«

»Nein, ich bin nicht zufrieden. Ganz und gar nicht, denn ich stochere sehr ungern in Privatangelegenheiten anderer Leute herum. Das müssen Sie mir glauben.«

Frau Benkö hielt die Finger verschränkt und knipste die Daumennägel gegeneinander.

»Und heute, was ist heute? Haben – oder besser: hatten – Sie immer noch Kontakt?«

»Nein. Wenn wir uns begegnet sind, sagten wir kurz ›Hallo‹ oder hoben auch bloß die Hand. Ansonsten gingen wir uns aus dem Weg.«

»Hat das einen Grund?«

»Es war ein Fehler und hat viel kaputtgemacht, das wussten wir schon damals. Außerdem ist seine Frau immer noch sauer auf mich, wie es scheint. Also, was soll's?«

»Na ja, hier geht es immerhin um ein Kapitalverbrechen, und ich muss jedem Hinweis nachgehen, sei er auch noch so abwegig.« Bitterle holte tief Luft und fragte dann leise: »Können Sie mir sagen, wo Ihr Mann in der Nacht von Dienstag auf Mittwoch war? So zwischen dreiundzwanzig Uhr und vier Uhr morgens.«

Frau Benkö runzelte die Stirn. »Sie haben vielleicht Nerven. Ich bin froh, wenn ich den überhaupt ins Bett kriege, so wie der jeden Abend beieinander ist. Und am nächsten Tag das Gleiche rückwärts. Keinen Schritt könnte der mehr machen bei Nacht, so wie der immer zugedröhnt ist.«

»Hmm. Für seinen übermäßigen Alkoholkonsum gibt es doch bestimmt einen Grund, oder?«

»Es gibt für alles einen Grund, natürlich. Mein István war Journalist bei der ›Népszabi‹. Das ist die ›Volksfreiheit‹ und war bis zu ihrer Einstellung 2016 die größte Tageszeitung Ungarns. Sie galt als unabhängig, aber nach ein paar allzu kritischen Bemerkungen gegen die Regierung wurde István auf Betreiben staatlicher Kontrollbehörden trotzdem vom Politikressort in die Wirtschaftsabteilung versetzt, weil die Zeitung sonst mit Bußgeld belegt worden wäre. Auch dort hat er dann noch eine Zeit lang kritische Artikel recherchiert – woher so manches Geld kommt und in welchen Taschen es verschwindet –, bis sie ihn in die Sportredaktion gesteckt haben. Und Sport«, Frau Benkö schnaubte spöttisch, »Sport war noch nie sein Ding.« Sie blickte wieder in die Ferne und nagte an ihrer Unterlippe. »Also hat er 2015 gekündigt und versucht, eine eigene, kritisch und unabhängig berichtende Zeitung aufzubauen. Bis ein wahrscheinlich regierungsnaher Schlägertrupp die provisorischen Redaktionsräume verwüstet und meinen Mann niedergeschlagen hat. Er wurde mit mehreren Rippenbrüchen ins Krankenhaus gebracht. Von diesem Schock hat er sich nicht mehr erholt und den Glauben an die Wahrheit und die journalistische Verpflichtung dazu verloren. Tja«, Frau Benkö sah Bitterle mit traurigen Augen an und holte tief Luft, »und danach hat er mit dem Trinken angefangen. Also, ich meine, mehr als die üblichen ein oder zwei Gläser Wein am Abend.«

»Das klingt wirklich schrecklich. Aber Ihren Stand hier in Ulm betreiben Sie doch schon etwas länger. Wie ist es denn dazu gekommen, wenn ich fragen darf?«

Frau Benkö lächelte das erste Mal. »Dürfen Sie. Ich war damals ungarische Landesbeauftragte für Städtepartnerschaften und hatte somit Kontakt zu allen möglichen europäischen Kulturveranstaltern.«

»Deshalb sprechen Sie auch so perfekt Deutsch.«

»Perfekt? Na ja … Jedenfalls ergab es sich dadurch, dass ich eines Tages hier gelandet bin, um alle zwei Jahre mein Heimatland auf dem Donaufest zu repräsentieren. Für mich ist das schon immer wie Urlaub gewesen, und jetzt versuche ich, meinen István damit wieder auf andere Gedanken zu bringen.«

Was aber offensichtlich nicht so recht klappt, dachte Bitterle, wollte das Thema für den Moment jedoch nicht weiter vertiefen. »Zurück zu meiner Frage nach dem Alibi Ihres Mannes: Ich glaube Ihnen. Nichtsdestotrotz brauche ich das Ganze auch noch mal schriftlich.«

»Und das heißt?«

»Das heißt, dass Sie in die Kriminalpolizeidirektion nach Söflingen kommen und dort eine schriftlich protokollierte Aussage machen müssen.«

»Nach Söflingen? Aber das ist ja ganz am anderen Ende der Stadt! So lange möchte ich István nicht alleine lassen, kann ich ja gar nicht. Außerdem sind die letzten Tage des Festes immer die umsatzstärksten.«

»Verstehe.« Bitterle überlegte, wie er Frau Benkö entgegenkommen könnte. »Wissen Sie was? Ich mache Ihnen einen Vorschlag: Ich schreibe das Protokoll unseres Gesprächs ohne Sie und schicke es noch heute an die entsprechende Dienststelle im Neuen Bau. Das ist das große Backsteinhaus mit dem steilen Dach, nicht weit von hier, gleich gegenüber dem Stadthaus am Münsterplatz.«

»Ja, das Gebäude kenne ich. Im Innenhof stehen Polizeiautos.«

»Ganz genau.« Bitterle holte seinen Notizblock hervor, schrieb etwas auf und riss die Seite heraus. »Hier haben Sie den Namen und die Zimmernummer. Die entsprechende Dienststelle befindet sich im zweiten Stock. Sie gehen morgen Vormittag hin, lesen sich alles durch, und wenn es aus Ihrer Sicht passt, unterschreiben Sie einfach. Damit ist der Fall dann erledigt.« Bitterle stand auf. »Vielen Dank für Ihre Zeit, Frau Benkö, machen Sie's gut und viel Glück.«

»Danke. Das können wir gebrauchen. Die Zeiten werden nicht besser.« Sie stand ebenfalls auf und ging zurück Richtung Stand.

»Vergessen Sie nicht, Ihrem Mann den Kaffee zu bringen!«

Frau Benkö schlug sich mit der flachen Hand gegen die Stirn und machte kehrt. »Danke! *Viszontlátásra!*«

Bitterle schickte Kula eine Nachricht.

13

Donnerstag, 7. Juli, gegen 17.00 Uhr, Söflingen

Kurz nach fünf am Nachmittag war die Hitze immer noch brüllend. Kula hatte trotz der Klimaanlage einen Tischventilator direkt hinter ihren Bildschirm gestellt und hielt ihr Gesicht in den Luftstrom. Aufgewirbelte Staubflöckchen kitzelten in der Nase, sie musste kräftig niesen.

Passt ja zu diesem Scheißtag, dachte sie frustriert. Erst das ewige Warten im Krankenhaus, dann das unergiebige Gespräch mit der maulfaulen Carola Zivković, die sich über den Ablauf des Dienstags seltsam schmallippig gezeigt hatte. Auch zu den Gründen, weshalb sie am Abend nicht mit ihrem Mann in die gemeinsame Wohnung, sondern zu den Eltern nach Burlafingen gefahren war, hatte sie sich ausgeschwiegen. Und obendrein kam jetzt noch die Sorge um Sarah Schwarz hinzu, die nach wie vor verschwunden war. Kula hatte sich vom Krankenhaus aus sofort zu Sarahs Wohnung auf dem Eselsberg aufgemacht und, nachdem dort nicht geöffnet worden war, in der Nachbarschaft herumgefragt, wo die Tochter der Zivkovićs sein könnte. Umsonst, niemand wusste etwas.

»Na, Sie lassen es sich ja gut gehen«, sagte Julia Michalek, als sie an Kulas Büro vorbeikam.

»Na ja, ’ne Dusche wär mir lieber oder gleich ganz zum Baggersee.« Kula drehte sich kurz um, sah die Michalek mit einem säuerlichen Gesichtsausdruck an und wandte sich wieder dem Bildschirm beziehungsweise dem Ventilator zu.

»Das glaube ich Ihnen gleich. Zumal Sie ja noch Ihren Urlaub haben unterbrechen müssen. Fahren Sie, wenn der Fall gelöst ist, noch mal zurück zu Ihren Eltern?«

»Mal sehen. Im neuen Häuschen gibt es auch noch jede Menge zu tun. Vor allem jetzt im Garten.«

»Also, ich freu mich wirklich, dass das endlich geklappt

hat. – Aber deswegen bin ich natürlich nicht hier. Eigentlich wollte ich Sie vorwarnen.«

»Wovor?« Kula drehte sich erneut zu Julia Michalek um. »Wovor müssen Sie mich warnen?«

Die Abteilungssekretärin zog die Augenbrauen nach oben und säuselte: »Unser lieber Herr Dr. Sprekel ist im Anmarsch. Der Kriminalrat ist des Golfens im Chiemgau müde und meinte, er müsse hier nach dem Rechten sehen.«

»Woher weiß der denn schon wieder von unserer Leiche? Ist die Pressemitteilung etwa schon raus?«

Michalek hob die Schultern. »Keine Ahnung, im Radio geht so was ja ruckzuck. Aber dass der Doktor beim Golfen die Ulmer Lokalsender hört, das bezweifle ich schon. Jedenfalls, von mir weiß er das bestimmt nicht. Aber wisst Se, manchmal glaub ich, der hat hier seine geheimen Zuträger. Ich glaub, dem Bitterle sollte man das auch stecken. Auf den hat er sich immer besonders eingeschossen.«

»Da ist allerdings was dran.« Kula grinste und zeigte ihre Wangengrübchen. »Ich werde es weiterleiten.«

Dann meldete ihr Handy den Eingang einer Nachricht von Bitterle: »Habe Aranka Benkö befragt. Sie und ihr Mann hatten schon lange keinen Kontakt mehr zu den Zivkovićs. Carola Zivković lügt also, oder zumindest verbirgt sie etwas. Bitte umgehend nachprüfen!«

Kula war gottfroh, sich aus dem Staub machen zu können, jagte nach draußen und schwang sich auf ihr Motorrad. Um von Söflingen zur Donauklinik in Neu-Ulm zu kommen, fuhr sie wegen des Feierabendverkehrs nicht die übliche Strecke über den Hindenburgring und weiter über die B 28, sondern wählte Schleichwege, die sie über den Galgenberg zur Adenauerbrücke brachten. Und von der Schützenstraße mit Blick auf den Wasserturm, unter der Eisenbahnbrücke hindurch, war es nur noch ein Katzensprung bis zum Krankenhaus.

Sie bockte die Ninja vor dem Haupteingang auf, schüttelte ihre Haare durch und ging zur Rezeption. »Hallo, Skoulatopulos mein Name, Kripo Ulm. Ich war heute Vormittag dabei, als Frau Zivković hier eingeliefert wurde, und habe sie mittags dann sprechen dürfen. Jetzt hätte ich noch ein paar weitere dringende Fragen an sie. Ist sie noch auf ihrem Zimmer?«

»Augenblick«, sagte die Rezeptionistin, die müde aussah und bestimmt kurz vor der Rente stand, »ich schau eben nach.«

Kula trat von einem Bein aufs andere und versuchte, einen Blick auf den Monitor zu werfen.

»Ich rufe mal auf Station an, kleinen Moment bitte.«

Kula zog ihre Lederjacke aus, klemmte sie in die Armbeuge und fächelte sich mit der freien Hand Luft zu. Ich brauche dringendst eine Dusche und ein Bier, ging es ihr durch den Kopf. Wird Zeit, dass ich nach Hause komme!

»Hallo?«

Kula trat dicht an die Rezeption. »Ja. Ist sie da? Kann ich mit ihr sprechen?«

»Sie sagen, Frau Zivković sei in die Neurologische gebracht worden, um noch ein paar Untersuchungen zu machen.«

»Wissen Sie, wie lange das dauern wird?«

»Tut mir leid. Aber vor morgen wird Frau Zivković nicht zu sprechen sein. Ist es denn wirklich so wichtig?«

»Allerdings. Aber haben Sie trotzdem vielen Dank!«

Und jetzt? Am liebsten wäre Kula nach Hause, hätte kalt geduscht und sich danach in den Garten gesetzt. Dem Amselmännchen beim Abendlied zugehört und sich einen Kitron auf Eis genehmigt. Aber als sie an Lukas dachte, wie der schon seit dem frühen Morgen vor seinen Bildschirmen saß und die Personalakten von Milan Zivkovićs Arbeitsstellen vor der Zeit in Ulm durchstöberte, gab sie sich einen Ruck und fuhr auf demselben Weg zurück nach Söflingen.

Kaum in der Dienststelle angekommen, versperrte Kriminalrat Dr. Sprekel ihr den Weg. In seiner mokkafarbenen Leinenhose und dem quer gestreiften Poloshirt, eine hellblaue Sommerjacke lässig am Finger über die Schulter gehängt, sah er eher nach einem sich verlaufen habenden Urlauber aus als nach dem Direktor der Abteilung für Tötungsdelikte. Was allerdings überhaupt nicht ins Bild passte, war der Krückstock, auf den er sich aufgestützt hatte.

Wohl auch deswegen raunzte er in genervtem Tonfall: »Wo waren Sie?«

Kulas Miene wurde eisig. »Arbeit, Herr Doktor. Was sonst?«

»Wie ›was sonst‹? Wie weit sind Sie? Hat Bitterle etwa schon die Presse informiert? Ohne mein Wissen?«

»Was hätten wir denn Ihrer Meinung nach tun sollen? Warten, bis das Donaufest vorbei ist? Dass aus der Donau eine Leiche geborgen wurde, ein Gastronom, der auf dem Donaufest einen Stand hatte, haben die Spatzen schon längst von den Dächern gepfiffen. Außerdem – wie hätten wir Sie informieren sollen? Sie waren im Chiemgau und wollten ›bestimmt nicht gestört werden‹. Waren nicht genau das Ihre Worte?«

Sprekel kniff die Augen zu Schlitzen, streckte den Finger in Kulas Richtung und sagte: »Das ist doch etwas völlig anderes! Aber wie dem auch sei: Ich erwarte äußerste Diskretion, was diesen Fall angeht. Und sehen Sie zu, dass Sie schnellstens Ergebnisse liefern und den oder die Täter fassen. Wie stehe ich sonst da? Ich bin nicht gewillt, mir Ihretwegen Unfähigkeit nachsagen zu lassen.« Sprekel räusperte sich.

»Da können Sie ganz beruhigt sein, Herr Doktor. Bis jetzt haben wir noch jeden Fall gelöst und die Täter ihren gerechten Strafen zugeführt.« Mein Gott, wie geschwollen rede ich denn mit dem Depp, ärgerte sie sich im Stillen. »Und jetzt bitte ich Sie, mich zu entschuldigen, mein Kollege Langenwalter braucht meine Hilfe. Sonst werden wir nie fertig.« Damit ließ sie Sprekel stehen und stapfte laut den Gang entlang.

14

Donnerstag, 7. Juli, 18.30 Uhr, Ulm

Inzwischen war es halb sieben geworden, das Festgelände füllte sich, immer mehr Besucher standen an den Gastroständen Schlange. Auch Bitterle verspürte Hunger, entschied sich aber zuerst für die Arbeit und nahm das Zillentaxi nach Neu-Ulm. Iris hatte den Mann, der sich an Zivkovićs Stand so unflätig benommen hatte, als groß, massig und mit langer grauer Mähne beschrieben, insgesamt ungepflegt wirkend. Entlang des Ufers waren zwei serbische Imbissbuden im Lageplan eingezeichnet, die Bitterle sich nun näher anschauen wollte. Und gleich bei der ersten hatte er Glück.

Sie stand in unmittelbarer Nähe der Bühne, auf der erst vor wenigen Tagen das ungarische Jazzensemble gespielt hatte, das Bitterle ewig in Erinnerung bleiben würde. »Balkan Grill – Ivo Branković« stand auf dem Schild, das in der Mitte vom serbischen Wappen in den Farben Rot-Blau-Weiß und dem gekrönten Doppeladler geziert wurde. Hinter den Pfannen stand ein großer, übergewichtiger Mann mit Pockennarben im Gesicht und langen grauen Haaren. Er schwitzte und wendete Fleischröllchen oder schob Spieße hin und her. Die Besucher warteten geduldig, bis einer der zwei jungen Burschen, beide mit stylish gefärbtem Kurzhaarschnitt, die Teller über die Theke reichte, während der andere kassierte und die Pfandbons ausgab.

Bitterle drängte sich vorbei und ging direkt auf den Inhaber zu. Er zog seinen Ausweis hervor und sagte: »Bitterle, Kripo Ulm. Herr Branković, kann ich Sie bitte einen Moment sprechen?«

»Wann, jetzt? Sie sehen doch, was hier los ist. Jetzt ich muss arbeiten. Kommen Sie morgen früh wieder!« Damit drehte er dem Kommissar den Rücken zu und öffnete einen Kühlschrank.

Bitterle gefiel es nicht, so angeranzt zu werden. »Da kann ich leider keine Rücksicht drauf nehmen. Entweder Sie reden jetzt und hier mit mir, oder ich lasse Sie vorladen. Und das dauert mit Sicherheit länger. Außerdem macht es bestimmt nicht den besten Eindruck, wenn Sie abgeführt werden, vor all den Leuten.«

»Bitschka madre«, fluchte Branković leise vor sich hin. Er band seine Kochschürze ab, pfefferte sie hinter sich in die Ecke und kam nach draußen. »Was soll das?«, fuhr er Bitterle an. »Was zum Teufel Sie wollen von mir?«

Bitterle schürzte die Lippen und sah Branković ruhig an.

»Also, was jetzt? Ich hab nicht ewig Zeit!«

»Herr Branković, Sie haben bestimmt davon gehört, dass Ihr Kollege Milan Zivković tot aufgefunden worden ist.«

»Ja und, was hat das mit mir zu tun?«

Mein Gott, ist der Kerl wirklich so abgebrüht, oder tut der nur so, fragte sich Bitterle und fuhr fort: »Das scheint Sie ja nicht sonderlich zu berühren.«

»Warum sollte es? Der Kerl hat beschissen mich.« Plötzlich schien Branković etwas zu dämmern. Sein Mund öffnete sich langsam, er neigte sich zurück und murmelte: »Sagen Sie bloß, Sie haben Verdacht, ich damit was zu tun haben?«

»Nach dem Streit zu urteilen, bei dem Sie beobachtet worden sind, ist das nicht von der Hand zu weisen. Was können Sie mir zu der Auseinandersetzung sagen, die letzten Samstag vor Zivkovićs Stand stattgefunden hat?«

»Wovon reden Sie? Was für Streit?«

»Ach, hören Sie doch mit Ihren Spielchen auf! Es gibt Zeugen, die zugegen waren, als Sie laut wurden, ihm mit der Faust gedroht und dabei sogar auf den Boden gespuckt haben.«

Branković schnaubte. »Ach das, war Spaß. Ganz harmlos.«

»Harmlos?«

»Ja gut, ich habe Zivković Meinung gesagt, weil er sich nicht an Abmachung gehalten hat.«

»Welche Abmachung?«

»Wir haben für Donaufest zusammen Fleisch gekauft, zu

bekommen günstige Preis, seit viele Jahre. Dann, plötzlich, von ein Tag auf andere, sagt, er steige aus. Besseres Angebot. Ein Großhändler, Porius oder so, hat Liefervertrag mit andere Kneipe, hätte ihn gezwungen. Schwachsinn ist das!«

»Und seit wann wissen Sie davon?«

»Wochenlang hat er mich hingehalten und dann, einen Tag vor Beginn von Donaufest, hat gesagt, er ist raus. Zuerst ich denke, okay, dann machst du so wie früher, besorgst Fleisch im Großmarkt. Aber wo ich habe nachgerechnet und gemerkt, dass viel Verlust, ist mir Kragen geplatzt, und ich bin rüber und habe Meinung gesagt. So! War's das jetzt? Ich muss nämlich zurück an Grill. Sehen Sie die Leute? Die alle wollen essen!«

»Die sehe ich wohl. Aber Sie haben mir noch kein Alibi für die Tatzeit gegeben.«

»Tatzeit? Keine Ahnung. Wann soll gewesen sein?«

Also blöd ist der nicht, dachte Bitterle. »In der Nacht von Dienstag auf Mittwoch zwischen dreiundzwanzig und vier Uhr früh. Wo waren Sie da?«

Branković stöhnte auf und ließ den Blick über die Donau schweifen. Er fuhr sich durch die Haare, die vor Fett glänzten, wischte die Hand an der Hose ab und sagte: »Gut. Ich war in Günzburg. ›La Paloma‹.« Er leckte sich die Lippen und grinste.

Bitterle kannte den Club, er hatte nicht den besten Ruf. »Wie lange?«

»Ganze Nacht. Von elf bis nächste Morgen.«

»Zeugen?«

»Ja, Herrgott. Zuerst Mimi und dann Chantal.«

»Tatsächlich die ganze Nacht?«

»Ja! Mensch, ich zu viel getrunken und musste dableiben.«

»Was fahren Sie für einen Wagen?«

»Ford Tourneo.«

»Kennzeichen?«

»IB 014 und dann BG für Belgrad.«

»Das werden wir überprüfen. Und für Sie gilt solange, dass Sie die Stadt nicht verlassen dürfen.«

»Lächerlich! Vor Puff sind Kameras, überall. Sie werden sehen mein Auto dort.«

»Sie könnten ein Taxi genommen haben.«

Branković tippte sich gegen die Stirn und trat einen Schritt auf Bitterle zu. »Bin ich blöd? Ich fahr zum Ficken nach Günzburg, dann mit Taxi nach Ulm, bringe Kollegen um, dann zurück und noch mal ficken? Ha! Das doch viel zu teuer.«

»Das wird sich zeigen. Wo wohnen Sie während des Donaufestes?«

»Pension Storch. Sie gerne können nachfragen. So, jetzt Schluss, ich muss zurück zu meine Steaks und Schaschlik.«

Branković drehte sich grußlos um und verschwand hinter der Plane seines Standes.

Wenn der glaubt, er kommt so einfach davon, dann hat er sich geschnitten, dachte Bitterle. Auf jeden Fall würde er Brankovićs Alibi in Günzburg überprüfen lassen. Und zudem Lukas auf den sonstigen Hintergrund des Gastronomen ansetzen. Er machte schnell ein Foto von Branković, tippte eine Nachricht an Lukas und nannte ihm die Details mit dem Vermerk: »EILT«.

15

Donnerstag, 7. Juli, 19.00 Uhr, Ulm

Bitterle trottete den Uferweg entlang Richtung Herdbrücke. Den Kopf gesenkt, die Hände wie so oft in den Hosentaschen, wurde er hin und wieder angerempelt, denn er war mit seinen Gedanken woanders. Was haben mir diese Stunden und diese ganzen Befragungen gebracht?, grübelte er. Ich habe eine tapfere Frau aus Ungarn kennengelernt, die sich um ihren depressiven Mann kümmert und versucht, ihn bei Laune zu halten – und danach das genaue Gegenteil: einen Serben, dem der tote Kollege regelrecht am Arsch vorbeigeht und der sein Geld ins Puff trägt.

Falls Branković seinen Wagen im Bereich der Überwachungskameras geparkt hatte und die funktionierten, war er aus dem Schneider. Wäre dann ja auch zu einfach gewesen, dachte Bitterle. Überprüfen werde ich das trotzdem lassen. Er holte das Handy hervor und rief seinen Neu-Ulmer Kollegen bei der Kripo an.

Der dortige leitende Kriminalhauptkommissar meldete sich nach dem zweiten Läuten. »Groner!«

»Servus, Reinhold, Konrad hier.«

»Ja hallo, Konrad. Wenn du mich dienstlich anrufst, brauchst du meine Hilfe, stimmt's?«

»Ganz genau. Pass auf: Von dem Toten Milan Zivković hast du bestimmt gehört. Nun haben wir vielleicht eine vage Spur, und die führt nach Günzburg, genauer gesagt, es geht um eine Zeugin, nein, es sind zwei, die sich Mimi und Chantal nennen. Sie arbeiten im ›La Paloma‹.«

»Kenn ich, hat nicht den besten Ruf. Aber egal, worum geht's?«

»Ein gewisser Ivo Branković, ein serbischer Gastronom, der in Neu-Ulm einen Grillstand betreibt, hatte am Samstag gleich hinter der Bühne Streit mit Zivković. Das wurde von mehreren Zeugen bestätigt. Er behauptet, das sei eine Lappalie wegen einer Fleischlieferung gewesen. Ob das stimmt, ist auf die Schnelle nicht nachprüfbar. Jedenfalls hat er als Alibi zum ungefähren Tatzeitpunkt angegeben, er sei Dienstagabend ab etwa dreiundzwanzig Uhr bis Mittwochfrüh in besagtem Etablissement gewesen, und zwar bei gleich zwei Damen. Eine nennt sich Mimi, die andere Chantal. Kannst du das bitte prüfen lassen?«

»Klar, mach ich. Und das natürlich sofort.«

»Du sagst es. Und Ergebnisse bitte ans Revier, meine Mailadresse hast du.«

»Wird gleich veranlasst. Mach's gut und viel Erfolg. Du hörst von mir.«

»Danke!« Er wusste, dass er sich auf seinen Kumpel von der Neu-Ulmer Kripo verlassen konnte, und brütete vor sich hin.

Groners Hilfe schön und gut. Aber ob sie damit bei der Lösung des Falles, dieses wirklich mysteriösen Tötungsdelikts ohne klare Spur, weiterkommen würden? Ihnen blieben noch zwei, höchstens drei Tage, dann wäre wenigstens ein Teil der Verdächtigen über alle Berge!

Trotz seiner üblen Laune musste Bitterle nun doch plötzlich schmunzeln und grummelte auf gut Schwäbisch: »Odr da Bach na.« Was ja im wahrsten Wortsinn auch zutraf.

Wieder zurück auf der Ulmer Seite, bog Bitterle beim Eiscafé links ab und ging auf der Stadtmauer entlang. Hier oben war auch alles voll, dazu war die Hitze zwischen den Backsteinen deutlich spürbarer als drüben unter den schattenspendenden Bäumen. Bitterle wischte sich über Stirn und Nacken, kämpfte sich weiter bis zum Metzgerturm durch und nahm die Treppe, die zur Donauwiese runterführte.

Dort stand wieder Mirko Stanković, der Chef der Sicherheitsfirma. Er war allein, kam gleich auf Bitterle zu und fragte: »Und? Bist du schon weitergekommen?«

Bitterle schüttelte den Kopf. »Nicht wirklich, außer dass ich zwei Verdächtige von meiner Liste streichen musste.«

»Na, das ist doch schon mal was, oder?«

»Pff. Ich steh quasi wieder am Anfang. Und du? Ist dir noch was eingefallen, was uns weiterbringt? Die Zeit wird knapp.«

Mirko wiegte den Kopf hin und her. »Weiß nicht so recht, ob das was zu bedeuten hat. Aber vorgestern, da sind mir zwei komische Gestalten aufgefallen. Das waren nicht die typischen Donaufestbesucher. Sie kamen mir eher vor wie … wie Spione oder Agenten. Wie aus einem schlechten Film.«

Bitterle spürte plötzlich die Unruhe, die sich immer bei ihm einstellte, wenn ein Fall vor einer Wendung stand. »Was meinst du mit ›Agenten‹? Wie sahen die aus?«

»Also einer von denen, der Größere, hatte so saharafarbene Camouflage-Klamotten und Springerstiefel an, viel zu warm für das Wetter. Und ein finsteres Gesicht, soweit ich das unter dem schwarzen Mundschutz und der dunklen Sonnenbrille überhaupt erkennen konnte.«

»Und der andere?«

»Der war normal gekleidet, T-Shirt, schwarze Jeans und Sneakers, bisschen kleiner. Aber ebenfalls mit Sonnenbrille und Mundschutz. Fast alle anderen Besucher kamen normal daher. Mundschutz hatten höchstens noch ein paar Handvoll. Deshalb sind sie mir überhaupt aufgefallen. Sonst kannst du dir ja kein Gesicht merken, bei so vielen Leuten.«

»Hmm. Wirklich seltsam. Und sonst? Wo hast du die denn gesehen?«

»Gleich hier. Die beiden lungerten an der Kabeltraverse direkt hinter dem Torbogen rum.«

»Die ganze Zeit?«

»Kann ich nicht sagen. Aber da war noch was, was mir spanisch vorkam: Die haben irgendwie die Lage gepeilt. Sind gar nicht rumgeschlendert oder haben sich was angeschaut oder getrunken. So als ob sie auf der Hut wären oder was beobachten würden.«

Bitterle runzelte die Stirn. »Fragt sich, was.«

Mirko grinste. »Find's halt raus.«

Bitterle ging noch mal an Zivkovićs Stand vorbei, der nach wie vor verwaist war. Als er sich umdrehte, sah er die Kabeltraverse in der Sonne glänzen, höchstens zwanzig Meter entfernt. Nur einen Stand mit Pfannkuchen in allen Variationen weiter hatten österreichische Steckerlfischbrater ihren Holzkohlengrill aufgestellt. Zu zweit räucherten sie die gesamte Gegend bis runter zur Donau ein. Die Fische steckten mit den Köpfen nach oben auf Spießen, die schräg nebeneinander über der Glut garten.

Bitterle lief das Wasser im Mund zusammen, und er schickte eine Nachricht an Iris: »Lust auf Fisch? Ich warte auf dich bei Zivkovićs Stand.« Und um sie vollends zu überzeugen, fügte er hinzu: »Sie haben Grünen Veltliner aus dem Burgenland!«

Der eine Standbetreiber, mit einer polierten Glatze, musste Bitterle beobachtet haben, denn er beugte sich seitlich am Rauch vorbei und rief ihm zu: »Auf geht's! Jetz san s' am besten. Frisch vom Grill und zart wie sonst was. Mit am Zehner und am Brot bist dabei!«

»Überzeugt!« Und mit einem Fingerzeig auf die grünen Weinflaschen fragte Bitterle: »Haben Sie auch Bier?«

»Jo freili«, meldete sich der andere, ein Dicker, dem Alter nach vielleicht der Vater, »mir ham sogar a Ottakringer, eiskalt, wannst mogst.«

»Da komm ich gerne drauf zurück. Ich warte bloß noch auf jemand.« Er stellte sich seitlich neben den Glatzkopf, um dem Qualm auszuweichen, und sagte: »Sagen Sie mal, von hier aus haben Sie doch einen guten Blick auf den Stand von Zivković.«

»Der, den s' umbracht ham, den Milan? Schreckliche Sache. Und des an so am geilen Fest wie hier. Warum fragen S' denn?«

»Es könnte doch sein, dass Sie etwas gesehen haben. Irgendetwas, was nicht normal war.«

Der Glatzkopf schwieg und schien zu überlegen, dafür kam nun der Alte hinter dem Stand hervor. Er grinste und baute sich vor Bitterle auf. »Ha! Sie san a Kieberer, hob i recht?«

Bitterle nickte und zeigte seinen Ausweis. »Richtig, ich bin von der Polizei.«

Der Glatzkopf legte die fertig gegrillten Steckerlfische zur Seite, steckte neue nach und wedelte mit einem Fächer über die Glut. »Wissen S', manchmal is hier so viel los, da kann i meine Augen net überall ham, so leid mir's auch tut.«

»Jaja«, feixte der Alte, »aber wann die Madln kemma, nochert lasst der die Fisch verbrenna.« Dafür fing er sich einen strafenden Blick von seinem Sohn ein. Dann nahm er die gegenüberliegende Weide ins Visier, streckte die Zungenspitze heraus und sagte: »Momenterl, da war was!« Und an den Sohn gewandt: »Kannst di net an die zwa erinnern, die da drüben die ganze Zeit umag'standen san und immer zum Milan umig'schaut ham?«

Der Glatzkopf öffnete den Mund und sah nach oben. »Ja so. Stimmt, du meinst bestimmt die beiden ›Men in Black‹ mit ihren Sonnenbrillen. Wie Kundschafter san s' dag'standen. Bestimmt a ganze halbe Stund lang und ham dem Zivković sei Bud'n beobachtet. Ham nix g'essen und nix 'trunken, dann san s' wieder 'gangen.«

Das müssen die Gleichen sein, die auch Mirko aufgefallen sind, dachte Bitterle. Sein Jagdinstinkt war nun endgültig erwacht, und er bohrte nach. »Wann war denn das?«

»Na, vorgestern, am Dienstag, grad als beim Milan seim Stand richtig die Hütt'n 'brannt hat! Hab mi no g'fragt, ob die zwei wohl warten, dass die Schlang kürzer wird, aber dann san s' plötzlich weg g'wesen.«

»Und wie sahen die aus?«

»Ah geh, auf so was acht i net! Aber jetzt, wo Sie's sagen … Der eine hatte so helles Tarnfleckzeugs an, so Armeesachen, wissen S'? Und auch so fette Stiefel. Der sah recht finster aus. Der andere dagegen fast normal, vielleicht a bisserl dünn und kleiner. Und … was wirklich komisch war: immer mit Mundschutz. Und des bei dera Hitz. I mog gar net dran denken, wie des wär, wann ma di immer no tragen müsst.«

Bitterle hatte seine Kladde herausgezogen und machte sich Notizen. »Und sonst?«

Ein Mann im Rentenalter mit schweißnassem roten Gesicht

und einer Flasche Wein in der Hand drängte sich an Bitterle vorbei. »Hallo? Verkaufen Sie Ihre Fische auch, oder labern Sie nur rum? Ich habe nämlich Kohldampf.«

Bitterle stierte den Störer an und war kurz davor loszupoltern, da sagte der Glatzkopf: »Mit Brot an Zehner. Willst au an Kren dazu?«

Der Rentner reagierte mit einem Schulterzucken, streckte wortlos einen Geldschein hin und verschwand gleich darauf mit dem vollen Pappteller in der Menge.

»Also Leut gibt's. Oba mei, was soll's, mit der Zeit werst wia a Büffel.«

Bitterle nickte verständnisvoll. »Wie gesagt, ist Ihnen sonst noch etwas an den beiden aufgefallen? Irgendeine Besonderheit?«

»Hmm, also auf die Schnelle fallt mir da nix dazu ein.«

»Gut so weit. Hier haben Sie meine Karte. Bitte melden Sie sich, wenn Ihnen doch noch etwas dazu einfällt. Jede Kleinigkeit kann wichtig sein.«

»Mach ich.« Der Glatzkopf schaute auf die Karte und schob sie in die Schürzentasche.

Da meldete sich der Alte noch einmal zu Wort. »Doch, halt, Moment, da war noch was. Der Kleinere, der mit dem T-Shirt, der hat a Tätowierung am Arm g'habt, a ganz a merkwürdige. Net so was Übliches wie Monster oder was Keltisches.«

»Sondern?«

»Des hat ausg'schaugt wie a so a Tintenfisch, nur umdraht, also die Fangarm nach oben und mit ganz am komischen Kopf. So ganz rund.«

Bitterle lief es kalt den Rücken runter, und er hoffte, dass sich der Alte geirrt haben würde. Er zog sein Handy hervor, tippte und wischte durch diverse Dateien, bis er das gesuchte Bild gefunden hatte, und hielt es den beiden vor die Nase. »Meinen Sie so was?«

Der Alte nickte aufgeregt. »Ja! Ganz genau! Genau so hat des ausg'schaut. Was is des?«

»So eine Art Symbol«, wiegelte Bitterle ab.

»Was denn für a Symbol?«, fragte der Glatzkopf, der immer noch mit krauser Stirn auf Bitterles Handy stierte. Doch dann hob er auf einmal den Kopf, und ein Grinsen breitete sich auf seinem Gesicht aus, während er nach hinten zeigte. »Ich glaube, da will wer was von Ihnen.«

Noch bevor Bitterle sich umdrehen konnte, spürte er, wie kühle Finger seinen Nacken kraulten und an den Haaren zupften.

***

Iris legte ihre Hand auf Bitterles Arm. »Sag mal, bist du überhaupt bei der Sache, oder schmeckt dir der Fisch nicht?«

Bitterle war mit seinem Handy beschäftigt. Er schickte Lukas gerade die Informationen, die er von den Österreichern bekommen hatte, und setzte hinzu: »Lass alles andere stehen und liegen und kümmere dich nur noch um diese Personengruppe! Das hat absolute Priorität!« Dann klappte er sein Handy zu und wandte sich an Iris. »Wie? Was? Natürlich. Warum fragst du?«

»Hör auf! Ich kenne dich nun gut genug, um zu wissen, dass dich was plagt. Es geht um den Fall, oder?«

Bitterle fischte sich eine Gräte aus dem Mund, die sich zwischen den Zähnen verfangen hatte, und schwieg.

»Also ja. Aber deswegen brauchst du mir nicht den Abend zu verderben. Ich habe mich auf das Treffen mit dir gefreut, vor allem, weil du mir den Grünen Veltliner so schmackhaft gemacht hast. Und jetzt sitze ich einem Griesgram gegenüber, der mich anschweigt und so tut, als wäre ich gar nicht vorhanden.« Iris griff zu ihrem Glas, leerte es auf einen Zug und knallte es auf den Tisch. »Ich kann auch wieder gehen, falls ich dich stören sollte und du hier weiter vor dich hin brüten willst.«

Der Satz saß! Bitterle tupfte sich die Lippen und sah Iris direkt in die Augen. »Entschuldige bitte. Ich weiß, ich benehme mich gerade mal wieder unmöglich. Aber mir schwirrt seit vorhin was im Kopf rum, was mir wirklich Sorgen macht.«

»Und darüber willst oder kannst du natürlich nicht mit mir reden.«

»Wenn es so einfach wäre. Also gut: Ich bin in dem Fall gerade vorhin erst auf eine neue Spur gestoßen, die den ganzen Ermittlungsansatz grundlegend verändert und dabei noch mehr Fragen aufwirft, als wir derzeit ohnehin schon haben. Mehr weiß ich im Moment noch nicht, bloß dies: Ich habe mit ziemlicher Sicherheit nur noch bis Sonntag Zeit, um den Fall aufklären zu können, sofern sich der Täter unter den Donaufestteilnehmern befindet, wovon ich zumindest ausgehe.« Bitterle hatte die Arme auf den Tisch gelegt und die Finger ineinander verschränkt. Er lehnte sich zurück, soweit es die Bierbank eben zuließ, und sagte: »Reicht dir das fürs Erste?«

Iris zog die Stirn in Falten. »Habe ich eine Wahl?«

Bitterle stand auf und griff ihr Glas. »Komm, ich hole uns noch was zu trinken, und dann genießen wir den Abend.«

Iris sah zum Himmel und drehte dabei den Kopf flussaufwärts. »Also gut. Wer weiß, wie lange das Wetter noch hält?«

Mit ausgestreckten Beinen saßen die beiden schließlich auf einer Uferbank und betrachteten, wie eine leichte Brise die Oberfläche der Donau silbern zum Glitzern brachte und sich die laue Nacht langsam über Ulm senkte.

16

Freitag, 8. Juli, 7.00 Uhr, Söflingen

Bis weit nach Mitternacht hatte Lukas am Rechner verbracht und die Personendaten der Standbetreiber abgearbeitet, alphabetisch angefangen bei Vitus Achleitner, einem österreichischen Winzer, der im Weindorf seinen Stand hatte und für seinen Grünen Veltliner gelobt wurde. Allerdings hatte er auch bereits mehrere Verfahren wegen Schwarzbrennerei am Hals gehabt.

Gegen István Benkö, den glücklosen ungarischen Journalisten, lag nichts vor. Auch alle anderen Standbetreiber hatten bis auf höchstens ein paar Kleinigkeiten keinerlei Einträge in den Strafregistern, soweit Lukas Einblick nehmen konnte. Am Ende der Reihe stand Milan Zivković, der abgesehen vom Verdacht des illegalen Glücksspiels im »Plitvička« und einer früheren Abmahnung vom Wirtschaftskontrolldienst ebenfalls sauber war.

Als Bitterles Nachricht wegen der zwei ominösen, sowohl von Mirko Stanković als auch von den beiden österreichischen Standbetreibern beobachteten »Men in Black« auf sein Handy kam, war der Akku leer gewesen, und Lukas hatte sie erst entdeckt, als er nachts einmal kurz aufwachte und das Ladekabel aus der Steckdose zog. Die neuen Informationen klangen brisant, und so hatte er sich schon kurz nach halb sieben wieder auf den Weg in die Polizeidirektion gemacht.

Bitterles Anweisung vom gestrigen Abend, als er in der Beschreibung der Tätowierung des einen Unbekannten die »siebenflammige Granate« erkannt hatte, das Abzeichen der »Légion Étrangère«, war klar gewesen: die Suche nach ehemaligen Fremdenlegionären, zunächst im Umkreis von fünfzig Kilometern. Würde sich dort nichts finden, müsste der Radius Stück für Stück erweitert werden.

Für Lukas gab es allerdings nichts zu erweitern. Keine fünf

Minuten nach der Suchanfrage landete er den ersten Treffer, kaum dreißig Kilometer von Ulm entfernt Richtung Süden, in Oberbalzheim, und er wusste sofort, dass er nicht weiterzusuchen brauchte. Vom Bildschirm starrte ihn ein finsteres Gesicht an, und als Lukas las, was in der dazugehörigen Akte alles aufgelistet war, stockte ihm für einen Moment der Atem.

Carl Bellmann, geb. 24.07.1967 in Landsberg/Lech, Realschule, Lehre zum Kfz-Mechaniker, Bundeswehr 1985–89, Z4, wegen Waffenmissbrauchs unehrenhaft entlassen: hatte einen Stubenkameraden wegen Eifersüchteleien mit der Waffe bedroht und zusammengeschlagen. Danach Fremdenlegion.

Weiter war Bellmann wegen diverser Delikte, darunter Drogenhandel, Körperverletzung, Zuhälterei und Herstellung illegaler gewaltpornografischer Filmaufnahmen, polizeibekannt und hatte mehrere Gefängnisaufenthalte hinter sich. Zurzeit bewohnte er die ehemaligen Wirtschaftsgebäude unterhalb des Oberbalzheimer Schlosses, betrieb dort eine Kfz-Werkstatt und reparierte – passend zu den ihm bescheinigten guten Kontakten zum Rockermilieu – vorwiegend Motorräder der Marke Harley-Davidson. Er wurde als zynisch, berechnend, gehässig, leicht reizbar, jähzornig, frauenverachtend und gewalttätig beschrieben.

Bingo! Lukas klopfte sich auf beide Schenkel, dabei geriet allerdings sein Laptop ins Rutschen, und als er ihn gerade noch kurz vor dem Boden erwischte, riss das Kabel aus dem Stecker.

»Egal! Jetzt brauch ich erst mal ein Frühstück.«

Er ließ alles stehen und liegen und machte sich auf den Weg in die Kantine. Den Kaffee und die Salami-Käse-Seele hatte er sich nun wirklich verdient. Und später am Tag würde er sich dann um ein neues Ladekabel für sein MacBook kümmern.

***

»Sie haben Besuch«, sagte Julia Michalek, als Bitterle um neun Uhr mit schleppenden Schritten auf sein Büro zusteuerte. So wie er aussah, grau im Gesicht und mit dunklen Ringen unter den Augen, hatte er wohl keine ruhige Nacht gehabt.

»Was Wichtiges?«

»Ich denke schon. Eine Sarah Schwarz wartet auf Sie. Sie sagt, sie wäre die Tochter des Toten.«

»Oha!« Augenblicklich kam Leben in Bitterle. »Wo ist sie? Wartet sie schon lange?«

»Vor Ihrem Büro, sie kam vor etwa zwanzig Minuten.«

»Hat sie gesagt, worum es geht?«

Frau Michalek schüttelte den Kopf. »Sie hat nur gemeint, sie hätte Unterlagen gefunden, die vielleicht wichtig wären, um den Tod ihres Vaters aufzuklären.«

»Gut, danke.« Bitterle hob den Daumen und eilte den Flur entlang.

Sarah Schwarz saß auf dem Besucherstuhl neben Bitterles Tür. Sie hatte ein zartes, ernstes Gesicht, das von langen dunklen Haaren umrahmt war, was ihren blassen Teint noch unterstrich. Im Gegensatz dazu wirkten ihr mangofarbenes Top und die engen Jeans mit ein paar Knielöchern geradezu frisch. Sie stand auf und streckte Bitterle eine schmale Hand entgegen. »Bitte entschuldigen Sie, dass ich hier einfach so hereinplatze, aber ich denke, was ich gefunden habe, könnte wichtig sein.«

»Alles kann wichtig sein. Bitte kommen Sie herein.« Bitterle öffnete Sarah Schwarz die Tür und zeigte auf den Stuhl gegenüber. Er bat sie, Platz zu nehmen, und ließ sich selbst in seinem Chefsessel hinter dem Schreibtisch nieder. Mit einem unterdrückten Ächzen – immer wenn er schlecht geschlafen hatte, meldete sich sein Rücken. »Was kann ich für Sie tun?«

Sarah Schwarz griff in ihre lederne Umhängetasche und zog einen geöffneten Brief und einen größeren braunen Umschlag hervor. »Hier, das habe ich gestern Abend, als ich erstmals seit Dienstag wieder im ›Plitvička‹ war, in der Küche gefunden. Ich kann mich erinnern, dass meine Mutter am Dienstagabend, als wir nach der Arbeit im Grillstand das Geschirr und die Essachen zurück ins Restaurant gebracht haben, den Briefkasten geleert und dann später auf der Stufe des Hintereingangs auch noch den braunen Umschlag gefunden hat.« Sie schob die beiden Umschläge über den Tisch. »Der ganze Tag war seltsam. Mein Vater hatte eine üble Laune, schon von morgens an. Aber als meine Mutter dann den Brief geöffnet hatte, ist er völlig ausgerastet.«

»Bitte erzählen Sie, am besten der Reihe nach. Zunächst aber würde mich noch interessieren, wo Sie die letzten Tage gesteckt haben und woher Sie überhaupt vom Tod Ihres Vaters wissen.«

»Ich war bei einer Freundin abgetaucht, hatte mein Handy aus und habe mich um nichts gekümmert. War sauer auf meine Eltern, verstehen Sie? Gestern Abend bin ich zum ersten Mal seit Dienstag wieder ins ›Plitvička‹, und als meine Eltern nicht da waren und auch keiner von ihnen ans Handy ging, habe ich mir Sorgen gemacht und meinen Opa angerufen. Der war schon völlig aufgelöst, weil mich die ganze Zeit keiner erreichen konnte, und hat mir dann Bescheid gesagt, was passiert ist.«

»Verstehe. Was mich weiter interessiert: Wann haben Sie Ihren Vater zuletzt gesehen?«

»Das war eben an dem Dienstagabend im ›Plitvička‹.« Sie blickte einen Moment zur Seite. »Es muss so gegen dreiundzwanzig Uhr gewesen sein.«

»War an diesem Abend etwas anders als sonst? Gab es Streit?«

Sarah zog die Stirn kraus. »Streit? Das kann man wohl sagen! Wobei ›Streit‹ fast schon untertrieben wäre.«

Bitterle beugte sich vor. »Inwiefern?«

»Da war Post im Briefkasten, als wir im ›Plitvička‹ angekommen sind. Meine Mutter hat sie auf die Arbeitsfläche gelegt, später auch noch den anderen Umschlag. Dann habe ich ihr geholfen, die Spülmaschine einzuräumen, einen Blick auf die Post geworfen und sie auf diesen Brief von der Versicherung aufmerksam gemacht. Ich habe mich noch gewundert, denn normalerweise geht alle Post für meine Eltern zu deren Wohnung in Böfingen. Auch die geschäftliche.«

»Und was ist dann passiert?«

»Also so was habe ich noch nie erlebt. Die beiden haben sich eh schon den ganzen Tag in der Wolle gehabt. Spitze Bemerkungen wegen Kleinigkeiten, vor allem von meinem Vater. So was wie ›Du stehst im Weg‹ oder ›Kannst du nicht aufpassen? Ich hab's dir schon hundertmal gesagt‹. Und so weiter. Regelrecht angeranzt hat er sie. Und meine Mutter wurde immer schweigsamer und in sich gekehrt.«

»Ist das üblich?«

»Na ja, manchmal hat schon dicke Luft geherrscht, gerade bei Stress, und dazu noch so ein Gedränge wie in diesem Jahr auf dem Donaufest. Es sollen ja um die vierhunderttausend Besucher werden während der zehn Tage, schätzen die Veranstalter jedenfalls. So viel wie nie zuvor. Aber egal, darauf will ich gar nicht raus, sondern auf das, was passiert ist, als meine Mutter den Brief von der Versicherung aufgemacht hat. Sie schaut auf den Schrieb, dann mit großen Augen zu meinem Vater und dann wieder auf den Brief.«

»Ich nehme an, es ist der, den Sie dabeihaben?«

»Ja, der da«, sagte Sarah Schwarz und deutete auf den weißen Umschlag.

Bitterle entnahm den Brief, faltete ihn auseinander und las das Schreiben der »VITA-SECURITAS Classic«-Versicherung mit Geschäftssitz in Schwäbisch Gmünd vom 1. Juli dieses Jahres, adressiert an Milan Zivković:

Betrifft:

Kapitalversicherung auf den Todes- und Erlebensfall, Tarif V2 Nr. 721814
Versicherungsnehmer: Milan Zivković
Mitversicherte Person: Carola Zivković, geb. Laumüller

Sehr geehrter Herr Zivković,
mit dem Abschluss Ihres o. g. Versicherungsvertrages haben Sie wertvollen finanziellen Schutz für sich und Ihre Hinterbliebenen erworben. Auf diese Absicherung wollen Sie nun mit der Kündigung Ihres Vertrages verzichten.
Selbstverständlich respektieren wir Ihre Entscheidung und bestätigen Ihnen die Kündigung zum 01.08. dieses Jahres.
Ihre bislang eingezahlte Summe beträgt 80 Prozent der angeschlossenen Versicherungssumme von 100.000,00 (in Worten: einhunderttausend) Euro. Nach Abzug aller Kosten haben Sie Anspruch auf 65.842,17 Euro.
Bitte beachten Sie, dass ab dem Zeitpunkt der Kündigung Ihr Versicherungsschutz aus diesem Vertrag erlischt.
Sollten Sie einen beitragspflichtigen Vertrag haben, sind die Versicherungsbeiträge bis zum Kündigungstermin weiter zu zahlen.
Senden Sie uns bitte – falls nicht bereits geschehen – Ihren Versicherungsschein zu und teilen Sie uns Ihre Bankverbindung mit.

Mit freundlichen Grüßen
Roland Kräss
Bezirksleiter VITA-SECURITAS Classic

Nach dem Lesen des Briefes und den Schilderungen von Sarah Schwarz nahm der weitere Ablauf der Geschehnisse im »Plitvička« an jenem Abend vor Bitterles innerem Auge förmlich Gestalt an, und er sah es direkt vor sich …

***

»Was soll das?«, fragt Carola Zivković mit Misstrauen in der Stimme. »Wieso kommt da ein Schreiben von unserer Versicherung hierher und ist nur an dich adressiert?«

»Was hast du da? Gib her! Das geht dich einen Scheiß an!« Milan Zivković stürmt auf seine Frau zu.

Sie weicht aus, hält das Schreiben in die Höhe. »Und ob mich das was angeht! Das ist schließlich unsere gemeinsame Lebensversicherung mit gegenseitiger Begünstigung. Hunderttausend Euro! Und du kündigst die einfach, ohne mir ein Wort davon zu sagen? Wie kommst du überhaupt an meine Unterschrift? Der Vertrag läuft auf uns beide! Sag bloß, du hast meine Unterschrift gefälscht!«

»Das verstehst du nicht! Und jetzt gib den Brief her!«

»Was gibt es daran nicht zu verstehen? Du kündigst unsere Lebensversicherung und fälschst meine Unterschrift. So was nenn ich Betrug! Mein Vater hatte recht! Ich hätte dich nie heiraten dürfen.«

»Fängst du jetzt damit wieder an? ›Hätte dich nie heiraten sollen‹«, äfft er sie mit vorgestreckter Zunge und kraus gezogener Nase nach.

»Halt's Maul!«, keift Carola. »Reicht es nicht, dass du aus unserem schönen ›Loretta‹ eine Hinterzimmerspelunke gemacht hast? Nein, jetzt musst du auch noch an unsere gemeinsamen …« Carola hält mitten im Satz inne. »Ja hoppla, jetzt versteh ich. Du hast gezockt und Spielschulden, und dir setzt jemand die Pistole auf die Brust.«

»Ach, leck mich doch am Arsch! Gar nichts verstehst du!« Milan schnappt sich die Flasche mit dem Slibowitz und nimmt einen großen Zug daraus. »Und jetzt geh mir aus dem Weg, *bitschka madre*, und gib her!«, brüllt er, tritt noch einen Schritt auf seine Frau zu und greift nach dem Brief.

»Nichts da, du Arschloch! Sieh selber zu, wie du da wieder rauskommst. Aber nicht mit meinem Geld!«

Milan streckt die Hände nach vorn und sagt mit drohend leiser, wutverzerrter Stimme: »Zum letzten Mal …« Dann greift er nach Carolas Hals.

***

»›Hört endlich auf‹, hab ich gerufen, ›das ist ja nicht auszuhalten mit euch beiden!‹« Sarah Schwarz schaute Bitterle betreten an. »Darauf mein Vater, ich solle mich da raushalten, das ginge mich nichts an. Ja und dann bin ich abgehauen. Vorne raus, durch den Biergarten und durch den Park bis zum LAGO. Dort habe ich mir ein Taxi genommen und bin zu meiner Freundin hoch nach Dornstadt. Sie wohnt in dem neu erbauten Arkadien-Wohnkomplex.«

»Wo wohnen Sie denn sonst?«

»Auf dem Eselsberg, in der Virchowstraße, zusammen mit meinem Mann Bodo. Er ist Chemiker bei Ratiopharm, aber momentan auf einem Kongress in der Schweiz.«

»Und deshalb sind Sie zu Ihrer Freundin.«

»Ja. Ich wollte einfach nicht alleine sein, nach dem Streit mit meinen Eltern. Das ging mir doch sehr nahe. Und bei dem Gedanken, die nächsten Tage wieder mit den beiden am Stand stehen und einen auf heile Welt machen zu müssen, wurde mir richtig schlecht. Also hab ich beschlossen: Die können mich mal – Handy aus und Decke über den Kopf. Wenn ich gewusst hätte, was passiert ist …«

»Verstehe. Bitte entschuldigen Sie mich für einen Moment, Frau Schwarz. Bin gleich wieder da.«

Bitterle verschwand nach draußen und ging zu Lukas, der wie immer am Rechner saß und kurz zusammenzuckte, als Bitterle ihm von hinten die Hand auf die Schulter legte. »Pass auf, Lukas, es gibt neue Hinweise, dass Zivković Spielschulden hatte. Die Vorwürfe wegen Glücksspielaktivitäten in seinem Hinterzimmer sind ja hinlänglich bekannt. Jetzt hat seine Tochter berichtet, er habe seine Lebensversicherung im Wert von rund hunderttausend Euro gekündigt, ohne dass seine Frau was davon mitkriegen sollte. Hat sie aber doch und ihm daraufhin nicht nur eine Riesenszene gemacht, sondern auch was von Spielschulden angedeutet. Kümmerst du dich bitte darum?«

Lukas sah hoch. »Wenn's geht, gestern, oder?«

»Du sagst es. Frag zuerst Denzlauer vom Drogendezernat, der hat Einblick in die Szene noch von früher.«

»Gute Idee. Ich melde mich, wenn ich was erfahren habe.«

»Ach so, fast hätte ich es vergessen: Hast du eigentlich wegen der Fremdenlegionäre schon was rausgefunden?«

»Wollte ich dir gleich erzählen, wenn dein Besuch weg ist. Hochbrisant, sage ich dir. Pass auf: Es gibt in Oberbalzheim einen gewissen Carl Bellmann. Polizeibekannt, Ex-Legionär, hat Kontakte ins Rockermilieu und gilt als gewalttätig. Ich hab dir mal ein Bild von ihm ausgedruckt.« Lukas reichte Bitterle ein Blatt mit Bellmanns Foto. »Vielleicht hat der ja für irgendwen von hier als Schuldeneintreiber bei Zivković die Muskeln spielen lassen, und dann ist die Sache aus dem Ruder gelaufen.«

»Na, das ist doch mal was! Gute Arbeit, der Kerl sieht wirklich aus, als wäre ihm alles zuzutrauen. Bleib da dran und finde mehr heraus.«

»Mach ich.« Lukas bog den Kopf nach oben und grinste.

»Ich verlass mich auf dich.« Bitterle tätschelte Lukas den Rücken und ging zurück in sein Büro zu Sarah Schwarz.

Lukas wählte Denzlauers Nummer und hatte ihn auch gleich persönlich an der Strippe. »Servus, hier Lukas Langenwalter. Bitterle meint, du hast Ahnung von Glücksspiel und Geldeintreibern und so.«

»Worum geht's genau?«

»Ein kroatischer Gastwirt, der auf dem Donaufest einen Grillstand hat und dem das ›Plitvička‹ in der Au gehört, ist tot aus der Donau gefischt worden. Und jetzt dachte ich …«

»Habe ich von gehört. Und?«

»Der soll da im Hinterzimmer was Illegales laufen gehabt haben, und es heißt, er hätte Spielschulden. Kannst du mir was dazu sagen?«

»Du meinst die Pokerrunden? Ja, das ist nichts Neues, aber illegal? Die ham halt gezockt, und manchmal muss da ganz schön was auf dem Tisch gelegen haben.«

»Na ja«, meinte Lukas, »da geht's jetzt wohl um mehrere zehntausend Euro. Der Zivković hat deswegen offensichtlich sogar seine Lebensversicherung aufgelöst und wollte es seiner Frau gegenüber verheimlichen.«

»Hoppla!«

»Genau. Aber wer leiht einem so viel Geld? Dir brauch ich ja nicht zu erzählen, dass eine solche Summe mit Tageszinsen schnell auf das Doppelte steigen kann.«

»Gute Frage. Auf die Schnelle fällt mir da bloß der Laschko ein. Viktor Fedjuschin mit richtigem Namen.«

»Ach, der! Ja, kenn ich. Kula hatte dem doch damals, bei dem Fall vor ein paar Jahren, als sie die Tote aus der Blau gefischt haben, seinen Laden, die Disco PROSPEKT im Donautal, auseinandernehmen lassen.«

»Stimmt. Und Laschko war danach ziemlich angefressen. Gefunden haben sie nichts, aber bis er wieder aufmachen konnte, hat's 'ne Weile gedauert. Mittlerweile residiert er allerdings zumeist in seiner Spielhalle am Hafenbad.«

»Wieso heißt der eigentlich Laschko?«

»Das weißt du nicht?«

»Nö, woher auch? So lange bin ich auch wieder nicht dabei.«

»Stimmt. Also, ›Laschko‹ kommt von ›Kalaschnikow‹. Früher hat er damit geprahlt, dass er eine echte hat, und die hat er auch überall rumgezeigt. Irgendwann wurde ihm das zu heiß, er hat sie verschwinden lassen und sich eine Plastikattrappe besorgt, die immer hinter seinem Schreibtisch hängt. Will damit wohl zeigen, was für ein cooler Hund er ist.«

»Und ist er?«

»Na ja, also blöd kommen sollte man dem nicht. Was hast du vor?«

»Ich will dem mal auf den Zahn fühlen. Womöglich weiß der was.«

»Na, dann viel Glück. Und pass bloß auf!«

***

Als Bitterle auf dem Weg zurück in sein Büro war, kam ihm Julia Michalek entgegen und wedelte mit einem Zettel, den sie ihm in die Hand drückte mit den Worten: »Kam grad aus Neu-Ulm von Ihrem Kollegen Groner.«

Bitterle schnappte sich den Schrieb und überflog ihn im Gehen.

Hallo Konrad,
ich muss dich enttäuschen: Branković hat ein wasserdichtes Alibi. Er war die ganze Nacht im »La Paloma« und hat sich mit Mimi, einer gebürtigen Deggendorferin namens Anita Weinzierl, die nach Aussage des einen Streifenbeamten eine robuste Oktoberfestfigur haben soll, vergnügt. Von Chantal haben sie allerdings keine Aussage bekommen. Sie ist spurlos verschwunden. Aber die Chefin des Clubs, eine gewisse Veronique, mit bürgerlichem Namen heißt sie Miriam Zott und stammt aus Aystetten bei Augsburg, hat die Übernachtung Brankovićs ebenfalls bestätigt. Er war komplett betrunken und musste von den Damen ins Bett gebracht werden. Chantal, eine Serbin namens Mila Popović, die mit Branković schon länger bekannt sein soll, ist am nächsten Tag von einem Mann abgeholt worden, da nach Angabe von Frau Zott ihre Papiere nicht in Ordnung gewesen sein sollen. Wir überlegen, ob wir der Sache nachgehen.
Ich hoffe, ich konnte dir damit trotzdem helfen. Bis hoffentlich bald mal wieder auf meinen Roten und dein Weizen!
Groner

Brankovićs Alibi stimmte also. Na ja, wäre schön gewesen, aber auf Platz eins der Verdächtigenliste steht der Typ inzwischen ja eh nicht mehr, dachte Bitterle. Er betrat sein Büro, klemmte sich hinter den Schreibtisch, legte Groners Antwort beiseite und widmete seine Aufmerksamkeit wieder Frau Schwarz, die immer noch auf dem Besucherstuhl saß.

Nach wie vor konnte Bitterle sich keinen rechten Reim auf das zuvor von ihr Gehörte machen. »Und nach diesem großen

Streit Ihrer Eltern haben Sie Ihren Vater nicht mehr gesehen?«, nahm er den Faden von vorhin wieder auf.

»Nein.«

Dass Carola Zivković auf ihren Mann sauer gewesen war, konnte Bitterle verstehen. Sehr gut sogar. Es passte auch zu den Messerstichen, zu der offenbar mit hochgekochten Emotionen verbundenen Übertötung. Aber woher sollte sie solch eine Waffe haben? Ein Tötungswerkzeug des Militärs? Er fragte deshalb nach: »Hat Ihre Mutter etwas mit Waffen zu tun? Kampfmessern oder Ähnlichem?«

»Wie bitte? Nie im Leben!« Sarah Schwarz klang geradezu entrüstet. »Außer einem Kartoffelschäler und einem Gemüsemesser hat die noch nie was Scharfes angefasst. Wie kommen Sie darauf?«

»War nur so eine Idee.«

»Klar war die sauer, aber mit einem Messer? Niemals! Das ist aber sowieso noch nicht alles. Ich habe noch etwas entdeckt. Sehen Sie selbst.« Sie deutete auf den braunen Umschlag, der vor Bitterle auf dem Tisch lag. »Den hat meine Mutter am Dienstagabend auf der Stufe am Hintereingang des ›Plitvička‹ gefunden. Ich kann mir überhaupt keinen Reim darauf machen, wer ihn da hingelegt haben könnte.«

Die junge Frau schob das DIN-A5-Kuvert näher zu Bitterle hin. »An dem Abend habe ich das überhaupt nicht wahrgenommen, denn sofort nachdem meine Mutter den Brief von der Versicherung geöffnet hatte, ging der Streit los.«

»Er ist offen. Haben Sie nachgesehen, was drin ist?«

Sarah Schwarz nickte, und zu Bitterles Verblüffung traten ihr plötzlich Tränen in die Augen. Sie kramte ein Taschentuch hervor, schnäuzte sich und wischte die Mascara aus den Augenwinkeln und von den Wangen. »Ich verstehe überhaupt nichts mehr. Das kann doch nicht mein Vater sein! Völlig unmöglich! Mein Vater war, soweit ich weiß, nie im Krieg! Und außerdem … Ach, sehen Sie selbst …«

Bitterle musterte sein Gegenüber irritiert. Dann griff er in den Umschlag, zog mehrere Blätter Papier heraus, legte sie nebeneinander auf den Tisch – und erstarrte, während ihm ein eiskalter Schauer über den Rücken jagte. Es handelte sich um Ausdrucke von offenbar aus einem Zeitschriftenartikel stammenden Fotos, die – so jedenfalls ging es aus den Bildunterschriften und einigen Textstellen hervor – einen untergetauchten Kriegsverbrecher aus dem Bosnienkrieg zeigten. Der Gesuchte hieß Goran Petrović, doch auf den Abbildungen war ein Mann zu erkennen, der große Ähnlichkeit mit Milan Zivković in jüngeren Jahren aufwies!

Die Gedanken überschlugen sich in Bitterles Kopf. Was hatte das zu bedeuten? Sollte Zivković etwa ein Doppelleben geführt haben?

Ohne sich für den Moment noch weiter um Sarah Schwarz zu kümmern, sprang Bitterle auf, packte den Umschlag mit den Kopien und stürmte aus seinem Büro zu Lukas, den er sofort auf diese neue Spur ansetzen wollte. Zu seiner Überraschung stellte er aber fest, dass der Kollege ausgeflogen war. Ob die Nachfrage bei Denzlauer bereits etwas ergeben und Lukas sich an die Verfolgung einer weiteren neuen Spur gemacht hatte?

Bitterle legte den Umschlag auf den Schreibtisch und schrieb eine Notiz an Lukas mit der Bitte, sich umgehend darum zu kümmern.

***

Lukas verließ die Polizeidirektion, schnappte seinen E-Roller und rollte vor bis zur Straßenbahnhaltestelle, wo er mitsamt seinem Gefährt in die nächste Bahn sprang. An der Olgastraße stieg er aus und fuhr das Hafenbad entlang bis zu Laschkos Spielhalle. Direkt davor parkte ein schwarzer Ford Mustang halb auf dem Gehweg. Bestimmt seiner, dachte Lukas. Der Typ erfüllt wirklich jedes Klischee eines bösen Buben.

Lukas schob die Tür zum »City-Casino« auf, machte ein paar Schritte in den Laden hinein und sah sich um. Ringsum zwitscherten Geldspielautomaten und wurden von Zockern, die im Stakkato auf die Tasten hämmerten und leise vor sich hin fluchten, mit Münzen und Scheinen gefüttert. Von der Decke hingen Megamonitore und zeigten die aktuellen Sportwettergebnisse. Und am Ende der Halle thronte Viktor Fedjuschin hinter seinem schwarzen Schreibtisch.

Der Spielhallenboss hatte sein Aussehen im Vergleich zum letzten Mal, als Lukas ein Bild von ihm gesehen hatte, stark verändert. Die einst ohnehin nur noch wenigen, doch wie mit dem Lineal gescheitelten und ordentlich zur Seite gekämmten Haare waren nun einer blank polierten Glatze gewichen, und die beiden schmalen Bartstreifen, die von den Ohren bis zum Kinn reichten, waren schwarz gefärbt. Geblieben waren sein gedrungener, aber muskulöser Oberkörper und der Bauchansatz, der gewachsen zu sein schien. Auf der Glatze klemmte eine schwarze Sonnenbrille im Udo-Lindenberg-Format, zwischen den Zähnen hing ein erloschenes Zigarillo. Und an der Wand hinter ihm wurde tatsächlich eine schwarze Kalaschnikow auf rotem Samt dezent beleuchtet. Typisch Laschko!

»Was willst du?«, fragte er, ohne von seinem Handy aufzublicken, als Lukas vor seinem Tisch stand, der bis auf zwei Monitore, eine Tastatur, zwei Festnetztelefone und einen überquellenden Aschenbecher leer und staubfrei war. »Der Geldwechselautomat ist neben dem Eingang.«

Lukas holte seinen Ausweis hervor und ließ ihn auf den Tisch flappen. »Langenwalter, Kripo Ulm. Guten Tag, Herr Fedjuschin, ich hätte da ein paar Fragen.«

Laschko sah hoch und runzelte die Stirn. »Fragen? Worüber? Pass auf, Junge: Das letzte Mal, als ich mit eurem Verein zu tun hatte, war, als mir diese blöde Griechin meinen Laden hat zerlegen lassen. Das habe ich nicht vergessen. Ich denke, es ist für beide Seiten besser, du verschwindest. Und zwar zügig. Du möchtest doch nicht irgendwann in deiner Freizeit mal meinen Kumpel Boris kennenlernen, oder?«

»Tut mir leid, aber ich muss darauf bestehen. Es hat auch nichts mit Ihnen zu tun, da können Sie beruhigt sein. Es geht um Milan Zivković, den kroatischen Gastronomen, dessen Leiche wir vorgestern aus der Donau gezogen haben. Wie man weiß, hat er gespielt und mutmaßlich hoch verloren. Und nun wird spekuliert, dass er deswegen ermordet wurde.«

»Ermordet? Wegen Spielschulden? Das ist doch lächerlich! Wer schlachtet denn eine Sau, die Ferkel wirft?«

»Wie jetzt?«

»Genau so, wie ich es gesagt habe. Um wie viel geht es denn dabei?«

»Schätze, so ein paar zehntausend.«

Laschko warf den Kopf nach hinten, dass die Sonnenbrille vom Kopf rutschte, klatschte die Hände auf die Schenkel und fing schallend an zu lachen. Er starrte Lukas aus seinen eng zusammenliegenden eisgrauen Augen an und sagte schließlich, immer noch nach Atem ringend: »Oh, du musst noch viel lernen. Ein paar Mille, das ist doch lächerlich. Da kostet der Killer ja mehr, als die ganze Sache wert ist. Da musst du schon früher aufstehen. So, und jetzt mache ich von meinem Hausrecht Gebrauch: Abflug. Oder möchtest du dich schon mal Boris vorstellen, für ein Treffen nach Feierabend?«

Lukas wurde leicht mulmig, aber einen letzten Versuch wollte er noch unternehmen. »Und wenn jemand Zivković ein bisschen Druck machen wollte, aber die Sache dann aus dem Ruder gelaufen ist und der Betreffende jetzt nicht mehr zu seiner Kohle kommt?«

»Nicht mein Problem! Boris, kommst du bitte mal?«

Als Boris seinen Namen hörte, kam er hinter der Spiegelsäule rechts von Laschkos Schreibtisch hervor und ging auf Lukas zu, der angesichts des zwei Meter großen und bestimmt weit über hundert Kilo schweren Hünen dann doch lieber das Weite suchte. Er hatte nicht die geringste Lust, sich dem Riesen so ins Gedächtnis zu brennen, dass der ihm bei anderer Gelegenheit ein paar Rippenbrüche verpasste.

Zurück auf der Frauenstraße und an der frischen Luft, erfasste Lukas die Sehnsucht nach Söflingen, nach seinem Schreibtisch und seinen Monitoren. Er stieg auf den E-Roller und düste davon.

17

Freitag, 8. Juli, 11.00 Uhr, Neu-Ulm

Nach ihrem erfolglosen Versuch gestern Nachmittag hatte Kula sich vorgenommen, als erste Amtshandlung des heutigen Tages noch einmal in der Donauklinik bei Carola Zivković vorbeizuschauen. Nun war sie schon seit über zwei Stunden vor Ort und wurde von einer Abteilung zur anderen geschickt, aber Carola bekam sie nicht zu fassen. Mit der wurde offenbar ein wahrer Untersuchungsmarathon veranstaltet. Als Kula endlich auf eine zuständige Schwester traf, sagte die zu ihr:

»Frau Zivković war auch heute Morgen noch nicht wieder auf der Höhe. Da wollten wir lieber auf Nummer sicher gehen und haben deswegen zu weiteren neurologischen Untersuchungen ein MRT angeordnet. Außer dem üblichen Kontrastmittel haben wir ihr noch etwas zur Beruhigung spritzen müssen. Vor heute Nachmittag wird sie also vermutlich nicht wieder voll ansprechbar sein. Das Zeug macht einen manchmal furchtbar müde und verwirrt. Aber wer weiß?«

»Verwirrt war sie doch eh schon, als sie eingeliefert wurde, gestern. Hat sie sich noch irgendwie geäußert?«

»Da fragen Sie mich was. Keine Ahnung. Kommen Sie heute am späten Nachmittag wieder. Da ist auf unserer Station eigentlich keine Besuchszeit, aber in diesem Fall, denke ich, wird es keine Probleme geben. Noch besser wäre es allerdings morgen. Da ist sie dann bestimmt wieder fit. Und jetzt entschuldigen Sie mich bitte.«

Unverrichteter Dinge musste Kula die Donauklinik verlassen und ging entlang einer Baumgruppe vor zum Jahnufer an der Donau. Dort betrachtete sie das Angebot an einem kleinen Imbissstand, bestellte eine Waffel mit Apfelmus und einen Milchkaffee und suchte sich damit einen Schattenplatz am Ufer. Einer der kleinen Bistrotische mit den bunten Blechstühlen war frei, und nachdem Kula sich gesetzt hatte, ließ sie den Blick über die schimmernden Wellen hinüber ans Ulmer Ufer wandern. Die Fahnen flatterten sacht im Wind, frühe Besucher genossen den Sommermorgen, und Kinder ließen Flachkiesel flitzen oder jagten einander mit mitgebrachten Wasserpistolen. Ein Fest an der Donau.

Warum hat die Zivković gestern Mittag so gemauert, fragte sich Kula, fuhr sich durch die Haare und wand sie zu einem losen Knoten. Außer den mittlerweile als haltlos herausgestellten Anschuldigungen gegen den Ungarn hatte Carola kaum etwas geäußert und alle weiteren Fragen abgewehrt. Angeblich hatte sie sich an nichts mehr genau erinnern können, hatte noch nicht mal mehr eine Ahnung gehabt, wann ihr Mann das Lokal verlassen hatte und sie zu ihren Eltern nach Burlafingen gefahren war. Ob das so ein posttraumatisches Dingsbums ist, überlegte Kula. Das Beste wird sein, ich frage bei der Weichselbraun nach – die wird kaum zu bremsen sein vor Freude, den alten Freud zitieren zu können.

Kula musste bei der Vorstellung schmunzeln und bekam Lust, die Gerichtsmedizinerin nach einem »postdramatischen Belastungssymptom« zu fragen. Wie die wohl darauf reagieren würde?

Dann aber kehrten ihre Gedanken schnell wieder zu unerfreulicheren Dingen zurück. Aus Carolas Verhalten wurde Kula einfach nicht schlau. Gestern schien die Zivković zuerst zwar etwas verwirrt, aber doch einigermaßen bei sich gewesen zu sein, als sie vom Tod ihres Mannes erfahren hatte. Dann plötzlich wurde sie hysterisch. War das womöglich nur gespielt gewesen? Und heute war sie angeblich immer noch durch den Wind und nicht zu sprechen. Oder das mit der Tochter. Auch da stimmte irgendwas nicht. Ob Carola in Wahrheit sehr wohl wusste oder wenigstens ahnte, wo Sarah abgeblieben war? Seltsam.

Schrilles Pfeifen riss Kula aus ihren Grübeleien. Auf der Musikbühne hinter ihr wurde ein Soundcheck durchgeführt.

Sie trank den Rest ihres Milchkaffees und warf einen Blick auf die Zeitanzeige ihres Handys … »Oh Shit!«, rief sie laut und sprang vom Bänkchen auf. »Die Stadtwerke!«

Ein vorübergehender junger Mann wandte sich kurz um und ging dann kopfschüttelnd weiter.

Wie konnte ich das bloß vergessen, ärgerte sich Kula, hastete wieder zum Klinikparkplatz, warf ihre Ninja an und raste zurück zu ihrer Wohnung. Bei ihrer Rückkehr aus Griechenland hatte sie im Briefkasten eine Karte der Ulmer Stadtwerke vorgefunden: Der Wasserzähler musste ausgewechselt werden. Sie hatte den ersten Termin bereits verpasst, Svenja war immer noch in Karlsruhe, und die Nachbarn wussten nicht Bescheid, da Kula es versäumt hatte, ihnen den Schlüssel zu hinterlassen. Die Monteure wollten heute um halb zwölf kommen, weitere Verzögerungen würden Kosten zu Kulas Lasten verursachen, stand auf der Karte. Und jetzt war es schon Viertel vor!

Von der Schützenstraße zur B 28, über die Donau und vom Ehinger Tor aus in die Söflinger Straße fuhr Kula weit schneller als die erlaubten fünfzig. Als sie bei sich am Blauäcker ankam, war es trotzdem bereits zehn nach zwölf.

Drei Häuser weiter sah sie, wie zwei Männer in Arbeitskleidung zu einem Kombi der Ulmer Stadtwerke gingen. Kula ließ die Ninja weiterrollen, bis sie die Handwerker erreicht hatte. »Was für ein Glück, dass ich Sie noch antreffe.«

Der Ältere der beiden sah auf die Uhr. »Was heißt hier Glück? Wir haben jetzt Mittag.«

Kula nahm den Helm ab, schüttelte ihr Haar aus und lächelte. »Sorry, tut mir echt leid, aber bei der Ulmer Kripo läuft's halt manchmal nicht so ganz nach Plan. Ich habe mich nun wirklich sehr beeilt. Ist doch keine große Sache mit der Wasseruhr, stimmt's?« Sie zauberte ihr Wangengrübchenlächeln ins Gesicht.

»Sie haben gut reden«, meinte der Jüngere und zog an seiner Zigarette. »Was glauben Sie, was los wäre, wenn sich keiner an Absprachen halten würde? Da würden wir ja nie fertig werden, und die anderen, die hätten das Nachsehen.«

Kula war kurz davor loszuschreien »Was für ein Idiot bist du denn?«, aber sie beherrschte sich und atmete tief durch. »Okay, verstehe ich. Aber bestimmt wollen auch Sie nicht, dass ein Mörder frei rumläuft und womöglich Ihre Kunden bedroht, wenn nicht gar Schlimmeres, oder?«

Der Mann wirkte überrumpelt und blickte seinen Kollegen fragend an.

Der meinte: »Komm, lass gut sein. Die Pause hängen wir halt hintendran.«

»Wenn du meinst.« Der Jüngere schnippte die Kippe in die Hecke und wischte die Hände an der Hose ab. Dann gingen die beiden zum Kombi, während Kula zu ihrem Häuschen fuhr und am Eingang wartete.

Kurz darauf schleppte der Jüngere einen Werkzeugkoffer heran. Der Ältere hatte sich einen kleinen Karton unter den Arm geklemmt. »So, dann schau mer mal. Wo soll er denn hin, der neue Wasserzähler?«

Kula ging voraus und legte die Bikermontur im Flur ab. »Kommen Sie bitte mit in den Keller.« Sie machte Licht und ging vor den Handwerkern her die Stufen hinab. Gleich unterhalb der Treppe war der Wasseranschluss. Sie schob rasch ein paar Umzugskartons weg, die längst ausgeräumt gehört hätten, trat beiseite und streckte den Arm aus. »Bitte schön.«

Der Jüngere holte Werkzeug aus dem Koffer, während sein Kollege die Hähne zudrehte, dann mit den Fingern schnippte und die Hand nach der Rohrzange ausstreckte. Es dauerte keine zehn Minuten, bis die Messuhr ausgetauscht worden war und Kula das Protokoll unter die Nase gehalten wurde.

»Sodele«, sagte der Ältere, »bitte einmal hier Ihren Servus, dann sind wir auch schon wieder weg.«

Kula unterschrieb und dachte: Und dazu der ganze Aufwand. Sie sah den beiden nach, wie sie nach oben gingen, und hörte, wie die Haustür ins Schloss fiel. Dann wollte sie sich selbst auf den Weg machen, doch als sie sich am Lichtschalter noch einmal umdrehte, bemerkte sie, dass es aus der Anschlussmuffe des neuen Zählers tropfte. Mist! Kula rannte die Treppe hoch und trat auf die Straße, konnte aber nur noch dem Kombi hinterhersehen, wie er um die Ecke bog. Die Monteure waren verschwunden. »So eine Scheiße«, maulte sie vor sich hin, »als ob ich nichts anderes zu tun hätte, als den Deppen hinterherzuschrauben!«

Sie holte die Gripzange aus der Werkzeugkommode. »Hoffentlich passt das Ding …« Das tat es, und Kula versuchte, die Muffe zuzudrehen, doch die war bereits am Anschlag. Kaputte Dichtung! Jetzt bei den Stadtwerken anzurufen hatte keinen Sinn, es war Freitag und nach Mittag. Fluchend wischte Kula den Boden auf, stellte einen Eimer unter das Leck und hoffte, dass sie rechtzeitig zurück wäre, um ihn zu leeren.

Kaum wieder auf der Straße und fast schon auf dem Weg in die Polizeidirektion, hörte sie, wie direkt hinter ihr die Schiebetür eines Lieferwagens aufgezogen wurde. Sie drehte sich um und sah ihren Nachbarn Dietmar Klemm, der gerade eine Kiste aus dem Laderaum wuchtete. »Wenn's klemmt, ruf Klemm!«, fiel ihr wieder ein. Und sosehr es ihr widerstrebte, ihn um Hilfe zu bitten – vor allem angesichts dessen, wie er Kerstin nach ihrem Auszug behandelt hatte –, blieb ihr eigentlich nichts anderes übrig, wenn sie nicht das ganze Wochenende volle Eimer leeren und den Kellerboden wischen wollte.

Sie atmete tief durch und ging auf Dietmar zu. Der sah schlecht aus, sein Gesicht war bleich und aufgedunsen, und er hatte tiefe Ringe unter den Augen. Als Kula vor ihm stand, bemerkte sie den intensiven Pfefferminzgeruch in seinem Atem, der die Schnapsfahne aber kaum überdecken konnte.

»Hallo, Dietmar, wie geht's?« Was für eine blöde Frage, dachte sie, sieht doch ein Blinder.

»Hm, passt schon, hallo, Kula. Und selber, wieder auf Mörderjagd?« Dabei versuchte er ein schiefes Grinsen. »Soll ich was für dich machen? Oder warum sprichst du mich an?«

Arsch! »Tja, weißt du, eben waren die von den Stadtwerken da und haben den Wasserzähler ausgetauscht und wohl die Dichtung vergessen. Die Muffe ist am Anschlag. Das ganze Ding ist undicht, und jetzt tropft es im Keller auf den Boden.«

Dietmar schob die Unterlippe vor, wie immer, wenn er über etwas grübelte, und sah knapp an Kula vorbei. »Und dann sind die Handwerker einfach verschwunden, und du stehst jetzt dumm da, weißt dir nicht zu helfen und denkst, der Klemm, der wird's schon richten. Stimmt's?«

»So in etwa.« Kula musste sich schwer zusammenreißen, um ihn nicht einfach stehen zu lassen und kehrtzumachen. Stattdessen sagte sie: »Ich müsste eigentlich schon längst wieder bei der Arbeit sein, habe aber Angst, dass nachher der ganze Keller unter Wasser steht und die Kartons durch die Gegend schwimmen.«

»Seid ihr zwei Tussen etwa immer noch nicht fertig mit eurem Umzug?«

»Du, Dietmar, lass es, wenn es dir gerade nicht in den Kram passt. Ich krieg das auch alleine hin, werde ich eben bei Sieberts gegenüber Bescheid sagen. Danke trotzdem ...«

»Jetzt warte doch mal und sei nicht gleich eingeschnappt.« Dietmar räusperte sich und hustete. »Mir geht's einfach nicht toll in der letzten Zeit, und da bin ich eben nicht so gut drauf. Sorry.«

Kula zog die Augenbrauen hoch und deutete ein Nicken an. »Kann ich ja verstehen, Mensch. Und du meinst nicht, das renkt sich wieder ein mit der Kerstin? Ihr wart doch eine Ewigkeit zusammen.« Was fasele ich denn da für einen Scheiß?, schoss es ihr durch den Kopf. Kerstin wäre ja wirklich zu blöd, es noch mal mit Dietmar zu versuchen, jetzt, wo sie mit einem neuen Leben begonnen und dem alten Scherbenhaufen den Rücken gekehrt hatte.

»Vergiss es! Das war's jetzt wohl – endgültig. Aber ehrlich gesagt habe ich keine Lust, darüber zu quatschen, und mit dir schon gar nicht, wo ihr doch immer so dicke wart miteinander. Zeig mir die Wasseruhr, ich mach dir schnell eine Dichtung rein, und dann kannst du wieder los zu deinen Mördern.« Erneut probierte Dietmar ein Lächeln.

Er holte einen Werkzeugkoffer aus dem Sprinter und ging dann neben Kula her zu ihrem Haus. Sie schloss auf, öffnete die Kellertür, machte Licht und sagte: »Runter, links unter der Treppe.«

Dietmar zog den Kopf ein und stieg nach unten. »Danke, ich kenn mich aus, hab für die früheren Besitzer schon alles gemacht.«

Kula folgte ihm mit Abstand.

»Mein Gott, was für ein Pfusch! Hier, nimm mal, der ist gleich voll. Leer ihn aus und gib ihn wieder runter. Auch wenn ich die Hähne davor und dahinter zumache, läuft trotzdem immer noch ein Rest raus.« Dietmar reichte Kula den Eimer und streckte ihr mit der anderen Hand einen schwarzen Ring entgegen. »Da schau, die Dichtung lag auf dem Boden unter der Kommode. Was für Penner!«

Kula eilte nach oben und schüttete das Wasser in die Toilette. Als sie wieder im Keller war, stellte sie den geleerten Eimer unter der Wasseruhr ab. »Danke, was tät ich jetzt nur ohne dich?«

»Tja, das wird sich Kerstin auch noch fragen. Ich konnte zum Schluss machen, was ich wollte, nie war sie zufrieden. Ach, was soll's – vorbei ist vorbei.« Während er dies sagte, hatte Dietmar schon routiniert die Wasseruhr abgeklemmt, die Dichtung eingesetzt und das Ganze wieder zusammengeschraubt.

Kula sah auf die Uhr. »Verdammt! Du, sei mir bitte nicht böse, aber ich müsste längst zurück bei der Arbeit sein.«

Dietmar hob abwehrend die freie Hand. »Hab schon verstanden. Der Mohr hat seine Schuldigkeit getan, der Mohr kann gehen.«

»Ach Mensch, das ist doch Quatsch. Ich bin dir wirklich voll dankbar für deine Hilfe, vor allem so spontan, aber wir haben einen total verzwickten Fall am Hals, und die Zeit läuft uns davon. Lass uns doch ein andermal darüber reden. So als Nachbarn.«

»Lass gut sein. Passt schon.« Dietmar packte sein Werkzeug

zusammen und stiefelte nach oben. Er verließ das Haus ohne Gruß.

Armer Kerl, dachte Kula. Und in diesem Moment tat ihr Dietmar zum ersten Mal leid. Offensichtlich hatte er alles verloren, was ihm wichtig war. Aber vielleicht hätte er sich so manches früher überlegen müssen.

18

Freitag, 8. Juli, 13.15 Uhr, Söflingen

Julia Michalek, die alte Quasselstrippe, hatte ihre Mittagspause beendet und legte einen Stapel Papier in den Kopierer nach.

Kula legte ihre Montur ab und fragte: »Ganz allein heute? Wo sind die anderen?«

»Also der Lukas, der ist mal schnell in den Computerladen. Hat gemeint, sein Ladekabel wäre defekt und vorhin, als er schon mal weg war, hätte er's vergessen.« Michalek trat dicht vor Kula und flüsterte dann, den Kopf gesenkt und die Augen nach oben gedreht: »Als ob wir nicht genügend Rechner hier im Haus hätten. Aber nein! Der junge Mann will sich ja nicht von seinem Laptop trennen. Tut so, als ob alles andere hier Schrott wäre. Wisst Se, ich bin mir sicher, der hat da irgendwelche Geheimnisse drauf.«

Kula ging nicht weiter drauf ein, denn sie wusste ja, in welchen Sphären und dunklen Ecken sich Lukas im Netz manchmal herumtrieb. Stattdessen fragte sie: »Und Bitterle, wo steckt der?«

»Der wollte noch mal aufs Donaufest und nach weiteren Zeugen suchen. Wegen irgendeiner seltsamen Sache, hat er gemeint und ganz geheimnisvoll dabei getan. Mehr weiß ich leider auch nicht.«

»Schade. Na ja, er wird's uns später schon erzählen.« Kula zuckte mit den Schultern. »Wann will Lukas denn wieder da sein? Hat er was gesagt?«

»Dauert nicht lang, hat er gemeint. Aber bei dem weiß man ja nie. Andererseits hat er fast die ganze Nacht gearbeitet und recherchiert. Sieht ja schon ganz blass aus um die Nase, der Ärmste … Und Sie? Gibt es bei Ihnen was Neues?«

Kula schüttelte den Kopf und erwähnte den ergebnislosen

Besuch in der Donauklinik und dass Carola Zivković wohl erst morgen wieder voll ansprechbar sein würde.

»Schon schlimm, das mit dem Herrn Zivković«, meinte Julia Michalek mit betrübter Miene. »Sein Stand wird doch jetzt bestimmt nicht mehr aufgemacht. Grad schad, wo der doch so gute Cevapcici gehabt haben soll.«

»Ja, vor allem um die Cevapcici ist's wirklich tragisch«, sagte Kula schnippisch und ließ die Abteilungssekretärin stehen.

Auf dem Hausrechner auf Lukas' Schreibtisch flimmerte sein Bildschirmschoner: Ein Panzerknacker mit einem Geldsack über der Schulter wurde von einem Polizisten verfolgt. Beide Figuren hüpften hin und her, der Abstand blieb dabei stets gleich. Kula drückte die Leertaste. Der Schoner verschwand, und die Seite einer Kriminalakte tauchte auf dem Bildschirm auf. Das Foto zeigte einen Mann mit schmalen Gesichtszügen und hohen Wangenknochen, unrasiert, das Haar kurz geschoren. Seine eisblauen Augen blickten Kula so stechend entgegen, dass es ihr kalt über den Rücken lief. Und sie schauderte noch mehr, als sie den Text las:

Carl Bellmann … Bundeswehr 1985–89 … wegen Waffenmissbrauchs unehrenhaft entlassen … Fremdenlegion

Kula überflog den Rest – spätestens bei der Verurteilung wegen Herstellung und Vertrieb von Gewaltpornos hatte sie eigentlich genug gesehen – und bemerkte dann einen Post-it-Zettel, den Lukas an seinen Monitor geklebt hatte:

Bellmann
– betreibt eine Kfz-Werkstatt in Oberbalzheim am Schlossberg
– enge Kontakte zum Rockermilieu
– hat laut Zeugen am Dienstag mit einem Kumpel Zivkovićs Stand beobachtet, könnte in den Fall verstrickt sein!

»Oh Fuck!«, fluchte Kula. Ob Milan Zivković irgendwie der Rockerszene in die Quere gekommen war? Schutzgeld? Oder die Glücksspielabende? Und dann hatte dieser Bellmann beim Geldeintreiben über die Stränge geschlagen, Zivković getötet und als neues Druckmittel Sarah Schwarz in seine Gewalt gebracht? Kulas Gedanken rotierten. Vielleicht war es ja sogar von vornherein gar nicht um Milan gegangen, sondern um Sarah, die für irgendwelche Gewaltpornos missbraucht werden sollte, und ihr Vater war bei dem Versuch, die Entführung zu verhindern, getötet worden? »Wie auch immer, das schau ich mir genauer an!«

Kula eilte zurück zu Julia Michalek, die dabei war, die inzwischen kopierten Unterlagen abzuheften. »Hat Bitterle gesagt, wann er wiederkommt?«

Nach einem Blick auf die Wanduhr antwortete die Sekretärin: »Der wollte eigentlich schon längst wieder da sein. Aber Sie kennen doch den Chef. Dem kommt halt immer was dazwischen.«

»Stimmt. Und wenn es bloß eine Bratwurst ist. Egal. Richten Sie ihm bitte aus, dass ich unterwegs zu diesem Bellmann bin.«

»Bellmann? Wer soll das sein?«

»Ein Ex-Fremdenlegionär, ziemlich miese Type. Hat mit dem Fall möglicherweise was zu tun. Lukas hat ihn jedenfalls auf dem Schirm.« Kula deutete in Richtung des Nebenzimmers.

»Mensch, send Se bloß vorsichtig!«

»Versprochen!« Kula winkte Julia Michalek über die Schulter zu, während sie bereits den Flur entlanghastete.

Trotz ihrer inneren Unruhe wählte Kula die vom Weg her längere Strecke über Wiblingen, Illerkirchberg und Dietenheim, und das nicht nur aufgrund der dauernden Staugefahr auf der A 7 Richtung Illertissen – da wäre sie mit der Ninja problemlos zwischen den beiden Spuren durchgekommen, notfalls über den Standstreifen –, sondern auch der vielen Kurven wegen. Spaß musste sein, trotz allem!

Weiter ging es Richtung Süden nach Oberbalzheim, dort dann kurz nach dem Ortseingang vorbei an einer Kaffeerösterei und einem Landgasthof mit Außenbestuhlung, ehe Kula oben auf dem Berg das Schloss mit den beiden Rundtürmen thronen sah. Das herrschaftliche Ensemble war komplett in typischem Sandgelb verputzt und sah gepflegt aus.

Kula bog rechts ab. Ein schmales, kurviges Sträßchen führte den Schlossberg hoch, und hundert Meter weiter war sie am Ziel. Aus den Augenwinkeln entdeckte sie im Vorbeifahren ein gedrungenes Wohnhaus mit direkter Verbindung zu einer großen Scheune, die die komplette Nordseite begrenzte. Der gekieste Parkplatz davor war leer. Da also hauste dieser Bellmann.

Sie fuhr weiter, wendete vor dem Schlosstor und ließ ihre Ninja im Leerlauf langsam bergab rollen. Kurz vor Bellmanns Anwesen bog sie auf einen schmalen Trampelpfad zwischen hüfthohen Brennnesseln ein und stellte das Motorrad unter einem ausladenden Holunderstrauch ab. Sie musste sich ducken, denn die Zweige bogen sich unter der Last der noch unreifen Früchte.

Nachdem Kula den Helm verstaut und ihre Waffe kontrolliert hatte, machte sie sich zu Fuß auf die restliche Strecke. Dicht an die Wand eines Trafohäuschens gelehnt, blieb sie schließlich stehen und spähte um die Ecke in Richtung des Anwesens. Alles war ruhig. Bis auf einen lärmenden Spatzenschwarm über ihr und das weit entfernte Tuckern eines Traktors hörte sie keinen Laut.

Die Sonne brannte auf ihrem Nacken, und das Licht blendete. Sie überquerte den Platz bis zum Wohnhaus und drückte den Klingelknopf neben der Tür, worauf drinnen eine Klingel schepperte. Keine Reaktion. Noch mal – wieder nichts. Sie schlich um das Haus, vorbei an einem rostigen Öltank und einem mit Brombeerranken umwucherten Palettenstapel. Auf ihrem Weg linste sie durch jede Fensterscheibe, schirmte dabei die Augen mit den Händen ab, konnte aber nichts Außergewöhnliches erkennen. Der Vogel schien ausgeflogen.

Hinter dem Haus führte eine Treppe am Gebäude nach unten, wo sie an einer neu aussehenden Stahltür endete. Ein runder Knauf und ein Schloss, das mit dem Türblatt bündig war – keine Möglichkeit für Kula, sich drinnen umzusehen. Vielleicht würde sie vorn in der Scheune etwas finden.

Das große, etwa vier Meter breite Rolltor war mit einer dicken Eisenkette und einem massiven Vorhängeschloss gesichert. Um das zu knacken, brauchte es schweres Gerät. Kula rüttelte am Tor. Es knarrte über ihr, sie blickte nach oben. Eine Reihe Schwalbennester hing am Ortgang, und die Jungvögel übten ihre Kapriolen, sie schwirrten unter dem Dach hin und her. Der Boden hatte entsprechende Flecken.

Sie beugte sich nieder und zerrte an der Unterkante des Tores. Dort ließ es sich ein paar Handbreit nach vorn hebeln. Wenn ich mich dünn mache und ausatme, könnte ich es schaffen, überlegte Kula. Sie zögerte nur einen kurzen Moment, auch wenn ihr klar war, dass sie wieder einmal gegen jede Dienstvorschrift verstoßen würde. Was sie vorhatte, war eindeutig Einbruch. Aber egal! Gefahr im Verzug. Falls tatsächlich Sarah hier gefangen gehalten wurde, war ihr Leben bedroht, also galt es zu handeln, und zwar umgehend.

Kula ging in die Hocke und drückte das Tor so weit vor, bis sie die Knie durch den Spalt zwängen konnte. Seitlich presste sie dann den Körper zwischen Tor und Mauer hindurch und hatte es nach mehrmaligem Ruckeln und Schlängeln mit der Schulter tatsächlich geschafft, sich ins Innere zu robben. Sie war in Bellmanns Werkstatt! Die blauen Flecken nahm sie dafür gern in Kauf.

Es dauerte, bis sich ihre Augen an das trübe Zwielicht drinnen gewöhnt hatten, doch nach und nach wurden aus den Umrissen Gegenstände und auch Details erkennbar. Direkt vor ihr stand ein dunkler BMW X5 mit Grazer Kennzeichen. Wieso Österreich, fragte sie sich und ging an dem Fahrzeug vorbei weiter nach hinten. Dort waren drei Harleys nebeneinander aufgebockt, teils ohne Räder, Motoren und Lenkergabeln. Auf einer langen Werkbank lagen Getriebeteile und Kolben, auf

Rollwägen diverse Werkzeuge und Kleinteile wild durcheinander.

Dem würde ich meine Ninja keine Minute lang anvertrauen, dachte Kula, blieb stehen und lauschte. Hinter sich hörte sie ein leises Wispern. Ihr Herz schlug schneller, und der Hals wurde trocken. Sie drehte sich um und folgte dem Geräusch – es war letztlich nichts weiter als ein undichter Pressluftschlauch. Offensichtlich war sie wirklich allein hier.

Kula ging weiter entlang einer Reihe winziger vergitterter Fenster, deren Scheiben durch Fliegendreck, dichte Spinnweben und dicke Staubschichten wie Milchglas wirkten und nahezu undurchsichtig waren. Sie tastete sich vorsichtig durch den Raum, bis sie vor einer Werkzeugwand stand. Kabel und Schraubenschlüssel aller Art hingen lückenhaft an der mannshohen Tafel. Dazu Trennscheiben, Sägeblätter, Zangen unterschiedlichster Größen und seltsame Hebelvorrichtungen. Kula hatte keinen Schimmer, wozu die gut sein sollten, obwohl sie hin und wieder selbst an ihrer Ninja herumschraubte.

Eine Maus kroch unter der Wand hervor und huschte weiter ins nächste Versteck. Kula bückte sich, um nach dem Tier zu sehen, dabei spürte sie an der Hand einen kühlen Luftzug. Sie beugte den Kopf bis zum Boden, schnupperte und roch feuchten Moder. Was verbarg sich hinter den Werkzeugen?

Kula rüttelte an der Wand, die sich bewegte, da sie wie das Scheunentor mit Rollen an einer Schiene unter der Decke hing. Sie drückte dagegen, die Wand glitt zur Seite und gab den Blick auf einen kleinen, grob verputzten leeren Vorraum mit ein paar Kleiderhaken frei. Offenbar ein Durchgang zum Keller, denn dahinter führten Steinstufen hinab zu einem Gewölbegang, der sich viele Meter in die Dunkelheit erstreckte. Kula fröstelte – hier unten war es kühl und feucht, und der Modergeruch, den sie oben wahrgenommen hatte, kam eindeutig ebenfalls von hier. Dazu verstärkte sich ihr mulmiges Gefühl.

Sie zögerte einen Moment. Was vor ihr lag, erinnerte an

ein mittelalterliches Gruselschloss, es fehlten nur noch die Fackeln. Doch sofort kam ihr wieder Sarah in den Sinn, die vielleicht von diesem Bellmann hierher verschleppt worden war, und sie gab sich einen Ruck. Mit ihrem Handy leuchtete Kula die Umgebung ab, bis sie einen Lichtschalter gefunden hatte, ein Uralt-Aufputz-Modell mit schwarzem Knauf. Sie drehte daran, und drei Neonröhren über ihr erwachten nach längerem Flackern zum Leben.

Nun konnte Kula sehen, dass Müll und Zigarettenkippen auf dem Boden lagen. Entlang der Decke verliefen rostige Rohre und alte Elektroleitungen, dazu aber auch ein neueres Glasfaserkabel, das mit Kabelbindern an einem der Rohre befestigt war und Kulas Aufmerksamkeit erregte. Ihr Puls begann zu rasen. Sie folgte dem Kabel, bis sie wieder vor einer modernen Stahltür stand, einem ähnlichen Modell wie oben hinter dem Wohnhaus. Der Rahmen schien erst kürzlich in das alte Mauerwerk eingelassen worden zu sein. Das Kabel verschwand in der Wand über der Tür.

Wozu braucht Bellmann im Keller einen schnellen Internetzugang, fragte sich Kula und drückte die Klinke nach unten. Die Tür ließ sich lautlos, wenn auch mit leichtem Widerstand öffnen. Parfümduft, gemischt mit dem Geruch nach Puder und altem Schweiß, kitzelte in Kulas Nase. Sie unterdrückte den Niesreiz und tat einen Schritt nach vorn. Dann zog sie wieder ihr Handy hervor und machte Licht. Der Raum glich einem Bunker ohne Fenster, der auf den ersten Blick aber komfortabel eingerichtet zu sein schien.

Im nächsten Moment fiel die Tür hinter ihr mit einem gedämpften »Plopp« ins Schloss. Kula wirbelte herum und leuchtete. Ihr stockte der Atem, ein kalter Schauer jagte über ihren Rücken. Sie starrte auf die Tür. Die Tür hatte innen keine Klinke.

Und wieder begann Kulas Herz wild zu pochen, sie spürte den Puls, der dumpf und mächtig gegen ihren Brustkorb hämmerte, bis hoch zum Hals schlug und die Ohren rauschen ließ. In was für eine Scheiße bin ich da bloß wieder geraten?, fragte sie sich. Sie aktivierte ihr Handy. Es zeigte weniger als ein Drittel Ladung an. Und sosehr sie auch auf die weiteren Anzeigen starrte und von einer Ecke in die andere ging, hier drinnen gab es kein Netz. Nicht einen Strich! Totale Funkstille.

Sie lehnte sich mit dem Rücken an die Wand, rutschte langsam zu Boden, bis sie saß, winkelte die Beine an und schlang die Arme um die Knie. Hinter ihr war nur Kälte, und egal wie oft und wie heftig sie mit dem Kopf gegen die Wand schlug, es änderte nichts an der Sache.

Kula war gefangen.

19

Freitag, 8. Juli, 13.30 Uhr, Söflingen

Bitterle stürmte durch die Polizeidirektion, im Schlepptau Ina Weichselbraun, die kaum hinterherkam. Die Gerichtsmedizinerin war fast gleichzeitig mit ihm auf den Parkplatz eingebogen, als er gerade vom Donaufest zurückkam. Dort hatte er sich mit dem Foto dieses Carl Bellmann noch einmal in der Nachbarschaft von Zivkovićs Stand umgehört und nach weiteren Beobachtungen im Zusammenhang mit den beiden »Men in Black« gefragt. Sowohl Mirko Stanković als auch die beiden österreichischen Steckerlfischbrater hatten Bellmann zweifelsfrei als einen der beiden Verdächtigen identifizieren können.

»Jetzt mach halt mal langsam, Konni. A oids Weib is koa D-Zug.«

»Würde ich ja gerne. Aber uns läuft die Zeit davon. Übermorgen ist Schluss mit dem Donaufest, und bisher haben wir noch nichts Konkretes außer einem Verdacht.« Wie wenig konkret der Verdacht allerdings wirklich war, verschwieg er. »Was gibt es so Wichtiges, dass du dich extra in die Weststadt aufgemacht hast und hier aufkreuzt? Ist doch sonst nicht deine Art.«

Ina zog eine schiefe Schnute und reckte das Kinn vor. »Das ist dann sicher a des letzte Mal. Wenn du dei Handy net immer nur auf Vibrieren hättest oder wenigstens öfter mal draufschauen tätst …«

»Jetzt mach schon!« Sie hatten sein Büro erreicht, Bitterle schloss hinter ihnen die Tür, zeigte auf die Sitzecke und nahm Ina gegenüber Platz.

»Du erinnerst di an die Kopfwundn, in der i winzige Reste von am Frittierfett g'funden hob?«

»Was ist damit? Du wolltest es doch zur genaueren Untersuchung ins Labor der KTU schicken.«

»Hob i. Und jetzt rot amol, was die g'fundn hom.«
»Mach's nicht so spannend. Ich platze gleich vor Neugier!«
»Sogt dir ›Planol‹ wos?«
»Nie gehört. Warum?«
»Planol is a hochwirksamer Industriereiniger, den s' überall dort verwenden, wo's schmutzig oder fettig hergeht. Und davon hat die KTU winzige Spuren in da Wundn vom Zivković nachweisen können.«
»Das würde ja bedeuten«, Bitterle legte einen Finger über Nase und Mund, »dass die Kopfverletzung in seiner eigenen Küche stattgefunden haben könnte.«
»So isses, Konni. Und ob das wegen seim Suff passiert ist, das bezweifel i. Wia g'sogt, die Tschuschn ham a Kondition wie sibirische Kampfsäufer.«
»Du ziehst vielleicht Vergleiche …«
»Is doch so!«
»Gut, dann besorge ich mir jetzt einen Durchsuchungsbeschluss für die Küche des ›Plitvička‹, und die Kriminaltechniker sollen den ganzen Laden auf den Kopf stellen, und zwar so lange, bis sie was gefunden haben.«
»Moch des! Und i wett mit dir, die finden irgendwo Blut, vielleicht sogar zusammen mit Haaren vom Zivković.«
»Aber zuerst knöpfe ich mir noch die Carola, seine Frau, vor. Die verheimlicht was. Erst so eine haltlose Eifersuchtsverdächtigung, und dann erfahre ich heute Morgen von ihrer Tochter, dass es am Tatabend einen Riesenstreit zwischen den Zivkovićs gab. Davon hat sie laut Kulas Bericht gestern nichts erzählt.«
»Na, dann viel Glück«, meinte Ina und verabschiedete sich, während Bitterle bereits sein Notizbuch durchblätterte. Er fand die Nummer der Donauklinik, doch dort wurde ihm mitgeteilt, Carola Zivković sei nach einer neurologischen Untersuchung auf eigenen Wunsch hin entlassen worden.
»Wann war das?«
»Vor etwa einer Stunde. Obwohl die Ärzte der Ansicht waren, das wäre noch viel zu früh.«

Verdammt, fluchte Bitterle lautlos. »Hat sie denn hinterlassen, wo sie hin ist?«

»Moment, ich frag noch mal nach.« Nur Sekunden später kam die Antwort. »Frau Zivković sagte, sie würde zu ihren Eltern nach Burlafingen fahren.«

»Dachte ich mir fast, dass Sie wiederkommen würden.« Jakob Laumüller zog die Eingangstür ganz auf und gab Bitterle den Weg in den Flur frei. »Haben Sie neue Erkenntnisse?«

»Wie man's nimmt. Im Krankenhaus sagte man mir, dass Ihre Tochter zu Ihnen gefahren sei. Ist sie hier?«

Laumüller sah zur Treppe und deutete nach oben. »Sie ist in ihrem alten Zimmer und hat sich wohl hingelegt.«

»Ich müsste nochmals mit ihr sprechen. Denken Sie, das ist möglich?«

Laumüller rieb sich das Kinn. »Weiß nicht. Vielleicht kann ich Ihnen weiterhelfen?«

Mittlerweile war Laumüllers Frau hinzugetreten und sagte: »Ist das denn wirklich nötig? Unserer Tochter geht es überhaupt nicht gut. Können Sie nicht später wiederkommen?«

Bitterle ließ sich nicht beirren. »Tut mir leid, es ist wirklich sehr wichtig. Es sind ein paar Ungereimtheiten aufgetaucht, und die müssen wir klären. Schnellstens. Uns läuft sonst die Zeit davon.«

»Fragen Sie sie«, mischte sich Herr Laumüller ein. »Einfach hoch und die zweite Tür links.«

»Ist schon gut, Mama, ich bin wach, kann eh nicht schlafen. Der Kommissar kann ruhig kommen.« Carolas Stimme von oben klang brüchig.

In ihrem Jugendzimmer schien sich seit Carolas Auszug nicht viel geändert zu haben. Bitterle drehte sich einmal um die eigene Achse. An den Wänden hingen vergilbte Poster von Bands, die wohl in den 1990er Jahren in gewesen und deren Namen ihm nur beiläufig bekannt waren. Guns N' Roses, Metallica, Nirvana und R.E.M. Rockgruppen, mit denen Bitterle nichts anfangen konnte. An ein Plakat war mit einer Stecknadel die Eintrittskarte von einem Konzert im Münchner Olympiastadion angeheftet. Neben der Tür ein Schrank, vollgeklebt mit Stickern, gegenüber ein kleiner Schreibtisch und ein Regal mit Lektüre von Michael Ende, Erich Kästner und Hermann Hesse, dazwischen Schulbücher und Abi-Lektüre und ganz oben reihenweise Astrid-Lindgren- und Enid-Blyton-Bücher.

»Setzen Sie sich doch.« Carola hatte am Kopfende ihres Bettes Platz genommen und tappte mit der Hand auf die freie Fläche daneben.

»Danke.« Bitterle ließ sich nieder, beugte sich nach vorn und stützte die Ellbogen auf die Knie. »Frau Zivković, während der Fahrt nach Neu-Ulm ins Krankenhaus gestern Morgen haben Sie meiner Kollegin gesagt, dass Sie István Benkö verdächtigen, etwas mit dem Mord an Ihrem Mann zu tun zu haben. Erinnern Sie sich? Immerhin standen Sie unter Schock und waren mit Medikamenten ruhiggestellt.«

»Warum sollte ich mich nicht daran erinnern? Diese Puszta-Schlampe hat es doch schon immer auf meinen Milan abgesehen gehabt. Und jetzt wollte ihr Mann einfach mal für Ruhe sorgen.«

Bitterle wandte sich zu Carola, schaute ihr direkt ins Gesicht und schüttelte den Kopf. »Das ist so nicht möglich, wie Sie das behaupten. Herr Benkö ist schwer krank und wäre außerstande, so eine Tat zu begehen. Dafür gibt es Zeugen. Zudem sagt seine Frau, dass zwischen ihr und Ihrem Mann seit Jahren kein näherer Kontakt mehr bestanden hat. Das stimmt doch, oder?«

Carola presste die Lippen zusammen und sah zum Fenster. Sie räusperte sich. »Na ja, wie man es nimmt. Man begegnet sich eh dauernd auf dem Fest.«

»Das mag schon sein. Aber zwischen zufälligen Begegnungen und Nachstellen, wie Sie behaupten, besteht ein gewaltiger Unterschied. Also, was ist jetzt?«

»Ja, na ja … Okay, mein Gott, vielleicht habe ich ja auch Gespenster gesehen. Was weiß ich!«

Bitterle entschied, noch einen Schritt weiterzugehen und

Carola in die Zange zu nehmen. »Hören Sie, ich muss wissen, was an dem Abend passiert ist, als Ihr Mann ums Leben gekommen ist. Gab es einen Streit? Und wenn ja, wo und vor allem, weswegen?«

»Können Sie mich nicht einfach in Ruhe lassen?« Sie sackte in sich zusammen und vergrub ihr Gesicht in den Händen. »Sie sehen doch, dass es mir nicht gut geht.«

Bitterle überkamen einen Moment lang Skrupel, so forsch weiterzubohren, doch dann besann er sich. Zum einen hatte Carola dem Gespräch gerade noch selbst zugestimmt und berief sich erst jetzt auf ihren angeschlagenen Zustand. Zum anderen wusste er inzwischen, dass Carolas Aussagen zum Tatabend, die sie Kula gegenüber gemacht hatte und in denen von einem Streit keine Rede gewesen war, nicht zur Darstellung von Sarah Schwarz passten. Die wiederum war Bitterle auch aufgrund des Schreibens der Versicherung äußerst glaubwürdig erschienen. Und schließlich: Ihm blieb doch ohnehin keine andere Wahl – der Fall musste schnellstmöglich gelöst werden.

Er räusperte sich kurz und sagte dann sehr bestimmt: »Nein, das kann ich nicht. Ich muss den Mörder Ihres Mannes finden. Und Sie helfen mir jetzt dabei! Zum letzten Mal: Was – ist – an dem Abend – passiert?«

Carola richtete sich wieder auf, fuhr sich durch die Haare und blickte auf das Poster von R.E.M. »Also gut. Ja! Es gab Streit.«

»Und worüber haben Sie gestritten?«

»Ach, über alles Mögliche. Das ging schon den ganzen Tag so. Wegen jeder Kleinigkeit hat er rumgemeckert. Obwohl er die Tage zuvor noch so happy war wegen des neuen Fleischlieferanten.«

»Wieso das?«

»Er hatte einen Vertrag mit einem Großhändler abgeschlossen. Die vorproduzierte Ware war wesentlich günstiger als das Fleisch hier im Großmarkt. Der Typ kam sogar extra angereist, hat bei uns am Stand einen auf wilde Sau gemacht und wollte unbedingt, dass ein Foto gemacht wird von den beiden. Mit seinem Tablet.«

»Name?«

»Keine Ahnung. Er kam jedenfalls dem Dialekt nach nicht von hier. Eher aus dem Ruhrgebiet oder so.«

»Gut, wir werden das überprüfen. Aber zurück zu Ihrem Streit. Was ist vorgefallen? Und wann war das?«

»Das war vorgestern.«

»Also am Dienstag. Ich nehme an: abends, nachdem Sie den Stand abgebaut hatten?«

»Ja und nein. Milan hatte den ganzen Tag schon miese Laune, fragen Sie mich nicht, warum. Trotz eines Bombenumsatzes. Er hat schon während der Arbeit angefangen zu trinken, was er sonst nie macht. Und dann, am Abend im ›Plitvička‹, ist er ausgerastet. Hat rumgebrüllt, ich solle mich nicht in seine Angelegenheiten mischen und einfach meine Arbeit machen.«

»Was war der Anlass? Und um welche ›Angelegenheiten‹ handelte es sich dabei?«

Carola holte tief Luft und sah Bitterle nun direkt an. »Er hat sich da mit seinen Kumpels auf was eingelassen. Sie wissen wahrscheinlich, dass in einem der Nebenräume hin und wieder gespielt wird.«

»Das ist bekannt. Und er hat ebenfalls gespielt und nun Schulden. Stimmt's?«

»So in etwa. Das Lokal steht womöglich auf der Kippe. Der Kreditrahmen ist ausgereizt. Wenn mein Vater davon erfährt, ist die Hölle los.«

»Ähm, Moment.« Bitterles Stirn bekam tiefe Falten. »Wollen Sie damit andeuten, dass Sie Ihren Vater im Verdacht haben?«

»Um Himmels willen, nein! Mein Vater konnte Milan zwar nie besonders gut leiden. Aber dass er ihn umbringt? Völlig ausgeschlossen.«

»Und warum sind Sie sich da so sicher?«

»Mein Vater hasst Gewalt jeglicher Art. Er hätte das auf juristische Weise gelöst. Darin ist er unschlagbar.«

»Wieso?«, hakte Bitterle nach.

»Er hat acht Semester Jura studiert, damals in Augsburg, bevor er hier die Gartenwirtschaft gekauft und das ›Loretta‹ daraus gemacht hat. ›Loretta am Ausee‹.«

»Auch das wird sich nachprüfen lassen. Aber wieder zurück zu dem Streit. Was ging da ab?«

»Ich habe am Hintereingang einen braunen Umschlag gefunden und den Briefkasten geleert. Dabei war ein Brief von der Versicherung. Ich habe mich noch gewundert, dass der hier gelandet ist, wo doch sonst alle Post zu unserer Wohnung nach Böfingen kommt. Da mache ich die ganzen Büroarbeiten.«

»Was stand in dem Brief?«

»Weiß ich nicht. Ich kam nicht dazu, ihn zu öffnen. Als ich Milan darauf angesprochen habe, ist er völlig ausgeflippt, hat mich beschimpft und gebrüllt, ich solle mich um meinen eigenen Scheiß kümmern.«

Bitterle bemerkte den Widerspruch zur Darstellung von Sarah Schwarz – die hatte ausgesagt, ihre Mutter habe den Brief sehr wohl geöffnet und dies sei sogar erst der Anlass für den großen Streit gewesen. Er entschied sich aber, erst noch ein paar weitere Informationen herauszukitzeln. »Und der braune Umschlag?«

»Auf den habe ich überhaupt nicht mehr geachtet. Ich war außer mir vor Wut auf Milan. Den ganzen Tag nur am Rumstänkern, und dann macht er wegen so einer Kleinigkeit das große Fass auf. Ich hätte dem Kerl am liebsten eine verpasst.«

»Und, haben Sie?«

Carola schnaubte und zögerte einen Moment, bevor sie weitersprach. »Zu der Gelegenheit kam es gar nicht. Er hat mich beiseitegeschoben, sich die halb volle Flasche Slibowitz geschnappt, mich ›blödes Miststück‹ genannt und ist zum Hintereingang raus. Der Tür hat er, als er draußen war, noch einen Tritt verpasst.«

»Warum lügen Sie mich an, Frau Zivković?«

Mit einem Ruck setzte Carola sich auf. »Was erlauben Sie sich? Wie können Sie behaupten, dass ich lüge?«

»Weil wir Beweise haben. Dass es in der Küche zu einem Streit gekommen ist, haben Sie zugegeben. Was Sie aber bislang verschwiegen haben, ist, dass Sie den Brief von der Versicherung selbst geöffnet und gelesen haben. Und dass es eben daraufhin nicht nur einen großen Streit, sondern sogar Handgreiflichkeiten gab, bei denen sich Ihr Mann eine schwere Kopfwunde zugezogen hat.« Bitterle war sich mittlerweile aber sicher, dass er auch mit der letzteren Anschuldigung richtiglag.

»Ha«, sagte Carola und bemühte sich um einen spöttischen Tonfall, »woher haben Sie das denn? Und vor allem: Wie würden Sie das beweisen wollen?«

»Ihre Tochter war heute früh bei uns im Revier, hat eine Aussage über den Verlauf des Dienstagabends im ›Plitvička‹ gemacht und mir den Brief der Versicherung gezeigt. Außerdem: In der Wunde Ihres Mannes wurden Reste eines Reinigungsmittels nachgewiesen, welches üblicherweise in der Gastronomie verwendet wird.« Bitterle hielt kurz inne, damit Carola seine Worte sacken lassen konnte, dann wagte er einen Schuss ins Blaue. »Unsere Leute stellen in diesem Augenblick das ›Plitvička‹ auf den Kopf. Und glauben Sie mir, wir werden etwas finden.«

Carolas Stimme klang schrill und zugleich brüchig, als sie antwortete: »Das dürfen Sie nicht!«

»Doch. Das dürfen wir. Das *müssen* wir sogar. Also, zum wirklich letzten Mal«, Bitterle betonte jedes folgende Wort mit Nachdruck, »was ist am Dienstagabend in Ihrem Lokal passiert?«

Carola Zivković stand auf, ging zum Fenster, sah kurz hinaus und wandte sich wieder Bitterle zu. Mit stockender Stimme beschrieb sie dann die Ereignisse jenes Abends endlich ganz ähnlich, wie Bitterle sie schon von Sarah Schwarz erfahren hatte – die Heimkehr ins »Plitvička«, das Öffnen des Briefes, die Wut über die Auflösung der Versicherung und den daraufhin entbrannten heftigen Streit. Doch ein wesentliches Detail fehlte immer noch.

»Woher hat Ihr Mann die Kopfwunde? Wie gesagt, Frau Zivković: Wir werden in Ihrer Küche fündig werden, da können Sie sicher sein.«

»Also gut, wenn Sie eh schon alles wissen: Milan war ziemlich betrunken. Er stürmte auf mich zu, wollte mir den Brief entreißen, und als ich mich weigerte, griff er mich am Hals und begann, mich zu würgen.«

»War Ihre Tochter zu dem Zeitpunkt noch im Lokal?«

»Nein. Sie ist kurz vorher gegangen. Sie hat gemeint, sie würde unsere Streitereien nicht länger aushalten.«

Das deckt sich endlich mal mit Sarahs Aussage, dachte Bitterle und fragte weiter: »Gut. Was ist dann passiert? Woher stammt die Kopfwunde?«

»Ich habe mich gewehrt. Verständlich, oder? Und habe ihn von mir gestoßen. Er war völlig verblüfft von meiner Reaktion, ist kurz gestrauchelt und dann irgendwie gestürzt. Dabei muss er sich am Kopf verletzt haben.«

»Und weiter?«

»Nichts weiter. Was dann passiert ist, habe ich Ihnen vorhin schon gesagt. Er hat geflucht, mich beschimpft, dann ist er zur Hintertür raus und war verschwunden. Daraufhin habe ich mich ins Auto gesetzt, bin zu meinen Eltern gefahren und habe mich hier ins Bett verkrochen.« Carola Zivković setzte sich wieder, sah Bitterle an und hatte Tränen in den Augen. »Ich habe keine Ahnung, was Milan nach seinem Abgang gemacht hat und wer ihn erstochen haben könnte. Ich war es nicht. Das müssen Sie mir glauben!«

20

Freitag, 8. Juli, 16.00 Uhr, Bellenberg

Carl Bellmann und Burkard Haderer saßen, vom Eingang aus nicht sichtbar, in einer erhöhten Nische in der »Traube« in Bellenberg und warteten auf ihr Essen. Jeder hatte ein Glas Bier vor sich. Sie schwiegen sich mürrisch an. Aus den Boxen dröhnte Hardrock, bis auf zwei langhaarige Typen am Billardtisch waren sie die einzigen Gäste.

»Wie konnte das passieren?«, unterbrach Haderer das Schweigen und drehte sein Bierglas zwischen den Fingern.

»Mann, du nervst! Das ist jetzt das hundertste Mal, dass du mich das fragst. Wie oft denn noch?«, maulte Bellmann. »Das war einfach Pech. Aber du hast doch, was du wolltest, oder? Der Kerl ist tot und Schluss. Was willst du mehr?«

»Du kannst fragen! Ich wollte ihm in die Augen sehen, wenn er verreckt! Hier«, Haderer fuchtelte mit Zeige- und Mittelfinger dicht vor seinen eigenen Augen herum, »hier wollte ich seine Angst sehen und ihn fragen, wie sich das jetzt anfühlt. So kurz, bevor er verreckt.«

»Das ist doch moralischer Bullshit, bringt doch nichts.« Bellmann rieb sich die Nase. »Dein Knöchel ist wieder halbwegs okay. Du kannst wieder Auto fahren. Also schau, dass du nach Hause kommst, und schließ ab damit. Aus die Maus, aus und vorbei.«

»Du kapierst es einfach nicht!«, zischte Haderer, und Speicheltropfen landeten in Bellmanns Gesicht.

Bellmann wischte die Nässe beiseite und legte den Zeigefinger an die Lippen. »Halt's Maul, unser Essen kommt.«

Der Kellner mit dem roten Pferdeschwanz, der bislang am Tresen unter dem »Havana-Club«-Schild hantiert hatte, kam mit zwei Tellern an den Tisch. »Sodele, die Seelen, einmal ›Country‹, einmal ›Küchenboden‹. Und Vorsicht, es ist heiß!« Er grinste und schaute unschlüssig vom einen zum anderen.

»›Küchenboden‹ zu mir«, sagte Bellmann und schob dem Kellner sein leeres Bierglas entgegen. »Noch mal zwei davon.«

»Kommt sofort!«

»Hau rein«, sagte Bellmann, als sie wieder unter sich waren, »die sind wirklich gut hier. Wer weiß, wann du wieder was zwischen die Kiemen kriegst!« Und mit vollem Mund fuhr er fort: »Wenn du gegen sechs losfährst, bist du um Mitternacht zurück in Graz. Und grüß Grandchamps von mir, hörst du? Oder halt Größenfelder, wie er jetzt ja wieder heißt.« Er lachte und spuckte dabei Brösel über den Tisch.

Nachdem Bellmann seine Seele verschlungen hatte, rülpste er und bohrte mit der Zunge in den Mundwinkeln. Noch ein Schluck Bier, dann fummelte er sein Handy aus der Hose und entsperrte das Display. »Sieh mal einer an«, murmelte er.

»Was ist?«

»Wir haben Besuch bekommen.« Bellmann rülpste noch mal. »Eine hübsche junge Dame schnüffelt bei mir rum. Na, die wird Augen machen. Trink aus, dann machen wir die Biege.«

Bellmann setzte den Jeep vom Parkplatz zurück auf die Bahnhofstraße, ohne auf das Hupen hinter ihm zu achten. Er bog nach rechts ab, fuhr Richtung Illertissen und nahm vor dem V-Markt den Schleichweg am E-Werk vorbei Richtung Gymnasium. Bald waren sie am Dietenheimer Kreisverkehr und kurz darauf in Oberbalzheim.

»Wollen doch mal sehen, wo die Schnepfe sich rumtreibt«, sagte Bellmann und ließ den Wagen auf der Straße vor der Einfahrt stehen.

Sie stiegen aus. Während sie zum Rolltor gingen, nahm Bellmann den Schlüsselbund vom Gürtel und rüttelte am Tor. »Da schau her, hätte nicht gedacht, dass da wer durchpasst. Na, die kann sich auf was gefasst machen!« Er löste das Schloss, zog die Kette durch die Ösen und schob das Tor beiseite. Dann sah er, wie Haderer unschlüssig vor dem BMW stand. »Nix da, Alter. Das ziehen wir jetzt gemeinsam durch, oder willst du uns den Spaß verderben? Die paar Minuten, darauf kommt's auch nicht mehr an.« Er schaltete die Deckenstrahler an, die die Werkstatt in helles Licht tauchten. Zielsicher schritt er durch den Raum.

Haderer folgte ihm zögernd. »Jetzt lass doch gut sein, die ist bestimmt längst wieder weg, und ich will zurück nach Graz. Müsste längst schon wieder in Wien sein. Mit den Typen da ist nicht zu spaßen.«

»Und was ist das?« Bellmann zeigte auf die zur Seite geschobene Werkzeugwand. »Dieses Miststück hat doch tatsächlich den Zugang zum Keller entdeckt und schnüffelt in Sachen rum, die sie nichts angehen. Na warte, die kann ihr blaues Wunder erleben.« Er trat in den Vorraum, der zum Gewölbegang führte. »Herrgott noch mal, nun komm endlich und steh nicht so blöd rum! Womöglich brauche ich jetzt mal im Gegenzug deine Hilfe.«

»Oh Mann, echt, ich weiß nicht, wie lange ich mit meinem Fuß durchhalte. Ich muss los.«

»Selber schuld. Hättest besser aufgepasst am Ufer.«

»Okay, zehn Minuten, dann bin ich weg.«

Bellmann ging voraus zur Stahltür, hinter der er ihren ungebetenen Gast vermutete, Haderer folgte leicht humpelnd.

***

»Gut, dass Sie endlich wieder da sind. Ich kann die Kula nämlich nicht erreichen!« Julia Michalek machte einen besorgten Eindruck, als Bitterle gegen siebzehn Uhr in die Söflinger Dienststelle zurückkehrte.

»Wie? Was meinen Sie mit ›nicht erreichen‹?«

»Sie meldet sich nicht. War vorhin kurz hier und ist danach gleich wieder verschwunden, nachdem sie in Lukas' Büro war. Sie hat gesagt, ich soll Ihnen ausrichten, dass sie zu ›diesem Bellmann‹ unterwegs ist.«

»Zu Bellmann? Wieso das denn? Woher weiß sie überhaupt von dem?«

Bevor Frau Michalek antworten konnte, trat Lukas aus seinem Büro. »Bellmann? Also, das ist echt ein übler Bursche. Hatte ich dir heute früh ja schon gesagt, und die weiteren Recherchen haben das bestätigt.«

Bitterle hob die Augenbrauen und sah Lukas fragend an. »Gut, dann jetzt mal etwas genauer, bitte. Bellmann ist nämlich in der Tat einer der beiden, die Zivkovićs Stand beobachtet haben. Also, was hat es mit dem auf sich?«

»Okay, pass auf: Dieser Carl Bellmann ist 1967 in Landsberg am Lech geboren, hat nach der Realschule eine Lehre zum Kfz-Mechaniker begonnen, kurz vor dem Abschluss abgebrochen und ist dann für vier Jahre zum Bund. Wurde unehrenhaft entlassen, da er einen Stubenkameraden mit der Waffe bedroht und ihn krankenhausreif geschlagen hat. Danach verliert sich die Spur für zehn Jahre. Ich hab aber bestätigt bekommen, dass er während dieser Zeit tatsächlich bei der Fremdenlegion war.«

»Also lag ich richtig mit meiner Vermutung wegen der Tätowierung.«

»Ganz genau! Die ›siebenflammige Granate‹ ist das Symbol der Mitglieder der ›Légion Étrangère‹, wie sie sich auf Französisch nennen, und fast alle tragen sie mit Stolz.«

»Gut. Dann haben wir es also sogar mit zwei Ex-Legionären zu tun – dem kleineren, bei dem die Zeugen die Tätowierung beobachtet haben, und Bellmann selbst. Weiter, wo steckt der Kerl jetzt?«

»Bin gleich so weit. Er hat eine dicke Akte, hat mehrere Verurteilungen, zum Teil Haftstrafen hinter sich wegen schwerer Körperverletzung, Drogenhandel, Zuhälterei und Herstellung und Verbreitung von illegalen gewaltpornografischen Filmen.« Lukas machte ein zufriedenes Gesicht und sah aus, als erwarte er nun ein dickes Lob von Bitterle. Als jedoch nichts dergleichen kam, fuhr er fort: »Auf Bellmann ist ein Jeep Renegade, Baujahr 2018, zugelassen, mit dem amtlichen Kennzeichen –«

»Schön und gut, Lukas«, fiel ihm Bitterle ins Wort. »Das ist im Augenblick nicht von Belang. Ich will wissen, wo der Kerl wohnt. Kula muss irgendwie von ihm erfahren haben, denn laut Frau Michalek wollte sie sich auf den Weg zu ihm machen. Jetzt ist sie verschwunden und geht nicht an ihr Handy.«

»Ach du Scheiße! Ich hatte vorhin, als ich kurz weg war, den Rechner angelassen und Bellmanns digitale Akte offen. Könnte sein, dass Kula das gesehen hat. Den Zettel mit Bellmanns Adresse hab ich an den Monitor geklebt. Moment, ich schau schnell nach, ob –«

»Mensch, Lukas, hör auf! Ich habe kein gutes Gefühl. Womöglich ist Kula in großer Gefahr. Also noch mal: Wo – wohnt – Bellmann?«

Lukas war um eine Spur blasser geworden. »Okay! Also, Carl Bellmann hat eine Wohnung in Oberbalzheim, in einem der ehemaligen Wirtschaftsgebäude unterhalb des Schlosses. Dazu gehört ein großer Stadel. Dort repariert er hauptsächlich Harleys für die Rocker in der Gegend oder motzt sie auf.«

»Auch das noch!« Bitterle sah himmelwärts, eilte in sein Büro und beorderte einen Mannschaftswagen und eine SEK-Truppe nach Oberbalzheim. Zudem informierte er die Kollegen der Schutzpolizei in Dietenheim und befahl die sofortige Fahndung nach Kriminalhauptkommissarin Kula Skoulatopulos. Dabei mahnte er alle Beteiligten zu erhöhter Aufmerksamkeit und schilderte die zu vermutende Skrupellosigkeit Carl Bellmanns. Anschließend stürmte er aus dem Gebäude, eilte zu seinem Wagen und machte sich auf den Weg zur A 7 Richtung Illertissen.

Die Strecke von Neu-Ulm auf der autobahnähnlichen B 28 bis zum Dreieck Hittistetten war normal befahren. Doch kurz vor Vöhringen verlangsamte sich der Verkehr mehr und mehr. Bitterle verfluchte sich, dass er noch nicht dazu gekommen war, sein neues Fahrzeug mit Sirene und Blaulicht ausstatten zu lassen. So blieb ihm nichts anderes übrig, als sich langsam bis zur Abfahrt Illertissen voranzuquälen.

21

Freitag, 8. Juli, 17.00 Uhr, Oberbalzheim

Kula war sitzen geblieben, ohne zu wissen, für wie lange. Den Gedanken, das Schloss aufzuschießen, hatte sie nach kurzer Überlegung verworfen. Sie hatte keine Ahnung, wie stabil die Tür war, und womöglich könnte eine verirrte Kugel sie selbst treffen.

Es war nicht zu leugnen, sie saß hier fest, und niemand käme ihr zu Hilfe. Doch dann keimte ein Funke Hoffnung in ihr auf: Sie hatte Frau Michalek ja gesagt, dass sie sich auf den Weg zu Bellmann machen werde. Den Zettel mit dessen Adresse, der an Lukas' Monitor klebte, hatte sie zwar eingesteckt. Aber selbst wenn die Michalek den Namen vergessen hatte: Bestimmt war Lukas so schlau, eins und eins zusammenzuzählen, wenn Kula sich nicht melden würde. Auch ohne präzise Handyortung würden sich ihre Kollegen dann auf den Weg nach Oberbalzheim machen und sie schließlich finden, sogar hier unten, in diesem versteckten Verlies. Ganz bestimmt! Kula atmete ein paarmal tief ein und aus, fuhr sich übers Gesicht und stand auf.

Ein Problem allerdings blieb: Früher oder später würde der Akku der LED-Leuchte des Smartphones leer sein – Kula brauchte also Licht! Das, was sie bislang im Schein der Taschenlampe gesehen hatte, ließ ihr keine Ruhe. Als Erstes suchte sie daher die Wand bei der Tür ab und entdeckte zwei Lichtschalter und daneben eine Codetastatur mit Ziffern.

Kula starrte auf das graue Kästchen. Ich muss nur die richtigen Ziffern eingeben, dachte sie, und ich bin raus hier! Dann drückte sie die beiden Lichtschalter. Beim ersten erhellte eine Deckenlampe den Keller, beim zweiten begann ein buntes Lauflicht ringsum zu blinken und gab dem Raum eine Art Discoatmosphäre. Aber das blieb nicht das Einzige, was Kula irritierte. Auch der Rest der Einrichtung war seltsam und beunruhigend.

Die Fototapete auf der breiten Wand ihr gegenüber zeigte ein Westernmotiv, das Bild eines Saloons mit einem rauchenden Cowboy, der am Geländer lehnte. Davor hing ein Brett mit einer Aufschrift in typischer Western-Schrift: »PONYHOF«. Außerdem gab es hier unten ein breites Bett, mit rotem Plüsch bezogen, am Kopfende ein Eisengitter, darüber baumelte ein Mikrofon von der Decke. Davor und seitlich daneben standen mehrere Stative, drei mit Leuchten und zwei mit Videokameras, die kompliziert und teuer aussahen. Auf allen Geräten lag eine dünne Staubschicht. Kula war sich sicher, sie hatte ein länger nicht mehr benutztes Pornofilmstudio entdeckt!

Als Nächstes inspizierte sie die übrige Einrichtung. Seitlich neben dem Bett stand ein Schminktisch mit Leuchtspiegel wie in einer Theatergarderobe, auf der Ablage Tuben, Döschen, Pinsel und Quasten. Rechts davon ein Schreibtisch mit zwei Apple-Monitoren und einer Workstation darunter. Alles vom Feinsten, ganz im Gegensatz zu dem billigen Schrank vom Möbeldiscounter mit zwei Flügeltüren und einer Schublade. Kula zog sie auf. Sie sah echte Handschellen, Sexspielzeug, Leder-, Gummi- und fluffigen Plüschkram. Mit dem Bein schob sie die Schublade wieder zu und nahm sich dann den oberen Teil des Schranks vor. An einer Stange hingen Klamotten, die sie nie im Leben auch nur anfassen würde. Als ihr Blick tiefer wanderte, stolperte ihr Herzschlag für einen Moment, und ein saurer Geschmack stieg ihr vom Magen hoch.

Auf dem Regalboden stand ein altertümliches Elektrogerät in grauer Hammerschlaglackierung. In der Mitte prangte ein Medaillon: Ein schwarzer Reichsadler hatte seine Krallen in ein gerahmtes Hakenkreuzsymbol geschlagen. Darunter waren zwei runde Messgeräte eingelassen, ein Volt- und ein Amperemeter mit je einem großen Bakelitdrehknopf. Zwei Kontrollleuchten, ein Kippschalter und ein roter Tastknopf mit zwei Buchsen in Rot und Schwarz, mehr nicht.

Kula versuchte, ruhig ein- und auszuatmen und so gegen

den Brechreiz anzukämpfen, bis sie den schmuddeligen Tauchsieder entdeckte, der neben dem Elektrogerät lag. An dessen Kabelenden waren zwei passende Bananenstecker montiert. Der Gedanke an die Funktion raubte ihr fast den Verstand. Sie konnte den Brechreiz nicht mehr unterdrücken, und ein Schwall Mageninhalt bahnte sich den Weg ins Freie.

Was für ein perverses Schwein hatte das bloß installiert? Was hatten sie hier getrieben? Mit wem? Wer waren die Opfer? Wo waren sie jetzt? Und was zum Teufel mochte das mit dem Tod des Gastronomen vom »Plitvička« zu tun haben? Kalter Schweiß stand auf ihrer Stirn, und Kula hatte nur einen einzigen Wunsch: sofort raus hier, diesen Dreckskerl von Bellmann an den Eiern packen und in die Zelle schleppen! Ihn windelweich prügeln, bis er Blut kotzte.

Dann hörte sie Männerstimmen hinter der Stahltür.

Kula unterdrückte die Panik, hastete zu den Lichtschaltern und löschte die Beleuchtung. Im selben Moment, als sie hinter dem Schrank in Deckung gegangen war und sich eng an die Wand gepresst hatte, wurde die Tür geöffnet, und es wurde wieder hell im Raum.

»Irgendwo muss die Fotze stecken, die hier rumgeschnüffelt hat.«

Das könnte Bellmann sein, dachte Kula beim Hören des Allgäuer Akzents.

»Und wieso glaubst du das?«, fragte ein anderer, dessen Dialekt nicht zu definieren war.

»Sie hat den Zugang entdeckt und ist nicht wieder rausgekommen, sonst hätte ich ein Video davon. Sie muss hier drin sein, denn raus kommt sie nicht so einfach. Unmöglich, ohne den Code.« Die Stimme kam näher. »Ich frage mich bloß, wo sie sich verkrochen hat.«

Kula stieß sich mit einem Satz von der Wand ab und trat mit gezogener Waffe hinter dem Schrank hervor. »Ich bin hier!«

Gleichzeitig drehten sich die zwei Männer in die Richtung, aus der die Stimme gekommen war. Kula tat einen weiteren Schritt nach vorn und ließ ihre Waffe im Anschlag zwischen ihnen hin- und herwandern. Die Überraschung stand beiden ins Gesicht geschrieben.

»He, Mädchen«, sagte der Größere, den sie anhand der Stimme als Bellmann identifizierte. Er hielt die rechte Hand ausgestreckt und trat auf Kula zu. »Nun mach mal halblang und leg das Ding weg. Das könnte auch nach hinten losgehen, und das willst du ganz bestimmt nicht.«

Als sie Bellmann näher betrachtete, lief ihr ein kalter Schauer über den Rücken. Nie zuvor hatte sie in so kalte, wie tot wirkende Augen gesehen. In tiefen Höhlen lagen sie in dem markanten Gesicht, das fast nur aus Kinn und hohen Wangenknochen zu bestehen schien, von dünnem Bartwuchs dunkel umschattet.

»Keinen Schritt weiter!« Kula hatte ihre Walther P5 nun mit beiden Händen umfasst und zielte mit ausgestreckten Armen auf Bellmann.

Der andere Mann sah sie mit ebenso kalten Augen an, bewegte sich aber nicht von der Stelle und gab keinen Laut von sich.

Bellmann war im Begriff, noch einen Schritt auf Kula zuzugehen. Trotz ihrer Furcht vor eventuellen Querschlägern hob sie ihre Waffe und schoss an die Decke über dem Bett. Der Knall war ohrenbetäubend, und es klingelte in ihren Ohren. Putz splitterte von der Decke, der Pulverdampf erfüllte den Raum und raubte die Luft zum Atmen.

Bellmanns Mund stand kurz offen, dann sagte er: »Lass die Faxen. Hier soll doch keiner verletzt werden. Gib mir deine Waffe, Schätzchen, dann können wir in Ruhe über alles reden.« Er streckte die Hand aus, legte den Kopf schief und grinste hämisch.

»Noch einen Schritt, und dein Knie ist dran!« Kula zielte auf seine Beine, dabei hatte sie zugleich den anderen Mann im Blick, der im Begriff war, sich seitlich an Bellmann vorbeizuschleichen. Offensichtlich suchte er nach einer Gelegenheit, Kula abzulenken oder zu überwältigen.

»Das gilt auch für dich!« Wieder schoss sie an die Decke.

Und wieder splitterte der Putz und wirbelte durch den Raum. »Los jetzt, rüber mit euch beiden ans Bett.«

In Zeitlupe schlichen beide zum Bettgestell.

»Und was wird das jetzt?«, fragte Bellmann.

Kula hatte den Schrank geöffnet und zog die Handschellen hervor. »Hier, wie die funktionieren, wirst du ja wohl wissen. Los! Ihr setzt euch jetzt beide aufs Bett, mit den Händen ans Kopfende, und macht euch dort fest.«

»Wie bitte? Du hast sie wohl nicht mehr alle. Hör auf mit dem Scheiß und verschwinde!«

»Festmachen!«, schrie Kula. »Sofort, sonst schieß ich eure Eier zu Brei.« Und beim dritten Schuss landete die Kugel mitten auf der Matratze. Die beiden zuckten zusammen und duckten sich unter den Schaumgummibröseln weg.

Bellmann langte nach den Handschellen. »Ist ja gut, reg dich ab.« Die eine Schelle legte er zuerst seinem Kumpel um das Handgelenk, zog die Kette an einem Pfosten des Metallbetts durch und ließ die andere Schelle an seinem Handgelenk zuschnappen. »Und, Mädchen? Bist du jetzt zufrieden?«

»Nicht ganz. Sag mir eure Namen und den Türcode!«

»Ha, du glaubst doch nicht im Ernst –«

Weiter kam Bellmann nicht, denn Kula zielte nun mit ihrer Waffe genau in die Richtung, wo es richtig wehtun würde.

»Ich zähle bis drei! Eins. Zwei. Dre–«

»Okay, okay! Ich heiße Carl Bellmann, das ist Burkard Haderer. Und der Code ist sechs – neun – sechs – neun.«

Kula verdrehte die Augen, drückte die Kombination, und nach einem kurzen Summton hörte sie ein Klacken – die Tür schwang auf. Sie drehte sich kurz um, hob den Mittelfinger und sagte: »Na also, geht doch!«

Mit einem Schritt war sie draußen, hinter ihr fiel die Tür wieder ins Schloss. Kula atmete tief durch und bemerkte dabei, wie stark ihre Hände zitterten, wie ihr Herz bis hoch zum Hals klopfte und die Zunge am Gaumen festhing. Ihr Mund war ausgetrocknet wie eine Wüste, sämtliche Klamotten waren durchnässt und klebten auf der Haut. Doch je länger sie konzentriert atmete – ein-aus, ein-aus –, desto ruhiger wurde sie.

Kula folgte dem Gang nun weiter in die Richtung, in der sie die Stahltür vermutete, die sie vorhin hinter dem Haus am Kellereingang gesehen hatte. Und tatsächlich: Am Ende stand sie davor, an einer Kette daneben baumelte ein Schlüssel. Er passte, und wenige Sekunden später war Kula draußen und rannte die Treppe nach oben.

Froh, endlich wieder im Freien und an der frischen Luft zu sein, ging sie zur Vorderfront und setzte sich auf die Stufen vor Bellmanns Haus. Noch immer zitterten ihre Hände, als sie ihr Handy hervorzog und Bitterles Nummer wählte.

»Kula? Gott sei Dank! Geht es dir gut? Wir sind schon unterwegs. Bleib, wo du bist, und pass auf dich auf, hörst du?«

Nach einem Rauschen, gefolgt von einem Knacken, war die Verbindung unterbrochen. Mist! Sie stierte auf den Kiesplatz, der bis auf den Jeep Renegade leer war, und bemerkte dabei, dass das Tor, durch das sie sich zuvor hindurchgequetscht hatte, nun offen stand. Die Spatzen, die direkt neben ihr in den Büschen kreischten, hörte sie nur wie aus weiter Ferne – offenbar hatte sie durch die Schüsse ein leichtes Knalltrauma erlitten. Für die Schwalben, die unter dem strahlend blauen Himmel ihre atemberaubenden Loopings flogen, hatte sie keinen Blick.

Sie wollte nur, dass das Ganze hier so schnell wie möglich ein Ende nahm und bald Hilfe kam. Nie wieder mach ich so einen Alleingang, schwor sie sich. Und schon gar nicht, falls Svenja und ich irgendwann mal ein gemeinsames Kind haben werden.

22

Freitag, 8. Juli, gegen 18.00 Uhr, Oberbalzheim

Bellmann und Haderer lagen im Bett auf dem Rücken und starrten auf die Löcher in der Decke, die von Kulas Kugeln stammten. Je ein Arm war oben an den fingerdicken mittleren Eisenstab der Umrandung gefesselt. Die Handschelle saß knapp und schnitt ins Handgelenk.

»Diese verdammte Fotze war 'ne Bulette«, sagte Bellmann und zog an der Kette. Doch außer dass Haderers Arm weiter nach oben gezogen wurde, geschah nichts.

»Hör auf, so wird das nichts. Ich hab eine bessere Idee.«

»Ach ja? Da bin ich aber gespannt.«

»Wir müssen uns drehen, auf die Knie und aufsetzen. Dann mit den Füßen gegen das Gitter. Irgendwie muss das Scheißding doch zu knacken sein.«

Bellmann sah Haderer an. »Und du glaubst im Ernst, das funktioniert?«

»Was ist los mit dir? Sonst die große Klappe, und jetzt? Wir müssen raus hier, und zwar sofort, bevor die Bullen kommen. Los jetzt! Mach hin!«

Bellmann räusperte sich und spuckte in die Ecke. »Meinetwegen.«

Das Drehen ging noch, aber auf die Knie zu kommen war mühsam, und die Beine zu strecken fast unmöglich. Inzwischen war jedoch auch Bellmann klar geworden, dass sie schleunigst von hier fortkommen mussten.

Beide Füße übereinandergelegt, gab nun Bellmann das Kommando: »Auf drei! Eins – zwei – und –«

»Stopp!«, schrie Haderer. »Ich muss erst den anderen Fuß nehmen.«

»Oh Mann, hättest du bloß besser aufgepasst an der Donau. Jetzt mach schon und komm in die Gänge!«

Haderer hatte alle Mühe, in dieser gebeugten Hockstellung mit nach vorn gestreckten Armen seine Beine zu kreuzen und den anderen Fuß gegen den Stab zu stemmen. Endlich hatte er es geschafft und sagte: »Also los!«

Wieder zählte Bellmann, und auf drei pressten beide dagegen. Der Stab gab keinen Millimeter nach.

»Gottverdammte Scheiße!«, fluchte Bellmann und schlug mit der Faust auf die Matratze. »Los, noch mal, aber diesmal richtig!«

Haderer sah ihn wütend an. »Okay. Also, eins – zwei – und …« Der Stab bog sich leicht nach innen. »Geht doch! Los, noch mal!«

Wieder und wieder traten sie nun gegen das Gestell, bis der Eisenstab immer weiter nachgab, sich zum Schluss wie eine Weidenrute knickte und endlich mit einem metallischen Knirschen aus dem Stahlrohr der Bettumrandung schnappte.

Immer noch aneinandergekettet, wälzten die zwei sich von der Matratze und eilten zu dem Schränkchen, um den Schlüssel für die Handschellen zu holen. Natürlich hatte Kula ihn mitgenommen.

»Verdammtes Miststück!«, fluchte Bellmann. »Los, wir müssen hoch in die Werkstatt, die Dinger loswerden und uns um die Bullenschlampe kümmern. Weit kann die nicht sein.«

»Was hat die vor?«

»Was die vorhat? Du kannst vielleicht bescheuert fragen. Die holt Verstärkung. Was sonst? Wir müssen sie schnappen. Und dann haust du ab. Verstanden?«

Haderer nickte. »Hoffe, mein Knöchel macht mit. Er ist schon wieder dick geschwollen.«

»Jammer nicht rum wie ein Weib! In ein paar Stunden bist du in Graz, und dann hast du alle Zeit der Welt, dich auszukurieren. Abmarsch, es pressiert. Wenn wir Glück haben, turnt die Bullenschlampe hier noch rum, und wir können sie uns krallen.«

Bellmann drückte den Code, die Tür öffnete sich wieder mit einem Schmatzen, und er zog Haderer den Gang entlang zu seiner Werkstatt. Der humpelte hinterher und gab klagende Laute von sich.

»Herrgott! Nun mach schon und hör verdammt noch mal mit dem Gewimmer auf!«

***

Bitterle wurde die Schleicherei im Stau zu blöd, er schaltete die Warnblinker an und drängte sich mit kurzen Hupintervallen auf dem Standstreifen an den Blechlawinen vorbei, die auf beiden Spuren mittlerweile kaum noch vorankamen.

»Immer das Gleiche«, maulte er vor sich hin. »Irgend so ein Depp hat mal wieder vergessen, rechtzeitig zu tanken, oder einem Trucker ist ein Reifen geplatzt, so vergammelt, wie die oft sind. Und hier steht deswegen alles still.« Er warf einen Blick über die linke Schulter, bemerkte die bösen Gesichter und wütenden Gesten der Autofahrer, an denen er vorbeizog. Die waren ihm aber gerade so was von egal, und er maulte weiter: »Und wieder keine Rettungsgasse.« Bitterle hieb mit der Faust aufs Lenkrad. »Ja Kruzifix! Und ausgerechnet jetzt, wo Kula in Gefahr schwebt, komme ich kaum vom Fleck!«

***

Nachdem sie die Stufen aus dem Kellergang hochgestiegen waren und in der Werkstatt standen, nahm Bellmann den Bolzenschneider von der Werkzeugwand. Gemeinsam durchtrennten sie die Kette und entfernten danach gegenseitig die Schelle. Bellmann pfefferte die Teile in die Ecke und fragte: »Wo hast du den Autoschlüssel?«

Haderer klopfte auf die Hosentasche. »Hier. Warum?«

»Setz dich in den Wagen und mach dich startklar. Ich kümmere mich zuerst um die Schlampe, und dann bring ich dir deine Klamotten. Du solltest so schnell wie möglich von hier verschwinden. Mit Sicherheit hat die Verstärkung geordert.«

Bellmann ließ Haderer stehen, doch dann besann er sich

noch mal und kehrte um. »Wenn du losfährst, nimm nicht die Autobahn, sondern die Hauptstraße, bis du nach Memmingen kommst. Die A 7 ist ab Altenstadt meist dicht. Kapiert?«

Haderer, der inzwischen schon hinter dem Steuer saß, nickte und massierte dabei seinen Knöchel.

Bellmann ging zu der schmalen Holztür, die von der Werkstatt zu seiner Wohnung führte, um die Tasche mit Haderers Sachen zu holen. Er spähte durch das trübe und von Spinnweben verhangene Fenster daneben nach draußen – und traute seinen Augen kaum: Kula saß auf den Stufen vor seinem Eingang, sprach in ihr Handy und fuchtelte mit der anderen Hand durch die Luft.

Na warte! Bellmann grinste und leckte sich die Lippen. Er schlich durch den Flur und weiter zur Küche, wo Haderers Tasche stand, die er griff und neben der Eingangstür abstellte. Dann packte er den Baseballschläger und wog ihn in der Hand. Das Teil lehnte seit Jahren einsatzbereit am Rahmen und fühlte sich immer wieder gut an.

Du schleichst dich nicht noch einmal bei mir herum, das schwör ich dir, dachte Bellmann. Er drückte die Klinke in Zeitlupe nach unten und zog die Tür millimeterweise auf. Sie knarrte leise. Bellmann hielt inne und schaute durch den Spalt, doch die tief stehende Sonne schien ihm direkt ins Gesicht und blendete ihn. Nur undeutlich sah er, wie Kula dem Schwarm Spatzen nachblickte, der vom Holunder neben ihr ins Laub der Linde floh.

Kulas Bauchgefühl meldete sich, und sie drehte sich nach hinten. Aus den Augenwinkeln sah sie Bellmann, der über ihr stand und etwas Langes in der Hand hielt. Er holte aus und schlug zu.

Instinktiv rollte sich Kula zur Seite. Dabei rutschte sie von den Stufen ab und landete im Beet. Sie zog die Schultern hoch, um ihren Kopf zu schützen, trotzdem half es nicht viel. Bellmann war schneller. Mit voller Wucht traf er Kulas linken Ellbogen.

Ein grellweißer Schmerz loderte auf, raubte ihr den Atem

und beinahe das Bewusstsein. Wieder stieg Übelkeit in ihr hoch. Bleib da, rief ihre innere Stimme. Bleib bloß da, sonst hast du endgültig verloren! Sie hörte Bellmann hinter sich fluchen und war sich sicher, dass er ein weiteres Mal ausholen würde, um sie endgültig zu erledigen. Doch Kula wollte nicht sterben. Bevor der Knüppel auf sie niedersausen konnte, schaffte sie es, sich aufzurappeln, einen Fuß hinter Bellmanns Ferse zu klemmen und ihm mit dem anderen Fuß gegen die Kniescheibe zu treten. Mit all ihrer Kraft.

Kulas Tritt traf Bellmann völlig unerwartet. Er taumelte nach hinten und stürzte die Stufen hinab. Zusammengekrümmt blieb er im Kies liegen, brüllte laut und hielt sein Knie umklammert. Der Baseballknüppel war ihm aus der Hand gefallen und lag neben ihm.

»Schluss jetzt, du Arschloch!« Kula musste all ihre Willenskraft zusammennehmen, um ihm nicht noch einen Tritt in die Nieren zu verpassen, allein damit er aufhörte zu brüllen. Sie zog ihre Pistole aus dem Holster, klemmte sie sich kurz unters Kinn und löste ihre eigenen Handschellen vom Gürtel. »Los, dreh dich um«, fauchte sie dann und hielt die Waffe nun auf sein anderes Knie.

Bellmann stöhnte laut und raunte zwischen den Zähnen: »Leck mich!«

»Wie du willst!« Kula trat neben ihn, achtete auf genügend Abstand und versetzte ihm nun doch einen Tritt in die Seite.

Bellmann japste auf. Diesen Moment nutzte Kula, um ihm die Arme nach hinten zu drehen und ihn zu fesseln. Erschöpft ließ sie sich danach zu Boden sinken, wischte sich den Schweiß von der Stirn und betastete ihren linken Arm. Sie versuchte, ihn vorsichtig zu beugen. Gebrochen schien nichts, aber es schmerzte höllisch.

Hoffentlich kommt Bitterle bald und bringt Verstärkung mit, dachte sie und fragte sich, was Haderer die ganze Zeit wohl machen würde. Er schien spurlos verschwunden. Sie stand auf, hielt ihre Waffe in der Rechten und scannte das Gelände. Niemand war zu sehen.

Dann endlich! Von Ferne erklangen Martinshörner, die sich rasch näherten.

Doch Kulas Freude währte nur kurz, denn fast im selben Moment hörte sie, wie ein Wagen gestartet wurde, und sah ihn gleich darauf aus dem offen stehenden Rolltor preschen. Sie zielte auf die Reifen und schoss sofort, dann noch ein zweites und ein drittes Mal. Doch offensichtlich hatte sie ihr Ziel verfehlt, denn der BMW verschwand mit durchdrehenden Rädern um die Ecke.

Bellmann hatte inzwischen anscheinend die Fassung wiedergefunden. Hinter zusammengebissenen Zähnen knirschte er hervor: »Mädchen, da musst du schon früher aufstehen. Gegen uns als Truppe bist du einfach machtlos!« Danach sank er stöhnend wieder zu Boden.

Kula stieß die unflätigsten griechischen Flüche aus, schniefte und wischte sich dabei Tränen der Wut aus den Augenwinkeln. Hörte das denn nie auf?

Sie fuhr sich mit der rechten Hand übers Gesicht, fischte dann das Handy aus der Tasche und versuchte nochmals, Bitterle zu erreichen. Doch während es tutete, kam er bereits um die Ecke gefahren, gefolgt von zwei Einsatzfahrzeugen der Kemptener Polizei.

Wenigstens klappt die bayerisch-baden-württembergische Zusammenarbeit, dachte Kula und stürmte auf ihren Kollegen zu, der aus dem Wagen sprang, kaum dass die Reifen standen. »Mein Gott, was bin ich froh, dass du endlich da bist.«

»Was ist passiert?«

»Erzähle ich dir später. Hast du den dunklen BMW gesehen? Er muss dir entgegengekommen sein. Ist noch keine drei Minuten her.«

»Ja, der kam im Affenzahn angebraust. Grazer Kennzeichen, so viel habe ich gesehen. Was ist mit dem?«

»Fahndung und sofort festsetzen. Die Nummer ist: G PAGEI 1, Österreich. Der Mann heißt Haderer und ist irgendwie in die ganze Sache hier verwickelt.«

Bitterle rief den Kemptener Einsatzkräften einen entsprechenden Befehl zu und wandte sich dann wieder an Kula. »Und was ist mit dem da?« Er zeigte auf den Mann, der nach wie vor wie zusammengefaltet am Boden lag und vor sich hin wimmerte.

»Das ist Bellmann. Lukas hat ihn ausfindig gemacht. Hatte die Strafakte auf dem PC und einen Zettel am Monitor. Ich hab's im Büro gesehen und bin hierher, um den Kerl zu überprüfen. Erst war keiner da, also hab ich mich mal umgeschaut. Na ja, und dann ist das Ganze ein bisschen … eskaliert. Völlig durchgeknallter Typ, unberechenbar und sehr gefährlich! Trotzdem konnte ich ihn ruhigstellen, aber ich denke, er braucht einen Notarzt.« Kula zwinkerte Bitterle zu.

»Ist auch schon unterwegs. Sicherheitshalber, habe ich mir gedacht.« Bitterle fasste Kula an den Schultern. »Mensch, Kula, was machst du bloß wieder für Sachen?«

Er versuchte, sie an sich zu ziehen, aber Kula stöhnte auf und drückte seine Hände weg. »Sorry, ich habe was am Ellbogen abgekriegt. Tut höllisch weh.«

»Ich glaube, du brauchst *auch* eine Ambulanz.«

»Komm, lass gut sein. So schlimm ist es doch wieder nicht.«

»Das hast nicht du zu entscheiden. Was glaubst du, was Sprekel zu deinem Alleingang sagen wird, noch dazu, wenn du während dieses idiotischen und unverantwortlichen Einsatzes zu Schaden gekommen bist?«

Kula setzte ein schiefes Grinsen auf und sagte: »Na dann, meinetwegen. Tu, was du für richtig hältst.«

Der Radau hatte inzwischen zahlreiche Schaulustige aus dem Dorf angezogen, die den Schlossberg hochkamen. Sie hielten ihre Smartphones in die Höhe und waren den Einsatzkräften, die den Platz vor dem Wohnhaus und den Scheunen mit rotweißem Absperrband sicherten, im Weg. Nur mit deutlichen Worten und der Androhung von Anzeigen ließen sie sich dazu bewegen zurückzuweichen.

Schließlich zeigten sich aber alle einsichtig, bis auf einen alten Mann mit wässrigen Augen und einer roten Knollennase. Er stand da in einem grau-blau karierten Hemd, das Löcher an den Ärmeln hatte und fleckig war. Die blaue Arbeiterhose war mit breiten Hosenträgern in den Farben Schwarz-Weiß-Rot bis weit über den Bauch gezogen, und aus den derben Schuhen hingen die Schnürsenkel herab. Er machte immer wieder Anstalten, unter dem Absperrband hindurchzuschlüpfen, und verkündete lautstark, dass er sich nicht davon abhalten lassen werde, seinen Grund und Boden zu betreten, egal was da passiert sei.

»Ond wenn es do hondertmal a Schießerei gea hot. Des isch mei Grond, ond des isch mei Haus, ond des sind meine zwoi Schubba. Kapiert?«

Bitterle ging zu ihm hin und versuchte, ihn zu beruhigen. »Hören Sie, ich kann Sie ja verstehen, aber dies ist nun mal ein Tatort, und wir können nicht zulassen, dass Sie oder wer auch immer hier Spuren verwischen. Das werden Sie doch bestimmt verstehen, Herr …?«

»Settele, Alfons Settele.« Seine Augen verengten sich zu Schlitzen, als er fragte: »Ond wer send jetz au nomal Sie?«

»Bitterle, Kripo Ulm.« Er zog seinen Ausweis hervor und hielt ihn Settele unter die Nase. »Und jetzt verschwinden Sie bitte, sonst muss ich Sie leider wegen Behinderung polizeilicher Arbeit festnehmen und aufs Revier bringen lassen. Haben Sie das verstanden?«

»Ja so weit kommt's no! Dui Lompen, do, die verkommana Bagage, die gottlose, mit denne laute Mascheena! Die hent ällaweil mache kenna, was se wella hent. Radau ohne Ende, Weiber send romg'hanga, egal ob bei Tag odr bei Nacht, ond koiner von eich isch komma, wenn i d' Bollezei a'grufa han. Ond mi wellat Se jetz von meim Grond verjaga? I glaub's ja net. 's wird Zeit, dass en dem Land wieder an andrer Wind bloošt. Aber da schdandat ja zom Glück scho a paar en de Startlöcher. Aufrechte Deitsche. Ond na isch Schluss mit so was, na herrscht wiedr Recht ond Ordnung! Mit eich ond eire Gesetze ben i scho ällaweil fertig.«

Bitterle winkte einen der Polizisten herbei. »Schafft mir den Narren vom Hals, oder ich vergesse mich!«

Die Augen des Beamten begannen zu leuchten. Er tippte sich an die Mütze, bleckte die Zähne und sagte: »Mit Vergnügen, Herr Kommissar!«

***

Haderer hatte Bellmanns Rat befolgt und war, nachdem er die Schlossstraße hinab- und an den Polizeifahrzeugen vorbeigeschossen war, rechts auf die Memminger Straße abgebogen. Auf der raste er nun Richtung Süden und ignorierte dabei Zebrastreifen, Kindergartenschilder und Tempo-dreißig-Zonen. Er war auf der Flucht. Wollte weg von allem und nur noch seine Ruhe haben. Sein Urfeind war erledigt, er hatte ihn gerichtet und hoffte nun auf die langersehnte Ruhe.

Ein Blick auf den Tacho – er fuhr mit hundertdreißig Sachen an Sinningen vorbei und Richtung Kirchberg. Aber nicht das, sondern die Tankanzeige darunter schreckte Haderer auf, und er traute seinen Augen nicht: Sie zeigte eine Reichweite von nur noch fünfundsechzig Kilometern. Es fehlte der Sprit, obwohl er vor der Ankunft in Oberbalzheim noch vollgetankt hatte.

Während er weiter auf die Tankanzeige starrte, die inzwischen sogar auf nur noch fünfunddreißig Kilometer gesunken war, nahm er den Benzingeruch im Fahrzeuginneren wahr. Das konnte nur eines bedeuten: Die durchgeknallte Polizistin hatte nicht die Reifen, sondern den Tank getroffen. Der war nun leck und verlor Benzin. Scheiße! Haderer trommelte mit den Fäusten auf das Lenkrad und stieß einen zornigen Schrei aus.

***

Nachdem der Polizist den alten Meckerer unter dessen lautem Protest und wütenden Blicken abgeführt hatte, betrachtete Bitterle den Platz vor Bellmanns Anwesen. Haderers Fluchtfahrzeug hatte auf dem Kiesbelag tiefe Spuren hinterlassen, die er nun näher in Augenschein nahm. Dabei entdeckte er eine feuchte Fläche. Er bückte sich, strich mit dem Finger darüber und roch daran. Der BMW verlor Treibstoff, Kula musste bei der Schießerei den Tank getroffen haben. Weit kommt der nicht, dachte Bitterle, ging zu einem der Streifenwagen, ließ sich das Funkgerät geben und forderte sofortige Hubschrauberunterstützung und zusätzliche Einsatzkräfte an.

Bevor Bitterle sich wieder Kula zuwenden konnte, fuhr ein Notarztwagen mit Memminger Kennzeichen auf den Platz und stoppte in der Mitte. Zwei Sanitäter sprangen aus dem Fahrzeug. Der eine machte sich an der Heckklappe zu schaffen, der andere rief mit starkem Allgäuer Dialekt: »Wer hat hier das Sagen?«

Bitterle hob die Hand, doch bevor er etwas antworten konnte, kam ihm Kula zuvor. »Den Mann dahinten«, sie zeigte in Bellmanns Richtung, »ich glaube, den müsste man zuerst verarzten. Ich vermute, seine Kniescheibe ist hin.«

Der Notarzt zog die Brauen hoch. »Was Sie nicht alles wissen. Ich denke, die Diagnose sollten Sie den Profis überlassen.«

»Na schön, dann mach doch, was du willst.«

Nun mischte sich Bitterle ein. »Moment, nicht so schnell, Herr Doktor.« Er zog seinen Ausweis aus der Tasche und zeigte ihn flüchtig. »Kripo Ulm, und das ist meine Kollegin. Sie wird bitte zuerst behandelt, ja?«

»Wieso, was ist denn passiert?«

Kula warf Bitterle einen bösen Blick zu, gab sich dann aber geschlagen. Sie krempelte vorsichtig den Ärmel hoch und streckte dem Arzt ihren Ellbogen entgegen. »Hier, direkt auf die Spitze, hab ich einen Schlag mit einem Baseballschläger abgekriegt.« Erst jetzt bemerkte sie die hühnereigroße Schwellung und den handtellergroßen blauen Fleck.

»Oh, das sieht aber gar nicht gut aus.« Der Arzt griff mit der einen Hand behutsam nach Kulas Schulter, mit der anderen fasste er sie am Handgelenk und beugte ihren Unterarm.

Kula zischte zwischen zusammengepressten Zähnen: »Ich hoffe, es ist nichts gebrochen.«

»Sieht nicht so aus. Kommen Sie, ich vereise die Stelle erst mal und lege einen provisorischen Verband an. Möchten Sie etwas gegen die Schmerzen? Ein leichtes Betäubungsmittel vielleicht?«

»Auf keinen Fall. Und schon gar nicht jetzt. Ich muss meine Sinne beisammenhaben.«

»Wie Sie meinen, aber das muss zur Sicherheit geröntgt werden.«

Kula sah himmelwärts. »Auch das noch!«

Bitterle richtete sich auf. »Du machst, was der Arzt sagt. Ab mit dir nach Memmingen. Ich hole dich später dort ab.«

»Nichts da! Wenn überhaupt, dann nur ins BWK nach Ulm.«

»Wie Sie wünschen«, sagte der Notarzt. »Dann werde ich sehen, wie wir Sie dorthin verfrachten.«

»Und mein Motorrad?«

»Da kümmere ich mich drum«, sagte Bitterle, »keine Sorge.«

Kulas Blick pendelte zwischen dem Notarzt und ihrem Kollegen hin und her. »Tja, ist vielleicht besser so.«

Inzwischen war Bellmann auf die Liege geschnallt worden und rumpelte zur Ambulanz. Als er an Kula vorbeigeschoben wurde, zischte er: »Du verfluchtes Miststück, das wirst du noch büßen müssen.«

Kula trat an die Seite der Liege, lief ein paar Schritte neben ihm her und grinste. »Und dir wünsche ich auch eine gute Besserung.« Dabei klopfte sie ihm mehrmals mit den Knöcheln auf sein kaputtes Knie.

Bellmann zuckte zusammen und schrie auf.

Die zweite Ambulanz fuhr auf den Hof, als die erste abfahrbereit war. Die Notärzte tauschten sich kurz aus. Kula folgte der Aufforderung des Arztes und stieg hinten ein.

Bitterle trat ans Seitenfenster, hob die Hand und sagte: »Ich kümmere mich um alles. Bis später.«

Sie winkte ihm, doch als der Notarzt gerade die Hecktüren schließen wollte, fiel Bitterle etwas ein, und er hielt ihn auf.

»Was gibt es noch?«, fragte der Arzt.

Bitterle sagte durchs Fenster zu Kula: »Ich habe eine bessere Idee.«

Kula beugte sich nach vorn. »Hm?«

»Ich bringe dich selber hoch ins BWK. Der Arzt, der mich damals zusammengeflickt hat, ist von der Uniklinik ins Bundeswehrkrankenhaus gewechselt. Er heißt Ballaké Diagouraga und ist Hamburger mit afrikanischen Wurzeln. Ich kann mir niemand Besseren als ihn vorstellen. Und unterwegs können wir endlich mal reden.«

»Gute Idee.« Kula stieg wieder aus und zeigte auf Bellmanns Haus. »Ich setz mich auf die Treppe und warte solange.«

»Ich beeile mich!«, versprach Bitterle und ging zu einem der Streifenwagen, wo ein Beamter mit erhobener Hand auf sich aufmerksam machte.

***

Kurz vor Kirchberg ruckelte der BMW und blieb schließlich am Ortseingang stehen. Haderer trommelte in rasender Wut auf das Lenkrad und schlug den Kopf gegen die Seitenscheibe. Dabei entdeckte er das Hinweisschild, das an der Einmündung des schmalen Sträßchens stand und zum »Campingplatz Christophorus« in zweieinhalb Kilometern Entfernung wies. Meine letzte Chance, dachte er, riss die Wagentür auf und rannte über die Straße.

Anfangs humpelte er noch über geteerte Wirtschaftswege, später kürzte er querfeldein über die Äcker ab, immer in der Hoffnung, auf dem Campingplatz ein unverschlossenes Fahrzeug zu finden, mit dem er seine Flucht fortsetzen konnte. Mit jedem Schritt allerdings wurde Haderer langsamer, denn sein Fuß schmerzte, trotz der starken Medikamente, die er in der »Traube« von Bellmann bekommen und gleich eingeworfen hatte.

Fahnen kamen in Sicht, Flaggen aus ganz Europa wehten im Wind. Mit letzter Kraft schleppte sich Haderer entlang eines Maisfeldes, das plötzlich an einem Bach endete. »Verdammte

Scheiße!«, entfuhr es ihm, doch dann entdeckte er wenige hundert Meter unterhalb eine Brücke, die mit Sicherheit zum Campingplatz führte.

Nachdem er schließlich den Bach überquert hatte, schlich er weiter, durch eine Hainbuchenhecke geschützt, die den gesamten Wasserlauf säumte, bis er zu einem Parkplatz direkt neben den Rezeptionsgebäuden kam. Er duckte sich hinter ein Wohnmobil und achtete darauf, nicht gesehen zu werden. Zu viele Eltern mit ihren Kindern waren unterwegs, alle hatten sie Luftmatratzen, Picknickkörbe und Sonnenschirme dabei.

Sobald die Polizei den BMW am Ortseingang entdeckte, würde man ihn hier in der Gegend suchen, da war sich Haderer sicher. Und wenn er nicht so schnell wie möglich von hier verschwinden konnte, würden sie ihn auch schnappen. Da war er sich genauso sicher. Am besten wäre eine unauffällige Familienkutsche mit ausländischem Kennzeichen, dachte er, dann wäre ich fürs Erste safe!

Immer wieder spähte er zur Rezeption, doch außer Fußgängern war niemand zu sehen. Dann endlich hielt ein mokkabrauner Ford Galaxy mit einem gelben holländischen Kennzeichen dort an. Der Fahrer, ein braun gebrannter Mann im Seniorenalter in Tenniskleidung, stieg aus und ging mit einem Stapel Postkarten zum Briefkasten an der Rezeption, der Motor lief weiter, die Tür stand offen. Der Mann schien unendlich Zeit zu haben und plauderte mit der Frau am Eingang.

Haderer behielt ihn im Blick, rannte, trotz des schmerzenden Knöchels, in geduckter Haltung zum Wagen, stieg ein und brauste mit noch offener Tür los.

Im Rückspiegel sah Haderer, wie der Holländer sich umdrehte und, die Hände in die Hüften gestemmt, unverständliche Schimpfworte hinter ihm herbrüllte. Dann eilte der Mann nach drinnen, dabei schob er die Rezeptionistin vor sich her.

23

Freitag, 8. Juli, gegen 19.00 Uhr, Oberbalzheim

»Wir haben gerade eine Meldung reinbekommen«, sagte der Polizist und drückte Bitterle das Sprechfunkgerät in die Hand. »Könnte wichtig sein.«

»Bitterle hier, was gibt's?«

»Sie suchen doch nach einem dunkelgrauen BMW mit österreichischem Kennzeichen.«

»Was ist damit?«

»So einer steht am Ortseingang von Kirchberg an der Iller.«

»Sofort hin und die Umgebung absuchen! Weit kann der Fahrer noch nicht sein. Er ist zu Fuß unterwegs und versucht mit Sicherheit, sich ein neues Fluchtfahrzeug zu besorgen.« Dann gab Bitterle eine Personenbeschreibung Haderers durch, wie er sie von Kula erhalten hatte, und verabschiedete sich.

Im nächsten Moment kam bereits eine weitere Meldung. »Beim Campingplatz am Sinninger See wurde ein Wagen als gestohlen gemeldet, ist noch keine fünf Minuten her. Es handelt sich um einen mokkabraunen Ford Galaxy mit dem niederländischen Kennzeichen … Moment, ich hab's gleich …« Im Hintergrund war Geraschel zu hören.

»Das Kennzeichen ist mir im Moment scheißegal!«, rief Bitterle aufgebracht. »Schnappt euch den Kerl! Was macht überhaupt der Hubschrauber, den ich vor Ewigkeiten angefordert habe?«

»Ist längst von Memmingen aus gestartet, müsste eigentlich jeden Moment vor Ort eintreffen. Wo soll er denn hin?«

Bitterle lief dunkelrot an. »Wohin? Wohin? Jetzt natürlich zum Campingplatz! Wohin sonst?« Er gab dem Beamten das Funkgerät zurück und zog eine Visitenkarte aus der Tasche. »Sie regeln das bitte, und falls es Probleme geben sollte, hier können Sie mich erreichen. Meine Kollegin braucht mich jetzt.« Er senkte die Stimme und schob den Zeigefinger vor. »Ich verlass mich auf Sie!«

Dann eilte er los in Richtung Kula, drehte sich nach wenigen Schritten aber noch einmal zu dem Beamten um und sagte: »Ach so, noch was. Hätte ich jetzt fast vergessen: Die Spusi soll Bellmanns Haus unter die Lupe nehmen. Mit Sicherheit finden wir dort Hinweise auf die Identität des flüchtigen Österreichers.«

»Aber müssen wir dazu nicht die richterliche Verfügung abwarten?«

Bitterle atmete tief durch. »Hören Sie, ein möglicherweise Tatbeteiligter im Mordfall Zivković ist auf der Flucht und bis dahin längst abgetaucht. Wir müssen Beweismittel sichern und brauchen die Fingerabdrücke für seine Identität. Die Spusi soll sich sofort auf den Weg machen. Sagen Sie denen das! Die müssen in spätestens einer Stunde hier vor Ort sein.«

Der Polizist schaute unsicher an dem Kommissar vorbei.

Bitterle ahnte, dass er den jungen Beamten, der sich ja einfach nur an die Vorschriften hielt, wohl zu ruppig angefasst hatte. »Machen Sie sich keine Sorgen, ich regle das mit dem Durchsuchungsbeschluss im Nachhinein. Und nun machen Sie bitte endlich! Hier ist Gefahr im Verzug, und zwar nicht zu knapp.«

***

Haderer fuhr den Weg zurück, den er zuvor zu Fuß gekommen war, doch gleich nach der Brücke sah er in der Ferne zwei Polizeifahrzeuge, die ihm mit Blaulicht entgegenkamen. Bei der nächsten Gelegenheit riss er das Lenkrad nach rechts. Der Ford schleuderte auf einen Grasweg und holperte mit hoher Geschwindigkeit nach Norden. Haderer hoffte auf einen geteerten Weg, um wieder zurück auf die Hauptstraße zu gelangen. Dann ein Knattern über ihm, das von Sekunde zu Sekunde näher kam und immer lauter wurde. Er kannte das Geräusch von früher nur zu gut. Hubschrauber im Tiefflug!

Und dann machte er einen entscheidenden Fehler.

***

Kula saß zusammengesunken neben Bitterle, hielt ihren linken Ellbogen und zupfte am Verband. Hin und wieder wagte sie einen Blick hinüber zu ihrem Kollegen, bis sie dessen Schweigen nicht mehr aushielt. »Nun sag endlich was! Scheiß mich zusammen oder was auch immer, aber hock nicht stumm da wie ein Fisch.«

Bitterle holte tief Luft und schluckte leer. »Ach, Kula. Wirst du denn nie vernünftig? Wie kannst du nur so bescheuert sein und allein zu diesem Bellmann fahren? Hast du denn seine Akte nicht gelesen? Der Typ ist hochgefährlich. Und sein Kompagnon bestimmt nicht minder. Ich hoffe, sie schnappen ihn bald.«

»Die Akte, die Lukas auf seinem Rechner hatte? Doch, schon, aber halt nur überflogen.« Kula drehte sich zu Bitterle. »Mensch, Konrad, da kam einfach so viel zusammen. Erst war ich vor allem in Sorge um Sarah Schwarz. Ihre Mutter versucht seit Mittwoch, sie zu erreichen, und ich hab es auch schon probiert, aber sie ist weder zu Hause, noch geht sie ans Telefon. Wie vom Erdboden verschluckt. Und als ich in Bellmanns Dossier dann das mit den Gewaltpornos gelesen hab und dazu Lukas' Notiz, dass der Typ die Zivkovićs beobachtet haben soll, bekam ich plötzlich Schiss, dass er Sarah womöglich entführt hat und bei sich gefangen hält und wer weiß was mit ihr anstellt. Da wollte ich einfach nachsehen. Das hat mir keine Ruhe gelassen, verstehst du?«

»Ja. Das verstehe ich. Aber was Sarah Schwarz betrifft, kann ich dich beruhigen: Sie war heute Morgen bei mir, hat eine interessante Aussage zu den Ereignissen von Dienstagabend gemacht und brisante Unterlagen dabeigehabt.«

Kula runzelte die Stirn. »Oh Mann, hätte ich das bloß früher gewusst! Dann wäre ich zwar trotzdem zu Bellmann gefahren, aber mit kühlerem Kopf …«

»Ich wollte dich informieren, wenn du in die Dienststelle kommst. Aber dann hat es mir zu lang gedauert, deshalb bin ich runter zum Donaufest. Dort habe ich mich noch mal wegen der zwei Kerle umgehört, die Zivkovićs Stand beobachtet haben – Bellmann und ein Begleiter, höchstwahrscheinlich dieser Haderer. Ich habe dir doch einen Zettel auf den Schreibtisch gelegt! Hast du den nicht gelesen?«

»Nein, hab ich nicht. Ich war um Viertel nach eins in Söflingen, da warst du weg. Lukas war auch verschwunden, aber die Michalek hat gesagt, er wäre gleich wieder da. Also bin ich erst in sein Büro, wollte dort auf ihn warten und mich von ihm briefen lassen. Dann hab ich auf seinem Rechner die Bellmann-Akte entdeckt und bin los. An meinem Schreibtisch war ich gar nicht.« Kula seufzte und schaute Bitterle mit tadelndem Blick an. »Also wirklich, Konrad! Wozu hast du dein Handy? Gerade jetzt! Eine kurze Nachricht, und man weiß Bescheid.«

Bitterle, dem Iris damit auch immer in den Ohren lag, gab Kula im Stillen recht, beschloss aber, für den Moment nicht weiter darauf einzugehen. »Wo Lukas mittags war, weiß ich nicht. Heute früh war er jedenfalls bei Viktor Fedjuschin, um herauszufinden, ob der was wegen Zivkovićs Schulden weiß.«

»Bei Laschko? Dem ich damals seine Russendisco im Donautal hab zerlegen lassen?«

»Genau. Der ist immer noch sauer auf dich, hat Lukas erzählt.«

Kula lächelte ihr Wangengrübchenlächeln. »Kann ich mir denken. Aber von was für Schulden sprichst du?«

»Zivković hatte Spielschulden und hat deswegen die gemeinsame Lebensversicherung mit seiner Frau gekündigt. Die Tochter hat mir den Brief vorbeigebracht, aber nicht nur das. Sie hat auch einen Umschlag gefunden, der hochbrisante Bilder enthalten hat und Zivković potenziell schwer belastet. Es scheint irgendwie um Kriegsverbrechen im ehemaligen Jugoslawien zu gehen, an denen er beteiligt gewesen sein könnte. Aber wenn ich mir seinen Lebenslauf ansehe, kommen mir doch Zweifel. Irgendetwas stimmt da jedenfalls ganz und gar nicht.«

***

Haderer erlitt ein Déjà-vu, das ihn in die Vergangenheit katapultierte – und geriet in Panik. Die Einsätze in Mali und Afghanistan, die ihn fast das Leben gekostet hätten und bei denen viele seiner Kameraden umgekommen waren! Er ließ das Seitenfenster runter, lehnte sich hinaus und starrte nach oben. Der Schatten über ihm wurde größer und größer. Haderer drückte aufs Gas. Erst im letzten Moment sah er den Feldstein, wollte ihm ausweichen, riss das Lenkrad herum und kam ins Schleudern. Der Ford brach aus, schlingerte übers Gras und rauschte in einen Entwässerungsgraben. Die Bodenplatte setzte auf, und der Motor erstarb.

Haderer drückte die Tür auf, rollte aus dem Wagen und konnte sich gerade noch fangen, bevor er in dem Graben gelandet wäre. Er trommelte mit den Fäusten gegen das Wagendach und fluchte laut. Wieder sah er nach oben – der Hubschrauber war keine hundert Meter hinter ihm. Nichts wie weg!

Trotz der Schmerzen im Fuß rannte er auf das schulterhohe Maisfeld zu, das nur wenige Meter vor ihm lag, und hastete durch die Stängel. Immer wieder sah er sich um und nach oben – der Hubschrauber kam näher. Als er unmittelbar über ihm stand, senkte er sich langsam nieder. Die Luftwirbel der Rotorblätter drückten Haderer samt dem Mais nach unten. Er legte sich flach auf den Boden, presste die Hände auf die Ohren und bekam plötzlich panische Angst. Sie werden mich töten, schoss es ihm durch den Kopf. Zuerst foltern und anschließend langsam töten, wie sie es mit den anderen gemacht haben! Er spürte, wie die Hose zwischen seinen Beinen nass und warm wurde. Haderer wollte auf keinen Fall sterben.

Nicht jetzt und schon gar nicht hier. Jetzt, nachdem er endlich, nach all den Jahren, sein Ziel erreicht und Rache genommen hatte.

Das Schütteln an seiner Schulter holte ihn zurück in die Gegenwart, zurück ins Maisfeld beim Campingplatz in Sinningen, wo er den Wagen eines holländischen Urlaubers zu Schrott gefahren hatte. Direkt über ihm standen zwei Streifenpolizisten. Was sie sagten, hörte er nicht, aber er spürte, wie sie ihn aufrichteten, ihm Handschellen anlegten und ihn abführten.

Der Hubschrauber drehte mit lautem Geknatter Richtung Süden ab. Die Kemptener Einsatzfahrzeuge parkten in unmittelbarer Nähe des im Graben steckenden Fluchtautos. Haderer wurde von einem Beamten ins Innere eines Streifenwagens verfrachtet, während der andere Bitterles Nummer wählte, die er aus Oberbalzheim bekommen hatte.

***

Bitterle fuhr mit Kula auf dem Beifahrersitz die B 10 Richtung Norden, als der Anruf kam.

»Ja, Bitterle, was gibt's?«

»Wir haben den Flüchtigen. Wohin soll er gebracht werden? Zu uns nach Kempten? Also vorerst?«

»Auf keinen Fall! Sinningen liegt links der Iller in Baden-Württemberg und ist somit unser Gebiet. Schafft ihn nach Ulm ins Präsidium, in den Neuen Bau. Ich werde eine vorübergehende Festnahme anordnen und mich später um ihn kümmern.«

Er beendete das Gespräch und schaute hinüber zu Kula. Auf ihrem Gesicht zeigten sich wieder ihre typischen Wangengrübchen – so tief wie selten –, und Bitterle freute sich, sie zu sehen.

Bald darauf waren sie an der Ausfahrt zur Wissenschaftsstadt. Den Berliner Ring entlang, bog Bitterle bei der Zufahrt zum Bundeswehrkrankenhaus links ab und hielt bei der Pforte.

Sofort nachdem er seinen Ausweis gezeigt hatte, hob sich die Schranke, und Bitterle hatte freie Fahrt.

Er stellte den Wagen direkt vor dem Eingang ab und ging mit Kula an den Wartenden vorbei zur Rezeption. Aufkommenden Protesten entgegnete er knapp: »Polizeiliche Ermittlung. Tut mir leid, das hat Vorrang.«

Bis Bitterle die Formalitäten erledigt hatte, wartete Kula gegenüber einem jungen Soldaten, der ungeniert ihre weiblichen Reize musterte. Kula blickte eisig zurück. Dazu passte, dass sie fror, denn die Klimaanlage in der Klinik hatte das Gebäude auf gefühlte fünfzehn Grad heruntergekühlt.

Endlich kam Bitterle mit den Papieren in der Hand zurück. »Wir haben Glück! Dr. Diagouraga ist noch da und erwartet uns. Normalerweise müssten wir zuerst in die Notaufnahme, aber er hat gemeint, wir sollen gleich zu ihm hochkommen in den siebten Stock.«

Bitterle ging voraus, an der Cafeteria vorbei und zu den Aufzügen. Sie mussten warten.

»Du scheinst ja sehr vertraut zu sein mit diesem Doktor«, sagte Kula, während sie einer Gruppe Soldatinnen hinterherschaute, die den Gang entlangmarschierten.

»Allerdings.«

»Und was ist das Besondere an ihm?«

»Lass dich überraschen.«

Mit einem »Ping« hielt der Aufzug in der siebten Etage, und die Türen glitten auseinander. Sie wurden schon erwartet: Dr. Ballaké Diagouraga stand breit grinsend im Flur und hatte die Arme vor der Brust verschränkt.

Er trat einen Schritt vor und streckte Bitterle die Hand entgegen. »Moin, Herr Kommissar, was macht die Schulter?«

»Alles prima, bloß manchmal beim Wetterwechsel, da zwickt es ein bisschen.«

»Völlig normal.« Dann erst nahm er Kula wahr. »Oh, verzeihen Sie, meine Dame, wie unhöflich von mir. Ladies first, natürlich.«

Meine Dame – Kula fühlte sich seltsam geschmeichelt. So eine Anrede hatte sie seit Ewigkeiten nicht mehr gehört. Sie musterte den Oberarzt. Der Mann war knapp zwei Meter groß, hatte eine muskulöse Figur und dunkle, kaffeebraune Haut, zu der die Reihe blitzender weißer Zähne einen deutlichen Kontrast bildete. Was jedoch so gar nicht zu der äußeren Erscheinung passte, war sein gepflegter Hamburger Zungenschlag. Von Bitterle wusste sie bereits, dass Diagouraga der Sprössling eines Diplomaten des sudanesischen Konsulats und der Tochter einer bedeutenden Hamburger Kaffeeröster-Dynastie war. Sie starrte ihr Gegenüber an.

Dessen Grinsen wurde noch eine Spur breiter. »Nu krieg dich mal wieder ein, Mädchen, und komm mit. Mal seh'n, was mit deinem Gelenkchen los ist.« Er hob den Arm wie ein Schülerlotse, sagte: »Man möge mir folgen!«, und ging voraus.

Kula sah zu Bitterle hoch. Der neigte den Kopf und hob die Schultern. »Hab dir doch gesagt, der Mann ist was Besonderes.«

»Allerdings.«

Im Untersuchungsraum nahm Kula auf der Liege Platz, während Diagouraga sich auf einen Rollhocker fallen ließ und dann zu ihr hinübergeschossen kam. Er griff behutsam nach dem fest bandagierten Ellbogen und hob ihn hoch bis zur Waagerechten. »Tut das weh?«

»Geht so.«

»Ich werde mal versuchen, ihn vorsichtig zu beugen. Sie geben bitte sofort Laut, falls der Schmerz stärker wird oder in ein Stechen übergeht.«

Kula nickte, der Arzt beugte. Kula verzog keine Miene.

»Das ist doch schon mal prima. Gebrochen ist offensichtlich nichts. Aber ich denke, wir sollten zur Sicherheit röntgen, nötigenfalls machen wir noch eine Computertomografie. Einen Riss zu übersehen und unbehandelt zu lassen könnte später fatale Folgen haben. Wie ist denn das überhaupt passiert?«

Kula berichtete in knappen Worten von ihrem Einsatz in Oberbalzheim, dem Überfall des Angreifers und wie sie ihn endlich zur Strecke gebracht hatte.

Bitterle lehnte am Fenster, schüttelte während Kulas Worten den Kopf und sah immer wieder himmelwärts.

Diagouraga hingegen war deutlich positiver beeindruckt. »Kniescheibe? Aua. Das tut man richtig weh! Muss schon sagen, Sie scheinen mir ein wirklich tapferes Mädchen zu sein.«

Wenig später klemmte der Arzt die Röntgenbilder an den Schirm und betrachtete sie eingehend. »Gebrochen ist tatsächlich nichts, Splitter sehe ich auch keine. Ich gehe von einer Zerrung der Bänder aus.« Er wandte sich um, nahm hinter seinem Schreibtisch Platz und verschränkte die Arme hinter dem Kopf. Dann betrachtete er Kula lange und knabberte hin und wieder an der Unterlippe. »Eigentlich müsste ich Sie über Nacht hierbehalten. Zur Kontrolle, falls sich Ihr Ellbogen entzündet oder sonst irgendwelche Komplikationen auftreten sollten. Aber während Sie beim Röntgen waren, hat mir Ihr Kollege erzählt, was Sie für ein – bitte verzeihen Sie den Ausdruck – zähes Luder seien«, Diagouraga grinste wie ein Haifisch, »und deshalb –«

Kula fiel ihm ins Wort. »Da hat Bitterle völlig recht. Und deshalb gehe ich davon aus, Sie werden mich nach Hause gehen lassen.«

»So ist es. Aber«, er hob den Zeigefinger und richtete ihn auf Kula, »Sie müssen mir versprechen, dass Sie sich umgehend melden, falls es Probleme gibt. Und zwar nicht erst irgendwann, sondern *wirklich* umgehend. Verstanden?«

»Verstanden.« Kula war im Begriff aufzustehen.

»Gemach, gemach, Frau …«, Diagouraga warf einen Blick auf die Akte, »Frau Skoulatopulos. Ich lasse Ihnen noch den Befund ausdrucken, damit gehen Sie in den nächsten Tagen zu Ihrem Hausarzt, oder Sie kommen direkt wieder zu mir. Ich gebe Ihnen noch was für die Schmerzen mit und schreibe Sie für die nächsten – sagen wir mal – vierzehn Tage krank. Und dann sehen wir weiter.«

Kula nickte brav, dachte aber: Zwei Wochen, okay. Aber erst dann, wenn wir den Fall gelöst haben und wissen, was es mit diesem Haderer auf sich hat.

Sie verabschiedeten sich von Diagouraga und machten sich auf den Weg ins Erdgeschoss. Obwohl Bitterle ihr anbot, sie nach Hause zu fahren, nahm Kula ein Taxi, denn vom BWK aus war es über den Ring nicht weit nach Blaustein. Außerdem konnte sie sich gut vorstellen, dass es Bitterle unter den Nägeln brannte, sich endlich Haderer zu widmen.

***

Zurück in Ulm, fuhr Bitterle sofort zum Neuen Bau. Er wurde bereits erwartet, denn gleich an der Pforte kam ihm ein Beamter vom Dauerdienst entgegen und sagte: »Wenn Sie wegen des Neuzugangs gekommen sind: Der schweigt sich aus.«

»Und seine Sachen? Hat man in Oberbalzheim etwas gefunden?«

»Eine Tasche. Klamotten, Ausweis und persönliche Dinge.«

Bitterle ließ sich den Ausweis geben. »Burkard Haderer, geboren am 6. April 1969 in Salzburg, wohnhaft in Wien, Simmering, Auf der Spannweide 22. – Wo ist er jetzt?«

»Gewahrsam, Zelle drei. Wollen Sie ihn sehen?«

»Nur einen kurzen Blick, bitte.«

Der Beamte ging voran, stieg die Treppe hinab und öffnete eine Glastür. Bitterle blieb ihm dicht auf den Fersen, denn er konnte es nicht erwarten, den Festgenommenen persönlich in Augenschein zu nehmen.

Im Zellentrakt angekommen, öffnete der Wachtmeister eine Klappe, und Bitterle schaute in die Zelle. Burkard Haderer lag auf der Pritsche, hielt die Arme unter dem Kopf verschränkt und starrte an die Decke.

»Hat er was gesagt?«

»Keinen Ton.«

»Na, das wird ein Spaß werden, morgen.« Dann machte sich Bitterle auf den Weg nach Hause.

Als er am Illerkanal ankam, war es bereits halb zehn. Auf dem Küchentisch lag eine Notiz von Iris. »Bin mit der Ulmer Museumsgesellschaft unterwegs. Wir planen eine musikalische Lesung mit Ulmer Künstlern im Kokoschinski, dem neuen Café Wichtig. Kann spät werden. Kuss, deine Iris«.

Bitterle seufzte. Wieder mal außer Haus. Na prima!

Er goss sich einen doppelten Calvados ein und setzte sich rittlings auf den Stuhl vor dem Aquarium. Dann streute er Futterflocken hinein und sah seinen Fischen beim Fressen zu.

Nachdem Jan Garbarek sein Saxophon beiseitegelegt und seine »Runen« beendet hatte, schaltete der CD-Player auf Stand-by. Bitterles Calvados war ebenfalls leer getrunken, und ihm wurden die Augen schwer. Er trollte sich ins Bad und verkroch sich nach einer Katzenwäsche ins Bett. Iris war noch unterwegs, und er wusste ja, dass es bei ihr manchmal wirklich spät werden konnte. Kultur hatte schließlich ihren eigenen Zeittakt.

Trotz der Müdigkeit konnte er jedoch nicht einschlafen – zu viel war heute passiert. Dabei dachte er als Erstes an Kula. Ihr Alleingang mit dem Risiko, von zwei skrupellosen Fremdenlegionären überwältigt zu werden – viel hätte nicht gefehlt, und sie wäre womöglich nicht mehr am Leben. Aber andererseits: Wenn Kula den Zettel an Lukas' Rechner nicht entdeckt hätte und aus einem Bauchgefühl heraus nach Oberbalzheim gefahren wäre, würden sie immer noch ohne heiße Spur beziehungsweise sogar potenziellen Täter dastehen.

Trotzdem! Bitterle seufzte, drehte sich auf die andere Seite und stopfte das Kissen zurecht. *Mensch, Kula, mach so was nie wieder!* Hoffentlich hörte sie auf Dr. Diagouraga und nahm sich eine Auszeit, wenigstens für eine Woche.

Den Österreicher würde er sich morgen wohl allein vornehmen müssen. Diese Burschen von der Fremdenlegion waren mit Sicherheit auf Verhöre speziell trainiert worden und entsprechend vernehmungsresistent. Aber ich werde die Nuss schon knacken, und wenn es Tage dauern sollte, nahm Bitterle sich vor. Und was diesen Bellmann anging: Der würde nun wohl wieder für längere Zeit einsitzen. Allein dafür, was er Kula angetan hatte.

Der letzte Gedanke erfüllte Bitterle mit Genugtuung. Endlich fiel er vom leichten Schlummer in einen tiefen Schlaf und bekam nichts davon mit, wie Iris wenig später zu ihm ins Bett kroch und sich unter der Decke an seine Seite schmiegte.

Teil zwei

1

Samstag, 9. Juli, 8.00 Uhr, Ulm

Bitterle war früh wach, doch um wirklich munter zu werden, brauchte er frische Luft. Deshalb beschloss er, heute mit seinem alten Rennrad zur Arbeit zu fahren. Er prüfte den Reifendruck – und los. Gut für die Gesundheit, redete er sich ein, zudem entlastet es die Ulmer Innenstadt, wo es eh viel zu viele Autos gibt, von denen die meisten nur ungenutzt herumstehen.

Seine Route führte wie gewohnt vom Illerkanal zur Donau, über die schmale Rad- und Fußgängerbrücke nach Ulm und dort flussabwärts. Obwohl noch kaum jemand auf dem Donaufest unterwegs war – abgesehen von den Standbetreibern, die ihre Waren sortierten und am vorletzten Tag noch auf das große Geschäft hofften –, stieg Bitterle ab und schob das Rad den Uferweg entlang bis zum Fischerplätzle. Nicht dass Mirko ihm noch eine Standpauke würde halten müssen.

Danach ging es die restliche Strecke meist über Kopfsteinpflaster bergauf, und als Bitterle am Neuen Bau endlich absteigen konnte, war er außer Atem und nass geschwitzt.

Er stellte das Rad ab, tupfte sich den Schweiß von der Stirn und ging zum Empfang.

»So, der Herr Kommissar gibt sich bei uns auch mal wieder die Ehre«, sagte der diensthabende Polizist. »Sie haben wohl Heimweh nach Ihrem alten Arbeitsplatz. Stimmt's?«

Bitterle schenkte ihm ein Lächeln. »Das kommt bisweilen vor. Aber heute bin ich dienstlich hier. Eine Vernehmung wartet auf mich.«

»Weiß schon. Der Österreicher, der euch beinahe durch die Lappen gegangen wäre.«

»Na ja, das stimmt so nicht ganz. Der Einsatz war bestens koordiniert, und mit Hilfe der Bayern haben wir ihn schließlich geschnappt. Gibt es etwas Neues von ihm?«

Der Polizist schüttelte den Kopf. »Keine Vorkommnisse, alles ruhig. Er hat gefrühstückt, danach hat er sich wieder auf die Pritsche gelegt und starrt bloß an die Decke. Gesagt hat er bislang kein Wort.«

»Gut. Lassen Sie ihn bitte um neun Uhr in den Verhörraum bringen.«

»Wird erledigt.«

Bitterle nahm die Treppe in den zweiten Stock, begrüßte die Kollegen und ließ sich in einem Büro einen Platz mit einem Rechner zuweisen. Er loggte sich mit seinem Passwort ein und öffnete sein Postfach.

Lukas hatte nach Haderers Ergreifung bei der Überprüfung von Zivkovićs Vergangenheit ganze Arbeit geleistet. Dem Computerprotokoll nach hatte er von zweiundzwanzig Uhr bis heute früh um drei recherchiert und zuvor bereits Unterlagen wie Geburts- und Heiratsurkunde sowie Ausbildungs- und Arbeitszeugnisse durchforstet, die sie von Carola Zivković erhalten hatten. Was er herausgefunden hatte, war beachtlich.

Milan Zivkovićs Vita schien bis auf zwei Jahre, in denen er laut seinen Angaben im 1993 gestellten Asylantrag als Koch auf einem Frachter angeheuert hatte, lückenlos. Er wurde am 15. Juli 1965 in Pula geboren. Seine Eltern waren Hoteliers in der kroatischen Küstenstadt und besorgten ihm nach seinem Schulabschluss eine Lehrstelle im Luxushotel »Amadria« in Zagreb, einem der besten Häuser im damaligen Jugoslawien. Er absolvierte eine Kochlehre, hatte hervorragende Noten, bestand seine Abschlussprüfung und arbeitete dort bis 1991.

Und dann fehlen zwei Jahre, dachte Bitterle und machte sich eine Notiz in den Bericht. Was war in diesen zwei Jahren geschehen? Auf welchem Frachter hatte Zivković gearbeitet? Ließ sich das nachprüfen? Er schrieb Lukas eine Nachricht und bat ihn, sich um diese chronologische Lücke zu kümmern – welche Reederei, welche Route, welche Häfen und so weiter. Immerhin war zu jener Zeit gerade der Krieg in Noch-Jugoslawien ausgebrochen, und nicht wenige bis dahin scheinbar friedfertige Bürger hatten sich bewaffneten Milizen angeschlossen und zogen durch das zerfallende Land, statt ihrer offiziell angegebenen Tätigkeit nachzugehen.

Bitterle lehnte sich zurück, massierte kurz seine Schläfen und las weiter.

Nach dem Ende seines Engagements auf dem Frachter war Zivković 1993 nach Deutschland gekommen, wo er als Bürgerkriegsflüchtling anerkannt wurde und fortan als Koch in München, Augsburg und Nürnberg arbeitete, bis er im Jahr 1999 in Ulm landete und das »Dubrovnik« in Böfingen eröffnete. Dort lernte er seine zukünftige Frau kennen, die zehn Jahre jüngere studentische Aushilfskraft Carola Laumüller. Die beiden heirateten schnell, bald darauf kam Tochter Sarah zur Welt. Vor vier Jahren schließlich hatten Milan und Carola das »Loretta am Ausee« vom Schwiegervater übernommen und einige Zeit danach das »Plitvička« daraus gemacht.

Auffällig in Zivkovićs Lebenslauf war, dass er wegen Gesundheitsproblemen gleich nach der Musterung vom jugoslawischen Militärdienst befreit worden war. Er hatte demnach nie gedient und offiziell keine Erfahrung mit Waffen. Angesichts der brisanten Bilder aus dem von Sarah Schwarz im »Plitvička« gefundenen Umschlag, die einen wegen Kriegsverbrechen gesuchten Milizionär namens Goran Petrović zeigten, der jedoch Milan Zivković – wenn man den Altersunterschied berücksichtigte – verblüffend ähnlich sah, beschlichen Bitterle allerdings Zweifel, ob das tatsächlich stimmte. Erst recht, wenn man die Information über die suspekte biografische Lücke mit einbezog, in der Zivković zwei Jahre als Schiffskoch gearbeitet haben sollte – ausgerechnet zur Zeit der Jugoslawienkriege. Bitterle machte sich eine weitere Notiz. Lukas würde sich darum ebenfalls kümmern müssen.

Zum Glück hatte er von sich aus auch in Sachen Goran Petrović nachgeforscht und war fündig geworden. Das schätzte Bitterle an Lukas – einmal Blut geleckt, ließ er nicht mehr locker.

Zum Namen Goran Petrović gab es eine Vielzahl von

Suchmaschinentreffern. Mangels Sprachkenntnissen war es Lukas allerdings schwergefallen, die in jugoslawischen Quellen gefundenen Informationen zweifelsfrei zuzuordnen. Aber er hatte es geschafft, den deutschsprachigen Zeitungsartikel aufzutreiben, aus dem die Bilder in dem Umschlag stammten: einen Bericht des österreichischen Magazins »Falter« vom Frühjahr 1993. Aus alldem ergab sich langsam ein schlüssiges Bild.

Goran Petrović war am 8. Juli 1965 im Militärkrankenhaus in Vračar, einem Stadtteil von Belgrad, geboren worden. Sein Vater Dragomir Petrović war Oberst und Kommandeur bei einer Panzerdivision, somit ein ranghoher Militär. Entsprechend hatte auch Goran eine Laufbahn in der jugoslawischen Armee eingeschlagen und es im Rang immer weiter nach oben gebracht. Nach dem Ausbruch der Jugoslawienkriege war er dann 1991 Befehlshaber einer serbischen Miliz in Bosnien geworden, die fortan für zahlreiche Gräueltaten an der Zivilbevölkerung verantwortlich gemacht wurde. Bitterle erschauderte bei den Schilderungen in dem »Falter«-Bericht und war fast froh, dass ihm womöglich ähnlich grausame Details aus einer anderen Quelle erspart blieben: Eine etwas dubiose Militärdatenbank hatte laut Lukas vielversprechend ausgesehen, doch der dort enthaltene Eintrag zu Goran Petrović war mit dem Vermerk »Streng vertraulich!« versehen und der Zugriffsschutz selbst für ihn nicht zu knacken gewesen.

Erst im Frühjahr 1993 wurde Goran Petrović wieder aktenkundig: Mittlerweile Offizier der VRS, der Armee der bosnischen Serben, diente er nun als Kommandant in einem Straflager für politische Gefangene nahe Srebrenica, bis er – so stand es in dem »Falter«-Bericht – vom neu geschaffenen Internationalen Strafgerichtshof für das ehemalige Jugoslawien auf die Liste der gesuchten Kriegsverbrecher gesetzt wurde. Kurz vor seiner Verhaftung war es ihm jedoch gelungen unterzutauchen. Offensichtlich hatten ihn ranghohe Komplizen gewarnt, und es hieß, er habe sich nach Südamerika abgesetzt.

Es gab im Internet nur wenige Bilder von Goran Petrović,

und die, die Lukas gefunden hatte, deckten sich mit den Abbildungen aus dem braunen Umschlag, der im »Plitvička« auf der Stufe am Hintereingang gelegen hatte: Auf dem einen stand Petrović in Uniform vor einem Trupp Soldaten, die ihm salutierten, ein anderes zeigte ihn, wie er mit vorgestrecktem Kinn und breitbeinig eine Maschinenpistole mit Magazin vor der Brust hielt.

Bitterle war mehr als zufrieden mit Lukas' Arbeit. Sie waren dadurch ein gutes Stück weitergekommen, auch wenn ihm nach wie vor schleierhaft war, was das alles zu bedeuten hatte – insbesondere die trotz der voneinander abweichenden Geburtsdaten und Nationalitäten erstaunliche Ähnlichkeit der beiden Männer. Immerhin aber wussten sie nun, dass im Lebenslauf des Kroaten Zivković genau zu jener Zeit eine Lücke klaffte, als der Serbe Petrović auf dem Balkan gewütet hatte. Eventuell würde ein Amtshilfeersuchen bei den Behörden in Belgrad und in Zagreb mehr erbringen, aber für den Moment mussten sie nehmen, was sie hatten.

Was soll's? Bitterle fuhr sich mit der Hand übers Gesicht. Dabei bemerkte er, dass er vergessen hatte, sich zu rasieren. Kein Wunder, es gab schließlich zurzeit so viel Wichtigeres, woran er denken musste.

***

»Wir wären dann so weit«, sagte einer der diensthabenden Wachmänner aus dem ersten Stock, der hinaufgekommen war, um Bitterle abzuholen. Er hielt die Türklinke in der Hand und sah sich suchend um. »Herr Haderer wird in diesem Moment in den Verhörraum gebracht.«

»Komme«, sagte Bitterle, stand auf und bedankte sich bei den Kollegen, die mit ihm in dem großräumigen Büro saßen. Sie sahen kurz von ihrer Arbeit auf und wünschten ihm viel Erfolg.

Auf dem Flur in der Etage darunter wartete ein Uniformierter zusammen mit Haderer vor dem Verhörraum.

Bitterle sah dem Gefangenen, der mit Handschellen gefesselt war, direkt in die Augen. »Guten Morgen, Herr Haderer. Mein Name ist Bitterle, ich bin Kriminalhauptkommissar und leite die Ermittlungen im Mordfall Milan Zivković.«

Haderer verzog keine Miene, nicht einmal ein Nicken kam als Antwort.

Bitterle betrat den Verhörraum. Er war fensterlos, hatte grau gestrichene Wände und einen grauen, abgewetzten Bodenbelag aus Nadelfilz. Der Tisch mit dem eingelassenen Mikrofon und den Tasten für die Inbetriebnahme war in der Mitte platziert, ein Stuhl stand gegenüber dem Spiegel, zwei weitere befanden sich direkt davor. Bitterle wies auf den einzelnen Stuhl. Die Luft roch abgestanden, nach Reinigungsmitteln und nach Angst.

»Bitte.«

Haderer nahm schweigend Platz.

Bitterle startete das Aufnahmegerät, ein Punkt am Mikrofon leuchtete grün auf. »Beginn des Verhörs am Samstag, dem 9. Juli, um …«, er zog den linken Ärmel hoch, »um neun Uhr und zwölf Minuten.« Dann räusperte er sich und schlug den Schnellhefter auf. »Herr Haderer, Sie wissen, warum Sie hier sind?«

Haderer machte die Beine lang, verschränkte die Arme vor der Brust und lehnte sich nach hinten. Außer einem Schulterzucken zeigte er keine Regung.

»Bitte antworten Sie deutlich mit Ja oder Nein. Also, nochmals, Herr Haderer, wissen Sie, warum Sie hier sind?«

»Sie werden es mir bestimmt sagen.«

Bitterle zog die Stirn in Falten. »Gut, dann tue ich das. Sie werden verdächtigt, an der Tötung des Ulmer Gastronomen Milan Zivković beteiligt gewesen zu sein. Die Tat geschah unseren bisherigen Erkenntnissen nach in der Nacht von Dienstag, dem 5. Juli, auf Mittwoch, den 6. Juli dieses Jahres. Ich weise Sie darauf hin, dass es Ihnen freisteht, sich zu dieser Beschuldigung zu äußern. Sie haben das Recht, die Aussage zu verweigern, wenn Sie sich dabei selbst belasten würden.

Zudem haben Sie Anspruch auf einen Verteidiger Ihrer Wahl. Falls Sie keinen benennen können, wird Ihnen von unserer Seite ein Rechtsbeistand zur Seite gestellt. Haben Sie das verstanden?«

Haderer starrte knapp über Bitterles Kopf hinweg in den Spiegel.

Wenn du spielen willst, bitte schön, wir haben Zeit, dachte Bitterle und wiederholte seine Frage. »Haben Sie verstanden, dass Sie Anspruch auf einen Rechtsbeistand haben, Herr Haderer?«

»Pff. Was sollte daran nicht zu verstehen sein?«

»Möchten Sie davon Gebrauch machen?«

»Wozu?«

»Wie Sie meinen. Dann also zur Sachlage. Wir haben bei der Durchsuchung des Anwesens von Carl Bellmann in Oberbalzheim eine Tasche mit Kleidungsstücken und sonstigen Dingen gefunden, die Ihnen anhand des Inhalts zugeordnet werden konnte. Darunter befanden sich eine Brieftasche mit rund tausendfünfhundert Euro, ein Kuvert mit genau zehntausend Euro, ein Führerschein sowie ein Personalausweis, beide auf Sie ausgestellt. Den Angaben nach lautet Ihr Name Burkard Haderer, geboren am 6. April 1969 in Salzburg, derzeitig wohnhaft in Wien, Simmering, Auf der Spannweide 22. Ist das richtig?«

»Wenn's da steht.«

Bitterle meinte, einen leichten Akzent in Haderers Sprache herauszuhören, etwas Südosteuropäisches, Richtung Balkan. Deshalb keimten erste Zweifel an der Rechtmäßigkeit dieser Papiere auf. Er machte einen entsprechenden Vermerk in seinem Schnellhefter: »Legale Identitätsänderung ist bei Eintritt in die Fremdenlegion durch den französischen Staat bei Strafverfolgung im Heimatland üblich. Woher stammt Haderer wirklich?«

»Gut so weit. Können Sie mir sagen, was Sie in Ulm beziehungsweise in Oberbalzheim machen oder gemacht haben?«

Wieder nur ein Schulterzucken.

»Herr Haderer, vielleicht ist Ihnen bis jetzt noch nicht klar geworden, in welcher Lage Sie sich befinden. Wir verdächtigen Sie des Mordes. Und für Ihre Beteiligung haben wir eindeutige Beweise!« Bitterle schoss ins Blaue und war auf Haderers Reaktion gespannt. »Also nochmals: Was haben Sie in Ulm beziehungsweise in Oberbalzheim gemacht? Was war der Grund für Ihren Besuch?«

Haderer kaute ein paar Sekunden leer, dann presste er zwischen den Zähnen hervor: »Ich habe einen Freund besucht. Ist das verboten?«

»Keineswegs. Nur die Umstände dieses Besuchs sind mehr als merkwürdig.«

»So?«

»Sie und Ihr Kamerad Carl Bellmann wurden dabei beobachtet, wie Sie am Tag der Tat Zivkovićs Grillstand auf dem Donaufest für längere Zeit beobachtet haben.«

»Ja und?«

»Die Zeugen sagen aus, Sie hätten sich merkwürdig verhalten.«

»Die Zeugen müssen sich irren.«

»Das glaube ich kaum. Zudem wurde in Bezug auf Sie, Herr Haderer, ein eindeutig identifizierendes Merkmal genannt. Und zwar Ihre Tätowierung am Oberarm, die nur unzureichend von Ihrer Kleidung verdeckt war. Diese auffällige Tätowierung zeigt eine siebenflammige Granate, das Symbol der Fremdenlegion. Und so was sieht man nicht jeden Tag.«

Haderer schluckte kaum merklich, strich sich mit der rechten Hand über den linken Oberarm und zog sein T-Shirt nach unten.

Hab ich dich, dachte Bitterle. »Möchten Sie etwas zu trinken haben? Tee, Kaffee oder ein Wasser?«

Haderer räusperte sich und murmelte: »Wasser.«

Bitterle sah auf die Uhr und sagte in Richtung des Mikrofons: »Unterbrechung der Vernehmung Burkard Haderer um neun Uhr neunundzwanzig.« Und an Haderer gewandt: »Bin gleich wieder da.« Dann stand er auf und verließ den Raum.

Bitterle glaubte, ihn treffe der Schlag, als er Kula vor der Spiegelscheibe des Verhörraumes stehen sah.

»Sag mal, geht's noch? Was machst du hier?«

Seine Kollegin zog einen Schmollmund und sah zu ihm hoch.

»Menschenskind, du gehörst ins Bett und nicht hierher ins Präsidium!« Dann musterte er ihren Arm und zeigte darauf, sein Blick wurde mit einem Mal weich. »Und was ist damit? Wie geht es deinem Ellbogen?«

»Wird schon wieder.« Kula schenkte ihm ihr schönstes Lächeln. Doch dann zogen Sorgenfalten in ihrem Gesicht auf. »Konrad, das schaffst du nicht alleine. Glaub mir, ich weiß, wovon ich rede. Ich habe den Kerl gestern hautnah erlebt. Auch wenn er zum Schluss einen auf weinerlich gemacht hat wegen seinem Knöchel, der Typ ist ein eiskalter Killer. Ein Legionär durch und durch.«

»Trotzdem! Du gehörst ins Bett – oder zumindest nach Hause. Was glaubst du, was mir Sprekel erzählt, wenn er davon erfährt?«

Kula kam näher und sagte leise in sein Ohr. »Was der nicht weiß, macht ihn nicht heiß.«

Bitterle verdrehte die Augen, fasste Kula an den Schultern und schob sie ein Stück von sich. Dann sah er sie lange an und seufzte schließlich. »Bei dir sind Hopfen und Malz verloren!« Er gab ihr einen Klaps auf den heil gebliebenen Arm. »Wie lange bist du schon hier?«

»Ich kam kurz nach Beginn deines Verhörs.«

»Und? Was hast du für einen Eindruck?«

»Was mich überrascht hat, war seine Reaktion, als du ihn auf sein Tattoo angesprochen hast. Irgendwie, als ob er sich ertappt gefühlt hat. Fragt sich bloß, bei was.«

»Sehe ich genauso.«

»Da musst du nachbohren. Ansonsten wirkt er recht souverän. Zeigt keine Unsicherheit, wirkt eher arrogant.«

»Ja, das kann man wohl sagen. Also dann, weiter geht's. Willst du gleich mit reinkommen?«

»Moment, nicht so schnell! Ich soll dir ausrichten, dass Lukas auch hier ist. Er wartet oben und hat was für uns.«

»Lukas? Da hat sich einer wohl festgebissen.«

Bitterle schickte einen Wachbeamten in den Verhörraum, um Haderer zu informieren, dass die Unterbrechung etwas länger dauern werde, dann machte er sich mit Kula auf den Weg in den zweiten Stock.

»Lukas, was gibt es denn, dass du extra aus Söflingen hergekommen bist? Sag bloß, du hast über Zivkovićs Zeit auf diesem Frachter schon was rausgefunden?«

»Na, hör mal! Ich kann zwar vieles, aber nicht zaubern.« Lukas saß in dem Gemeinschaftsbüro vor seinem Laptop, schaute zu Bitterle hoch und reckte das Kinn vor. »Nein, ich bin hier, weil ich was über diesen österreichischen BMW rausbekommen habe. Und da die Michalek sagte, dass du im Präsidium bist, bin ich auch hergekommen. Weiterrecherchieren kann ich auch von hier aus.«

»Also, lass hören.«

»Okay, pass auf: Der BMW X5 mit dem Kennzeichen G PAGEI 1 ist auf einen gewissen Thomas Größenfelder zugelassen. Er wohnt in Graz in der Pomeranzengasse 17. Dort führt er eine Wirtschaft, so eine Art Säuferspelunke namens ›Zum Papagei‹, und wohnt auch dort. Das ist aber noch nicht alles. Zudem habe ich herausgefunden, dass auf den Namen seiner Lebensgefährtin, einer gewissen Maura Zirbenthaler, ein Erotic-Dance-Club namens ›Flamingo‹ läuft. Und jetzt das Beste: Größenfelder ist ebenfalls bei der Fremdenlegion gewesen.«

Bitterle schüttelte den Kopf, während er sagte: »Lukas, du bist ein Genie.«

Lukas grinste breit. »Weiß ich doch.«

»Was haltet ihr davon, diesen Größenfelder mal zu kontaktieren? Vielleicht bringt uns das weiter«, schlug Kula vor.

Bitterle runzelte die Stirn. »Glaube nicht, dass das viel Sinn macht. In der Legion gilt ein Verschwiegenheitskodex, soweit ich weiß.«

»Kann schon sein«, meinte Kula, »aber was haben wir zu verlieren? Wir müssen diesen Haderer mit irgendetwas konfrontieren, was ihn aus der Fassung bringt. Wie vorhin mit dem Tattoo. Das war super!«

»Und was sollte das sein?«

»Etwas aus seiner Vergangenheit. Es muss einen Grund gegeben haben, dass er zur Legion gegangen ist. Entweder hatte er Dreck am Stecken, oder er war aus anderen Gründen auf der Flucht, vor was auch immer.«

»Und wie willst du das rausfinden?«

»Wie gesagt, fragen wir seinen Kameraden in Graz. Vielleicht bringt uns das weiter.«

»Nie und nimmer. Bei der Legion haben sie nicht nur unbedingten Gehorsam für die französische Nation geschworen, sondern, soviel ich weiß, auch Treue jedem Kameraden gegenüber.«

»Eben! Wenn wir den Österreicher überzeugen können, dass es für Haderer von Vorteil sein wird, wenn wir die Hintergründe für den Mord an Zivković kennen, wird er vielleicht einlenken.«

»Du meinst, um ihm zu helfen?«

»Ganz genau.«

Bitterle überlegte kurz. »Du weißt aber schon, dass wir über laufende Ermittlungen Stillschweigen zu bewahren haben? Wenn Sprekel davon erfährt, kommen wir in Teufels Küche.«

»Mir egal! Ich will den Fall zu Ende bringen, und zwar möglichst heute noch. Und du doch auch, oder?«

»Also gut, meinetwegen. Du hast recht, Kula. Zu verlieren haben wir nichts. Wir sollten mit diesem Größenfelder sprechen.«

***

»›Papagei‹, Größenfelder, servus.« Die Stimme klang rauchig und belegt.

Kula zwinkerte Bitterle zu. Der hob den Daumen.

»Guten Tag, Herr Größenfelder. Sind Sie der Halter eines dunklen BMW X5 mit dem Kennzeichen G PAGEI 1?«

»Wer will das wissen?«

»Entschuldigen Sie. Ich habe mich gar nicht vorgestellt. Skoulatopulos mein Name, von der deutschen Kriminalpolizei in Ulm.«

»Skoula… wer?«

»Skou-la-to-pu-los.«

»Aha, eine Griechin. Und worum geht es?«

»Mit Ihrem Fahrzeug wurde eine Straftat begangen.« Kula wartete einen Moment, doch Bitterle forderte sie mit ungeduldigen Handbewegungen zum Fortfahren auf. »Wir haben eine Person namens Burkard Haderer festgenommen. Nun fragen wir uns, ob Ihr Fahrzeug als gestohlen gemeldet ist oder ob Sie es Herrn Haderer freiwillig überlassen haben. Das wiederum hieße, dass Sie mit besagter Person bekannt oder vielleicht sogar befreundet sind.«

»Warum sollte ausgerechnet ich der deutschen Polizei helfen? Sonst wollts ihr Piefkes auch nichts mit uns zu tun haben.«

»Weil es zur Klärung eines Kapitalverbrechens wichtig ist. Es ist viel passiert inzwischen. Ihr gemeinsamer Kamerad Carl Bellmann liegt schwer verletzt auf der Intensivstation der Uniklinik, wobei noch nicht sicher ist, ob er überhaupt durchkommt.«

Bitterle sah zur Decke und tippte sich an die Schläfe.

»Und Burkard Haderer hat jede Menge Probleme an der Backe. Ihm werden Mord, Diebstahl, Gefährdung der öffentlichen Sicherheit und Widerstand gegen die Staatsgewalt zur Last gelegt. Er wird im Moment vernommen und wandert auf jeden Fall in U-Haft. Bei einer Verurteilung droht ihm möglicherweise lebenslange Haft. Ob er die durchstehen wird, ist fraglich, denn er macht auf uns einen labilen, ja ich möchte fast sagen einen verzweifelten Eindruck.«

Abermals rollte Bitterle mit den Augen. Hoffentlich trug Kula damit nicht zu dick auf …

»Deshalb frage ich Sie nochmals: Sind Sie mit Burkard Haderer befreundet, und haben Sie ihm den Wagen gegeben?«

Am anderen Ende der Leitung herrschte Schweigen.

»Also, was ist jetzt, wollen Sie Ihrem Freund nun helfen oder nicht? Ich dachte, bei Ihrem Verein gilt der Schwur ›Einer für alle, alle für einen‹ – oder so ähnlich.«

Kula hörte gedämpfte Stimmen im Hintergrund, wie bei einer zugehaltenen Sprechmuschel.

Dann sagte Größenfelder: »Hören Sie? Ich rufe Sie zurück.« Damit wurde das Gespräch unterbrochen.

»Und jetzt?«, fragte Bitterle. »Meinst du, das hat etwas gebracht?«

»Ich denke schon. Wenn das wirklich sein Freund ist, lässt er ihn nicht im Stich, sondern wird ihm helfen.«

Keine zehn Minuten später meldete sich Größenfelder wieder. »Ja, er war da. Haderer war bei mir, und ich habe ihm den Wagen gegeben.«

»Wann war das?«, fragte Kula, die abermals das Gespräch führte.

»Letzten Montag. Am 4. Juli.«

»Und? Ist da etwas Besonderes passiert?«

»Er hat jemanden getroffen. Oder besser gesagt: etwas entdeckt.«

»Bestimmt wissen Sie auch, was er entdeckt hat.«

»Etwas, das ihn schon sehr lange beschäftigt.«

»Geht's vielleicht etwas genauer?«

Wieder Schweigen aus Graz, dann das Klacken eines Feuerzeugs und kurz darauf ein langes Ausatmen. »Also gut.« Dann berichtete Größenfelder, was sich zugetragen hatte.

Und nach und nach bekamen Kula und Bitterle eine Vorstellung vom Ablauf des Tages, als Haderer in Graz aufgetaucht war.

2

Montag, 4. Juli, 15.00 Uhr, Graz

Burkard Haderer steigt aus dem Bus. Die Türen schließen sich mit einem Flappen, dann röhrt der alte Setra los, stößt eine schwarze Dieselwolke aus, wendet und verschwindet um die nächste Ecke. Haderer geht ins Bahnhofsgebäude und pfeffert seine Reisetasche in ein Schließfach. Er gibt der Tür noch einen Tritt und macht sich auf den Weg Richtung Altstadt. Immer noch stinksauer. Daran haben auch die knapp zehn Stunden Fahrt von Belgrad bis hierher nach Graz nichts geändert.

Die Hände in die Taschen gestemmt, geht Haderer durch die Altstadt, vorbei an schmalen Nebenstraßen und durch winklige Gässchen. Er hat den Oberkörper wie zum Angriff nach vorn gebeugt und kickt den Müll vom Gehsteig. Eine zerknüllte Zigarettenschachtel, drei Coffee-to-go-Becher, eine Fahrradklingel und einen rosa Babyschnuller. Entgegenkommende Passanten bleiben stehen, sehen rasch zu Boden und drücken sich gegen die Wand. Manche, die ihn schon von Weitem bemerkt haben, wechseln auf die gegenüberliegende Straßenseite. Nach knapp zwanzig Minuten biegt er in die Pomeranzengasse ein und ist am Ziel.

Die Tür zum »Papagei« steht offen. Zigarettenrauch dringt nach draußen. Einen Schritt weiter drinnen riecht es nach abgestandenem Bier, Frittenfett und Pissrinnenwürfeln. Trotzdem – hier, in dieser Spelunke, hat er wenigstens einen Freund!

Haderer geht zur Bar und klopft zweimal auf den Tresen. *»Salut, Thomas! Ça va?«*

Thomas Größenfelder blickt von seinen Bierhebeln auf und zieht die Brauen hoch. Sein Lächeln wirkt wie Zähnefletschen. »Ah, Burkard, passt schon. Auch mal wieder in Graz! Und selbst?«

Haderer zuckt mit den Schultern. »Frag nicht. Mach mir lieber einen Grünen.«

»So schlimm?«

»Mindestens!«

Thomas lässt den Absinth langsam ins Glas rinnen. »Eis? Wasser?«

Haderer schüttelt den Kopf. Als er nach dem konischen Glas greift, zittern seine Hände – es ist einfach alles zu viel geworden! Er führt das Glas an die Lippen, kippt den Inhalt und rollt ihn im Mund. Die Schärfe der knapp siebzig Prozent Alkohol fräst sich entlang der Wangen und bringt Gaumen und Zunge zum Glühen. Er schluckt, und als ob der Schnaps die Magenwand durchstoßen hätte, setzt prompt die Wirkung ein. Diese einzigartige Melange von down und high, von betrunken und hellwach. Doch um diesen Zustand ganz zu erreichen, ist ein Glas zu wenig.

Thomas weiß das und schenkt ungefragt nach.

Haderer trinkt wieder auf ex. Dann sieht er sich im Spiegel, der an der Wand zwischen den Schnapsflaschen hängt. Die Augen liegen tief und dunkel in den Höhlen, eng stehen sie sowieso. Die Lippen ein Strich, seitlich davon harte Falten, dazu unrasiert – er kennt sich nicht anders. Schon lange nicht mehr.

Thomas fragt: »Was war's denn diesmal?«

»Ein Maserati Cabrio, mintgrün. Gibt's eigentlich nur für die Chinesen.«

»Und«, sein Freund senkt die Stimme, »wie kommen die Wiener dazu?«

»Keine Ahnung. Italien, Automesse, was weiß ich! Ich find's bloß zum Kotzen, dass ich denen in Belgrad schon wieder so einen Schlitten bringen musste. Ausgerechnet denen.«

»Pff, du und dein Trauma.« Thomas sieht Haderer lange an. »Bist wohl immer noch nicht darüber hinweg.«

»Spinnst du? Wie denn auch, nach dem, was die seinerzeit da unten veranstaltet haben? Mach mir lieber noch einen.«

Thomas füllt das Glas ein drittes Mal. Anschließend stellt

er die Flasche zurück ins Regal, geht zur Jukebox und erweckt die Piaf zum Leben – *»Non, rien de rien …«*

Inzwischen hat Haderer seine Balance halbwegs gefunden. Die zarte Nebeldecke, die der Absinth über seine Wut gezogen hat, lässt ihn alles mit Distanz betrachten, und ganz allmählich nimmt er auch seine Umgebung deutlicher wahr. Die Gardinen, die noch so sind wie beim letzten Besuch und längst in die Reinigung gehört hätten – durch sie dringt kaum noch Licht. Den Tresen mit den Bierschlieren, den Brandlöchern und den Macken am Rand. Den tonlosen Bildschirm gegenüber mit dem Wrestlingkampf, den Thomas immer nur kurz aus den Augen lässt. Den jungen Kerl mit struppigen Haaren, der gegen den Spielautomaten hämmert und Unverständliches vor sich hin brabbelt.

Haderer nippt am Absinth. Für einen kurzen Augenblick kommt die Erinnerung an den Auftrag hoch. Die Verachtung in den Augen dieser Serben, dieses Von-oben-herab und wie sie versucht haben, ihn zu linken. »Sagt der glatt: ›Du wartest hier, ich hole Geld.‹ Von wegen!«

Thomas dreht sich zu Haderer hin und runzelt die Stirn.

»Wie ich den gepackt habe, dass er sich nicht mehr bewegen konnte, du weißt schon, Spezialgriff. Und dann zieht der andere die Kohle aus der Tasche. War voll angepisst, wollte die zehn Mille wohl für sich. Ha, von wegen!«

»Wohl immer noch der Alte.« Thomas nickt anerkennend, werkelt weiter an der Zapfanlage und verschwindet kurz darauf in der Küche. Wenig später klimpert der Perlenvorhang, und Thomas trägt ein Tablett mit zwei dampfenden Schalen vor sich her. Es riecht nach seiner scharfen Gulaschsuppe. Er stellt die Biere und zwei Schnäpse dazu und geht mit dem Tablett zu den beiden Alten, die ganz hinten in der Ecke hocken und ihre Karten auf den Tisch knallen. Die drei Biker in ihrer Montur daneben stieren weiterhin mürrisch und schweigend in ihre Gläser.

Dass ich von den Wienern nicht so schnell wieder loskommen werde, ist das eine, hängt Haderer unterdessen seinen

Gedanken nach, aber dass die mich immer wieder nach Belgrad schicken, ist was völlig anderes. Ausgerechnet zu denen! Aber was soll's? Scheiß drauf! Von irgendwas muss man ja leben. Er kippt den Rest.

Nachdem Thomas zurück ist, stützt er sich am Tresen ab und betrachtet seinen Freund lange. Dann nestelt er einen Schlüsselbund aus der Hosentasche und schiebt ihn zu Haderer rüber. »Hier, hau dich eine Weile hin. Du weißt ja, zwei Treppen, dann links. Kannst auch gerne über Nacht bleiben.«

Haderer nickt bloß, lässt sich vom Barhocker rutschen und geht an der Jukebox vorbei. Einer der Biker hat wohl etwas Handfesteres gebraucht und nach dem französischen Chanson AC/DC gedrückt. Dabei treffen Angus Youngs derbe Gitarrenriffs genau die Stimmung, die Haderer immer noch im Griff hat: *»I'm on the highway to hell ...«*

Die dunkelbraune Hintertür mit den verzierten Kassettenmustern wartet unverändert auf einen neuen Anstrich. Die Farbe blättert ab, die Kanten sind abgestoßen, und beim Öffnen seufzen die Scharniere. Im Hausflur ist es noch düsterer. Auch hier riecht es unangenehm muffig, nach einer Mixtur aus Scheuermilch, altem Staub und Thomas' Küchendämpfen. Nur ein schmaler Lichtstreif fällt vom Hinterhof durch das kleine Stiegenhausfenster. Die Stufen knarren bei jedem Schritt, während Haderer in den zweiten Stock steigt.

Wie üblich hat Thomas beide Schlösser – das einfache mit dem Bartschlüssel und das neue Sicherheitsschloss mit den Stahlriegeln – doppelt zugesperrt.

Haderer geht durch den schmalen Flur direkt ins Wohnzimmer und lässt sich auf die Chaiselongue fallen. Auf dem Tischchen daneben liegt eine Schachtel von Thomas' Gitanes. Er steckt sich eine an, bläst den Rauch zur Decke und schließt die Augen.

Inzwischen hat der Absinth ihn voll erwischt. Haderer schwebt und hat die absurde Vorstellung, er läge vibrierend auf einem schaukelnden Wasserbett. Dieses Kribbeln in den Gliedern, dieses Rauschen in allen Muskeln, während gleichzeitig im Kopf eine Wunderkerze nach der anderen ihre Funken in alle Richtungen versprüht.

Haderer entspannt sich, gibt sich vollends der Wirkung des Thujon hin und verliert sich in seiner Vergangenheit.

Die Piaf hat gemeinsam mit dem Absinth ein Zeitfenster aufgestoßen. Haderer findet sich in Marseille wieder. Erlebt die Gefühle von damals, dieses Schweben in der Leere. Diesen Todeswunsch neben dem einstigen Glauben an die eigene Unsterblichkeit. Das Unantastbare, das Rachegelüste nährt und zugleich erstickt.

Seinerzeit hatte Thomas ihn in Triest aufgegabelt, nach Marseille gelotst und ins Leben zurückgeführt. Er hatte sich alle Mühe gegeben, um ihn auf andere Gedanken zu bringen, ihm geholfen, Ankas Tod und die Gräueltaten beiseitezuschieben und für Momente zu vergessen. Kurze Momente allerdings, denn die Erinnerungen glühten tief in seinem Inneren weiter, flackerten ein ums andere Mal von Neuem auf und ließen ihn wie brennend auf Rache sinnen.

Wenn man in Paris das Herz Frankreichs sieht, ist Marseille dessen Unterleib. Thomas entführte ihn in diese faszinierende Hafenstadt und machte ihm diesen Unterleib schmackhaft, schleppte ihn durch Cafés und Bars. Finstere Löcher, zugenebelt von schwarzem Tabaksqualm, wo auf den Böden Sägemehl krümelte und nicht bloß verschütteten Rotwein aufsaugte. Gesprächsfetzen mit dem immer gleichen Fazit: *»Vive la France, vive la Légion!«*

In Aubagne, keine sechzig Kilometer östlich von Marseille, bekam er später auch seinen neuen Namen: Aus Burhan Hodžić wurde Burkard Haderer. Es sollte deutsch klingen, meinte Thomas, außerdem sollte er so schnell wie möglich die deutsche Sprache lernen, und zwar so fehlerfrei wie möglich und ohne erkennbaren Akzent. Sonst hätte er keine Chance, später in Österreich. Burhan hatte verstanden.

Sie zogen durch abgelegene Gassen. Vor den Kneipen dort standen Blechtische und Hocker auf dem Trottoir, von drinnen drangen hektisches Getrommel und Schalmeienklänge nach draußen, und es roch nach fremder Kost mit massenhaft Kreuzkümmel. Anstelle von Schweinskopfpastete mit Dijonsenf gab es Couscous mit Hammelherz und höllenscharfem Harissa; anstelle von Beaujolais tranken sie Pfefferminztee, manche der Löffelchen blieben dabei fast senkrecht im Zucker stecken.

Sie getrauten sich in Gegenden, in denen arabische Banden das Sagen hatten. Wehe, es wagte einer, denen zu widersprechen, die Messer waren schnell gezogen. Bei Thomas allerdings genügte es, wenn er den Hemdärmel nach oben schob. Sobald sie seine Tätowierung sahen, gefroren ihnen die Visagen, und sie machten sich schleunigst aus dem Staub.

Marseille war Vielfalt pur. Mal kam es ungewaschen und robust daher – wenn sich Ratten um einen Fischkopf im Rinnstein fetzten oder junge Frauen mit ihren Schleiern nicht nur ihre Haare, sondern auch die blauen Flecken bedecken mussten. Dann wieder war es zart und unverschämt betörend – wenn der zahnlose Großvater die Katzenbabys mit dem Fläschchen päppelte oder die Mädchen mit nichts als ihrem Eigenduft auf der dunklen Haut und den grell geschminkten Lippen in den Fenstern saßen, einem zulächelten und scheinbar unbeschwert zuwinkten.

Am Ende dieser Touren landeten sie stets im »Pied des Dromadaire«, diesem Loch, wo einem die Alte mit den falschen Haaren schon für einen einzigen Calvados zeigen wollte, was es mit »französisch« auf sich hatte. In diesem Auffangbecken für Gestrandete und Gescheiterte trällerte ständig die Piaf. Und dort hatte er auch seinen ersten Absinth-Rausch gehabt.

Thomas hatte noch versucht, ihm die Besonderheit dieses Wermutgetränks zu erklären. Dass die spezielle Wirkung von einem Gift namens Thujon stamme, das Halluzinationen auslösen könne, wenn man etwas mehr als das übliche Genug davon intus hatte – und bei noch mehr sogar zur Erblindung führen würde.

Aber Haderer war das alles egal gewesen. Er wollte diesen Zustand ohne Thomas' Klugscheißereien genießen. Blau und high – mehr hatte er damals nicht gewollt. Blau und high, und das wenn möglich jeden Tag und jede Nacht. Einfach, um zu vergessen!

3

Montag, 4. Juli, 19.00 Uhr, Graz

Burkard Haderer schreckt hoch. Er schiebt die Erinnerungen beiseite und schaut auf die Uhr. Gerade sieben, noch ist es taghell. Die Gardine schwingt sacht vor dem Fenster, eine leichte Brise hat die Schwüle des Tages vertrieben. Sein Blick streift durch den Raum – die schäbige Tapete, die Glühbirne an der Decke und das Vertiko im Wiener Jugendstil mit den gerahmten Erinnerungen obenauf. In der Mitte das Bild, das Thomas mit seiner Lebensgefährtin zeigt. Er und Maura Arm in Arm auf einer Bank in Bozen neben der marmornen Walther-Statue, seitlich der Dom und im Hintergrund die Berge. Sie hatten gemeinsam Mauras Eltern besucht.

Richtig, schießt es Haderer durch den Kopf. Bei Maura will ich mich auch noch sehen lassen. Unbedingt!

Er steht auf und geht zurück nach unten in den »Papagei«. Es hat kaum Gäste, die Jungen sind weitergezogen, und die an einem Montagabend ohnehin wenigen Nachtgeister sind noch nicht aus ihren Höhlen gekrochen. Thomas steht hinter dem Tresen und poliert Gläser. »Ausgeschlafen?«

Haderer zuckt mit den Schultern. »Will noch bei Maura vorbei. Ist sie da?«

Thomas nickt. »Viel Spaß. Und grüß sie von mir.«

Über der »Flamingo-Bar« flimmert trotz der frühen Stunde schon das rote Lauflicht. Haderer drückt die Schwingtür auf, schiebt den Vorhang beiseite und tritt ein. Elektrobeats schlagen ihm entgegen, und warmer, süßlicher Duft umhüllt ihn sofort wie eine zweite Haut. Er wird mit einem vertrauten Winken begrüßt und setzt sich auf seinen Stammplatz. Von dieser Nische hat er einen ungehinderten Blick auf die Plattform.

Dort ist ein spargeldürres Blondchen gerade im Begriff, langsam und umständlich ihren BH abzustreifen, was gar nicht nötig wäre. Mit diesen halben Körbchen und den hochgepushten Nippeln ist das Mädchen sowieso viel reizvoller als völlig nackt. Sie sieht zu ihm hin und lächelt. Aber er sitzt nicht deswegen dort. Von hier aus kann er Maura bei der Arbeit zusehen, seiner seit Jahrzehnten vertrauten Freundin. Genau betrachtet ist sie es gewesen, die ihm einst das Leben gerettet hat.

Maura kommt an seinen Tisch und stellt ein Bier ab. »Und? Schon lang wieder im Land?«

Haderer sieht zu der Frau in schwarzem Glitzershirt und ultraknappen Silberpants hoch und berührt sie am Arm. »Seit vorhin.«

»Bleibst du länger?«

Er schüttelt den Kopf. »Ich bin nur auf der Durchreise und wollte mal kurz Hallo sagen. Muss heute noch zurück nach Wien.«

»Schade«, sagt sie und streicht mit dem Handrücken über seine Wange. »Bring doch irgendwann mal wieder Zeit mit. Einfach, um in aller Ruhe reden zu können. Du erzählst mir, wie es dir so geht, was du so machst.«

»Versprochen!« Dabei nickt er mehrmals, und ein schüchternes Lächeln huscht über sein Gesicht. In Mauras Gesellschaft spürt er eine innere Wärme. Sie ist so etwas wie eine Schwester. Jedenfalls glaubt er, dass sich das so anfühlen müsste.

Als Haderer von der Toilette zurückkommt, sitzt ein Fremder an seinem Tisch, dort, wo er zuvor gesessen hat.

»Sorry, ist wohl dein Platz?« Der Typ will aufstehen, aber Haderer winkt ab. Ihm ist klar, dass sich der andere diese Ecke nur wegen der Sicht ausgesucht hat.

Er setzt sich gegenüber, zieht sein Glas zu sich her und mustert den Fremden. Mit seinen schütteren, nach hinten gekämmten grauen Haaren, die wie ein völlig aus der Mode gefallener Vokuhila-Haarschnitt wirken, und den tiefen Falten sieht der aus wie der Kabelträger einer Heavy-Metal-Rentnerband. Dabei scheint er sich selbst angesichts der auffälligen Klamotten und des Goldkettchens um den Hals als ziemlich cool zu empfinden.

Der Typ wischt die Hand an der Hose ab und streckt sie Haderer entgegen. »Ludwig Pomarius aus Duisburg, aber nenn mich ruhig Luigi. Ich mach in Fleisch und komm viel rum. Wusste gar nicht, dass es in Graz so 'ne Shows gibt, auch wenn sie eine Spur ländlich daherkommt.« Dabei grinst er mit feuchten Lippen.

»Ist doch überall das Gleiche«, sagt Haderer zu Pomarius, der inzwischen die Tänzerin wieder ins Visier genommen hat, sie anstarrt und sich mit der Zungenspitze weiter über die Lippen fährt. Sie zieht ihren rechten Fuß langsam in Richtung Knie hoch und wedelt dabei mit dem Slip. »Also, mehr oder weniger.«

»Wie? Sorry, war grad in Gedanken.« Pomarius steht auf, geht zur Plattform, steckt dem Mädchen einen Fünfzig-Euro-Schein ans letzte Strumpfband und tätschelt ihr den Hintern. Als er zurückkommt, zieht er ein Tablet aus seiner Ledermappe und wischt übers Display. »Pass auf, ich zeig dir mal was, dann weißt du, was ich meine.« Eine Reihe winzige Icons ploppen hintereinander auf. Pomarius tippt auf das erste Bildchen, und im nächsten Moment füllt ein Model mit XXL-Maßen den kompletten Bildschirm aus. »Na, ist das was? Schon mal solche Melonen gesehen?«

Haderer wirft kaum einen Blick auf das Bild. Milchkuh, denkt er.

Pomarius wischt weiter. Alle Aufnahmen zeigen im Grunde das Gleiche. Nackte Leiber in akrobatischen Posen. Doch dann Szenenwechsel: Bilder von Feierlichkeiten auf einem Markt mit zeltähnlichen Ständen, bunten Fahnen entlang eines Flusses und Menschenmassen.

Nichts Besonderes, bis plötzlich ein Bild Haderers Aufmerksamkeit erregt – und auf einen Schlag ist er wie elektrisiert.

»Stopp!« Sein Zeigefinger sticht auf das Tablet, und er reißt es an sich. »Wo ist das?« Der Hass, der jahrzehntelang in seinem Inneren verborgen vor sich hin geglüht hat, explodiert. All die verdrängten Erinnerungen an die Zeit damals schießen hoch, und er verliert die Kontrolle über sich.

»He, was soll das?«

Haderer hat Pomarius am Hals gepackt und drückt unter dem Kiefer zu. »Ich will sofort wissen, wo das ist, hörst du?«

»Ist ja gut!« Pomarius japst. »Das ist in Ulm, Donaufest. Ich hab da mit einem Kunden gefeiert! Was soll das Ganze? Spinnst du?«

»Du hältst die Fresse! Wann war das?« Als Pomarius ihn bloß entgeistert und schweigend anstarrt, wird Haderers Griff fester, und er flüstert drohend: »*Wann*, will ich wissen!«

»Vorgestern.«

Haderer springt auf.

»He, mein Tablet! Bleib stehen, du Arsch!«

Haderer eilt zu Maura. Sie ist dabei, Hausmarkensekt in Gläser zu füllen. »Bitte schick mir diese Dateien auf mein Handy. Sofort!« Er tippt auf einige Bilder.

Sie stellt Glas und Flasche ab und leckt ein paar Tropfen vom Handrücken. »Was ist denn passiert?«

»Egal. Es eilt, ich muss los. Sorry.«

Maura sieht Haderer nach, wie er durch den roten Vorhang am Ausgang schlüpft, schüttelt den Kopf und macht sich an dem Tablet zu schaffen.

Wie von Sinnen irrt Haderer durch die Altstadt, ohne Plan oder Ziel. Am Taubenbrunnen hält er an und überlegt, was er tun könnte. Linker Hand fließt die Mur. Er geht Richtung Ufer, überquert den schmalen Steg bei der Insel und setzt sich auf einen Felsbrocken. Als Erstes muss ich zur Ruhe kommen, sagt er sich. Er starrt auf die strudelnden Wellen des Flusses, Herzschlag und Atmung beruhigen sich.

Gleich nachdem sein Handy den Eingang mehrerer Bilddateien gemeldet hat, fasst Haderer einen Entschluss.

4

Samstag, 9. Juli, 11.00 Uhr, Ulm

Nachdem Thomas Größenfelder das Telefonat beendet und gesagt hatte, er stehe etwa in einer halben Stunde wieder zur Verfügung, saßen Bitterle und Kula einen Moment lang schweigend da. Burkard Haderer stammte also ursprünglich aus Jugoslawien und hatte einmal Burhan Hodžić geheißen, bevor er irgendwann auf Größenfelder gestoßen und über ihn bei der Fremdenlegion gelandet war. Und: Er hatte am vergangenen Montag, also nur einen Tag vor dem Mord an Milan Zivković, auf dem Tablet einer Grazer Zufallsbekanntschaft Fotos vom Donaufest entdeckt. Sie mussten so bedeutend gewesen sein, dass er Hals über Kopf nach Ulm aufgebrochen war.

Aber warum? Wie hing das alles zusammen? Und was bedeutete es mit Blick auf ihren Fall?

Gerade als Bitterle diese Fragen laut aussprechen wollte, klopfte es an der Tür, und Lederle, der Chef der KTU – fast zwei Meter lang, durchtrainiert und mit ordentlich gebundenem Männerdutt –, platzte herein. Er wedelte aufgeregt mit einem blauen Kunststoffbeutel und strahlte über das ganze Gesicht.

»Ratet mal, was wir in der Reisetasche von Haderer gefunden haben!«

Bitterle erhob sich und streckte die Hand aus. »Mach's nicht so spannend! Was?«

»Ein Kampfmesser!«, sagte Lederle stolz. »Ist vom United States Marine Corps, und wenn ich richtig informiert bin, soll so eins doch die Tatwaffe gewesen sein, oder?«

Bitterle schaute zu Kula, die große Augen machte und »Bingo!« murmelte, dann wandte er sich wieder an Lederle. »Klasse Arbeit! Ab ins Labor damit!«

»Schon passiert. Ergebnisse liegen zwar noch nicht vor, aber das Teil steht jetzt ganz zu eurer Verfügung.«

***

Als Bitterle wieder den Verhörraum betrat, roch er Haderers strengen Schweißgeruch. »So, Herr Haderer, wir können weitermachen. Entschuldigen Sie, dass es so lange gedauert hat, aber es gab einige spektakuläre Entwicklungen, die auch Sie interessieren dürften.«

Haderer verzog keine Miene, offensichtlich hatte er sich in der Vernehmungspause wieder gefangen und machte nun erneut auf stur.

Bitterle setzte sich und schaltete das Aufnahmegerät ein. »Fortsetzung der Vernehmung Burkard Haderer, elf Uhr fünfzehn.« Dann hob er den blauen Beutel und wedelte damit in der Luft. »Was denken Sie, was ich hier habe?«

»Sind wir jetzt in einer Rateshow, oder was?«

»Ganz im Gegenteil. Ich bin mir sicher, Sie wissen die Antwort und können mir eine Erklärung geben.« Bitterle hielt den Beutel mit der Öffnung nach unten und ließ das Messer auf den Tisch gleiten. »Wir haben hier ein amerikanisches USMC, ein Kampfmesser des United States Marine Corps, wie es bereits während des Zweiten Weltkriegs verwendet wurde, sich aber in bestimmten Kreisen immer noch großer Beliebtheit erfreut.«

»Von welchen Kreisen reden Sie?«

Bitterle war kurz davor loszubrüllen, um Haderer in die Schranken zu weisen, so borniert und begriffsstutzig, wie der sich gab. Stattdessen blieb er jedoch ganz ruhig und sagte: »Kampfsportgruppen, Reichsbürger und deren Sympathisanten, Rocker und – nicht zu vergessen – Mitglieder und Ehemalige der Fremdenlegion.« Er rang sich ein mildes Lächeln in Richtung Haderer ab und fuhr dann fort: »Dieses Messer haben wir bei Ihren persönlichen Sachen gefunden, in einer Reisetasche, die noch in Carl Bellmanns Haus stand. Die Ergebnisse der kriminaltechnischen Untersuchung liegen nun vor und sind eindeutig: Ihre Fingerabdrücke sind auf dem Griff, und die Blutspuren an der Klinge und am Schaft konnten zweifelsfrei Milan Zivković zugeordnet werden.«

Kula stand wieder hinter der Spiegelscheibe und beobachtete das Verhör. Schau an, der Bitterle blufft immer raffinierter, dachte sie. Ob er das von mir hat? Sie war gespannt, wie Haderer nun reagieren würde.

Der verschränkte die Hände im Nacken, streckte die Beine von sich und schaute zur Decke. »Na und? Was beweist das schon?«

»Das beweist, dass Sie dieses Messer, mit dem der Gastronom Milan Zivković getötet wurde, in Ihrem Besitz und sogar in der Hand gehabt haben. Daran besteht nicht der geringste Zweifel.« Bitterle lehnte sich ebenfalls zurück, legte die Hände in den Schoß und ließ den Blick auf seinem Gegenüber ruhen. »Und jetzt will ich den Grund dafür wissen.« Dann hob er urplötzlich die Arme und ließ sie vor sich auf den Tisch fallen, während er gleichzeitig nach vorn schnellte. »Warum haben Sie Milan Zivković getötet?«

»Wer soll das sein? Ich kenne den Mann überhaupt nicht.«

»Ach. Dann war das ein Zufall? Sie spazieren die Donau entlang, treffen auf einen Ihnen völlig unbekannten Mann und stechen ihn so mir nichts, dir nichts ab, einfach so? War das eine Laune, hat der Mann Sie betrogen oder beleidigt, oder hatten Sie einen anderen Grund? Hatten Sie überhaupt einen Grund?«

»Das geht Sie einen Scheißdreck an. Außerdem war der Kerl schon tot.«

Na also! Bitterle ballte innerlich die Fäuste.

»Nun kennen Sie ihn plötzlich doch? Außerdem liegen Sie mit Ihrer Annahme falsch. Milan Zivković hat noch gelebt, als Sie auf ihn eingestochen haben. Den Wunden nach zu urteilen mit großer Wucht und vor allem …« Bitterle machte eine kurze Pause, bevor er langsamer und betont deutlich fortfuhr:

»Sie müssen eine ungeheure Wut gehabt haben. Richtiggehend rasend müssen Sie gewesen sein.«

Haderer kratzte sich am Nasenflügel und grinste scheinbar ungerührt. »Sie sind ja ein ganz ein Schlauer. Haben wohl ein polizeipsychologisches Seminar besucht.«

»In der Tat. Das gehört zu unserer Ausbildung.«

»Dann passen Sie jetzt mal auf. Zugegeben, ich bin in Ulm an der Donau gewesen und habe dort tatsächlich einen Mann gesehen. Der war aber wie gesagt schon tot, lag auf einer Bank. Und gut, Sie haben ein solches Messer bei mir gefunden. Aber – ob das wirklich meines ist und vor allem, ob ich damit zugestochen habe, müssten Sie mir erst noch beweisen.« Haderer zog einen Mundwinkel hoch. »Sie wissen so gut wie ich, dass es nichts Leichteres gibt, als Fingerabdrücke zu manipulieren.«

Bitterle lächelte in sich hinein. Sein Gegenüber hatte natürlich keine Ahnung, was sie inzwischen von Thomas Größenfelder erfahren hatten und dass sie dadurch über einen Trumpf verfügten, der Haderers zur Schau gestellte Selbstsicherheit wie ein Kartenhaus zusammenfallen lassen würde: das Wissen um seine frühere Identität als Burhan Hodžić, ein Mann mit einer Vergangenheit im ehemaligen Jugoslawien.

Kurz überlegte Bitterle daher, Haderer gleich damit zu konfrontieren und ihm zudem die Bilder aus dem Umschlag von Sarah Schwarz zu zeigen, um zu sehen, wie er reagieren würde. Irgendeine Verbindung musste zwischen den drei ehemaligen Jugoslawen Hodžić, Petrović und Zivković bestehen.

Dann entschied er sich jedoch für ein anderes Vorgehen. »Ich denke, wir machen eine kurze Pause, Herr Haderer. Möchten Sie etwas trinken?«

»Kaffee. Schwarz.«

»Brötchen dazu? Schinken, Käse, Salami?«

»Mir egal. Irgendwas.«

Ein Polizeibeamter brachte eine Viertelstunde später das Vesper und einen Becher mit Kaffee, gefolgt von Bitterle.

»So, da wären wir wieder.« Der Kommissar schaltete das Aufnahmegerät an. »Fortsetzung der Vernehmung Burkard Haderer, elf Uhr fünfundfünfzig.« Er öffnete den Ordner, den er mitgebracht hatte, und blätterte scheinbar beiläufig durch die Seiten. Dann schaute er unvermittelt auf. »Herr Haderer, eine Frage: Wie stehen Sie zu Thomas Größenfelder, der Ihnen in Graz seinen BMW geliehen hat? Sind Sie mit ihm befreundet?«

»Wie kommen Sie denn darauf? Ich kenne den Mann kaum. Er hat mir gegen entsprechende Bezahlung den Wagen zur Verfügung gestellt, das ist alles.«

»Merkwürdig.«

»Was soll daran merkwürdig sein?«

»Nun, wir haben mit Herrn Größenfelder telefoniert, ich gerade sogar bereits zum zweiten Mal. Und er sagt etwas völlig anderes. Seiner Aussage nach sind Sie seit Jahrzehnten sehr gut miteinander befreundet. Sie waren letzten Montag, also am 4. Juli, in Graz und haben ihn besucht. Später sind Sie noch in den Nachtclub ›Flamingo‹. Dort muss dann etwas geschehen sein, sodass Sie völlig aus der Fassung geraten sind und Größenfelder um seine Hilfe gebeten haben. Es muss sich also etwas ganz Besonderes zugetragen haben, und nun würde ich gern in Ihren eigenen Worten hören, was Sie von Graz nach Ulm geführt hat.«

Haderers Blick flackerte unstet hin und her, so als suche er nach einem Schlupfloch, in das er sich verkriechen könnte, oder nach einem Ausweg aus dieser Situation. Dann schloss er die Augen und raunzte: »Leck mich!«

»Wie Sie meinen. Dann werde *ich* Ihnen jetzt sagen, was passiert ist. Ihr Kamerad kann sich nämlich sehr gut an den Abend erinnern. Und auch an den Grund, warum Sie so wütend waren.«

5

Montag, 4. Juli, 20.30 Uhr, Graz

Haderer stürmt in den »Papagei« und packt Thomas, der Aschenbecher auspinselt und übereinanderstapelt, am Arm. »Ich brauche deine Hilfe!«

»Was ist denn jetzt schon wieder los?«

»Ich muss nach Ulm! Unbedingt! Kann ich deinen Wagen haben?«

»Wieso? Was ist denn passiert?« Thomas klingt besorgt.

Haderer kramt sein Handy aus der Hose, hält es dem Freund unter die Nase und wischt durch die Bilddateien. »Der hier!« Er tippt auf ein Gesicht und zoomt es größer. »Kannst du dich erinnern?«

Thomas runzelt die Stirn und hält das Handy dicht vor die Augen. »Hmm, kommt mir irgendwie bekannt vor. Was ist mit dem?«

»Das ist der Mann, den ich seit Jahrzehnten suche! Der Kerl hat Schuld am Tod von Anka!«

»Wie kommst du darauf? Woher hast du das Bild?«

»Von einem Typen, der am Samstag in Ulm war. Da hat er Fotos gemacht, unter anderem das hier. Und wie ich darauf komme? Sag bloß, du kannst dich wirklich nicht mehr erinnern, dass du mir damals den Artikel aus dem ›Falter‹ gezeigt und gemeint hast, das könnte der Mann sein, den ich suche! Der Mann, der mir mein Leben gestohlen hat!«

»Das linke Blatt aus Wien? Das ist doch ewig her.«

»Dreißig Jahre. Und genau so lange suche ich nach dem Kerl. Das ist der, der das Lager geleitet hat. Kein Zweifel! Der und kein anderer!«

»Lass noch mal sehen.«

Haderer legt das Handy auf den Tresen und schiebt es zu Thomas hinüber.

»Stimmt. Jetzt erinnere ich mich auch an den Artikel. Es hat geheißen, dieser Goran Petrović hätte sich abgesetzt, kurz bevor sie ihm in Den Haag den Prozess machen konnten. Irgendwohin nach Südamerika, stand da. Heimlich abgetaucht.«

»Genau! Und jetzt sehe ich, wie der in aller Seelenruhe Fleischspieße grillt, in Ulm, auf irgendeinem Donaufest – der Scheißkerl!« Haderer tritt von einem Fuß auf den anderen und fächert mit dem Daumen durch einen Stapel Bierdeckel.

»Okay. Mal angenommen, du hast recht. Was hast du vor?«

»Was ich vorhabe? Was ist das für eine Frage? Ich schnapp mir den Kerl, was denn sonst! Und dann prügele ich ihm die Wahrheit raus. Ich will es von ihm selber hören.« Haderer deutet mit den Fingern auf beide Ohren. »Hier will ich es hören!«

Im »Papagei« ist es noch leerer geworden als vorhin. Die Alten sind nach Hause gegangen, die Jungen treiben sich lieber in Bars und Clubs herum, mit Nachtschwärmern ist heute eh kaum zu rechnen. Thomas geht zum letzten Gast, einem alten Mann, der neben dem Eingang sitzt. »Feierabend, Schorsch. Ich schreib's auf, das letzte Bier geht auf mich.«

Schorsch hebt langsam den Kopf.

»Geh nach Hause. Du hast eh genug für heute.« Thomas fasst den Gast unter den Achseln, schiebt ihn zum Ausgang und schließt hinter ihm ab. »Okay, komm mit hoch«, sagt er zu Haderer und geht voraus.

***

»Und? Was sagen Sie jetzt, Herr Haderer? Soweit ich das sehe, ist die Sachlage eindeutig.«

»Der Scheißkerl! Hätte nicht gedacht, dass der mich so in die Pfanne haut, nach all den Jahren.«

»Sie irren sich. Ihr Kamerad will Sie nicht in die Pfanne hauen, ganz im Gegenteil. Wir konnten ihn davon überzeugen, dass es Ihnen nur hilft, wenn wir die Wahrheit, den Grund für Ihren Wutausbruch, erfahren. Und wenn das stimmt, was er uns erzählt hat, haben Sie auf jeden Fall Aussicht auf mildernde Umstände beim Prozess. Davon bin ich fest überzeugt, obwohl das letzte Wort natürlich der Richter haben wird. Ich frage Sie deshalb noch mal: Sind Sie sicher, dass Sie keinen Anwalt hinzuziehen möchten?«

»Und ich sage nochmals: Wozu?«

»Wie Sie meinen.«

Bitterle beugte sich zum Aufnahmegerät. »Unterbrechung des Verhörs Burkard Haderer durch Konrad Bitterle um zwölf Uhr fünfzehn.« Dann stand er auf und ging ohne ein weiteres Wort hinaus, woraufhin an seiner Stelle ein anderer Polizeibeamter in den Raum trat und sich neben die Tür an die Wand stellte.

Als Bitterle den Vernehmungsraum verlassen hatte, wurde er auf dem Flur bereits von Kula erwartet.

Sie konnte kaum ihre Hände stillhalten. »Stell dir vor, Konrad: Ich habe gerade mit Größenfelders Lebensgefährtin telefoniert, dieser Maura Zirbenthaler! Die hat von sich aus hier angerufen, und was ich von ihr über Haderers Vergangenheit erfahren habe, hat mich fast umgehauen.«

Bitterle stutzte. »Das klingt wichtig. Aber zuerst brauche ich eine kurze Pause. Mir brummt der Schädel, und ich muss meine Gedanken ordnen.«

»Okay, geht mir ähnlich. Dann sagen wir, in zehn Minuten oben im Arbeitszimmer?«

»Einverstanden.« Bitterle winkte kurz und machte sich auf den Weg in Richtung Kantine. Dabei fragte er sich, was die Zirbenthaler erzählt haben mochte, dass es Kula so aufgebracht hatte. Und was ihm Haderer wohl für eine Geschichte über seine Fahrt nach Ulm auftischen würde.

In der Kantine ging er zum Automaten, holte sich einen Kaffee und dann am Büfett eine Zimtschnecke. Während er in der Schlange stand, schloss er für einen Moment die Augen und begann sich auszumalen, was an jenem für so viele Beteiligte verhängnisvollen Dienstag passiert sein mochte.

6

Dienstag, 5. Juli, 7.00 Uhr, Graz

In aller Herrgottsfrühe macht sich Haderer mit Thomas' BMW X5 auf den Weg in Richtung Ulm. Die abendliche Recherche seines Grazer Kameraden war erfolgreich. Thomas hat den entsprechenden Artikel im Internetarchiv des »Falter«, das – wie er meint – inzwischen zu einem »linken Schmierblatt« verkommen sei, gefunden und die Fotos darin ausgedruckt. Und tatsächlich: Die dort abgebildete Person ist mit der auf den Bildern von Pomarius' Tablet identisch, abgesehen vom Alter. Der Gastronom auf dem Ulmer Donaufest ist Haderers Alptraum, der Kerl, den er seit Jahrzehnten sucht und der spurlos verschwunden war. Es ist Goran Petrović, daran besteht kein Zweifel.

»Du schaffst das«, hat Thomas gemeint und Haderer umgehend bei Carl Bellmann angekündigt, einem Bekannten, der in der Nähe von Ulm lebt. »Bei dem kommst du unter, er wird dir helfen.«

Nach Haderers fragendem Blick hat er hinzugefügt: »Er ist einer von uns.«

Gegen zehn hält Haderer an einem Rastplatz bei Salzburg an, Zeit für Kaffee und ein Sandwich. Und weiter. Stau um München, danach, auf der A 96, jagt er bei freier Fahrt Richtung Memmingen. Für die Schönheit des Alpenvorlandes hat er keinen Blick. Er sinnt auf Rache.

Wie lange habe ich gewartet? Dreißig Jahre! Dreißig verdammte Jahre voller Zorn und verlorener Hoffnung!

Eine ewig eiternde Wunde, die nie heilen konnte. Sudan, Afghanistan, dann wieder Afrika, diesmal Mali. Dort würde er den Schmerz vergessen, hatte Thomas gemeint. Thomas, damals mit Nachnamen Grandchamps, der jetzt der biedere

Thomas Größenfelder mit einer Säuferkneipe und einem Nachtclub geworden ist. Aber tief im Herzen ist er der Alte geblieben. Der Freund, auf den Haderer sich immer verlassen konnte und immer noch kann.

Und nun ist er endlich am Ziel! Er wird diesen Hurensohn Petrović zu einem Geständnis zwingen, ihm dabei in die Augen sehen und ihn dann töten. Erst danach wird auch er selbst Ruhe finden. Ganz sicher.

Haderer erreicht das Kreuz Memmingen und biegt rechts ab auf die A7 Richtung Ulm. Drei Ausfahrten später verlässt er die Autobahn und fährt nun durch Altenstadt an der Iller. Nach knapp sieben Stunden hat er es von Graz hierhergeschafft. Aus den Augenwinkeln entdeckt er in der Gegenrichtung eine Tankstelle. Er wendet und tankt voll, bezahlt bar und fährt weiter.

Schon von Weitem ist das Schloss von Oberbalzheim zu sehen, und das Navi führt ihn direkt zu Bellmann. Der Hof ist gekiest, stellenweise dunkel von Ölflecken. Haderer hält hinter einem sandfarbenen Jeep Renegade an und stellt den Motor ab. Dann steigt er aus und streckt sich.

Der Geländewagen steht vor einem niedrigen Haus mit grün gestrichener Tür zwischen zwei trüben Fenstern mit ebenso grünen Klappläden, an denen die Farbe abblättert. Efeu rankt am Fallrohr hoch und entlang der Dachrinne. Die Scheune linker Hand ist in ihren Ausmaßen allerdings gewaltig. Das hölzerne Tor ist zur Seite geschoben, am Riegel baumelt eine massive Kette. Im Inneren stehen Motorräder, ausnahmslos große Maschinen.

Ein Mann in Cargohosen und ausgeblichenem T-Shirt tritt aus der Werkstatt und auf den Hof. Die Falten, die von der Nasenwurzel bis hoch zur Stirn reichen, geben ihm zusammen mit den hohen Wangenknochen und den zu Schlitzen gekniffenen Augen ein bedrohliches Aussehen.

»Haderer?«, fragt er mürrisch, wischt sich die Hände an einem öligen Lappen ab, den er achtlos hinter sich in die Werkstatt wirft, und streckt ihm die Hand entgegen. Auf seinem rechten Oberarm schimmert ein dunkles Tattoo.

Haderer geht einen Schritt auf ihn zu und schlägt ein. »Du musst Bellmann sein. Thomas hat gemeint, du wüsstest Bescheid.«

Bellmann schabt über seinen dunklen Dreitagebart. »Fahr erst mal in die Scheune. Ich habe Platz geschaffen.« Er zeigt auf den halb verfallenen Unterstand gegenüber, wo ein vorsintflutlicher Traktor neben einem rostigen Heuwender steht. »Der alte Depp braucht nicht zu wissen, dass ich Gäste habe. Der schnüffelt eh die ganze Zeit herum.«

Haderer steigt ein, setzt zurück und stellt den BMW neben den aufgebockten Motorrädern ab, den Kühler nach vorn gerichtet.

Bellmann schiebt das Scheunentor hinter ihm zu und sagt: »Jetzt komm erst mal rein. Gute Fahrt gehabt?«

Haderer winkt ab.

Die Küche ist unaufgeräumt. Volle Aschenbecher, leere Bierflaschen, und in der Spüle stapelt sich Geschirr mit angetrockneten Essensresten. So riecht es auch. Bellmann nimmt die Glaskanne von der Warmhalteplatte, greift zwei Henkelbecher vom Regal und teilt den restlichen Kaffee auf. Haderer setzt sich an den Tisch, stützt die Ellbogen auf und legt sein Gesicht in die Hände. Er atmet tief und lange aus.

Bellmann stellt die Becher ab und greift nach einer rostfleckigen Blechdose mit Pastis-Werbung. »Zucker?«

Haderer schüttelt den Kopf, bläst in den Kaffee und trinkt ihn schlückchenweise.

Bellmann schnippt eine Gauloises aus der Packung und hält sie Haderer hin. Der greift zu und beugt sich zu Bellmanns Sturmfeuerzeug, das er ihm entgegenstreckt. Fast gleichzeitig blasen sie danach den Rauch zur Decke. Bellmann sieht zur Wanduhr. »Bald halb drei. Wir könnten gleich nach Ulm fahren. Ich weiß, wo der Jugo seinen Stand hat.«

Haderer kneift die Augen zu Schlitzen. »Du warst schon dort?«

»Ja, gestern Abend. Gleich nachdem Thomas mich kontaktiert hat, bin ich so Viertel vor zehn nach Ulm und hab den Typen an seinem Stand gefunden. Die hatten ihre Bude schon dichtgemacht, waren aber noch am Aufräumen, und ich bin ihnen dann gefolgt. Praktisch, so eine kleine Enduro. Er hat in Ulm noch ein Lokal. Dort sind sie zusammen hin.«

»Zusammen?«

»Er, seine Alte und ein junges Ding, muss wohl ihre Tochter sein. Ha!« Bellmann klopft mit der flachen Hand auf die Tischplatte. »Und das«, sein Zeigefinger sticht in Haderers Richtung, »das hat mich auf eine todsichere Idee gebracht. Aber davon später. Hier, schau!« Er schiebt Haderer ein DIN-A3-Blatt über den Tisch, mit vielen farbigen Kästchen auf einer grün gesprenkelten Fläche, Nummern und einer Legende. Die Donau ist auf der Grafik als breites blaues Band zu sehen. Bellmann deutet auf eines der Kästchen. »Das ist der Imbissstand von diesem Milan Zivković. Das muss der sein, den du suchst.«

»Hundertpro ist er das. Ich habe das Bild von ihm gesehen, das reicht mir! Und wie sich dieser Dreckskerl jetzt nennt, ist mir scheißegal!«

Bellmann drückt seine Zigarette aus. »Also dann komm! Aber mach nichts Unüberlegtes. Der Kerl soll ja schließlich leiden, wenn ich Thomas richtig verstanden habe.«

»Darauf kannst du wetten!«

Bellmann klemmt die Nummernschilder vom Jeep, geht damit in die Scheune und kommt mit anderen Kennzeichen heraus. Er schiebt das Rolltor vor und sichert es mit der Kette.

»Wieso das denn? Wozu andere Schilder?«

Bellmann grinst. »Die Biberacher nimmt in Ulm niemand für voll, da kannst du dir alles erlauben, und jeder hat dich im nächsten Moment wieder vergessen.«

»Ha, kenn ich! So wie mit den Burgenländern bei uns in Wien.«

Bellmann lenkt den Jeep bis zum Dietenheimer Kreisverkehr, biegt rechts zum Autobahnzubringer ab und fädelt sich wenig später auf die A 7 Richtung Ulm ein. Er drückt das Gaspedal durch. Der Wagen macht einen Satz und zieht an einer Kolonne Lkws vorbei. Hinter ihnen hupt und blinkt es. Bellmann ignoriert die Ausgebremsten und rast weiter. Stockender Verkehr ab Senden, von da an Stop-and-go bis zur Adenauerbrücke. Dort steht der Verkehr still. Bellmann flucht und schlägt aufs Lenkrad.

Haderer schaut flussabwärts. Sein Blick streift über die weißen Zelte und die Menschen, die dazwischen umherwuseln. Die vielen Fahnen fallen ihm ins Auge, für das Ulmer Münster hat er allerdings keinen Blick übrig. Er hat nur *ein* Ziel … »Und wenn wir ihn uns gleich jetzt schnappen? Ich habe keinen Bock, noch länger zu warten.«

»Auf keinen Fall! Ich denke, du willst ihn leiden sehen. Es ist quasi alles dafür vorbereitet.«

Im Schritttempo nähern sie sich dem Ehinger Tor. Grün – Bellmann zieht den Wagen scharf nach rechts und biegt in die Zinglerstraße ab.

»Warum nicht jetzt? Was hast du vor?«

»Wart's ab!«

Bellmann steuert die Tiefgarage am Rathaus an, fährt runter und sucht einen Platz nahe der Treppe. Als sie kurz darauf zu Fuß wieder oben ankommen, ist der Kontrast zur gleißenden Helligkeit fast schmerzhaft, Haderer und Bellmann setzen Sonnenbrillen auf.

Sie überqueren die Neue Straße ohne Rücksicht auf die fahrenden Autos und gehen am Rathaus vorbei hinab zum Tor des Metzgerturms. Vor ihnen hat sich eine Schlange von etwa zwanzig Personen gebildet, es geht immer langsamer voran, und nach wenigen Metern erkennen sie den Grund dafür: Unten stehen zwei Mitarbeiter eines Security-Service mit vor der Brust verschränkten Armen mitten im Weg, blicken scheinbar gelangweilt und schenken niemand im Besonderen große Aufmerksamkeit. Dennoch sehen Bellmann und Haderer zur Seite, als sie auf sie zugehen – schon aus

Gewohnheit –, und ziehen die schwarzen Corona-Masken vors Gesicht.

Kaum durch das Tor, bleibt Haderer hinter einigen unschlüssig in auseinandergefaltete Stadtpläne blickenden Besuchern stehen und fragt: »Jetzt sag schon, wo müssen wir hin?«

Bellmann deutet mit dem Kopf nach vorn. »Gleich hinter dem Bulgaren mit dem Töpferkrempel ist es, der dritte Stand. Aber komm jetzt nicht auf die Idee, dich direkt davorzustellen. Wir gehen zuerst vor zur Donau und erkunden die Lage aus der Ferne.«

Haderer verzieht das Gesicht, aber er folgt Bellmann, vorbei an allen möglichen Buden und Zelten, die von Besuchern umringt sind. Es duftet nach Gebratenem, süßen Waffeln und Kaffee. Bei der ausladenden Weide direkt am Donauufer und gegenüber einer österreichischen Steckerlfisch-Braterei bleiben sie stehen. Der Qualm weht herüber und beißt in den Augen, aber von dort ist der Blick auf den Stand des Jugoslawen frei. Petrović selbst werkelt am Grill, eine mehrere Jahre jüngere Frau hantiert mit Töpfen und Pfannen, und eine ganz junge an der Kasse reicht Teller und Pfandchips über den Tresen und nimmt gebrauchtes Geschirr entgegen.

Bellmann zeigt auf sie und leckt sich die Lippen. »Das ist die Tochter.« Und wie zu sich selbst flüstert er: »Die holen wir zuerst.«

»›Plitvička-Grill und Imbiss‹. Was für ein bescheuerter Name!«, nuschelt Haderer.

Bellmann zuckt mit den Schultern. »Ich hab heute Vormittag meine Kontakte angezapft. Sein Laden in der Au läuft gut, ist im Sommer normalerweise rappelvoll. Aber soweit ich gehört habe, macht er nebenher auch noch andere Geschäfte.« Er boxt Haderer am Arm und reibt seinen Daumen am Zeigefinger.

»Mir scheißegal. Ich will seinen Kopf und sonst gar nichts. Was hast du jetzt vor? Was meinst du mit ›Wir holen zuerst seine Tochter‹?«

»Das wirst du schon sehen. Glaub mir, dem Typen wird der Schweiß in der Arschritze kochen, wenn wir ihm die alten Fotos von ihm vor die Tür legen und er weiß, dass er aufgeflogen ist. Und erst recht, wenn er tags darauf die Bilder seiner Tochter sieht. Aber das erkläre ich dir später. Jetzt Rückzug. Und heute Abend, wenn sie hier zusammengepackt und ihren Krempel in den Laden gebracht haben, ziehen wir das Ding durch. Hier können wir jetzt eh nichts machen.«

Haderer gibt sich geschlagen, obwohl er die ganze Angelegenheit am liebsten sofort hinter sich bringen würde. Heute Abend also – und dann nichts wie zurück! Erst nach Graz, danach weiter nach Wien. An den Ärger, der ihn dort erwartet, wagt er gar nicht zu denken.

In Oberbalzheim angekommen, lotst Bellmann Haderer gleich in seinen Keller. »Komm mit, jetzt zeige ich dir, was ich mit der Tochter von dem Jugo vorhabe. Und wenn er die Bilder davon gesehen hat«, Bellmann bleibt stehen, dreht sich zu Haderer um und legt ihm die Hände auf die Schultern, »dann gehört er dir! Dann ist der gottfroh, wenn er tot ist! Glaub mir!«

***

Letzte Sonnenstrahlen färben den abendlichen Himmel in kitschig dunkles Violett, die Nacht naht. Um einundzwanzig Uhr dreißig fährt Bellmann an der Musterhaussiedlung in der östlichen Friedrichsau vorbei, steuert den Jeep – immer noch mit den Biberacher Nummernschildern – Richtung Volksfestplatz und stellt ihn mit dem Heck quer neben einem kleinen grünen Peugeot ab.

»Was wird das jetzt?«, fragt Haderer mürrisch.

»Erzähl ich dir unterwegs. Los jetzt.«

Die beiden steigen aus, drücken die Türen beinahe lautlos zu und gehen über die Wiese Richtung »Plitvička«.

»Das ist der Wagen der Kleinen. Wenn sie nachher kommt, um heimzufahren, schnappen wir sie.«

»Und wie willst du das anstellen?«

»Lass mich mal machen. Ich hab Übung in so was.« Bellmann greift tief in die Knietasche seiner Cargohose und zieht ein Fläschchen und einen Wattebausch hervor. »Das hat bis jetzt noch immer funktioniert! Freundlich anquatschen, nach irgendwas fragen, Heckklappe auf, rein damit und ab die Post.« Er sagt das mit einem Grinsen im Gesicht.

Haderer runzelt die Stirn, räuspert sich und spuckt seitlich auf den Boden. »Mir wäre es lieber, wir lassen die Kleine aus dem Spiel. Ich will nur Petrović.«

Bellmann antwortet nicht darauf. Sein Blick huscht übers Gelände. Sie gehen weiter, achten auf ihre Deckung und halten sich immer in Baumnähe, bis das Gartenlokal vor ihnen auftaucht.

»Wir sind da. Du bleibst hier und wartest!«, sagt Bellmann. »Ich bringe den Umschlag hin, dann sehen wir weiter.«

Haderer tritt von einem Bein aufs andere. »Und du meinst wirklich, das ganze Theater ist nötig? Wozu der ganze Aufwand? Ich bin dafür, wir machen kurzen Prozess mit Petrović und ich verschwinde wieder.«

»Herrgottsakra, hör endlich auf damit! Du wiederholst dich. Wir machen es so wie besprochen. Basta!« Bellmann sieht sich um, sprintet los und legt das Kuvert mit den Bildern auf der Stufe zum Hintereingang ab.

Als er zurück ist, passiert längere Zeit nichts, es herrscht Schweigen, sie haben sich nichts zu sagen.

Schließlich zuckt Scheinwerferlicht durch den Park. Ein Renault Kombi nähert sich, fährt um das »Plitvička« herum und hält vor dem Lieferanteneingang.

Bellmann zieht Haderer hinter eine mächtige Kastanie, bei der sie Deckung suchen. Von dort beobachten sie, wie der Grillbudenchef und die beiden Frauen aussteigen und den Kombi entladen, immer hin und her, bis sich am Schluss die Frau des Gastwirts bückt, einen Augenblick stehen bleibt und in die Nacht späht. Dann tritt sie ins Haus und schließt die Tür hinter sich.

»Und wie willst du jetzt an die Tochter kommen?«, fragt Haderer mit Spott in der Stimme.

»Die wohnt bestimmt nicht mehr bei ihren Eltern. Irgendwie muss sie ja nach Hause kommen. Und dann schnappen wir sie.«

»Klingt reichlich improvisiert.«

»Ha! Genau das ist meine Stärke. War schon immer so!«

Die beiden warten, nichts rührt sich. Zwischendurch hören sie einen heftigen Wortwechsel im Lokal. Nach zehn Minuten öffnet sich die Lieferantentür, und der Wirt tritt heraus. Er stolpert über die Wildwiese Richtung Donau, in der Hand hält er eine Flasche. Bei jedem Schritt wirkt er zunehmend unsicher und schwankt. Er bleibt an einer Parkbank vor dem Ufer stehen und greift sich an die Schläfe. Nach einem langen Zug aus der Flasche setzt er sich und lehnt sich zurück. Einen Moment später stöhnt er kurz auf, der Kopf fällt auf die Brust, und die Flasche gleitet ihm aus der Hand.

Dann kippt er langsam zur Seite.

7

Samstag, 9. Juli, 11.25 Uhr, Ulm

»Das geht Sie einen Scheißdreck an. Außerdem war der Kerl schon tot.«

Kula glaubte, ihren Ohren nicht zu trauen. Hatte Haderer auf der anderen Seite der Spiegelscheibe gerade tatsächlich zugegeben, dass er mit Zivković am Tatabend in Ulm zusammengetroffen war? Das wäre endlich der Durchbruch!

Doch bevor sie das Gehörte richtig zuordnen konnte, klingelte ihr Handy. Sie schaute aufs Display: Lukas!

»Kula? Hier oben ist wer am Telefon für dich! Eine Frau, klingt irgendwie österreichisch.«

Mit einem Schlag war Kula wie elektrisiert. Das konnte wichtig werden! »Bin unterwegs!« Ein letzter Blick zurück durch die Spiegelscheibe, dann eilte sie, zwei Stufen auf einmal nehmend, hoch zu Lukas, der ihr im Büro den Hörer entgegenstreckte. »Skoulatopulos, Kripo Ulm, was kann ich für Sie tun?«

»Zirbenthaler hier, Sie hatten vorhin mit meinem Lebensgefährten gesprochen.«

»Sie meinen Thomas Größenfelder? Stimmt. Wie kann ich Ihnen helfen?«

»Es geht um Burkard Haderer. Ist er noch bei Ihnen?«

»Ja, natürlich, und das wird wohl auch noch eine ganze Weile so bleiben. Warum fragen Sie?«

»Ich glaube, ich muss Ihnen einiges über ihn erklären.«

Lukas stand neben Kula und machte mit dem Finger Drehbewegungen. Sie nickte.

»Ist es für Sie in Ordnung, Frau Zirbenthaler, wenn ich das Gespräch aufzeichne?«

»Warum?«

»Ich möchte vermeiden, dass mir eventuell wichtige Details durch die Lappen gehen.«

»Von mir aus.«

»Gut. Frau Zirbenthaler, ich gehe davon aus, dass Sie, wenn Sie von sich aus bei uns anrufen, wichtige Informationen haben, die Herrn Haderer entlasten könnten.«

»Allerdings … Das heißt – ich hoffe es jedenfalls.«

»Eine Frage vorweg: In welchem Verhältnis stehen Sie zu Herrn Haderer?«

»Er ist wie ein Bruder für mich. Wir kennen uns schon viele Jahre und waren immer füreinander da. Und gerade jetzt habe ich das Gefühl, dass er mich dringend braucht.«

»Wie kommen Sie darauf?«

»Es hat mit seiner Vergangenheit zu tun.«

»Über seine Vergangenheit wissen wir bislang nur, dass er ursprünglich aus Jugoslawien stammt und Burhan Hodžić geheißen hat. Außerdem ist er bei der Fremdenlegion gewesen und lebt seit seiner Entlassung in Wien.«

»Von dem, was davor geschehen ist, wissen Sie nichts?«

»Nein.«

»Aber das ist wichtig. Das hat sein ganzes Leben auf den Kopf gestellt.«

»Erzählen Sie bitte.«

***

Es ist Montag, der 3. August 1992. Maura Zirbenthaler steht in Triest am Landesteg des Kreuzfahrtschiffes »Stella Marina«, mit dem sie vor zwei Stunden nach einer dreiwöchigen Mittelmeertour in den Heimathafen zurückgekehrt ist. Sie hält Ausschau nach Capitaine Thomas Grandchamps, wie sich Größenfelder derzeit nennt. Sie entdeckt ihren Geliebten sofort, als er unter dem Schatten der Platane hervortritt und ihr zuwinkt. Es kann Maura nicht schnell genug gehen, ihn nach so langer Zeit in die Arme zu schließen. Sie flitzt ihm entgegen, der kleine Rollkoffer rumpelt hinter ihr her. Sie lässt den Griff los und fällt ihm um den Hals. »Mir kamen die drei Wochen wie eine Ewigkeit vor.«

Thomas, heute ganz in Zivil mit knappem T-Shirt und verwaschener Jeans gekleidet, gräbt seine Nase zwischen Mauras Hals und Schulter und atmet ihren Geruch tief ein. »Mir ging es genauso. Glaub mir, ich habe dich sehr, sehr vermisst.«

Ihre Münder finden mitten auf der Promenade zu einem langen Kuss zueinander. Von den vorbeikommenden Passanten bleiben einige stehen und lächeln, manche eilen kopfschüttelnd vorbei, doch die meisten nehmen keine Notiz von den beiden.

»Du musst Hunger haben, nach der langen Reise.«

»Hunger? Auf einem Kreuzfahrtschiff? Dort wirst du von frühmorgens bis spätnachts gestopft wie eine französische Gans. Wenn du nicht aufpasst, kugelst du am Ende quer durch das Schiff und passt in keinen Aufzug mehr rein.«

»Du übertreibst wie immer. Genau das liebe ich so an dir. Trotzdem, ich habe im ›Lampionino‹ einen Tisch für uns reservieren lassen. Ganz oben auf der Dachterrasse, dort hat man einen herrlichen Ausblick über den Hafen von Triest. Und für einen Apéro und einen kleinen Muschelsalat wirst du bestimmt noch Platz finden.« Thomas tätschelt Mauras Bauch.

»Überredet!« Maura streicht ihm über die raspelkurzen dunklen Stoppeln und schmiegt sich an seine Wange, die glatt rasiert ist und herb duftet. Dann sieht sie auf ihre Uhr. »Oh, gleich vier. Da muss ich vorher aber unbedingt noch auf die Post und mein Postfach checken.«

»Das wird ja nicht ewig dauern.«

»Kaum. Fragt sich, ob überhaupt was Wichtiges drin ist.«

Burhan Hodžić wartet im Hauptpostamt vor dem Schalter für Auslandsgesprächsvermittlung, bis er an der Reihe ist. Selbstwahlgespräche nach Bosnien sind seit Kriegsbeginn von öffentlichen Telefonzellen aus kaum mehr möglich, und wenn, dann nur zu bestimmten Zeiten. Dabei weiß man nie, wer sich in die Leitung schleicht und heimlich mithört. Schlimmstenfalls mit üblen Konsequenzen für die Angerufenen.

Aber die Unsicherheit lässt Burhan keine Ruhe. Er muss unbedingt mit seiner Mutter sprechen und vor allem mit Anka, seiner im fünften Monat schwangeren Frau, fragen, wie es ihr geht und ob alles in Ordnung ist. Ob sie das Baby schon spüren kann. Doch seit Tagen hat er kein Glück. Auch seinen Freund Rezak kann er nicht erreichen, der Burhans Familie bei eigenen Verwandten in einem Vorort von Teslić untergebracht hat.

Endlich ist Burhan an der Reihe, doch der Schalterbeamte scheint ihn nicht zu verstehen oder es nicht zu wollen.

»Bitte, hören Sie! Können Sie es nicht noch einmal versuchen?«, fragt Burhan auf Kroatisch.

Der Beamte verdreht die Augen. *»Mi scusi, signore, ma parlo solo italiano.«*

Burhan versucht es auf Englisch, das jedoch nur für das Nötigste ausreicht. *»Very much important to speak familiy. I in great fear.«*

Der Beamte zuckt nur mit den Schultern und blättert desinteressiert in irgendwelchen Unterlagen.

»Please, Mister! Please try again, you know, it is my family!«

Der Postbeamte reagiert nicht.

Maura und Thomas stehen neben dem Brunnen vor dem Palazzo delle Poste, einem gewaltigen klassizistischen Bau aus einer Zeit, in der man noch Wert auf kunstvoll gestaltete Fassaden gelegt hat.

»Musst du hier hin?«, fragt Thomas und angelt sich die Packung Gitanes aus der Tasche. »Du kommst alleine klar, oder?« Er zeigt auf seine Zigaretten.

»Nichts da, du kommst mit! Ich habe dich so vermisst, und rauchen kannst du später immer noch. Außerdem ist das hier ein Museum. Das Hauptpostamt liegt ein paar Straßen weiter, Ecke Via Giotto und Domenico Rossetti.« Sie hakt ihn unter und zieht ihn mit sich fort Richtung Zentrum.

Der hektische Feierabendverkehr und die Hitze machen beiden zu schaffen, und sie sind froh, als sie wenig später das Postamt betreten. Es ist ruhig und kühl hinter den dicken

Wänden dieses alten Gebäudes, und es riecht nach Bodenreiniger und Staub.

Maura geht zu ihrem Postfach, holt einen Brief von der Reederei und findet neben Werbung eine Postkarte von ihrem jüngeren Bruder Davide, der sich für vier Jahre auf einer norwegischen Bohrinsel verpflichtet hat. Sie kehrt zurück zu Thomas, der die Ankündigung eines Hafenfeuerwerks studiert. Ansonsten scheint im Amt alles seinen gewohnten Gang zu gehen. Akten werden hin- und hergeschoben, Briefmarken verkauft und Pakete gewogen und frankiert. Nur an einem Schalter herrscht eine gereizte Stimmung zwischen einem Beamten und einem jungen Mann, der wild gestikulierend auf sein Gegenüber einredet und mehr und mehr verzweifelt wirkt. Der Beamte jedoch zeigt ihm die kalte Schulter und ignoriert ihn.

Mauras Gerechtigkeitssinn erwacht, und sie schreitet ein. Sie, die in Bozen als Reiseleiterin gearbeitet hat und neben Ladinisch, der Sprache der Südtiroler, auch Italienisch und Kroatisch beherrscht – Englisch, Französisch und Spanisch sowieso –, geht zum Schalter und spricht den jungen Mann auf Kroatisch an: »Brauchst du Hilfe? Kann ich vielleicht für dich übersetzen?«

Das Gesicht des Mannes ist fleckig und gerötet, er sieht sie mit großen Augen an und braucht eine Weile, bis ihre Worte zu ihm durchdringen, bis er kapiert, was ihm gerade angeboten worden ist. »Äh, ja. Vielleicht. Danke, dass du fragst. Ich versuche, eine Telefonverbindung zu meiner Familie zu bekommen. Letzte Woche, als ein anderer Beamter hier Dienst hatte, hat das immer wunderbar funktioniert, trotz der manchmal langen Wartezeiten und der schlechten Verbindung.«

»Wohin möchtest du denn telefonieren? Und wie heißt du, wenn ich das fragen darf?«

»Ich heiße Burhan. Und telefonieren will ich nach Bosnien. Ich möchte meine Familie sprechen, meine Mutter und meine Frau Anka. Weißt du, sie ist im fünften Monat schwanger, und ich mache mir große Sorgen um sie.«

»Wo in Bosnien lebt denn deine Familie?« Maura tauscht einen flüchtigen Blick mit Thomas, der selbst leidlich Kroatisch spricht, jedenfalls genug, um dem Gespräch der beiden folgen zu können.

»Sie sind nach einem Angriff auf mein Heimatdorf Donja Vraca in Teslić bei Verwandten eines Freundes von mir untergekommen. Er meinte, dort wären sie sicher.«

Maura wird flau im Magen, und sie räuspert sich. Er weiß von nichts, denkt sie, während Thomas unruhig von einem Fuß auf den anderen tritt und die Finger an den feuchten Handflächen reibt. Sie berührt Burhan sanft an der Schulter. »Komm erst mal mit nach draußen und lass uns ein paar Schritte durch den Tommasini-Park gehen, wo wir die Angelegenheit in Ruhe besprechen können. Er ist gleich hier um die Ecke, und es ist dort schön schattig. Eine kleine Bar hat es auch.«

Burhan sieht Maura unschlüssig an.

»Ich bin mir sicher, es ist nur eine Frage der Zeit, bis sich das klären wird.« Maura könnte kotzen wegen dieser schamlosen Lüge, weiß sie doch genau, was serbische Truppen und Milizen inzwischen in Teilen von Bosnien angerichtet haben. Jeder weitere Versuch, dort anzurufen, ist zum Scheitern verurteilt. Alle Leitungen sind tot.

Die unbeschwerte Stimmung zwischen Maura und Thomas, die Freude des Wiedersehens ist verflogen und Sorge gewichen. Maura grübelt darüber nach, wie sie Burhan, diesem verzweifelten jungen Mann, die Ungeheuerlichkeit des Geschehenen nahebringen kann, ohne eine Eskalation oder seinen Zusammenbruch zu riskieren.

Während die drei die Via Giulia überqueren und sich durch die stehenden Autos schlängeln, fragt sie: »Warum bist du denn überhaupt hier in Triest, so weit weg von deiner Heimat?«

Sie haben den Eingang des Parks erreicht und weichen einer Schar tobender Kinder aus, die hinter einem Jungen mit Luftballon herrennen.

Burhan bleibt einen Moment stehen, atmet tief durch und

sagt: »Ich musste fliehen. Von heute auf morgen. Mir blieb keine Zeit, mich zu verabschieden.«

Auf einer Parkbank etwas abseits des Hauptweges, auf der sie Platz nehmen und unter der eine Schar Tauben Brotbrösel aufpickt, fragt Thomas: »Was ist passiert?«

Burhan schaut zu den gegenüberliegenden Bäumen. »Ich musste, wie gesagt, fliehen. Die Serben hatten mich im Visier, und auf meinen Kopf war eine Belohnung von zehntausend US-Dollar ausgesetzt.«

»Das ist eine ganze Menge Schotter. Was hast du denn angestellt?«

8

Ende Juli 1992, irgendwo in Bosnien

»Du spinnst«, sagt Rezak Tomić, »wie willst du das denn gebacken kriegen?«

»Ganz einfach«, erwidert Burhan, »wir verpassen den Scheiß-Serben eine Lektion, die sie ihr Lebtag nicht mehr vergessen werden.«

Rezak zieht mit dem Finger das rechte Augenlid herunter. »Immer noch der alte Träumer. Aber gut, raus mit der Sprache, was hast du vor?«

»Du kennst doch die alte Düngemittelfabrik bei Topčić Polje? Dort haben sich letzte Woche Soldaten von der VRS eingenistet und ein Waffen- und Munitionslager errichtet. Und das will ich hochjagen und in Flammen sehen!«

»Bist du wahnsinnig? Das funktioniert nie! Ich bin mir sicher, das Gelände wird streng bewacht.«

»Wenn schon. Ich habe einen todsicheren Plan.«

»Und der wäre?«

»Pass auf: Wir kappen die Stromleitung. Das Trafohäuschen steht keine zweihundert Meter vom Gelände, dann ist es dort erst mal zappenduster. Und bis das Notstromaggregat angesprungen ist, haben wir längst den Zaun überwunden, sind drin und fackeln die Bude ab.«

»Und wie willst du das anstellen?«

»Mollis. Ich dachte dabei an eine Mischung aus Benzin und Lackverdünner. Wenn wir zu viert sind und jeder zwei durch die Scheiben wirft, dann fliegt denen die Bude aber so was von um die Ohren.«

Rezak klopft zwei Zigaretten aus dem Päckchen, zündet beide an und reicht eine an Burhan weiter. »Hmm, da hast du dir ja ganz schön was vorgenommen.«

»Was ist? Bist du dabei?«

Rezak überlegt eine Weile, dann grinst er und hält Burhan die rechte Hand hin. »Okay. Schlag ein.«

»Ich weiß auch schon, wen ich noch fragen werde«, sagt Burhan, als er Rezaks Hand drückt.

***

Im Tommasini-Park von Triest lehnt Burhan sich auf der Bank zurück und sieht den Schwalben zu, die hoch droben ihre Kapriolen schlagen.

»Und dann lief alles anders als geplant. Ein paar der Mollis flogen statt durch die Fenster gegen die Hauswand, gingen hoch und haben das ganze Gelände beleuchtet. Zwei Wachposten kamen angerannt, die MPs im Anschlag, und haben sofort wild um sich geschossen. Ivo hatte noch einen Molli zur Hand und warf ihn in Richtung der Soldaten. Einen davon hat es erwischt. Er stand da wie eine Fackel. Hat lichterloh gebrannt und geschrien wie am Spieß. Wir sind sofort zurück hinter den Zaun und ab über die Felder. Aber Ivo muss gestolpert und in einen der Gräben gefallen sein.« Burhan lässt die Hände auf die Schenkel fallen. »Den haben sie dann geschnappt. Ich hörte weitere Schüsse und dann Ivos Gebrüll. Sie müssen ihn so lange gequält haben, bis er mich als Anführer denunziert hat.« Burhan schluckt und schweigt.

»Was hätte er denn sonst auch machen können?«, fragt Thomas. »Oder ein anderer von euch, wenn ihr erwischt worden wärt?«

»Nichts, ich weiß – das wussten wir alle. Und das ist es auch, was mich immer noch so quält. Wir mussten ihn zurücklassen, bei den serbischen Soldaten …« Burhan räuspert sich und fährt mit belegter Stimme fort: »Schon am nächsten Tag war ich zur Fahndung ausgeschrieben. Plakate mit meinem Gesicht hingen herum, ich wurde als Top-Terrorist bezeichnet und eine, wie schon gesagt, sehr hohe Belohnung auf mich ausgesetzt. Da blieb mir nur die Flucht. Rezak hat mir versprochen, sich um meine Familie zu kümmern, und gemeint, er würde den

Kontakt zwischen uns halten. Ich habe dann das Nötigste gepackt, und er hat mich in der Nacht ein Stück Richtung Küste gebracht. Aber dort waren inzwischen überall Straßensperren errichtet worden. Rezak musste schließlich kehrtmachen, und mir ist nichts anders übrig geblieben, als mich von da an allein durchzuschlagen. Es waren noch über hundert Kilometer bis zum Meer nach Split.«

»Und Ivo?«, fragt Maura.

Burhan presst die Lippen zu schmalen Schlitzen und flüstert: »Von Ivo fehlt seitdem jede Spur. Niemand hat etwas von ihm gehört.«

Maura legt ihren Arm auf Burhans Rücken und streicht sanft auf und ab. »Wie ging deine Flucht weiter?«

***

»Da lass ich dich raus«, sagt Rezak und hält auf einem Rastplatz kurz hinter Zenica, der mit Fernlastzügen restlos zugeparkt ist. »Ab jetzt musst du allein weiter. Mir ist es inzwischen hier zu brenzlig.«

»Verstehe ich. Wir hatten eh Riesenschwein – vorhin bei der Straßensperre. Wenn der Fahrer des Volvo nicht so pampig gewesen wäre und sie den ganzen Wagen durchsucht hätten, wären wir niemals durchgewunken worden.«

Rezak nickt und schlägt seine Hand mehrmals auf Burhans Knie. »Glück braucht der Mensch eben. Also, wie abgemacht. Du meldest dich bei mir, sagst mir, was los ist, wo du steckst und wie ich dich erreichen kann. Ich halte Kontakt zu deiner Mutter und zu Anka. Du kannst dich auf mich verlassen.«

»Weiß ich doch!« Burhan hat Tränen in den Augen, wischt sie beiseite und schnieft. »Sobald ich in Sicherheit bin, gebe ich Bescheid. Ich hoffe, es geht schnell, bis ich außer Landes bin.«

»Schon eine Ahnung, wohin?«

»Ich glaube, am einfachsten und sichersten ist es, wenn ich mich erst mal nach Italien durchschlage. Ich denke da an

Triest. Dann sehe ich weiter. Vielleicht ist der Spuk ja bald vorüber, und ich kann zurück. Die Vereinten Nationen sind mit Sicherheit schon unterwegs, um diese Scheiß-Serben zu stoppen.«

»Sehe ich genauso. Auf die UN ist Verlass, ganz bestimmt. Ein paar Tage noch, vielleicht eine Woche, dann sind die Serben weg vom Fenster. Wir gehören schließlich zu Europa!«

»Genau! Also, auf dann. Bis die Tage.«

Burhan und Rezak umarmen sich lange und klopfen sich mehrmals auf die Schultern. Dann schnappt Burhan seine Reisetasche, steigt aus und klatscht auf das Wagendach.

Rezak fährt davon. Burhan schaut hinterher, er sieht noch, wie sein Freund die Hand aus dem Fenster streckt und damit wedelt. Dann ist er verschwunden, und Burhan ist allein.

Er atmet tief durch. Es riecht nach Dieselabgasen, denn unter den Lkws sind mehrere Kühllaster, deren Aggregate auf Hochtouren laufen. Es ist trotz der späten Stunde immer noch sehr warm in dieser Julinacht. Grillen zirpen im Gebüsch, Motten umfliegen die Laternen wie unzählige schimmernde Gespenster. Doch Burhan nimmt dies nur am Rande wahr, denn er hat andere Sorgen.

Ich muss weg von hier, denkt er. So schnell wie möglich. Aber erst mal muss ich aus der Festbeleuchtung raus!

Er schleicht zwischen den Fahrzeugen entlang, auf der Suche nach einem Kleinlaster, unter dessen Plane er sich verbergen kann. Denn einen Fahrer direkt anzusprechen ist ihm zu riskant. Wer weiß, ob die über ihren internen CB-Funk nicht von dem Kopfgeld gehört haben, das auf ihn ausgesetzt ist? Und Geld können Trucker immer gebrauchen.

Beim sechsten Kleinlaster hat Burhan Glück. Es ist ein Pritschenwagen mit Aufbau, das Auto hat ein kroatisches Kennzeichen mit einem »ST« für Split und wird demnach wohl bis ans Meer fahren. Von da wird er weitersehen müssen.

Burhan löst den Planengurt, kriecht unter die Plane und schließt den Gurt wieder. Im Dämmerlicht der Parkplatzlaternen, die den Innenraum nur notdürftig erhellen, entdeckt er Bootszubehör, verpackt in Kartons mit Aufschriften von deutschen und österreichischen Firmen.

Volltreffer, denkt Burhan. Wenn ich weiterhin so ein Glück habe, bin ich vielleicht übermorgen schon in Italien. Er schließt die Augen, denkt an Anka und wünscht sich, er hielte jetzt sie anstatt seiner Reisetasche im Arm.

***

»Und«, fragt Maura, deren Hand im Triester Tommasini-Park noch immer Burhans Rücken berührt, »hast du es geschafft, in den zwei Tagen?«

»Nicht ganz. Der Kleinlaster fuhr so gegen sechs Uhr los und hielt etwa drei Stunden später im Yachthafen von Split vor einer kleinen Werft an. Auf dem Weg dorthin wurde er einmal angehalten. Aber ich konnte mich hinter den ganzen Kartons verbergen. Die Kontrolleure warfen nur einen kurzen Blick in den Laderaum, entschuldigten sich für die Unannehmlichkeiten und wünschten eine gute Weiterfahrt. Bestimmt hatte der Fahrer ihnen ein paar Scheine zugesteckt.«

»Du scheinst clever zu sein«, sagt Thomas, »und musst wohl einen guten Riecher haben, was Gefahr angeht.«

»Na ja. Natürlich musste ich schauen, dass ich so schnell wie möglich verschwinde. Ich war mir sicher, dass sie besonders die Häfen kontrollieren würden. Zum Glück lag gleich neben der Werfthalle eine Segelyacht aufgebockt, die wohl beim letzten Sturm was abgekriegt hatte. Dort habe ich mich unter der Persenning verkrochen. Durch einen kleinen Schlitz konnte ich beobachten, was draußen los war. Irgendwann kam die Hafenpolizei und hat blöde Fragen an den Werftbesitzer gestellt. Ich war froh, dass sie keine Suchhunde dabeihatten. Aber was war, wenn sie wiederkommen würden? Ich bekam es mit der Angst zu tun und wollte auf keinen Fall warten, bis es wieder dunkel war. Als ein Bote auf einer Vespa kam und mit Unterlagen ins Büro gelaufen ist, habe ich mir den Roller geschnappt und bin Richtung Norden davon. Glücklicherweise war der Tank ziemlich voll, und ich kam bis nach Zadar. Dort habe ich mich in der Marina auf eines der Schiffe geschlichen und wieder gewartet.«

***

Burhan wagt sich erst in der Dämmerung wieder an Land. Er weiß, gegen Sonnenuntergang werden die Fischerboote auslaufen, an der kroatischen Küste bei Zadar entlangschippern und die Netze auswerfen.

Nach einer halben Stunde ist es dann so weit. Drei Männer, ein alter und zwei junge, etwa in Burhans Alter, schlappen den Kai entlang und beginnen, ihr Schiff startklar zu machen. Der alte werkelt eine Weile in der Kajüte herum, bis er den Motor startet, der erst nach Zögern mit einem Fauchen und dicken Rußwolken anspringt.

Bevor die Helfer die Taue auf Deck verräumt haben, schwingt sich Burhan über die Reling. Er geht zu dem Kapitän, streckt ihm fünfhundert Dollar entgegen und fragt, ob er ihn so weit wie möglich nach Norden mitnehmen könne.

Der Kapitän blickt skeptisch drein, schnappt sich dann aber das Geld und stopft es in die Brusttasche seiner Weste, die nach Fisch und Motorenöl riecht. Auf Burhans Bitte hin willigt er ein, dass, wenn der die gleiche Summe drauflegt, er ihn bis nach Rijeka bringen wird. In knapp fünf Stunden wären sie dort.

Burhan steckt weitere fünfhundert Dollar in die Tasche des Kapitäns und schlägt in dessen Hand ein. Sie ist rau und schwielig.

Nach etwa zwei Stunden Fahrt hört Burhan, wie der eine Matrose zum anderen sagt: »Hast du dir das Gesicht unseres Passagiers näher angeschaut?«

»Nein. Warum sollte ich? Das ist Sache des Kapitäns.«

»Sag mal, bist du wirklich so blind? Das ist der Bosnier, nach dem sie überall suchen. Auf den sind zehntausend Dollar Kopfgeld ausgesetzt. Meinst du, die Kohle lasse ich mir entgehen? Davon kaufe ich mir ein eigenes Schiff und richte es her. Dann kann der alte Depp jemand anderen rumschikanieren.«

»Was hast du vor?«

»Ich manipuliere was am Motor. Dann geht der Alte runter und schaut nach. Du gehst mit ihm und hältst ihn so lange auf, bis ich die Hafenpolizei in Karlobag über Bordfunk verständigt habe. Sie wird dort auf uns warten und diesen Terroristen in Empfang nehmen. Und wir – wir sacken die Kohle ein. Und wenn der Alte blöd tut, behaupten wir, dass er Bescheid gewusst hat. Dann ist er mit dran.«

»Und was habe ich davon?«

»Wir machen das mit dem eigenen Boot zusammen. Du und ich. Ich kenne die besten Fischgründe in der ganzen Adria. Und bald sind wir die Kings, und keiner scheucht uns mehr rum. Na, wie klingt das?«

Sie klatschen sich ab.

Doch ihr Plan geht nicht auf. Erst kurz vor Karlobag gelingt es dem Matrosen, die Polizei zu verständigen, und während das Schiff bereits an den Poldern vertäut wird, schafft Burhan es gerade noch rechtzeitig zu verschwinden. In der Ferne sieht er schon Blaulichter die Nacht durchschneiden.

Er wirft die Tasche an Land, schnappt sie sich und hastet geduckt entlang des Piers, bis er bei den kleinen Motorbooten ankommt. Seinen Favoriten hat er schnell gefunden: ein Vier-Meter-Boot mit kleiner Kajüte und einem großen 115-PS-Yamaha-Außenborder. Den Motor ohne Schlüssel zu starten ist für Burhan das geringste Problem.

Während die Mannschaft der Hafenpolizei das komplette Schiff nach Burhan absucht, jede Luke öffnet und sogar unter die Netze schaut, lehnt der Kapitän reglos am Heck und versteht die Welt nicht mehr. Dann wird ihm klar, dass einer seiner Leute die Polizei gerufen haben muss. Saubande, morgen könnt ihr euch einen neuen Job suchen, denkt er und spuckt in die Wellen, in denen leere Flaschen und Verpackungsmüll umherdümpeln.

Währenddessen tuckert Burhan mit gedrosselter Leistung

aus dem Hafen und dreht, nachdem er auf offener See ist, die Maschine voll auf. Das Boot macht einen Satz steil nach oben, und über die Wellen hüpfend rast es Richtung Norden. Dabei behält Burhan die Küstenlinie stets im Blick, um die Orientierung nicht zu verlieren.

Dank des Ersatzkanisters, der im Vordeck verstaut ist, schafft er es tatsächlich bis nach Rijeka. Als er dort ankommt, schiebt sich die Sonne langsam über den Horizont und taucht ihn in intensives Orangerot.

Nichts wie weg!

***

Burhan nimmt einen Schluck von dem Wasser, das Thomas inzwischen für sie aus einer Bar unweit des Tommasini-Parks geholt hat, bevor er seine Erzählung fortsetzt. »Von Rijeka aus bin ich mit dem Bus weiter, habe mich in die hinterste Ecke verkrochen, den Kopf an die Scheibe gelehnt und mich schlafend gestellt. Keiner wollte was von mir. Zum Glück war das ein Direktbus, ich musste nicht einmal umsteigen, und gegen Mittag war ich in Triest.«

»Und du bist dir ganz sicher, dass das ein kroatischer Matrose war, der dich an die Hafenpolizei verpfiffen hat, und nicht ein anderer, vielleicht ein Albaner, der dort unter falscher Flagge gewildert hat?«, fragt Maura. »Ich dachte, die Kroaten sind Verbündete im Kampf gegen die Serben.«

»Absolut! Das war ein Kroate, ich erkenne doch deren Sprache. Aber wer auf welcher Seite steht, das weiß heute keiner mehr.«

»Tja«, sagt Thomas, »da hat der alte Brecht mal wieder recht behalten: ›Erst kommt das Fressen, dann kommt die Moral.‹«

Maura hält dagegen. »Klar, so kann man das sehen. Deine Interpretation ist jedoch nur zum Teil richtig. Gemeint hat Brecht nämlich eigentlich, dass man mit leerem Bauch nicht gut philosophieren kann.«

»Was du alles weißt«, spottet Thomas. »Ich denke allerdings, das spielt gerade ohnehin keine Rolle. Jedenfalls trifft es auf den kroatischen Matrosen zu. So oder so. Oder etwa nicht?«

»Wenn du das so siehst, meinetwegen. Aber lass uns jetzt nicht streiten.« Sie legt ihre Hand auf seine und drückt sie sanft. »Bitte, Thomas.«

Burhan rückt ein Stück von Maura ab. Sein Blick pendelt zwischen den beiden hin und her. »Sagt mal, was interessiert ihr euch eigentlich für meine Flucht? Ihr wolltet mir doch eigentlich was ganz anderes erzählen, oder irre ich mich?« Und an Maura gewandt: »Und du – warum bist so hilfsbereit? Du kennst mich doch überhaupt nicht.«

Maura lächelt ihn an. »Ganz einfach. Du erinnerst mich an meinen jüngeren Bruder Davide. Er hat die gleichen melancholischen Augen wie du, und jede Frau meint, sie müsse sich seiner annehmen. Nenn es meinetwegen Mutterinstinkt. Oder Freundschaftsbedürfnis. Wie auch immer. Ich kann einfach nicht anders.«

»Hm. Trotzdem, was wollt ihr von mir? Und wieso sprecht ihr meine Sprache?«

Thomas deutet ein Lächeln an. »Bei Maura ist es berufsbedingt. Sie arbeitet als Eventmanagerin auf einem Mittelmeer-Kreuzfahrtschiff. Und ich … Ach, weißt du, ich bin viel rumgekommen, da lernt man einiges. Aber egal, dann jetzt mal zu dem, was wir dir eigentlich sagen wollen.« Er räuspert sich und presst die Lippen zusammen. »Du liest keine Zeitung hier oder hörst Nachrichten?«

»Wieso sollte ich? Erstens kann ich kein Wort Italienisch, zweitens gibt es bei einem Krieg keine Wahrheiten mehr, außerdem erfahre ich alles Wichtige von meinem Freund Rezak.«

»Bis auf die letzten Tage, oder?«

»Ja, das ist richtig. Bis auf die letzten Tage.«

»In welchem Hotel bist du denn untergekommen?«

»Im ›Sepia‹, gleich beim Hafen. Warum fragst du?«

»Komm, lass uns dahin gehen, danach trinken wir dort etwas. Und Hunger musst du auch haben, oder?«

Burhan kommt die Sache inzwischen sehr seltsam vor. Ob die beiden ein Gaunerpaar sind, das ihn ausrauben will? »Ich weiß nicht. Ich denke, ich mach mich allein auf die Socken. Trotzdem danke für euer Interesse, wenn es auch im Postamt nichts gebracht hat.«

Er steht auf und will sich verabschieden, als ihn Thomas unsanft am Arm packt und zurück auf die Bank zieht. »Bleib hier. Wir müssen dir etwas sagen, was du offensichtlich noch nicht erfahren hast.«

Burhan klingt mürrisch, als er nachfragt: »Und das wäre?«

Maura atmet tief durch, tippt dann mit der Hand neben sich auf die Bank und sagt: »Setz dich bitte. Komm her.«

Thomas nickt ihm zu. »Mach, was Maura sagt. Glaub mir, sie meint es gut mit dir.«

Burhan setzt sich. Jedes folgende Wort kommt wie ein Vorwurf aus seinem Mund. »Okay. Was ist los?«

Thomas strafft den Rücken. »Wo genau in Teslić hat dein Freund deine Familie untergebracht?«

»In einem Stadtteil mit überwiegend kroatischen und bosniakischen Einwohnern. Bjelovode heißt der, glaube ich. Warum fragst du?«

»Ich fürchte, von diesem Stadtteil ist nicht mehr viel übrig.«

Burhan ringt nach Luft, er wird schlagartig grau im Gesicht und stottert: »Wie bitte? Was … Was soll das heißen?« Er ballt die Hände zu Fäusten, öffnet sie wieder und reibt sich danach hektisch über die Hosenbeine, immer und immer wieder. Dabei pendelt sein Oberkörper vor und zurück, vor und zurück … Flehend sieht er zwischen Thomas und Maura hin und her. »Bedeutet das etwa …?«

Thomas legt seinen Arm um Burhans Schulter und redet leise auf ihn ein. »Beruhige dich. Noch ist nichts sicher. Aber allzu große Hoffnungen kann ich dir auch nicht machen.«

Burhan hat Tränen in den Augen, als er flüstert: »Sagt mir bitte, was los ist. Nichts ist schlimmer als die Ungewissheit.«

Wieder holt Maura tief Luft. »Was ich an Bord der ›Stella Marina‹ erfahren habe, ist, dass vor zwei Tagen serbische Milizen in Bjelovode eingefallen sind und die Männer und jungen Burschen des Ortes abgeführt haben.«

»Und die Frauen? Was ist mit den Frauen passiert? Mit meiner Mutter, mit Anka?« Burhans Stimme überschlägt sich vor Angst.

»Alte Frauen haben sie wohl verschont.«

Burhan schreit: »Was ist mit den jungen? Was haben sie mit denen gemacht?«

Thomas zieht Burhan dicht an sich heran, presst ihn gegen seine Brust und drückt den Kopf an seine Schulter. »Bleib ruhig. Atme tief ein und aus. Es geht bald vorbei ... Niemand kann genau sagen, was mit ihnen passiert ist. In den Nachrichten hat es nur geheißen, dass einige der jungen Frauen in ein Lager außerhalb der Stadt verbracht worden sind. Aber ich denke, man wird dort gut für sie sorgen.«

Maura schaut Burhan mit unendlich traurigen Augen an und schweigt. Dabei denkt sie: Klar, sie müssen ja noch für was nütze sein, die jungen Dinger. Vergewaltigung ist eine uralte Kriegswaffe. Schon immer gewesen.

9

Samstag, 9. Juli, 12.10 Uhr, Ulm

Das Telefonat mit Maura Zirbenthaler hatte Kula so aufgewühlt, dass sie sich sofort auf den Weg zum Verhörraum machte, um Bitterle zu informieren. Kaum angekommen, öffnete sich die Tür und ihr nicht weniger aufgewühlt wirkender Kollege trat heraus.

Kula platzte gleich mit den Neuigkeiten los, doch Bitterle bat sie unter Hinweis auf seinen brummenden Schädel um eine kurze Pause und verzog sich in Richtung Kantine.

Kula blieb allein mit ihren Gedanken zurück, und während sie sich wieder auf den Weg zum Büro machte, versank sie vorübergehend in der Zeit ihrer Kindheit. Als der Bosnienkrieg ausbrach, war sie neun Jahre alt gewesen. Die Gräueltaten, die nur ein paar hundert Kilometer weiter südöstlich – mitten in Europa – begangen wurden, zogen an ihr vorbei, ohne dass sie damals Notiz davon genommen hätte. Zu Hause wurde auch nicht darüber geredet.

Nun versuchte sie sich vorzustellen, was dieser Angriff auf die Kleinstadt, in der Haderers Frau und seine Mutter Schutz gesucht hatten, mit dem damals noch jungen und verliebten Mann gemacht hatte. Sie würde ihn fragen müssen, vielleicht bekäme sie Antworten. Falls ja, würden sie zur Klärung dieses Falles gewiss einen gewaltigen Schritt beitragen.

Aber es gab noch eine weitere Frage, die Kula beschäftigte. Gegen Ende des Gesprächs hatte Maura Zirbenthaler gesagt, ihr Freund bräuchte Hilfe, denn einen Gefängnisaufenthalt würde er nicht überstehen.

Was genau meinte sie damit?

Als Bitterle aus der Kantine zurückkam, steckte er sich den Rest einer Zimtschnecke in den Mund. Er sah erschöpft aus und fragte Kula: »Du wirktest eben ziemlich aufgebracht. Was war denn so wichtig?«

»Pass auf: Frau Zirbenthaler war im Gegensatz zu ihrem Lebensgefährten von Anfang an sehr gesprächig.« In knappen Worten schilderte Kula, was sie erfahren hatte. »Hier.« Sie zog ihr Handy hervor und drückte es Bitterle in die Hand. »Ich habe alles mitgeschnitten. Das bringt auf jeden Fall mehr Licht in die Sache, und wenn sich das bewahrheitet, was ich inzwischen vermute, wird es vor Gericht möglicherweise zu seiner Entlastung beitragen, zumindest teilweise.«

»Was vermutest du?«

Kula sah zum Vernehmungsraum. »Später. Ich löse dich erst mal ab.«

»Gut, ich bin gespannt, wie er auf dich reagiert.« Bitterle verzog sich hinter einen Schreibtisch im Vorraum des Vernehmungszimmers. Er lehnte sich zurück, schloss die Augen und überlegte kurz, ob er zunächst Kulas Handyaufnahme starten sollte. Doch dann besann er sich anders und wollte dem Gespräch lauschen, das von nebenan übertragen wurde.

Kula betrat den Vernehmungsraum. Die Luft dort war inzwischen so drückend geworden, dass sie zunächst Probleme hatte zu atmen. Sie sah Haderer lange an, bevor sie sich setzte.

»So, wir haben uns ja schon kennengelernt, Herr Haderer. Ich werde die Vernehmung meines Kollegen Bitterle fortsetzen. Nur fürs Protokoll …«, Kula schaltete das Aufnahmegerät ein, »… Fortsetzung der Vernehmung Burkard Haderer durch Kriminalhauptkommissarin Kula Skoulatopulos um zwölf Uhr und dreißig Minuten.«

Haderer blickte Kula mit einem hämischen Grinsen an und fragte: »Und? Tut's noch weh?«

»Was meinen Sie?«

Er winkte ab, streckte die Beine von sich und fläzte sich wieder gegen die Rücklehne. Dann blickte er knapp über Kulas Kopf hinweg, schob die Zungenspitze hervor und fuhr sich damit über die Lippen.

Na, dein arrogantes Gehabe wird dir schnell vergehen, da war sich Kula sicher. Der Anflug von Mitgefühl angesichts dessen, was sie mittlerweile über Haderer wusste, war schlagartig verschwunden. »Wissen Sie, was mich wundert, Herr Haderer?« Im Gegensatz zu ihm schaute sie ihrem Gegenüber ins Gesicht. »Sie sehen trotz Ihres Namens gar nicht so richtig ›typisch österreichisch‹ aus. Ich würde da eher auf Südosteuropa tippen, Balkan vielleicht. Die Farbe Ihrer Augen, die hohen Wangenknochen … Würden Sie mir da zustimmen?«

Haderer antwortete nicht, doch sein Blick wanderte umher und blieb am Aufnahmegerät hängen. Kula bemerkte, wie sich seine zuvor betont lässige Körperhaltung ein wenig versteifte.

»Tja, wenn Sie allerdings vielleicht gar nicht aus Salzburg, sondern zum Beispiel aus Bosnien stammen, dann passt nun der Name wieder nicht.« Kula beugte sich über den Tisch. »Sie waren doch in der Fremdenlegion, Herr Haderer. Meines Wissens ist es dort üblich, dass man, wenn man – sagen wir mal – keine blütenreine Weste und irgendwo auf einer Fahndungsliste gestanden hat, den Namen ändern kann, ganz legal. Der französische Staat hat das ermöglicht. Die betreffenden Personen erhalten dann eine neue Identität und sind Ihre Sorgen los. Damals wie heute üblich. Das Einzige, was bleiben muss, sind die beiden Anfangsbuchstaben. Bei Ihnen wären das ein B und ein H. Burkard Haderer.«

Kula sah nun direkt in Haderers Augen, seine Lider zuckten leicht.

»Diese beiden Buchstaben würden auch sehr gut zu ›Burhan Hodžić‹ passen. Finden Sie nicht?«

Aus Haderers Gesicht wich im nächsten Moment alle Farbe, er sprang vom Stuhl auf, beugte sich über den Tisch und fauchte Kula an, dass Speicheltropfen durch die Luft wirbelten. »Was fällt dir ein, du verdammte Hure? Willst du mich beleidigen?«

Ein Wachpolizist drückte die Tür mit einem Knall auf,

platzte in den Raum und stellte sich breitbeinig neben Haderer.

Kula blieb gelassen. »Nichts läge mir ferner, Herr Hodžić – oder ist Ihnen ›Haderer‹ lieber? Wie auch immer, die weitere Maskerade können Sie sich jedenfalls sparen. Ich will nur die Wahrheit wissen. Was passiert ist. Und vor allem, weswegen Sie Milan Zivković auf diese bestialische Weise getötet haben. Und jetzt setzen Sie sich bitte wieder, sonst lasse ich Sie abführen, und wir werden die Vernehmung zu einem späteren Zeitpunkt fortführen. Haben wir uns verstanden?« Der letzte Satz kam ungewöhnlich scharf.

Haderer schlug mit der Faust auf den Tisch, ließ sich zurück auf den Stuhl fallen und reckte den Kopf gegen die Decke. Dabei gab er ein kaum hörbares Knurren von sich. »Ich kenne keinen Milan Zivković. Der Mann, den ich getötet habe, hieß Goran Petrović und war in Bosnien Aufseher eines Vergewaltigungslagers – das Lager, in dem sie meiner Frau auf grausamste Art das Leben genommen haben!«

Abrupt richtete Kula sich auf. »Sie geben also zu, am späten Dienstagabend an der Donau einen Mann erstochen zu haben, den Sie für den rund dreißig Jahre zurückliegenden Tod Ihrer Frau verantwortlich machen?«

Mit bebender Stimme rief Haderer: »Ja, verdammt noch mal! Das Schwein hatte es verdient!«

»Woher wollen Sie das wissen?«

»Ich *weiß* es einfach! Thomas hatte es herausgefunden, und Maura hat es mir dann gesagt.«

Kula wartete, bis Haderer sich wieder etwas beruhigt hatte, und sammelte währenddessen selbst ihre Gedanken. Haderer hatte gestanden, das war endlich der Durchbruch. Auch sein Motiv war nun klar: Rache. Rätselhaft jedoch blieb die Auswahl seines Opfers – der kroatische Gastronom Milan Zivković sollte vor seiner Ankunft in Deutschland als serbischer Milizionär Goran Petrović in Bosnien ein Lager geleitet haben, in dem Frauen systematisch vergewaltigt worden waren? Da würde Lukas noch mal ranmüssen …

Sie zückte ihr Handy und schickte ihm eine entsprechende Nachricht, dann fuhr sie an Haderer gewandt fort: »Darauf werden wir später zurückkommen. Zunächst weiter zu Ihnen. Ich nehme an, mit ›Thomas‹ meinen Sie Herrn Größenfelder und mit ›Maura‹ dessen Lebensgefährtin Frau Zirbenthaler. Die scheinen Sie gut zu kennen. Können Sie das bestätigen?«

Haderer deutete ein Nicken an.

»Bitte antworten Sie deutlich mit Ja oder Nein.«

»Ja, ich kenne die beiden. Aber was soll das? Wie kommen Sie dazu, in meinen Privatangelegenheiten herumzustochern?«

»Herr Haderer, bei Mord gibt es keine Privatangelegenheiten mehr. Und nur dass Sie mich nicht missverstehen: Sie stecken bis zum Hals«, Kula führte mit der Handkante eine entsprechende Bewegung aus, »in der Scheiße, falls Ihnen das noch nicht klar geworden ist. Mir liegt nichts daran, Sie irgendwo reinzureiten. Was ich aber wissen will, ist, wie es zu dieser Tat gekommen ist. Und da war das Gespräch mit Ihrer vertrauten Freundin sehr aufschlussreich. Also, Herr … Bleiben wir meinetwegen bei Haderer. Was ist passiert, damals in Bosnien? Frau Zirbenthaler hat vieles aufklären können, aber ich würde diese Sache gerne in Ihren eigenen Worten hören.«

Haderer beugte sich mit gesenktem Kopf über den Tisch, presste die Fäuste gegeneinander und legte seine Stirn gegen die Daumen. »›Sache‹, sagen Sie?«, flüsterte er. »Das war keine *Sache*.« Er schüttelte leicht den Kopf, dann sah er auf und schrie: »Das war eine *Katastrophe*!« Eine unendliche Traurigkeit hatte sich in seinem Gesicht breitgemacht, er wischte sich über die Augen und fuhr mit ruhigerer Stimme fort: »Und die Unsicherheit bis dahin, bis ich es endlich wusste, war eine Qual.« Er beugte sich vor, bis sein Gesicht dicht vor Kulas war, und sah ihr direkt in die Augen. Sie konnte seinen Atem riechen. »Schlimmer kann es in keiner Hölle sein. Glauben Sie mir! Damals hat mir Thomas das Leben gerettet. Ohne ihn wäre ich direkt in die Arme der serbischen Armee gelaufen. Sie haben nur darauf gewartet.«

Dann begann er zu erzählen, wiederholte in groben Zügen, was Maura Zirbenthaler bereits berichtet hatte, ließ Kula jedoch zugleich einen Blick in sein Innerstes werfen.

Und je mehr sie hörte, desto stärker ergriff sie ein beklommenes Gefühl: Hier saß nicht nur ein Täter, sondern auch ein Opfer.

10

Montag, 3. August 1992, 17.00 Uhr, Triest

Selbst als Eventmanagerin auf der »Stella Marina« hat Maura Zirbenthaler nur eine einfache Zwei-Personen-Kabine unter Deck, ohne Meerblick. Wozu auch? Tagsüber ist sie mit der Organisation des Unterhaltungsprogramms beschäftigt, nachts oft bis in die frühen Morgenstunden an der Bar zugange und froh um jede Stunde Schlaf.

Da das Kreuzfahrtschiff wegen Wartungsarbeiten für die nächsten Tage im Hafen festliegt, gelingt es ihr, eine Kabine für Burhan Hodžić direkt neben ihrer eigenen zu organisieren. In seinem Zustand wollen sie und Thomas ihn keinesfalls allein lassen. Sie haben Angst, er könnte sich etwas antun, nach dem, was er bereits erfahren hat. Fast noch schlimmer dürfte allerdings sein, was er sich zusammenphantasieren wird, da ist sich Maura sicher.

Der Weg vom Park zum Pier ist schlimm gewesen. Beide haben Burhan auf dem Weg in sein Hotel, wo sie sein Gepäck holen und auschecken, wie einen Volltrunkenen stützen müssen. Thomas begleicht die Rechnung, denn dazu wäre Burhan nicht in der Lage.

Nachdem sie ihn schließlich in die von Maura besorgte Kabine bugsiert haben, wehrt er sich nicht, als sie ihm einen Orange-Wodka-Mix mit Beruhigungstropfen in die Hand drückt. »Hier, trink das, damit du wenigstens ein paar Stunden schlafen kannst.«

Burhan sieht zu ihr hoch und leert das Glas dann in einem Zug. »Wenn du meinst«, krächzt er. Die Wirkung des Wodkas setzt fast umgehend ein. Burhan wird ruhiger und lässt sich zu Bett bringen.

»Glaub mir, die nächsten Tage werden noch anstrengend genug werden«, sagt Maura. »Für uns alle.«

»Wieso?«

»Weil wir herausfinden müssen, ob das wirklich stimmt, was da in den Nachrichten gesagt wurde. Du weißt ja, in Kriegszeiten stirbt die Wahrheit als Erstes.«

Burhan sieht Maura immer noch an und seufzt. »Du willst mir doch nur Hoffnung machen.«

»Ja, natürlich, was denkst du denn? Im Gegensatz zur Wahrheit stirbt die Hoffnung zuletzt.«

Die Wirkung des Beruhigungsmittels setzt ein. Burhans Lider werden schwer, die Augen fallen zu, und er sackt in sich zusammen. Maura zieht ihm Schuhe und Hose aus, dreht ihn auf den Rücken und legt eine Decke über seinen Körper. Ein bitterer Geschmack breitet sich in ihrem Gaumen aus, als sie die Kabine verlässt und nach nebenan geht, wo Thomas auf sie wartet.

Hoffentlich geht das gut aus, denkt sie. Die freudige Erwartung, die nächsten paar Tage in Zweisamkeit zu verbringen, ist einer Unruhe gewichen, die beide erfasst hat.

»Was machen wir mit ihm?«, fragt Maura, als sie neben Thomas sitzt und ihren Kopf an seine Schulter lehnt.

»Er muss von hier verschwinden. Aber vor allem dürfen wir ihn in der Situation jetzt nicht allein lassen.«

Maura rückt ein Stück ab und sieht Thomas von der Seite an. »Was hast du vor?«

»Ich denke, es ist das Beste, ich nehme ihn mit zu uns nach Frankreich.«

»In die Legion? Und du meinst wirklich, er schafft das? In seinem Zustand?«

»*Gerade* in seinem Zustand! Glaub mir, der Junge hat eine solche Wut im Bauch, wenn die nicht in die richtigen Bahnen gelenkt wird, rastet der völlig aus und läuft womöglich Amok.«

»Da magst du wohl recht haben. Aber was wird jetzt aus uns? Wir haben uns doch so auf die paar Tage gefreut.«

»Wenn ich ihn im Rekrutierungsbüro in Aubagne angemeldet habe, er die Prüfungen der ersten fünfzehn Tage bestanden hat und aufgenommen wird, nehme ich mir Zeit und komme wieder. Dann holen wir alles nach!«

»Versprochen?«

»Versprochen!« Thomas streichelt ihren Nacken. »Weißt du schon, welche Route ihr als Nächstes nehmen werdet?«

»Griechische Inseln bis nach Kreta, dann Ägypten.«

»Klingt gut. Marseille oder Nizza wären mir allerdings lieber«, sagt Thomas und spielt dabei mit Mauras Haaren.

»Glaube ich dir gerne, aber da halten wir immer nur für ein paar Stunden. Ich denke, während des Inseltrips kann ich mich für ein paar Tage abseilen. Wäre Athen für dich in Ordnung?«

»Sag wann, und ich werde da sein.« Thomas fasst Maura im Nacken, zieht sie dicht zu sich heran und küsst sie wie nur Stunden zuvor auf der Promenade, als auch ihre Welt noch in Ordnung schien.

Die Ruhe in der Nebenkabine, in der Burhan liegt, täuscht. Zwar ist sein Körper in der Tat ruhiggestellt, aber in seinem Kopf spielen sich die wüstesten Szenen ab, und seine Gedanken, vor allem seine Angst, drehen sich um Anka. Und um das, was mit ihr geschehen sein könnte.

***

Ein alter, vom Militär rekrutierter Bus rumpelt aus Teslić und nimmt die Straße Richtung Norden. Achtundzwanzig junge Frauen, zum Teil noch Kinder von höchstens zwölf oder dreizehn Jahren, haben sich tief in die Sitze geduckt und wagen kaum zu atmen.

Sie werden von zwei Milizionären bewacht, die mit ihren Automatikwaffen auf die Frauen zielen und die Läufe von einer zur anderen schwenken. Mal dahin, mal dorthin. Ein dritter geht die Reihen entlang, greift den Frauen unters Kinn, zieht ihre Gesichter nach oben und befühlt grob ihre Brüste.

Keine gibt auch nur einen Mucks von sich. Mit tränengefüllten Augen und ineinander verknoteten Händen zwischen den Knien starren sie auf den Boden. Ihre Angst erfüllt den ganzen Bus, man kann es riechen. Genau das scheint den Männern zu gefallen. Sie geben obszöne Kommentare von sich und greifen sich dabei gelegentlich an den Schritt.

***

Burhan stöhnt im Schlaf auf, beißt sich in die Knöchel und schlägt die Fäuste wild gegen seinen Kopf.

Was haben sie dir angetan, Anka?

Warum konnte ich dir nicht helfen?

Wäre ich doch bloß nie in diese Widerstandsgruppe gegangen, dann wären wir jetzt noch zusammen.

Andere Bilder tauchen auf.

***

Anka und er Ende März vor ihrem Haus in Donja Vraca. Erste Knospen zeigen sich an den Zweigen des Nussbaums und der Aprikosensträucher. Die Luft ist mild, der Frühling steht vor der Tür.

Burhan geht zum Briefkasten und findet ein Schreiben der Ölgesellschaft vor, der die Tankstelle gehört. Sie bieten ihm einen dauerhaften Pachtvertrag an. Seine Zukunft und die seiner Frau Anka scheinen gesichert.

Jubelnd und mit beiden Armen wedelnd, rennt er durch den Flur in die Küche, wo Anka am Herd steht und die Bohnensuppe überwacht. Er schaltet den Herd aus, schnappt Anka und wirft sie quer über seine Schulter. Auf ihre Frage, was denn um Himmels willen los sei, bekommt sie keine Antwort.

Stattdessen landet sie auf dem Bett, wo Burhan sie wild küsst und damit beginnt, ihr Kleid zu öffnen. Nachdem er ihr die gute Nachricht ins Ohr geflüstert hat, ist sie ebenso begeistert wie er.

Wie gut, dass Burhan noch an den Herd gedacht hat – bis sie

das Schlafzimmer wieder verlassen, wären die Bohnen sonst längst verkohlt. Beide sind sich sicher, dass dies der genau richtige Moment ist, ein Kind zu zeugen.

***

Burhan schläft weiter und sieht vor sich doch die eingezäunten Kartoffel- und Maisfelder, die sich auf den Hügeln bei Žarkovina nördlich von Teslić erstrecken. Mittendrin ein alter Schweinestall. Milizionäre rücken mit Hochdruckreinigern an, laden schimmelfleckige Matratzen aus einem Militärlaster und schleppen sie in das Gebäude. Ein Vorgesetzter brüllt: »Bis heute Abend ist das hier fertig! Verstanden? Wir erwarten schließlich Gäste. Und ihr werdet die Ersten sein, die sie empfangen dürfen. Oder besser gesagt: sie euch!« Dann lacht er dreckig und rotzt zwischen den Fingern auf den Boden.

Burhan sieht Anka, die auf einer stinkenden Unterlage liegt, an den Armen mit Hanfschnüren gefesselt. Sie schneiden in ihre Haut und hinterlassen blutende Schürfwunden.

Er schreit sich die Seele aus dem Leib vor Verzweiflung. »Warum kann ich dir nicht helfen, Anka? Warum bin ich nicht bei dir geblieben?«

Dann richtet er sich auf und schlägt mit dem Kopf gegen die Wand. Wieder und wieder, bis sich ein taubes Gefühl über den Schmerz legt.

Man hört das Wummern auf der ganzen Etage.

Maura stürmt in Burhans Kabine und erschrickt. Sein Kopf ist mit blauen Flecken übersät. Die Knöchel sind blutig, die Bisswunden an den Handgelenken haben tiefe Abdrücke hinterlassen und sind geschwollen.

Er dreht sich zur Wand und krächzt: »Lass mich in Ruhe.«

»Das kann ich nicht!« Maura setzt sich an den Bettrand und beugt sich über ihn. Blut rinnt aus Burhans Stirn. Sie holt ein nasses Handtuch und legt es ihm auf die klaffende Wunde. Dann betrachtet sie ihn und schweigt. Was soll sie auch sagen? Sie hofft, dass sein Leiden bald ein Ende haben oder zumindest erträglich werden wird. Dabei weiß sie genau, dass das Wunschdenken ist.

»Wie viel Uhr ist es?«, fragt Burhan und richtet sich auf.

»Es wird langsam hell, aber wir haben keine Eile. Das Schiff gehört sozusagen uns. Wir sind bis auf ein paar Crewmitglieder allein an Bord.«

»Was habt ihr mit mir vor?«

»Thomas hat eine Idee. Aber das soll er dir selbst erklären. Ich hole dich später zum Frühstück, dann sehen wir weiter. Bis dahin, Burhan, solltest du dich ausruhen. Und versuch, dich nicht in deine trüben Gedanken hineinzusteigern.«

»Du hast gut reden!«

»Ich weiß. Leider.« Maura verlässt die Kabine und geht nach nebenan, wo Thomas gerade aus der Dusche kommt. »Burhan sieht schrecklich aus. Ich habe Angst um ihn.«

»Was hast du erwartet? Nach dem, was er gerade durchstehen muss.«

»Weiß nicht. Aber was machen wir jetzt mit ihm?«

»Wir erläutern ihm meinen Plan. Ich bin sicher, er wird ihn annehmen.«

»Und wenn nicht?«

Thomas greift Maura bei den Schultern. »Er hat gar keine andere Wahl.«

Einige Stunden später ist der neue Tag angebrochen. Die drei suchen zum Frühstück ein abgelegenes Lokal im Hafenviertel auf, eine zwielichtige Säuferkneipe, in der Burhan mit seinem demolierten Äußeren kein Aufsehen erregen wird. Sie bestellen Kaffee und Gebäck.

Burhan will nichts essen. Er starrt Thomas an. »Bring mich zur Grenze. Ich fahre zurück und versuche herauszufinden, was mit meiner Familie und vor allem mit Anka passiert ist. Und wenn sie ihr was angetan haben, dann schnapp ich mir die Dreckschweine.«

»Unsinn!« Thomas zeigt mit dem Finger auf ihn. »Du hältst

die Beine still, in deinem Zustand kommst du keine hundert Meter weit und landest hier schon im Bau, ganz zu schweigen von Kroatien oder Bosnien. Bevor du auch bloß Luft geholt hast, bist du erledigt und wirst in einem Erdloch verscharrt. Als ob es dich nie gegeben hätte.«

»Hast du etwa eine bessere Idee?«

»Allerdings!«

»Ist doch Quatsch! Ich will diese Schweine mit meinen bloßen Fingern zur Strecke bringen, alles andere ist mir scheißegal.«

Maura lauscht dem Wortwechsel der beiden und sieht dabei zwischen ihnen hin und her. Schließlich mischt sie sich ein. »Mensch, Burhan, Thomas hat recht. In deinem Zustand kommst du nicht weit. Jetzt hör dir doch einfach mal an, was er dir vorschlagen will.«

Burhan trommelt mit den Fingern auf die Tischplatte, dass die Tassen zittern und die Kaffeelöffel klirren. »Also gut!«

Thomas sieht sich um, prüft, ob jemand in der Nähe ist, und beugt sich dann über den Tisch. Leise sagt er: »Pass auf! Ich kann deine Wut verstehen, sehr gut sogar. Allerdings bist du damit zum jetzigen Zeitpunkt unberechenbar.«

»Aha, und was schlägst du vor?«

»Unterbrich mich nicht!« Thomas wird nun sehr deutlich. »Deine Wut muss in die richtigen Bahnen gelenkt werden. Dazu brauchst du eine entsprechende Ausbildung. Und genau das ist deine Chance!«

Maura beginnt zu schmunzeln, denn sie weiß, was als Nächstes kommen wird.

»Inwiefern?«

Thomas zieht den Ärmel seines Shirts weit über den Ellbogen und zeigt auf die Tätowierung. »Weißt du, was das ist?«

»Keine Ahnung. Irgendein Symbol, nehme ich an.«

»Richtig, aber auch nur fast. Denn das ist nicht ›irgendein Symbol‹, sondern die siebenflammige Granate. Das Symbol der Fremdenlegion, der härtesten Armee der Welt. Wenn du das siehst, Burhan, nimm dich in Acht!«

Burhan starrt fasziniert auf Thomas' Arm. »Und du meinst …?«

»Genau, das meine ich. Du brauchst den nötigen Schliff. Erst dann bist du in der Lage, dich an denen zu rächen, von denen du glaubst, dass sie verantwortlich sind für das Unglück deiner Familie.«

11

Samstag, 9. Juli, 13.10 Uhr, Ulm

»So weit hat uns im Wesentlichen auch Maura Zirbenthaler informiert.« Kula räusperte sich. »Worüber wir aber noch nichts wissen, ist, wie es anschließend weiterging, was nach Triest passierte.«

Haderers Blick war offener geworden und hatte sich ab und zu direkt auf Kula gerichtet. Seine Stimme zitterte leicht, als er erneut zu reden begann. »Nachdem Thomas versprochen hatte herauszufinden, was aus Anka und meiner Mutter geworden war, willigte ich ein, mit ihm nach Marseille zu kommen. Aber noch in Triest erfuhr ich, was passiert war.« Haderer stockte und schluckte mehrmals trocken, ehe er fortfuhr. »Er hatte von einem Kameraden, der in Bosnien war, erfahren, was sie meiner Familie angetan hatten. Meine Mutter hatte während der sogenannten Säuberung einen Herzinfarkt, der war tödlich. Und Anka …« Wieder stockte Haderer, ehe er mit feuchten Augen weitersprach. »Anka war in ein Vergewaltigungslager verschleppt worden und dort an den Misshandlungen gestorben. Und mit ihr unser ungeborenes Kind.«

Obwohl Kula geahnt hatte, worauf es hinauslief, fiel es ihr schwer, die Fassung zu bewahren. Schweigen breitete sich im Raum aus.

Schließlich fuhr Haderer fort: »Als Maura mir das beibrachte, war ich wie ein Zombie, innerlich tot. Daran hat sich bis heute nichts geändert.« Er hob den Kopf und schaute Kula nun direkt in die Augen. »Das heißt – nein, nicht bis heute. Bis Dienstagabend, als ich das Schwein abgestochen habe.«

Kulas Stimme klang blechern, als sie erwiderte: »Mord bleibt Mord, Herr Haderer, selbst wenn es noch so viele nachvollziehbare Gründe geben mag, die mildernde Umstände rechtfertigen würden. Aber das wird das Gericht entscheiden müssen. Bitte erzählen Sie, wie es weiterging, damit wir hier bald durch sind.«

»Also gut. Nachdem wir in Marseille angekommen waren, hat Thomas versucht, mich abzulenken, und mir die Stadt mit all ihren Widersprüchen, mit ihrer Schönheit, aber auch mit ihrem Dreck gezeigt. Das dauerte allerdings nur ein paar Tage. Dann schleppte er mich nach Aubagne, ins Hauptquartier der Fremdenlegion. Die Prüfungen in den ersten zwei Wochen waren mörderisch, hatten aber den Vorteil, dass ich überhaupt keine Zeit mehr zum Denken hatte. Wir wurden so gedrillt, dass wir abends nur noch in die Betten fielen und nichts mehr wissen wollten. Und das ging los ab fünf Uhr früh. Dreißig Sekunden Zeit fürs Duschen, Rasieren und Ankleiden. Und wehe, Sie haben es nicht geschafft ...« Haderer ließ den Satz unvollendet. »Sie müssen sich vorstellen, gleich zu Beginn, nach der Musterung, bei der man bloß ein paar blöde Fragen beantworten musste, ging es auf den Übungsplatz zu einem Dauerlauf. ›Rennt, so schnell und so lange ihr könnt‹, lautete der Befehl. Was uns aber nicht gesagt wurde und was ich erst im Laufe des Rennens bemerkt habe, war, dass es weder ein Streckenlimit noch eine Zeitvorgabe gab. Man musste so lange rennen, bis man schlappmachte – oder eben nicht. Und von den ursprünglich einhundert Angetretenen blieben am Ende zehn übrig. Einer von denen war ich. Die anderen durften ihre Sachen packen und wieder nach Hause oder sonst wohin fahren. Aus die Maus, hieß es für die. Doch das war erst der Anfang. Hatte man die Aufnahmeprüfung bestanden, kam die Ausbildung. Vier Monate lang so gut wie kein Schlaf, Appell zu jeder Tages- und Nachtzeit, mit dem Ziel der absoluten Abhärtung. Danach schmeckt jede Suppe mit einem Kanten Brot wie Kaviar. Das schweißt zusammen. In der Zeit habe ich mich – auch dank Thomas – wieder ins Leben zurückgekämpft ... Aber was rede ich da? Mich würde viel mehr interessieren, wie es jetzt weitergeht.«

»Nicht so eilig, Herr Haderer, ich habe noch eine ganz andere Frage an Sie.«

»Die wäre?«

»Wie und wann haben Sie davon erfahren, dass Goran Petrović der Mann ist, den Sie für den Tod Ihrer Angehörigen verantwortlich zu machen haben?«

Haderer lehnte sich zurück, räusperte sich wieder und zog die Wangen ein. »Thomas war ja ständig in meiner Nähe, kümmerte sich um mich und wusste, wie es in mir aussah, dass ich immer noch auf der Suche nach Antworten war. Nach einigen Monaten kam er eines Tages auf die Stube und hielt mir einen Zeitungsartikel hin. Er war auf Deutsch, und er hatte ihn für mich übersetzt. Dort wurde berichtet, dass ein Goran Petrović wegen Verbrechen gegen die Menschlichkeit und weiterer Kriegsverbrechen vor das UN-Tribunal in Den Haag gestellt werden sollte. Unter anderem wurde ihm vorgeworfen, er habe in Žarkovina bei Teslić ein Lager befehligt, in dem Frauen systematisch vergewaltigt wurden.« Haderer fuhr fast flüsternd fort: »Aber Petrović hatte es geschafft unterzutauchen, bevor man ihn festnehmen konnte. Seine Helfer müssen in der Hierarchie weit oben gestanden haben, das wurde jedenfalls in dem Artikel geschrieben. Von da an verlor sich jede Spur dieses Dreckschweins. Es wurde vermutet, er habe sich nach Südamerika abgesetzt.«

»Und in dem Zeitungsartikel, wurde da ein Bild von Petrović gezeigt?«

Haderer nickte mehrmals. »Dieses Bild habe ich nie mehr vergessen. Er steht da in Kampfmontur, breitbeinig, und hält eine Maschinenpistole vor der Brust. Ich würde ihn im Schlaf wiedererkennen.«

»Herr Haderer, einen Moment bitte, ich bin sofort wieder bei Ihnen.« Kula stand auf und gab ein Zeichen zum Spiegel hin.

Ein Polizist kam in den Vernehmungsraum und stellte sich neben Haderer, mit geradem Rücken und nach hinten verschränkten Armen.

Als Kula wenig später zurückkam, legte sie eine Mappe auf den Tisch. Sie entnahm ihr drei ausgedruckte Bilder, die sie nebeneinander hinlegte und zunächst selbst kurz betrachtete.

Das eine hatten sie auf Haderers Handy gefunden. Es war offensichtlich am Eröffnungstag des Donaufestes entstanden und zeigte im Hintergrund den »Plitvička«-Grillstand und davor Milan Zivković neben einem gockelhaft gekleideten Mann. Beide streckten einen Fleischspieß in die Höhe, als wäre es ein Pokal. Das zweite Bild war jenes aus dem »Falter«-Artikel, auf dem Goran Petrović mit einer Waffe in den Händen zu sehen war. Das dritte Bild hatte Bitterle gestern mit einem Schwung weiterer Fotos und Dokumente von Carola Zivković erhalten. Es zeigte Milan vor rund fünfzehn Jahren beim Badeurlaub mit der Familie.

Kula drehte die Bilder um und schob sie zu Haderer. »Was sehen Sie auf diesen Aufnahmen?«

»Was soll die Frage? Auf zweien sehe ich Goran Petrović. Einmal auf dem Bild aus diesem Zeitungsartikel und dann einmal so, wie ich ihn am Montag entdeckt habe, als Schaschlikbrater verkleidet und dreißig Jahre älter geworden. Das dritte Bild«, Haderer tippte auf die Abbildung aus dem Familienalbum der Zivkovićs, »sagt mir nichts. Die Person sieht Petrović zwar sehr ähnlich, aber ich glaube nicht, dass er das ist.«

»Herr Haderer, ich würde vorschlagen, wir machen nun wirklich eine Pause.« In das Mikrofon sagte sie: »Unterbrechung der Vernehmung Burkard Haderer durch Kula Skoulatopulos um dreizehn Uhr dreißig.« Und an Haderer gewandt: »Ich lasse Ihnen etwas zu essen bringen. In einer halben Stunde geht es dann weiter.«

»Was wollen Sie denn noch? Verdammt noch mal! Es ist doch alles geklärt.«

»Das sehe ich noch nicht so. Warten Sie's ab.« Damit verließ Kula den Raum, und der Polizist bezog wieder Stellung.

12

Samstag, 9. Juli, 13.30 Uhr, Ulm

Als Kula aus dem Verhörzimmer in den Vorraum trat, kam Bitterle hinter dem Schreibtisch hervor. »Das hast du hervorragend gemacht, Respekt.«

Kula schüttelte den Kopf. »Was soll ich sagen? Er hat wirklich gedacht, Petrović sei Zivković und er räche den Tod seiner Angehörigen.«

»Ja, das steht nun fest. Es stellt sich nur die Frage: War es tatsächlich so? Sind Petrović und Zivković ein und dieselbe Person gewesen? Aber wie soll das zugegangen sein, bei den ganz unterschiedlichen biografischen Daten? Und wenn nein: Warum sehen sich die beiden dann so ähnlich? Was stimmt da nicht?«

»Genau das müssen wir noch herausfinden, Konrad. Komm, lass uns nach oben gehen. Vielleicht hat Lukas Neuigkeiten. Ich hatte ihm eine Nachricht geschickt, dass er zu diesen Vergewaltigungslagern recherchieren soll.«

Nachdem sie das Gemeinschaftsbüro betreten hatten, kam Lukas mit einem Stapel ausgedruckter Seiten aus seiner Ecke. Er war weiß wie die Wand. »Also ein zweites Mal tu ich mir das bestimmt nicht an!«

Kula zog die Stirn kraus. »Hallo? Was ist denn mit dir los? Hat dich die Recherche etwa so mitgenommen?«

»Hör bloß auf!« Lukas strich sich die Haare aus dem Gesicht. »Hier, lies mal. Ich bin fündig geworden. Und dabei habe ich nur die wichtigsten Ausschnitte zusammengefasst. Aber die gehen schon weit über meine Schmerzgrenze.« Er drückte Kula die Blätter in die Hand. »Sorry, muss erst mal an die frische Luft, sonst kotz ich hier noch die Bude voll.« Damit verließ er den Raum und hastete nach draußen.

Bitterle sah ihm nach. »Wird wirklich Zeit, dass wir diesen Fall abschließen. Wenn jetzt sogar schon Lukas mit den Nerven am Ende ist …«

Kula hörte nur mit halbem Ohr hin. Sie hatte einen ersten Blick in die Papiere geworfen, und bereits nach den ersten Zeilen wurde ihr flau im Magen. Denn was Lukas hier für sie zusammengefasst hatte, war so grauenhaft, dass sie sich zwingen musste weiterzulesen.

Das erste war der Ausdruck eines Onlineartikels von »Deutschlandfunk Kultur« aus dem November 2015 mit dem Titel »Vergewaltigung als Kriegswaffe«, in dem es unter anderem hieß:

In Bosnien wurden während des Krieges mindestens 25.000 muslimische Frauen systematisch vergewaltigt. Es gehörte zur Strategie und wurde wie eine Kriegswaffe genutzt, so zeigen neue Forschungsergebnisse. Ziel war auch die Demütigung des Feindes. […]
Die Psychiaterin Amra Delic gibt Erfahrungen wieder: »Meine Patientinnen bestätigen, dass die Taten systematisch passierten und oft angeordnet wurden. Es ist bekannt, dass viele Vergewaltigungen Massenvergewaltigungen waren, öffentlich, auf der Straße, in Nachbarschaften, wo die Nachbarn, die Familie, der Ehemann, die Verwandten sehen konnten, wie eine Frau vergewaltigt wurde. Der Report sagt, die Strategie diente dazu, in der ethnischen Gruppe Angst zu verbreiten, damit sie flüchtete. Vergewaltigung als Werkzeug für ethnische Säuberung.«
Angst und Scham. Gerade in patriarchalen Gesellschaften ist die Frau für die Ehre des Mannes zuständig. Viele bosnische Ehemänner haben sich von ihren vergewaltigten Frauen scheiden lassen. So haben die Täter ein zweites Mal gewonnen.

Als Nächstes kam ein Artikel aus dem »Spiegel«, der im August 1994 – also rund zwei Jahre nach jenen Ereignissen, die das Leben von Burhan Hodžić alias Burkard Haderer zerstört hatten – über die in München erfolgte Festnahme eines Mannes namens Duško Tadić berichtet hatte, dem unvorstellbare Grausamkeiten im serbischen Lager Omarska bei Banja Luka vorgeworfen wurden. Dort seien »mit größter Wahrscheinlichkeit Dinge passiert, von denen wir annahmen, dass sie heutzutage unmöglich sind«, und einige der mit den Befragungen von Kriegsflüchtlingen befassten Untersuchungsrichter hätten »wochenlang unter dem Gehörten gelitten«.

Was Kula besonders bestürzte, war aber dies:

Sicherheitsexperten glauben, dass sich in Deutschland noch Dutzende von Folterern aus dem ehemaligen Jugoslawien verbergen, die zum Teil unter dem Schutz serbischer Mafiosi stehen. […]
In Deutschland verläuft die Spurensuche im Labyrinth, nur Kommissar Zufall ermittelt. Erst Fernsehjournalisten brachten im Fall Tadić mit Tipps aus der Szene die Behörden auf den neuesten Stand. Die Göttinger Gesellschaft für bedrohte Völker sammelt zwar Zeugenaussagen, stellt aber keine eigenen Recherchen an.
Wo in Deutschland die Täter womöglich zu finden sind, weiß der Vorsitzende der Göttinger Gesellschaft, Tilman Zülch: »In serbischen Kneipen, in Serbentreffs an Bahnhöfen« – und wohl auch im Milieu.

»Ich fass es nicht!«, flüsterte Kula. »Diese Drecksäcke sind größtenteils ungeschoren davongekommen. Sie sind mitten unter uns!«

Auch Bitterle machte ein betroffenes Gesicht, aber er meldete dennoch Zweifel an. »Hm, ich weiß nicht. Das erscheint mir etwas zu sensationsheischend. Meinst du nicht, dass die da ein bisschen übertrieben haben, Kula?«, fragte Bitterle.

»Nein, das meine ich nicht! Hör zu, es geht noch weiter.«

Glaubwürdige Hinweise deuten darauf hin, dass Wochenend-Tschetniks, die in ihrer Freizeit zu Einsätzen gegen die Zivilbevölkerung nach Bosnien touren, enge Verbindungen zu den Jugo-Gangs in der Bundesrepublik unterhalten. Dort finden sie Unterschlupf und Unterstützung – ähnlich wie die italienischen Mafiosi, die zur Vendetta nach Sizilien reisen und ansonsten friedlich in Deutschland leben.

Bitterle meinte: »Na ja, mit ›glaubwürdigen Hinweisen‹ ist es immer so eine Sache. Ob das wirklich alles stimmt?«

»Ach, lies es doch selbst! Glaubst du, die haben sich das aus den Fingern gesaugt?« Kula streckte Bitterle ein paar der Seiten hin. »Hier, es geht noch weiter. Auch aus dem ›Spiegel‹, diesmal von März 2000.«

Vergewaltigungen in Bosnien: »Jetzt bekommst du ein serbisches Baby«
Es ist ein Novum in der Geschichte: Vor dem Internationalen Tribunal in Den Haag hat am Montag der erste Prozess begonnen, der sich ausschließlich um Vergewaltigung im Krieg dreht. Drei bosnischen Serben werden fünfzig Vergewaltigungen zur Last gelegt, darunter an Mädchen im Alter von 12 bis 15 Jahren. […]
»Es hat sich in mein Herz, in meine Seele eingebrannt. Ich denke daran, wenn ich zu Bett gehe und wenn ich aufstehe«, berichtet eine Frau, die in Bosnien vergewaltigt wurde. Sie ist kein Einzelfall: In dem dreijährigen Krieg gab es Lager, in denen Frauen Soldaten und paramilitärischen Kämpfern zu Willen sein mussten – Tag und Nacht. […]
Wie die Autorin Kelly Askin in ihrem Buch »Kriegsverbrechen gegen Frauen« schreibt, wurden viele der Vergewaltigungen in Bosnien-Herzegowina verübt, um Frauen mit einer Schwangerschaft zu brandmarken. Das in ihnen heranwachsende Kind brachte sie in einen Zwie-

spalt – es war ein Teil von ihnen, aber auch ein Teil der verhassten Serben. Tausende Kinder wurden so geboren, ihre genaue Zahl ist nicht bekannt. Die EU schätzt die Zahl der vergewaltigten Frauen auf 20.000; die bosnische Regierung spricht gar von 50.000.

Bitterle hatte mittlerweile selbst einen Blick auf einige der Seiten geworfen. »Mein Gott, das liest sich ja wirklich schrecklich.« Er schaute Kula mit betretener Miene an. »Die genannten Zahlen gehen allerdings merklich auseinander. Und die Wahrheit stirbt im Krieg bekanntlich als Erstes. Du glaubst doch sonst auch nicht alles unbesehen, was so behauptet wird.«

»Was ich glaube, spielt doch überhaupt keine Rolle!«, fauchte Kula. »Warum sollte sich jemand solche Gräueltaten ausdenken? Und wieso ›unbesehen‹? Die meisten dieser Berichte sind mit einem offiziellen Aktenzeichen von einem Gericht gezeichnet. Für jeden nachprüfbar.«

»Hmm, aber in diesem Ausmaß? Wer begeht denn solche Grausamkeiten, wie Zigaretten auf den Körpern von Frauen auszudrücken oder ihnen Gewehrläufe in die empfindlichsten Stellen zu rammen? Das machen doch nur sadistische Psychopathen. Und warum sollten Scharen von ganz normalen Männern plötzlich Frauen so was antun?«

»Warum? Weil sie dazu gezwungen werden, weil sie sich oder sonst wem was beweisen wollen oder müssen oder – was ich das Allerschlimmste finde – weil es ihnen einfach Spaß macht und sie ihre kranken Phantasien jetzt endlich hemmungslos und ohne Angst vor Strafe ausleben konnten! Es bereitet ihnen Lust und Vergnügen, unschuldige und dazu völlig wehrlose Frauen, die zum Teil noch halbe Kinder sind, zu quälen. Womöglich geht ihnen schon bei den Gedanken daran einer ab, weil sie sonst keinen hochkriegen.«

Kula pfefferte die restlichen Seiten auf den Boden und rannte aus dem Büro. Dabei stieß sie mit einem Sachbearbeiter zusammen, der gerade einen Rollwagen mit Akten und zwei Thermoskannen durch den Flur schob.

»Pass doch auf, du Arsch!«, ranzte sie ihn an. Sie eilte zur Damentoilette und erreichte mit knapper Not die Kabine, wo sie es gerade noch schaffte, den Klodeckel anzuheben.

Offenbar hatte sie in der Eile vergessen, die Tür zu verriegeln. Und Bitterle musste ihr gefolgt sein, denn plötzlich stand er nach kurzem Klopfen neben ihr und sah zu, wie sie sich vor dem Spiegel kaltes Wasser ins Gesicht spritzte.

»Raus hier! Das ist ein Damenklo und außerdem privat.«

»Kula, bitte! Beruhige dich!« Er ging einen Schritt auf sie zu und wollte sie in den Arm nehmen.

Brüsk schob sie ihn von sich. »Wie soll ich mich beruhigen?« Ihre Stimme bebte vor Empörung. »Ich sehe sie direkt vor mir, wie sie am Eingang vor einem ehemaligen Schweinestall Schlange stehen, blöde Witze reißen und sich Mut ansaufen. Der Schnaps wird rumgereicht, und wenn die Flasche leer ist, sorgt ein anderer für Nachschub. Und zehn Minuten später kommen sie am Ausgang raus. Manche rennen direkt an den Feldrand, um zu kotzen, andere stopfen sich ihre blutverschmierten Schwänze in die Hose, klopfen einander auf die Schulter und lachen dreckig.« Kula lehnte den Kopf zurück und sah hoch, ihre Augen glühten. »Und da verlangst du von mir, dass ich mich beruhigen soll? Sag mal, Konrad, geht's noch?«

Bitterle schwieg weiterhin, tat einen Schritt auf sie zu und schloss sie in seine Arme. Diesmal ließ sie es zu. Er hielt Kula einfach nur fest, spürte, wie sie am ganzen Körper zitterte.

»Und da reden so Schlaumeier davon, dass sich Menschen im Krieg nun mal einfach aufführen würden wie Tiere, das sei normal.« Sie schob Bitterle ein Stück von sich und sah ihn direkt an. »Glaub mir, kein Tier wäre je zu solchen Grausamkeiten imstande.«

»Kula, bitte, nun komm wieder runter. Du steigerst dich da gerade komplett in was rein.«

»Wie bitte? Ich steigere mich in was rein? Okay, was hältst du dann hiervon: Wenn's nach mir ginge, bekäme der Haderer einen Orden anstatt Knast! Er hat das getan, wozu die Justiz, wozu wir viel zu oft nicht in der Lage sind.«

Nun wurde Bitterle laut. »Kula, es reicht! Du wirst unsachlich und verlierst jedes Augenmaß. Haderer hat einen Menschen getötet, noch dazu einen, von dem nicht mal klar ist, ob er das, was Haderer ihm vorwirft, überhaupt getan hat! Und selbst wenn: Wir leben in einem Rechtsstaat, in dem jedem, auch den Schuldigen, ein fairer Prozess und der Schutz vor Selbstjustiz zusteht!«

»Es reicht, sagst du?« Kula stieß Bitterle von sich, sodass er gegen das Waschbecken stolperte. »Jetzt nimmst du diese Arschlöcher auch noch in Schutz? Ich fass es nicht!« Sie fuhr sich übers Gesicht, wischte sich eine Träne aus dem Augenwinkel und begann kurz darauf, hemmungslos zu heulen. Dabei konnte sie es selbst kaum fassen, wie unbeherrscht sie reagierte. Lag es an dem verpatzten Besuch bei ihren Eltern, an dem Knatsch mit Svenja oder an den schrecklichen Ermittlungsergebnissen, die auf sie einstürzten? Wahrscheinlich kam im Moment alles zusammen, und es war einfach zu viel.

Wenn das hier vorbei ist, dachte sie, rede ich mit Svenja. Und anschließend hole ich den Urlaub auf Naxos nach. Aber zuerst wird der Fall Haderer in trockene Tücher gepackt. Punkt! Dann ließ sie es zu, dass Bitterle wieder auf sie zuging, sie erneut an sich drückte und fest im Arm hielt.

Er strich ihr übers Haar und sagte: »Komm, Kula, du brauchst eine Pause. Lass uns in die Kantine gehen. Ich geb einen aus. Trink meinetwegen ein Bier, selbst wenn wir im Dienst sind.«

Kula schaute hoch und versuchte ein Lächeln. »Ein Schnaps wäre mir jetzt lieber, am besten eine ganze Flasche.«

»Das machen wir. Versprochen. Aber erst, wenn das hier alles fertig ist.«

Die Kantine war kaum besucht. Bitterle holte zwei Flaschen Bier aus der Kühltheke. Er ging mit Kula in die hinterste Ecke an den Tisch beim Fenster, das einen Blick auf die Blau und den großen Kinderspielplatz bot.

»Weißt du, was mich richtig wütend macht?«, fragte Kula, nachdem sie sich gesetzt hatten. »Dass Folter als Kriegsverbrechen gilt und entsprechend verfolgt wird, im Gegensatz zu Vergewaltigung. Selbst bei Massenvergewaltigung wurden die Gerichte erst ab Ende der 1990er Jahre tätig, zuvor galt das als so eine Art Kavaliersdelikt.« Kula nahm einen kräftigen Schluck, unterdrückte einen Rülpser und strich sich mit dem Handrücken über die Lippen. Dann fuhr sie fort: »Wenn ich mir vorstelle, wie der Haderer als junger Kerl gelitten haben muss, als er von den Lagern gehört hat. Als er erfuhr, dass seine junge Frau mit einem Baby im Bauch dort gefangen gehalten und missbraucht wird. Und wenn sie hübsch war, dann von frühmorgens bis spät in der Nacht. Tagein, tagaus, festgebunden auf einer versifften Matratze. Und diesen Schmerz hat er jahrzehntelang mit sich rumtragen müssen, hat kein normales Leben mehr führen, keine Beziehung mehr aufbauen können. Er kann von Glück sagen, dass sich damals Maura Zirbenthaler und der Größenfelder seiner angenommen haben.«

Bitterle nippte an seinem Bier, sagte aber nichts und sah gedankenverloren aus dem Fenster.

»Und durch einen Zufall findet er dann heraus, dass der geflohene und per internationalem Haftbefehl gesuchte Kriegsverbrecher Goran Petrović offenbar nicht irgendwo in Argentinien oder Chile auf einer Hazienda einen faulen Lenz schiebt, sondern hier in Ulm, mitten unter uns, ein ganz normales Leben als Wirt führt. Ist doch klar, dass er da ausgetickt ist. Meinen Segen hat er jedenfalls.«

»Kula! Fang nicht schon wieder an, denn ich sage es jetzt zum letzten Mal: Du wirst unsachlich. Und wenn du so weitermachst und nicht objektiv ermittelst, sondern dich von Emotionen statt von Fakten leiten lässt, bleibt mir keine Wahl, als dich von dem Fall abzuziehen.«

Kula knallte die Flasche auf den Tisch. »Wie bitte? Das wagst du nicht!«

»Doch, Kula, das wage ich. So gut solltest du mich inzwischen kennen.«

Kula wollte explodieren, zwang sich aber zur Ruhe. Sie trank den Rest Bier aus, sah dabei betont an Bitterle vorbei Richtung Büfett und sagte schließlich mit ruhiger Stimme: »Also gut. Ich werde mich bis zum Ende des Falles zusammenreißen und so objektiv wie möglich ermitteln. Aber jetzt muss ich an die frische Luft. Sonst platze ich.«

»Mach das«, sagte Bitterle. »Bis wann bist du zurück?«

»Eine Stunde vielleicht, oder auch früher.«

»In Ordnung.«

Sie standen auf, Kula tappte Bitterle mit zusammengekniffenen Lippen hinterher. Ihr war schwer ums Herz. Einen derartigen Streit wie eben hatte es zwischen ihr und Bitterle noch nie gegeben. Bislang war er ihr manchmal wie ein väterlicher Freund vorgekommen. Abrupt durchzuckte sie ein Gedanke, und sie blieb stehen. »Konrad!«

Bitterle drehte sich um.

»Schon mal dran gedacht, dass Zivković und Petrović womöglich Zwillinge gewesen sein könnten, die aber nach der Geburt von den Eltern getrennt wurden und dann unterschiedlich aufwuchsen?«

»Du hast vielleicht Nerven. Aber obwohl … Wie kommst du jetzt auf so was?«

»Nur so ein spontaner Einfall. Denk mal darüber nach.«

Kula verließ das Präsidium im Laufschritt, spurtete über den Hof des Neuen Baus und verschwand im Fischerviertel. Am Donauufer angekommen, wandte sie sich flussabwärts.

Nach wenigen Schritten hatte sie ihren Lauf- und Atemrhythmus gefunden und kam nach und nach zur inneren Ruhe. Trotzdem setzte ihr Bitterles Drohung, sie von dem Fall abzuziehen, gewaltig zu.

13

Samstag, 9. Juli, 14.00 Uhr, Ulm

Lukas war erschöpft. Die halbe Nacht und jetzt schon wieder den ganzen Tag hatte er mit PC-Recherche verbracht – erst in Sachen Zivković und Petrović, dann zum Thema »Vergewaltigung als Kriegswaffe«, was ihn emotional ziemlich mitgenommen hatte. Und nun kam Bitterle schon wieder mit einem Auftrag für ihn an. Dabei ging es erneut um die verblüffende Ähnlichkeit zwischen Goran Petrović und Milan Zivković. Bitterle wollte wissen, ob die beiden Zwillinge gewesen sein könnten.

Wie immer hatte Lukas zwei Dosen Energydrink dabei. Er stürzte eine davon in einem Zug runter und fühlte sich danach wieder halbwegs fit. Jetzt erinnerte er sich an einen Bericht über den organisierten Raub und Verkauf von Neugeborenen, besonders im damaligen Jugoslawien. Das könnte zu den unterschiedlichen Geburtsdaten von Zivković und Petrović passen.

Er schnappte sich seinen Laptop, wurde schnell fündig und vertiefte sich in einen Artikel der »ZEIT« aus dem Jahre 2014 mit dem Titel »Serbiens verschwundene Babys«.

> *Den Tag der Geburt ihres zweiten Sohnes wird Mira Dobrosavljević nie vergessen. 20 Jahre war die Näherin jung, als sie am 2. November 1989 im Krankenhaus der serbischen Industriestadt Pančevo einen völlig gesund wirkenden Jungen zur Welt brachte. »Sie gaben ihn mir zum Stillen. Er schien meinem verstorbenen Vater zu ähneln«, erinnert sich die 46-Jährige traurig lächelnd: »Es war ein Wunschkind. Ich war glücklich.«*
> *Doch ihre Freude sollte sich bald in Entsetzen und lebenslangen Gram wandeln. Am nächsten Tag eröffnete ihr*

eine Ärztin, ihr Kind sei wegen »Komplikationen« in eine Klinik der nahen Hauptstadt Belgrad gebracht worden. Drei Tage später erhielt ihr Mann ein Telegramm, dass das Kind verstorben sei: »Mein Mann fragte, ob wir das Kind beerdigen könnten. Sie sagten, nein, das macht das Krankenhaus.« Die betrübten Eltern nahmen die Auskunft klaglos hin: »Wir glaubten im damaligen Jugoslawien noch an den Staat. Es wäre mir bis dahin nie in den Sinn gekommen, an den Angaben offizieller Stellen zu zweifeln.«
Inzwischen hat Mira Dobrosavljević das Vertrauen in ihren Staat längst verloren. Denn nach jahrelanger Spurensuche ist sie überzeugt: Er wurde ihr geraubt und an zahlungswillige Ersatzeltern verkauft. Doch egal, bei welcher Behörde sie anklopfte, die meisten Türen blieben ihr verschlossen: »Sie sagten, ich sei verrückt und hätte mir alles ausgedacht. Aber ich bin zu hundert Prozent sicher, dass mein Sohn am Leben ist.«
Mira Dobrosavljević ist kein Einzelfall. Mehrere tausend Mitglieder zählt die »Vereinigung der Eltern der verschwundenen Babys« (URNBS), die seit Jahren in Belgrad um die Aufklärung des Schicksals ihrer kurz nach der Geburt für tot erklärten Kinder streitet. Auf 6.000 bis 10.000 wird die Zahl angeblich verstorbener Säuglinge geschätzt, die in den letzten fünf Jahrzehnten auf dem Weg von der Klinik zur Obduktion »verschwunden« sind.

Der Artikel ging noch weiter, führte zahlreiche Details auf, und Lukas konnte kaum glauben, was er las. Erst recht nicht, als er in einem weiteren Artikel aus einer anderen Zeitung dann sogar ein Interview mit einer Zeugin einer solchen Raubaktion entdeckte – einer namentlich anonym bleibenden ehemaligen Hebamme aus exakt jenem Militärkrankenhaus im Belgrader Stadtteil Vračar, wo Goran Petrović laut amtlichen Unterlagen am 8. Juli 1965 zur Welt gekommen war.

Auf gut Glück beschloss Lukas, den Journalisten, der den Artikel recherchiert und geschrieben hatte, ausfindig zu machen. Er rief in dessen Redaktion in Berlin an und schilderte sein Anliegen. Daraufhin wurde ihm zwar mitgeteilt, dass der ehemalige Mitarbeiter inzwischen im Ruhestand und nur noch gelegentlich für sie tätig sei. Man gab Lukas jedoch dessen Telefonnummer, die er sogleich anrief.

»Walter?«

»Guten Tag, Herr Walter. Bitte entschuldigen Sie die Störung. Hier spricht Lukas Langenwalter von der Ulmer Kriminalpolizei.«

»Nanu, habe ich was verbrochen?«

»Ganz im Gegenteil, Herr Walter. Ich hoffe, Sie können mir in einer Mordermittlung helfen, bei der wir momentan etwas im Dunkeln tappen.«

»›Mord‹ sagen Sie? Da bin ich aber mal gespannt.«

»Erinnern Sie sich an Ihre Reportage aus dem Jahr 2015, in der es um ›Die geraubten Babys von Belgrad‹ ging?«

»Aber natürlich! Wie könnte ich so etwas jemals vergessen? Ein Verbrechen war das. Eine Schandtat sondergleichen. Worum geht es Ihnen konkret?«

»Sie haben seinerzeit Zeugen befragt, besser gesagt: eine bestimmte Zeugin, die so einen Raub hautnah erlebt haben soll.«

»Daran erinnere ich mich allerdings ganz genau. Ich bin deswegen extra nach Slowenien gefahren und habe dort eine ehemalige Hebamme interviewt.«

»Slowenien? Es hieß doch, sie käme aus Belgrad.«

»Stimmt. Aber nach dem Zusammenbruch der ehemaligen Volksrepublik Jugoslawien wollte sie ihre Vergangenheit hinter sich lassen und meinte, sie bräuchte etwas Ruhigeres, mit mehr Natur und so.«

»Kann ich gut verstehen. Wäre es möglich, den Namen dieser Frau zu erfahren? Vielleicht haben Sie sogar noch ihre Kontaktdaten.«

»Hmm, normalerweise ist die Weitergabe solcher Informationen ein journalistisches Tabu. Wie könnte die Dame Ihnen denn helfen?«

Lukas schilderte in knappen Worten, worum es in dem Fall ging, und versprach, die Daten vertraulich zu behandeln.

»Ich verstehe«, sagte Herr Walter. »Also gut, ich denke, die Dame hat nichts dagegen, wenn dadurch ein Verbrechen aufgeklärt werden kann. Allerdings hoffe ich, dass sie noch bei guter Gesundheit ist. Als ich sie damals besucht habe, war sie schon recht betagt.«

Nachdem Lukas Namen und Anschrift sowie die Telefonnummer der ehemaligen Hebamme erhalten hatte, legte er auf und lehnte sich zufrieden zurück.

***

Als Kula gegen halb zwei von ihrer spontanen Laufrunde ins Präsidium zurückkehrte, hatte sie sich wieder halbwegs im Griff. Mit nun etwas rationalerem Blick musste sie Bitterle sogar recht geben. Ihr Verhalten war absolut unprofessionell gewesen, und sie verstand selbst nicht, weshalb sie vorhin so an die Decke gegangen war.

Sie hastete in den zweiten Stock und ging den Flur entlang. Dort kam ihr Lukas bereits entgegen.

»Falls du Bitterle suchst: Der ist wieder bei Haderer. Aber ich hab auch was für dich! Bin mir sicher, das haut dich von den Socken.«

»Was ist denn jetzt schon wieder?«, fragte Kula leicht genervt. »Mach's nicht so spannend!«

»Hier, schau mal, was ich aufgetrieben habe. Eine Zeugin, die uns womöglich in Sachen ›Zivković und Petrović‹ weiterhelfen kann.«

Kula überflog die Notiz. »Lukas, du bist und bleibst ein Genie. Wie machst du das bloß immer?«

»Tja, wenn ich das wüsste.« Lukas grinste, wünschte ihr viel Glück und verkrümelte sich zurück hinter seinen Laptop.

Kula suchte sich ein leeres Arbeitszimmer. Das folgende

Telefonat wollte sie in Ruhe führen. Konzentriert tippte sie die lange Rufnummer ein und wartete gespannt. Es ging jedoch niemand ran, und nach dem zehnten Klingeln nahm sie das Handy vom Ohr, legte aber noch nicht auf. Ob der Tipp des Journalisten, der laut Lukas dieses Interview geführt hatte, eine Sackgasse war? Und selbst wenn nicht: Womöglich war die Hebamme, von der ja noch nicht mal feststand, dass tatsächlich sie einst Goran Petrović auf die Welt geholfen hatte, überhaupt nicht willens oder in der Lage, ein Gespräch zu führen. Schlimmstenfalls war sie gar nicht mehr am Leben.

Kula rechnete nach. Petrović wurde 1965 geboren, ging also mittlerweile auf die sechzig zu. Angenommen, die Hebamme war zu dieser Zeit Mitte zwanzig gewesen, müsste sie heute schon über achtzig sein. Mindestens! Frustriert sah Kula auf das Display mit der slowenischen Vorwahl und der Rufnummer in Ljubljana und wollte schon auflegen, als sich eine brüchige Stimme meldete.

»Nika Babič, *dober dan.*«

Kula konnte ihr Glück kaum fassen! »*Dober dan*, sprechen Sie Deutsch?«

Die Dame antwortete mit deutlich hörbarem Akzent: »Ein wenig, warum? Wer sind Sie?«

»Guten Tag, Frau Babič. Hier spricht Kula Skoulatopulos von der Kriminalpolizei in Ulm. Bitte entschuldigen Sie den überfallartigen Anruf, aber ich bin durch einen Artikel –«

»Seien Sie mir bitte nicht böse, aber könnten Sie etwas langsamer sprechen? Ich habe die deutsche Sprache schon lange nicht mehr gebraucht.«

»Oh, Verzeihung. Selbstverständlich! Also, was ich sagen wollte: Im Zuge von Ermittlungen hier in Ulm stieß ich auf einen Zeitungsartikel, in dem gewisse Adoptionspraktiken im ehemaligen Jugoslawien beschrieben wurden. Der Journalist hatte für seine Recherchen auch ein Interview mit Ihnen geführt und war nun so freundlich, uns Ihren Namen und Ihre Telefonnummer zu nennen. Sie könnten uns sehr weiterhelfen, wenn Sie mir in einer bestimmten Sache etwas genauer Auskunft geben würden. Ich hoffe, es ist Ihnen nicht unangenehm, über Ihre Vergangenheit zu sprechen. Das war ja damals sicher für alle Beteiligten nicht einfach.«

»Da haben Sie wohl recht. Aber über etwas zu schweigen, das falsch war, macht die Sache nicht wieder gut. Im Gegenteil! Deshalb habe ich diesem Journalisten das Interview gegeben. Was möchten Sie wissen?«

Kula war hin- und hergerissen, was und wie viel sie einer Außenstehenden über den Fall verraten durfte, entschied sich letztlich aber, Klartext zu reden. »Es geht um Adoptionen von Babys, die ohne Wissen der leiblichen Eltern im ehemals sozialistisch regierten Jugoslawien durchgeführt wurden.«

»›Sozialistisch‹ ist gut«, kam es von Frau Babič. In ihrer Stimme schwang unverhohlener Hohn mit.

Kula ging nicht weiter darauf ein, sondern fuhr fort: »Bevor wir uns weiter unterhalten, möchte ich Sie fragen, ob Sie damit einverstanden sind, dass ich das Gespräch aufzeichne.«

»Wenn es Ihnen hilft, warum nicht?«

»Gut, vielen Dank. Also: In dem erwähnten Zeitungsartikel stand, dass bereits seit den späten 1950er Jahren auf Veranlassung der Regierung neugeborene Kinder von ihren Eltern getrennt, zur Adoption freigegeben und mit hohem Gewinn an ›neue Eltern‹ verkauft wurden. Dabei soll es sogar vorgekommen sein, dass Zwillinge in unterschiedlichen Familien landeten.«

Am anderen Ende der Leitung herrschte längeres Schweigen, bis sich Frau Babič räusperte und sagte: »Sie müssen jemand ganz Bestimmtes im Auge haben, sonst würden Sie mich nicht fragen.«

»Das ist richtig. Es geht um zwei Personen, genauer gesagt Männer, die dem Aussehen nach Zwillinge sein könnten. Allerdings sind ihre Geburtsdaten nicht identisch, sie weichen um eine Woche voneinander ab.«

»Sie meinen bestimmt die zwei Buben, die im Juli 1965 bei uns in Vračar geboren wurden, habe ich recht?«

Kula jubelte innerlich. Es gab tatsächlich eine Verbindung

zu Petrovićs Geburtsort – und ein zweites Kind! »Vollkommen! Sie können sich an den Fall offensichtlich erinnern.«

»Wie könnte ich so eine Schandtat jemals vergessen?«

»Bitte erzählen Sie.«

***

Die Hebamme Nika Babič hat Dienst auf der Entbindungsstation im Militärkrankenhaus in Vračar, einem Stadtteil von Belgrad. In dieser Nacht ist sie allein mit der Oberschwester und dem Chefgynäkologen, obwohl mehrere, teils komplizierte, Geburten anstehen. Mit ihren fünfundzwanzig Jahren hat sie zwar schon einige Erfahrung, ist aber erst seit einem halben Jahr in dieser Abteilung.

Immer wieder schaut sie nach Darina, einer jungen Frau, die im Kreißsaal liegt, nur abgetrennt von den anderen Gebärenden durch behelfsmäßige Trennwände – geraffter Kunststoff zwischen Eisenrahmen auf kleinen Rädchen. Darinas Wehen dauern schon seit Stunden an. Der Geruch nach Desinfektionsmitteln, Schweiß und Exkrementen raubt Nika fast den Atem.

Darina ist am Ende ihrer Kräfte, aber die beiden Babys wollen und wollen nicht ins Leben kommen.

Schließlich geht Nika zum Chefarzt. Ohne zu zögern, ist er bereit, sich der Frau persönlich anzunehmen.

Er begleitet Nika zu Darina, führt einige Untersuchungen durch und nach einem kurzen Blick zur Oberschwester, die nun auch dazugekommen ist und hinter ihm steht, nickt er ihr zu und flüstert: »Ich denke, es ist so weit. Machen Sie alles bereit. Wir holen sie jetzt.« Nika wiederum weist er an, wobei er den Zeigefinger hebt: »Und Sie sehen nach den anderen Frauen und bleiben bei ihnen. Lassen Sie sie nicht aus den Augen. Nötigenfalls geben Sie denen was Leichtes zur Beruhigung. Wir müssen uns jetzt schleunigst um die Zwillinge kümmern.«

Nika will etwas sagen, findet, dass sie als Hebamme ebenfalls bei der Geburt anwesend sein sollte, aber sie weiß, dass der Chef keinen Widerspruch duldet.

Darina wird aus dem Kreißsaal in den OP-Bereich geschoben. Sie schafft es gerade noch, kurz Nikas Hand zu ergreifen und diese fest zu drücken, dann wird sie von ihr fortgerissen.

Nika sieht ihr nach. Ihr ist nicht wohl dabei, Darina allein zu lassen, und sie verspürt eine ungewisse Angst. Die Tür pendelt und fällt zu. Nika bleibt allein im Kreißsaal, kümmert sich um die anderen Frauen und hofft, dass in nächster Zeit bei keiner die Wehen einsetzen werden. Doch alles bleibt ruhig, abgesehen von einzelnen Seufzern und gelegentlichem Stöhnen.

Eine halbe Stunde später geht Nika zur Tür, öffnet diese einen Spalt und lauscht. Von ferne meint sie, den Schrei eines Neugeborenen zu hören, doch bevor sie in den Flur gehen kann, um sich zu vergewissern, muss sie zurück in den Kreißsaal. Bei einer der Frauen setzen nun doch die Wehen ein.

***

»Schließlich kam die Oberschwester, schaute kurz zur Tür herein und schüttelte nur wortlos den Kopf. Ich habe geahnt, dass da etwas nicht mit rechten Dingen zugegangen sein kann. Mit der Zeit bekommt man ein Gefühl dafür, wissen Sie? Eine Stunde später wurde Darina in ein Zimmer verlegt, sie war von der Narkose noch benommen, denn sie hatten die Buben mit einem Kaiserschnitt geholt. Ich saß neben ihr auf der Bettkante, als sie erwachte. Kaum hatte sie die Augen offen, sah sie sich nach links und rechts um und fragte nach ihren Babys. Als ich ihr sagte, dass ich den Arzt holen würde, richtete sie sich auf, und ihr Blick wurde panisch. Sie umklammerte meine Hand und fragte, ob denn alles in Ordnung sei und wann sie endlich ihre Kinder sehen und im Arm halten könne. Ihre Brüste waren schon kurz davor zu platzen. Mich hat es beinahe zerrissen vor Schmerz, denn ich ahnte, was geschehen war.«

»Was wollen Sie damit sagen?«, fragte Kula, die mit den Fingern der freien Hand auf der Tischplatte trommelte.

»Es ging damals in Vračar das Gerücht, dass gerade unter der Aufsicht des Chefarztes von Zeit zu Zeit Babys angeblich bei der Geburt verstarben, aber tatsächlich in die Obhut von Ammen und später zur Adoption gegeben wurden. Deshalb fürchtete ich, dass nun vor meinen Augen genau das passiert war: Man hatte die Buben geholt, und sie würden verkauft, ohne dass die Mutter sie je zu Gesicht bekäme. Ich ging los und wollte den Chefarzt sprechen. Die Oberschwester sagte mir, er sei abwesend. Auf meine Bitte hin, dass sie doch nach Darina sehen sollte, denn die verlange nach ihren Babys, meinte die Schwester nur, Darina solle sich nicht so anstellen. Sie sei noch jung und könne jederzeit wieder Kinder kriegen. Da fragte ich, was denn überhaupt mit den Zwillingen passiert sei, und sie meinte bloß knapp, es habe Komplikationen gegeben und sie seien kurz nach der Geburt gestorben. Ich war mir aber sicher, dass das nicht stimmte, denn nur Stunden zuvor war Darina ja noch untersucht, mit dem Stethoskop abgehört und abgetastet worden. Der Arzt hatte ihre Wange getätschelt und gesagt, dass alles in Ordnung sei und sie sich keine Sorgen machen solle. Ich wäre am liebsten auf und davon, aber ich musste zu Darina, um ihr die furchtbare Botschaft zu überbringen.«

Kula hatte gemerkt, wie Nika Babičs Stimme zuletzt immer brüchiger geworden war, bis sie nun ganz verstummte. Sie war sich sicher, dass die alte Frau weinte. Was für ein schrecklicher Gedanke, einer jungen Mutter, die sich monatelang auf ihre Kinder gefreut hatte, sagen zu müssen, dass beide Babys bei der Geburt gestorben waren, und dabei genau zu wissen, dass dies eine Lüge war.

Nika Babič schnäuzte sich und fuhr flüsternd fort. »Ich glaube, das war der schrecklichste Tag in meinem ganzen Leben.«

***

Nika geht auf die Wöchnerinnenstation, in die sie Darina gebracht haben. Leise öffnet sie die Tür zu deren Zimmer.

Sofort hebt Darina den Kopf. »Wo bleibt der Arzt? Wo sind meine Kinder, was ist mit ihnen? Wann kann ich sie endlich sehen?«

Nika stellt einen Stuhl neben ihr Bett. Sie kann die Tränen nicht zurückhalten, als sie Darina über die von kaltem Schweiß überzogene Stirn streicht und danach das Kissen richtet. »Ich habe eine ganz traurige Nachricht für Sie.«

»Sagen Sie nicht, dass es Probleme gegeben hat!«

Nika holt tief Luft, hält sie lange an und lässt sie schließlich langsam ausströmen. Dann greift sie nach Darinas Hand.

Darina krallt sich an Nika fest, ihre Stimme ist ein heiseres Krächzen. »Was ist passiert?«

»Es gab Komplikationen. Sie waren nicht vorhersehbar, die Nabelschnüre müssen sich verheddert haben. Es wurde alles Erdenkliche getan, aber die Buben waren nicht zu retten.«

Nika wird schlecht bei dieser dreisten Lüge, aber was soll sie machen? Würde sie sich der Anweisung widersetzen, wäre sie nicht nur ihre Stellung los, sondern müsste neben einem lebenslangen Berufsverbot mit einer Gefängnisstrafe rechnen, wenn nicht sogar mit weit Schlimmerem.

Darina bäumt sich auf. Ihr Schrei hallt durch die ganze Station. Nika versucht, sie ins Kissen zu drücken, doch die tobende Mutter ist stärker. Sie schleudert die Hebamme zur Seite, reißt sich den Venenzugang aus dem Handrücken und rennt aus dem Zimmer. Auf dem Flur brüllt sie: »Wo sind meine Kinder? Was habt ihr mit meinen Kindern gemacht? Gebt mir meine Babys!«

Nika bleibt zurück, ohne Hoffnung, Darina trösten zu können. Denn sie weiß, ihr hat man nicht nur die Kinder geraubt, sondern der Teufel hat ihr auch noch die Seele aus dem Leib gerissen.

***

Kula fiel es schwer, nach den Schilderungen der Hebamme die Fassung zu bewahren. Sie trank einen Schluck Wasser und wischte sich über die Lippen. »Wissen Sie denn, was mit den Zwillingen passiert ist?«

»Allerdings. Es hat mir keine Ruhe gelassen. Ich habe versucht, die Zahlenkombination des Tresors im Chefarztzimmer herauszufinden, hatte aber kein Glück. Dort hätte ich vermutlich sämtliche Unterlagen gefunden, was den Raub von Neugeborenen anging.«

»Sie sprechen in der Mehrzahl?«

»Natürlich, denn die Gerüchte stimmten: Es war in diesem Krankenhaus in der Tat üblich, Kinder zu rauben und an zahlungskräftige Interessenten im In- und Ausland zu verkaufen. Der marode Staat brauchte Devisen.«

»Von welchen Summen sprechen Sie?«

»Die Geschäfte wurden grundsätzlich in Dollar getätigt. So ab zehn-, fünfzehntausend Dollar konnten Sie ein Baby kaufen. Doch bei den Zwillingen lag der Fall anders.«

»Wie sind Sie denn überhaupt an diese Informationen gekommen?«

»Meine Cousine arbeitete in einem Amt, das man heute wohl als Familienministerium bezeichnen würde. Dort wurden die Adoptionen abgewickelt. Alles natürlich unter strengster Geheimhaltung und entsprechend schwer zugänglich. Aber meine Cousine hat sich nie mit diesen illegalen und menschenverachtenden Machenschaften abfinden können, deshalb hat sie mir geholfen, die Spur der Zwillinge nachzuverfolgen.«

»Und mit welchem Ergebnis?«

»Ein reicher Kaufmann und Kunstsammler aus Florenz hatte unglaubliche hunderttausend Dollar geboten, wenn er dafür Zwillinge mit ganz bestimmten genetischen Eigenschaften bekommen könnte.«

»Aber damals steckte die Gentechnik doch noch in den Kinderschuhen.«

»Das schon. Doch wenn man zusätzlich die Lebensumstände der Eltern in Betracht zog, konnte man trotzdem recht verlässliche Vorhersagen treffen.«

»Das wusste ich nicht. Wie waren sie denn im Fall der verkauften Zwillinge?«

»Nun, Darina war Apothekerin, ebenso wie ihre Eltern. Sie hatte ihr Studium mit Bestnoten abgeschlossen, zudem war sie mehrmals jugoslawische Leichtathletikmeisterin im Siebenkampf. Ihr Mann war Lehrer für Mathematik, Physik und Sport. Nebenbei hatte er an verschiedenen Forschungsprojekten teilgenommen, die allesamt internationale Preise gewonnen haben. Also, was körperliche und intellektuelle Leistungsfähigkeit angeht, doch die besten Voraussetzungen, um diese Eigenschaften an die Nachkommen weiterzugeben. Finden Sie nicht?«

»Allerdings. Aber was ist aus der Adoptionsvereinbarung mit dem Mann aus Florenz geworden? Denn wenn es sich bei Darinas Söhnen tatsächlich um die beiden Männer aus unserem Fall handelt, wuchsen sie in Pula beziehungsweise Belgrad auf. Wieso sind Milan und Goran nicht Italiener geworden?«

»Pula und Belgrad? Milan und Goran? Dann sind es die beiden, die Sie suchen. So stand es in den Unterlagen, die meine Cousine mir beschaffen konnte. Und um Ihre Frage zu beantworten: Die Anweisung kam wenig später von ganz oben. Es wurde verfügt, dass Kinder mit solchen, nennen wir es: ›genetisch hochwertigen‹, Eigenschaften nicht weiter außer Landes verkauft werden dürften, sondern dem sozialistischen Staat erhalten bleiben müssten. Also wurden Darinas Söhne nun einem hochrangigen Offizier der Armee zugeführt. Man wollte für die Zwillinge die bestmögliche militärische Laufbahn vorbereiten. Aber dann kam es anders. Die Frau des Militärs erwies sich rasch als nicht imstande, beide Kinder großzuziehen. Also wurden sie getrennt. Dabei wurde darauf geachtet, dass der Kräftigere und Willensstärkere in Belgrad bleibt.«

»Also Goran. Und Milan?«

»Milan wurde an die Familie Zivković, ein Hoteliers-Ehepaar aus Pula, quasi verscherbelt. Sie hatten schon länger auf der Adoptionswarteliste gestanden.«

»Aber die Geburtsdaten der beiden unterscheiden sich laut Register um eine Woche. Wie kann das sein, Frau Babič?«

»Falsche Daten waren das geringste Problem. Es waren ja schließlich amtliche Dokumente. Und um möglichst wenig Spuren zu hinterlassen, erhielten geraubte Babys ein gefälschtes Datum.«

»Erinnern Sie sich denn noch an das tatsächliche Geburtsdatum der beiden?«

»Aber selbstverständlich. Es war der 10. Juli, egal was in den Dokumenten steht. Glauben Sie mir, so einen Tag mit diesen Folgen vergisst man sein ganzes Leben nicht.«

»Von welchen Folgen sprechen Sie?«

»Ich spreche von Darina. Sie hat den vermeintlichen Tod ihrer Kinder nie verkraftet und ist depressiv geworden. Nach einem Jahr hat sich ihr Mann von ihr getrennt. Wenig später hat sie sich das Leben genommen.«

14

Samstag, 9. Juli, 15.15 Uhr, Ulm

Nachdem Kula sich bei Nika Babič für deren Offenheit bedankt hatte, lehnte sie sich zurück. Das war es also! Endlich fügte sich das entscheidende Teil in dieses Puzzle.

Sie machte sich wieder auf den Weg zu Lukas, der bei ihrem Eintreten auf seinem Stuhl herumwirbelte. »Und? Hast du die Hebamme erreicht? Was ist denn rausgekommen?«

»So einiges. Dank Frau Babič weiß ich jetzt, was damals passiert ist. Starker Tobak, kann ich dir sagen.«

Lukas beugte sich vor. »Schieß los.«

Kula schob Papiere beiseite und nahm auf der Tischkante Platz. »Ich mache es kurz: Zivković und Petrović sind tatsächlich Zwillinge gewesen, wurden jedoch gleich nach der Geburt erst von der Mutter und dann auch noch voneinander getrennt. Anschließend sind sie mit manipulierten Geburtsunterlagen komplett unterschiedlich aufgewachsen – der eine in einer kroatischen Hoteliersfamilie, der andere als Sohn eines serbischen Obersts. Zivković sind also die Grausamkeiten seines Zwillingsbruders zum Verhängnis geworden – Haderer hat den Falschen getötet!«

Lukas ließ sich zurück in die Lehne fallen. »Ach du Scheiße, das ist echt heftig. Dass die beiden Zwillinge gewesen sein könnten, war vom Äußeren fast zu vermuten, aber die unterschiedlichen Lebensläufe und Geburtsdaten …«

»Ja, wer konnte so was denn ahnen?«

Lukas holte tief Luft. »Echt krass!«

»In der Tat. Ich gehe jetzt zu Bitterle und informiere ihn. Der wird noch im Verhör mit Haderer sein, oder?«

»Ja, ist er. Aber den Weg kannst du dir sparen. Er hat vorhin eine Nachricht geschickt. Haderer ist bockig und weigert sich, weitere Aussagen zu machen. Vor allem zur Tatnacht schweigt er hartnäckig. Weder dazu, wie er mit Bellmann zum ›Plitvička‹ gekommen ist, noch zum Hergang der Tat selbst macht er irgendwelche Angaben. Dabei ist das von den Abläufen her doch wichtig und könnte ihn sogar entlasten. Noch steht ja gar nicht hundertpro fest, dass es wirklich seine Messerstiche waren, die Zivkovićs Tod verursacht haben.«

Kula sah ihn skeptisch an.

Lukas winkte ab. »Egal, jedenfalls lässt Bitterle ausrichten, du sollst ins BWK fahren und versuchen, aus Bellmann was rauszukriegen.«

»Na toll, der hat mir gerade noch gefehlt …«

Lukas grinste. »Bitterle meint, du wüsstest genau, wie der anzupacken ist. Außerdem ist mir gerade eine Idee gekommen, und ich würde zu der Zwillingssache gern noch ein kleines Experiment durchführen.«

»Schon okay, Lukas. Meine Waffe lasse ich aber hier. Ich hab keine Lust auf die ganzen Umstände, die mich im BWK deswegen erwarten würden.«

»Ach so, und ich dachte schon, du hast Angst, Bellmann was anzutun …« Lukas zwinkerte Kula zu, dann wünschte er ihr viel Glück und drehte sich wieder zu seinem Laptop um.

Während die Fahrbereitschaft sie auf den Eselsberg kutschierte, versuchte Kula, sich eine Strategie zurechtzulegen, wie sie Bellmann dazu bringen könnte, ihr die fehlenden Informationen zu geben. Sie müsste ihn unter Druck setzen, dabei aber zugleich darauf achten, dass sie sich nicht in der Wortwahl vergriff oder anderweitig ausfällig würde. Die Gefahr dafür war groß, das ahnte sie, angesichts ihrer derzeitigen Gemütsverfassung und nach dem, was sie über Bellmanns Frauenverachtung wusste. Doch ihr fiel beim besten Willen nichts ein, also würde sie spontan entscheiden müssen – wie üblich.

Die Kontrollen am Schlagbaum des Bundeswehrkrankenhauses waren trotz der Ankunft in einem Einsatzfahrzeug der

Polizei langwierig. Erst nachdem ihre Papiere, der Dienst- sowie der Personalausweis, gecheckt worden waren, durfte Kula passieren.

Hinter der Drehtür am Klinikeingang folgte eine ähnliche Prozedur. Bis sie den Passierschein erhalten hatte, vergingen weitere zehn Minuten. Nach einer gewissenhaften Körperkontrolle wurde sie endlich zur chirurgisch-orthopädischen Station durchgelassen, wo Bellmann lag.

Unterwegs kam ihr eine Gruppe junger Soldatinnen entgegen, die unbeschwert plauderten und kicherten und ihr zulächelten. Auf der Station, wo sie selbst ja erst gestern versorgt worden war, begegnete Kula ausgerechnet Dr. Ballaké Diagouraga, der gerade aus einem Krankenzimmer kam.

»Also daar steiht mi den Verstand still! Was machen Sie denn schon wieder hier, Frau Skoulatopulos? Habe ich Ihnen nicht gesagt, Sie gehören die nächste Zeit ins Bett oder zumindest auf ein Sofa?«

Kula zog eine Schnute und blinzelte verlegen. »Ich weiß doch, Herr Doktor, aber stellen Sie sich mal vor, Sie müssten mitten in einer Operation weg, warum auch immer, und dann stirbt Ihr Patient unter anderen Händen. Das würden Sie doch auch nicht machen, oder?«

»Da ham Sie auch wieder recht. Aber sagen Sie nicht, Sie wollen zu Bellmann, dem Burschen, der Sie so zugerichtet hat.« Dann schielte er auf Kulas Arm. »Was macht er übrigens, Ihr Ellbogen?«

»Nur wenn ich dran denke, zwickt es ein bisschen.« Demonstrativ hob sie den Arm und wedelte damit. »Aber stimmt, ich muss zu Bellmann, ein paar Fragen dulden keinen Aufschub. Und das muss jetzt sein.«

Diagouraga schüttelte den Kopf. »Mädchen, Mädchen, seien Sie bloß vorsichtig, mit dem Kerl is nicht zu spaßen!«

»Weiß ich, aber ich weiß auch, wie ich ihn zur Not ruckzuck ruhigstellen kann.«

»Keine Dummheiten! Nicht, dass ich bei dem noch mal schnippeln muss!« Er hob mahnend den Zeigefinger.

»Keine Sorge, Herr Doktor.« Kula grinste, drehte sich um und ging weiter. Dabei hörte sie Diagouraga noch murmeln: »Unverbesserlich und unbelehrbar, diese Griechinnen. Immer schon gewesen.«

Sie klopfte an Bellmanns Zimmertür und trat ein, ohne zu warten. Bellmann saß halb aufrecht im Bett, verfolgte im Fernsehen ein Autorennen und blätterte nebenbei in einer Sportzeitschrift.

Das Fenster war geschlossen, der Raum roch nach herbem Deo, Schweiß und Krankenhaus. Bellmanns Bein mit dem gebrochenen Knie lag angewinkelt auf einer Unterlage, von dort führte ein Schlauch zu einem Beutel, der am Bettrand hing und zur Hälfte mit einer klaren hellbraunen Flüssigkeit gefüllt war. Am Kopfende ein Ständer mit einer Infusionsflasche, aus der ein weiterer Schlauch zu einer Nadel in Bellmanns Handrücken führte. Der andere Arm war mit einer Handschelle am Bettgestell festgemacht. Kula fühlte sich sicher.

»Was willst du denn hier, du Schlampe?«, pfiff Bellmann sie an. Er richtete sich auf, so weit es die Fesselung zuließ, schielte auf Kulas geschienten Arm und zog eine Grimasse. »Wohl immer noch nicht genug. Komm her und setz dich!«

»Bleiben Sie bitte sachlich, Herr Bellmann. Ich bin hier, um Ihnen ein paar Fragen zu stellen. Es liegt an Ihnen, ob und was Sie darauf antworten. Aber ich kann Ihnen versichern, dass ich am längeren Hebel sitze.«

»Na, da bin ich aber mal gespannt und schon ganz ängstlich. Hu-hu-hu.« Dabei klimperte er mit den Fingern in Kulas Richtung.

Kula verzog keine Miene. Sie nahm einen an der Wand stehenden Stuhl und schob ihn zu Bellmanns Bett, wobei sie darauf achtete, außerhalb seiner Reichweite zu bleiben. »Mich interessiert, was in der Tatnacht und in der Zeit davor geschehen ist. Präziser gesagt, der gesamte Zeitraum, während Burkard Haderer bei Ihnen zu Gast war.«

»Und warum sollte ich darauf antworten?«, fragte Bellmann mit einem Unschuldsgesicht.

»Ganz einfach: Es kommt auf meine Aussage an, weswegen Sie schlussendlich angeklagt werden.«

»Pah! Du bist dumm gefallen und hast dich verletzt. Ich wollte dir helfen, dabei hast du mich getreten, und jetzt liege ich hier. Aussage gegen Aussage, ganz einfach! Und auf dich wartet ein Disziplinarverfahren, wenn's dumm läuft.«

Kulas Augen ruhten auf Bellmann. »Da irren Sie sich, und zwar ganz gewaltig. Was meinen Sie, wem das Gericht mehr Glauben schenken wird? Einem mehrmals Vorbestraften, unter anderem wegen diverser Gewaltdelikte, schwerer Körperverletzung, Drogenhandel und Prostitution? Oder einer Kriminalhauptkommissarin mit einer tadellosen Vergangenheit? Ich bin mir sicher, ich habe das bessere Blatt in diesem Spiel.«

Bellmann stierte statt einer Antwort auf den Fernsehbildschirm, wo an einem Boxenstopp Reifen gewechselt wurden.

»Also, was ist jetzt? Sie können entscheiden, ob Ihre Attacke auf mich als versuchter Totschlag oder nur als tätlicher Angriff gewertet wird. Der Unterschied macht mit Sicherheit drei bis fünf Jahre aus.«

»Fotze«, murmelte Bellmann.

Kula ignorierte die Beleidigung und sah ihn weiter reglos an.

»Also gut, was willst du wissen?«

»Alles! Alles, was mit Burkard Haderer zu tun hat. Wieso er bei Ihnen aufgetaucht ist, was der Plan war, und wieso Sie ihm geholfen haben, Milan Zivković zu töten und in der Donau zu versenken. Einiges wissen wir bereits durch unsere Ermittlungen und Haderers Aussage. Nun interessiert uns Ihre Version.«

Bellmann hob das Kinn, zeigte mit dem Finger auf Kula und brauste auf. »Moment mal! Mit dem Tod des Jugos habe ich nichts zu tun, damit das klar ist.«

»Das wird sich noch zeigen. Aber zuerst will ich wissen, was mit Zivković passiert ist.« Kula zog ihr Handy hervor und startete die Aufnahmefunktion.

»Was soll das jetzt werden?«

»Nur zu Ihrer eigenen Sicherheit. Nicht, dass mir hinterher von Ihnen eine Falschaussage nachgesagt werden kann.«

Bellmann schluckte trocken und rieb sich die Nase. Sein Blick irrte im Zimmer umher, bis er sagte: »Gut, meinetwegen.«

»Ich bin so weit.«

»Haderer hatte die fixe Idee, dieser Jugo wäre der von ihm gesuchte Goran Petrović, den er für den Tod seiner Frau verantwortlich gemacht hat.«

»Hat er das so gesagt?«

»Er hat von nichts anderem gesprochen, und er wollte unbedingt seinen Tod. Eigenhändig wollte er sich an ihm rächen.«

»Wieso ist er überhaupt bei Ihnen aufgetaucht, und warum haben Sie ihm geholfen?«

»Kameradschaftsehre. Ein alter Kumpel aus Graz hat ihn geschickt und mir neben ein paar Infos auch Fotos von dem Jugo gemailt, wo der an seinem Grillstand feiert. Als Haderer da war, hat er mir Bilder von diesem Petrović gezeigt. Bilder, als der noch jung war. Aus einem Zeitungsartikel. Und da gab es eine Ähnlichkeit, trotz des Altersunterschieds.«

»Weiter!«

»Wir sind zuerst aufs Donaufest und haben die Lage gepeilt. Als Haderer den Typen am Grillstand gesehen hat, war er seiner Sache sicher. Wir sind dann abends zu dem Gartenlokal gefahren und haben gewartet. Lange ist nichts passiert, dann kam der Typ mit seinen zwei Weibern angefahren, und die haben ihren Krempel reingebracht. Später hörten wir einen lauten Streit. Und kurz darauf kam der Jugo aus dem Lokal gestolpert und ist mit einer Schnapsflasche über die Wiese in Richtung Donau getaumelt.«

»Schnapsflasche? Woher wissen Sie das?«

Bellmann drehte die Augen zur Decke. »Mädchen, weil ich es gesehen habe. Er hat sich da auf eine Bank gesetzt, ist aber gleich darauf irgendwie zusammengesackt. Und als wir zu ihm hin sind, lag eine Flasche mit einem Rest Slibowitz neben der Parkbank.«

»Okay, und weiter?«

»Der Typ hing schief auf der Bank, sein Maul stand offen, und er hatte die Augen nach oben verdreht. Meiner Meinung nach war der hin.«

»Wie kommen Sie darauf? Haben Sie seine Vitalfunktionen überprüft?«

»Bin ich vielleicht Arzt? Außerdem – wie käme ich dazu! Der Kerl ging mich doch einen feuchten Dreck an und sollte sowieso sterben. Das war einzig und allein Haderers Ding.«

Eiskaltes Arschloch, dachte Kula und musste an sich halten, dies nicht laut auszusprechen. Sie strich sich eine Haarsträhne aus dem Gesicht und bemerkte dabei Bellmanns lüsternen Blick. »Und was war dann?«

»Haderer ist zur Bank, hat ihn bloß angeschaut und gerufen: ›Was soll das jetzt?‹ Dann hat er ihn an der Schulter gepackt und geschüttelt. Da ist er von der Bank gefallen.«

»Hatte er eine Verletzung?«

»Kann sein, dass er am Kopf geblutet hat. Aber warum sollte ich mir darüber Gedanken machen? Jedenfalls hat Haderer ihn von der Bank auf den Weg gezerrt und wie ein Irrer auf ihn eingestochen. Immer wieder und wieder. Bis ich ihn beiseitegenommen habe. ›Lass gut sein‹, habe ich gesagt, ›der Kerl ist hin, und du hast deine Rache.‹ ›Einen Scheiß habe ich!‹, hat er gerufen. ›Ich wollte die Todesangst in seinen Augen sehen und dass er mir ins Gesicht sagt, was damals in dem Lager passiert ist!‹ Dann ist er zusammengebrochen und hat Rotz und Wasser geheult.«

Kula versuchte, sich Haderers Gefühle vorzustellen. Dreißig Jahre sann dieser Mann auf Vergeltung, da er den Tod seiner jungen Frau rächen wollte, und dann, kurz vor dem vermeintlichen Ziel, musste er feststellen, dass er zu spät gekommen war. Ein paar Minuten nur. Und wir müssen ihm jetzt die Schuld nachweisen – was für ein Scheißjob, dachte sie.

»Verstehe. Weiter.«

»Was ›weiter‹? Was willst du denn noch wissen?«

»Wie Zivković in die Donau kam, zum Beispiel.«

»Haderer hat ihn vom Weg zum Ufer geschleift und wollte ihn ins Wasser werfen. Aber dort ist er abgerutscht und hat sich den Fuß verstaucht.«

»Und dann haben Sie ihm geholfen, sehe ich das richtig?«

»Was hätte ich denn machen sollen? Den Kerl auf dem Weg liegen lassen vielleicht?«

Kula sagte nichts dazu. Aus seiner Sicht hatte Bellmann recht. Aber um eine Anzeige wegen Vertuschung einer Straftat käme er trotzdem nicht herum.

»Jetzt zu Ihrem Keller in Oberbalzheim.«

»Was soll damit sein?«

»Na, Sie können vielleicht fragen. Nach dem, was ich dort vorgefunden habe, ist das ein Pornofilmstudio. Sie sind wegen Herstellung und Verbreitung illegaler Pornografie vorbestraft. Und die Utensilien in den Schränken lassen auf Gewaltvideos übelster Machart schließen. Wozu der Tauchsieder und der Kriegszeiten-Trafo verwendet worden sind, dazu braucht es nicht viel Phantasie. Ich bin mir sicher, unsere Kriminaltechniker werden entsprechende Spuren finden.«

Schlagartig beugte sich Bellmann vor und richtete sich im Bett auf, soweit die Fesselung an seiner Hand es eben zuließ. »Also damit habe ich nichts zu tun. Absolut nichts!«

Kula erhob sich und trat dicht an ihn heran. Dann legte sie ihre Hand auf das gebrochene Knie und sagte: »Sind Sie da ganz sicher?«, während sie mit den Fingern leicht auf die Bettdecke klopfte.

Bellmann sog scharf Luft ein. »Scheiße noch mal! Hör auf! Ich sag die Wahrheit. Mit der Pornokacke habe ich nichts zu tun.«

»Soso. In Ihrer Akte steht aber das genaue Gegenteil.«

Er warf den Kopf in den Nacken. »Mein Gott, das war früher, ist ewig her.«

»Was ich da im Keller gesehen habe, sieht aber recht neu

aus. Rechner, Kameras, LED-Leuchten. Also, Klartext bitte!« Kula hob ihre Hand und zeigte auf das Knie.

»Okay, okay. Ich habe das Studio mal an einen Freund vermietet.«

»Einen Freund, sagen Sie. Gehört der auch zu Ihrer Truppe?«

»Und wenn schon! Außerdem waren das professionelle Pornodarstellerinnen, die Gewalt war, wenn überhaupt, nur gespielt.«

»Name?«

»Wie ›Name‹? Ich verpfeif doch meine Kameraden nicht.«

»Wie Sie meinen. Dann werden wir davon ausgehen müssen, dass das Ihr Werk ist im Keller. Und glauben Sie mir, wenn da was Illegales gelaufen ist, werden unsere Techniker Beweise finden, die in jedem Fall gegen Sie sprechen.« Kula nickte Bellmann zu. »Vielen Dank für Ihre Zeit. Sie hören von uns.« Sie wandte sich ab und ging in Richtung Tür.

»Halt, verdammt noch mal! Warte!«

Kula hielt inne. »Ist noch was?«

»Langhammer heißt der Mann, Magnus Langhammer. Er wohnt in München und holt sich die Nutten aus Polen oder Tschechien. Bezahlt sie und fertig. War's das jetzt?«

»Das habe nicht ich zu entscheiden.« Kula hatte die Klinke bereits in der Hand, sie wandte sich kurz um und deutete auf Bellmanns Knie. »Und beim nächsten Mal wäre ich vorsichtiger, mit wem ich mich anlege.«

15

Samstag, 9. Juli, 15.30 Uhr, Ulm

Lukas hing wie üblich über seinem Laptop. Zwar hatten die Polizeirechner spezielle Programme, aber der Computertüftler ging gern seine eigenen Wege.

Nachdem er erfahren hatte, dass Zivković und Petrović laut Aussage der Hebamme tatsächlich Zwillinge gewesen waren, hatte er beschlossen, einen zusätzlichen Test zu machen. Die ihm vorliegenden Bilder des Gastronomen waren jüngeren Datums, das des Kriegsverbrechers aus dem Zeitungsartikel hingegen mindestens dreißig Jahre alt. Lukas scannte die Aufnahmen ein, verbesserte sie mit mehreren Bildbearbeitungsprogrammen und ließ sie schließlich durch eine Software laufen, die den Alterungsprozess eines Menschen in beide Richtungen simulieren konnte.

Nach knapp einer Viertelstunde spuckte der Drucker das Ergebnis aus, und Lukas konnte die Aufnahmen vergleichen. Die Ähnlichkeit war atemberaubend: Abgesehen von einigen Kleinigkeiten waren es in beiden Fällen die gleichen Gesichter – ein gealterter Petrović und ein verjüngter Zivković. Ein digitaler Vergleich, der den Altersunterschied miteinbezog, ergab einen Übereinstimmungswert von über neunzig Prozent.

Lukas jubelte laut auf. Kein Zweifel: Die Geschichte der Hebamme stimmte, Milan und Goran waren Zwillinge gewesen.

Die Arbeit hatte ihn bislang so gefesselt, dass er alles um sich herum vergessen hatte. Doch nun überfiel ihn die Müdigkeit wie eine Welle. Dennoch wollte er Bitterle über den spektakulären Ermittlungsdurchbruch informieren und ging hinunter in den ersten Stock. Am Vernehmungsraum angekommen, klopfte er und streckte seinen Kopf durch den Türspalt. »Konrad, hast du einen Moment?«

Bitterle sah irritiert auf.

»Was ist los? Hat das nicht Zeit?«

»Nein, ich denke, das solltest du sehen. Und zwar jetzt sofort.«

Bitterle seufzte, er erhob sich und ging zu Lukas, der mit den Ausdrucken wedelte.

»Kula hat es herausgefunden, und ich kann es jetzt sogar bestätigen: Milan Zivković und Goran Petrović waren wirklich Zwillinge!«

»Also doch!« Er nahm die Ausdrucke, betrachtete die Bilder und überflog den Notizzettel, auf dem Lukas die Ergebnisse zusammengefasst hatte. »Mein Gott, Lukas, das ist wirklich erstklassige Arbeit.« Er klopfte ihm auf die Schulter. »Aber du siehst völlig fertig aus, kannst dich ja kaum noch auf den Beinen halten. Komm, mach Feierabend. Den Rest schaffen wir alleine. Ich bin mir sicher, Haderer wird bei dieser Sachlage keine Probleme mehr machen und die Festnahme akzeptieren.«

Lukas hatte während Bitterles Worten nur müde genickt. »Gute Idee«, sagte er. »Wir sehen uns dann in zwei Tagen wieder.« Er deutete mit dem Kopf in Richtung Verhörraum. »Viel Erfolg!«

Auch Burkard Haderer sah man die Müdigkeit an. Er saß zusammengesunken auf seinem Stuhl, hatte die Unterarme auf den Tisch gelegt und hielt die Hände wie zum Gebet gefaltet. Sein Gesicht war grau, und seine Lippen zitterten leicht. Kein Wunder, das Verhör zog sich nun bereits über etliche Stunden hin. Langsam, aber sicher hatte sich das Netz aus Indizien, Beweisen und Aussagen immer dichter zusammengezogen, bis ihm nichts anderes übrig geblieben war, als zu gestehen. Nur zum genauen Tathergang schwieg er sich immer noch aus, doch der Widerstand würde gewiss in Kürze zu bröckeln beginnen. Denn auf das, was ihn nun erwartete, war er sicherlich nicht gefasst.

Bitterle nickte dem wachhabenden Beamten zu, der daraufhin den Raum verließ.

»So, Herr Haderer, gleich haben wir es geschafft, dann lasse ich Sie in Ruhe. Aber dies hier sollten Sie noch sehen.«

Er legte die Ausdrucke, die ihm Lukas gegeben hatte, auf den Tisch und schob sie zu Haderer hinüber. Dann tippte er auf das ganz linke Bild. »Dies hier zeigt Milan Zivković, den getöteten kroatischen Gastronomen, wie er vor dreißig Jahren ausgesehen hat. Ein unschuldiger Mann mit Familie, dessen aktuelles Bild«, Bitterle tippte auf die Aufnahme daneben, »Sie durch Zufall in Graz auf einem Tablet-Computer entdeckt haben.«

Haderer warf einen Blick darauf.

»Und das hier«, Bitterles Finger zeigte auf das nächste Bild, »ist das heutige Aussehen des gesuchten serbischen Kriegsverbrechers Goran Petrović, dessen Gesicht Sie seit dreißig Jahren verfolgt«, Bitterle tippte nun auf das Zeitungsfoto, »und der aller Wahrscheinlichkeit nach für den Tod Ihrer Frau in dem Vergewaltigungslager bei Teslić verantwortlich gewesen ist. In Den Haag sollte ihm als Kriegsverbrecher der Prozess gemacht werden. Leider konnte Petrović vorher fliehen, und bis heute fehlt von ihm jede Spur. Er ist wohl in Lateinamerika abgetaucht. So weit das, was Sie vermutet haben. Aber was jetzt kommt, konnten Sie nicht wissen: Unsere Ermittlungen haben ergeben, dass Zivković und Petrović Zwillinge gewesen sind. Sie wurden als Babys im damaligen Jugoslawien getrennt und wuchsen in unterschiedlichen Familien auf. Der eine wurde Gastronom in Ulm, der andere war Soldat in Serbien.« Bitterle machte eine kurze Pause. »Erkennen Sie Ihren Irrtum, Herr Haderer? Sie haben den Falschen getötet. Den unschuldigen Zivković, nicht den schuldigen Petrović.«

Haderer starrte lange auf die Fotos. Er biss sich auf die Lippen und wandte den Blick ab. Schließlich sah er hoch und Bitterle direkt in die Augen. »Es tut mir sehr leid, das mit Zivković. Das wollte ich nicht.«

Bitterle schaltete das Aufnahmegerät ab. »Das glaube ich Ihnen, Herr Haderer. Wirklich. Mir bleibt jedoch keine Wahl, als Sie morgen dem Haftrichter vorführen zu lassen. Aber ich versichere Ihnen, ich werde alles dafür tun, damit Ihre besondere Situation berücksichtigt wird. Ich werde auch veranlassen, dass ein zweites gerichtsmedizinisches Gutachten eingeholt wird. Bislang müssen wir davon ausgehen, dass es sich bei Ihrer Tat um Mord handelt, da Zivković zum Zeitpunkt Ihrer Messerstiche noch gelebt hat oder zumindest haben könnte. Womöglich wäre er allerdings an der Kopfverletzung, die er sich in seiner Küche zugezogen hatte, ohnehin gestorben. Dann würde man Sie eventuell nur wegen unterlassener Hilfeleistung belangen. Aber das letzte Wort hat wie immer der Staatsanwalt beziehungsweise das Gericht.«

Haderer atmete tief und lange aus, dann sah er Bitterle erneut in die Augen. »Das war's dann wohl.«

Bitterle nickte und stand auf. »Kommen Sie, Herr Haderer, ich begleite Sie zu Ihrer Zelle. Sie werden bis morgen hier bei uns im Präsidium bleiben.«

Als sie den Raum verließen, trat ihnen der Wachpolizist entgegen, zog die Handschellen hervor und forderte Haderer auf, die Hände nach hinten zu nehmen.

»Lassen Sie mal«, sagte Bitterle und fasste den Inhaftierten an der Schulter. »Ich denke, vorne reicht. Außerdem begleite ich Herrn Haderer selbst.«

»Aber die Vorschriften …«

»Schon gut. Ich kenne die Vorschriften.«

Der Polizist blickte auf die Handschellen, legte sie Haderer mit säuerlicher Miene vor dem Bauch an und ließ sie einrasten.

Auf dem Flur kamen ihnen zwei junge Streifenpolizistinnen entgegen, die sich lauthals über ein Erlebnis am Rathausplatz unterhielten.

»Der hat vielleicht blöd geschaut, als du ihn aufgefordert hast, die Papiere zu zeigen und auszusteigen.«

»Allerdings. Zum Glück für ihn hab ich von seiner Schimpftirade kein Wort verstanden, sonst wäre der mit Sicherheit wegen Beamtinnenbeleidigung eingefahren.«

»Aber dass du ihm dann auch noch die Pappe abgenommen und die Karre als ›fahruntüchtig wegen Manipulation‹ bezeichnet hast, hat ihm den Rest gegeben.«

»Tja, manchmal macht unser Job doch richtig Spaß, oder?«

»Jepp, das find ich auch.«

Die zwei feixten und klatschten sich ab.

Bitterle sah ihnen stirnrunzelnd nach.

Diesen Moment nutzte Haderer und rammte ihm den Ellbogen mitten auf den Solarplexus.

Ein Schmerz explodierte in Bitterles Brust, der ihm den Atem und für einen Moment das Bewusstsein raubte. Er schlug gegen die Wand, rutschte zu Boden und blieb reglos liegen.

Mit drei Schritten war Haderer bei den Polizistinnen. Nur Sekunden später hatte er seine Stirn mit einem harten Stoß gegen die Schläfe der einen geknallt und der anderen den Arm gegen den Hals gepresst. Während sie taumelte und langsam in sich zusammensackte, öffnete er trotz der gefesselten Hände ihr Holster und zog die Waffe heraus.

Bitterle war unfähig zu handeln und bekam nur im Dämmerzustand mit, was geschah.

16

Samstag, 9. Juli, 17.00 Uhr, Ulm

Während der Fahrt vom BWK zurück in die Ulmer Innenstadt musste Kula an das Gespräch mit Bellmann denken. Seine Ausflüchte, dass er mit den offenkundigen Gewaltporno-Dreharbeiten in seinem Keller nichts zu tun gehabt habe, waren absolut nicht glaubwürdig. Bestimmt hatte er mitgemischt und sich an den Qualen der Frauen ergötzt, egal ob sie nur gespielt oder echt gewesen waren.

Kula fragte sich, ob sie es heute eigentlich nur mit perversen Schweinereien dieser Art zu tun haben würde. Als ob das, was Lukas über die Vergewaltigungslager während des Bosnienkrieges recherchiert hatte, nicht schon schlimm genug gewesen wäre.

Hoffentlich ist dieses Drama bald zu Ende, dachte sie, als der Taxifahrer in der Glöcklerstraße gegenüber der Eisdiele hielt und sie aussteigen konnte. Sie zahlte, stopfte die Quittung achtlos in die Hosentasche und ging die Neue Straße hoch zum Neuen Bau. Schon nach wenigen Metern nahm sie das blaue Flackern wahr, das von den spitzwinkligen Fenstern des Immobiliencenters der Ulmer Sparkasse reflektiert und in alle Richtungen geworfen wurde. Ein gespenstischer Anblick, erst recht, als Kula klar wurde, woher das Blaulicht kommen musste: aus dem Innenhof des Polizeipräsidiums!

Sie rannte los, stürmte durch das Tor – und blieb kurz darauf wie angewurzelt stehen. Was sie sah, versetzte sie in eine Schockstarre, aus der sie sich nur mit größter Willenskraft lösen konnte.

Konrad Bitterle lag auf einer Trage in der geöffneten Hecktür eines Notarztwagens, war mit Gurten fixiert und wurde von zwei Rettungskräften betreut.

Kula trat hinzu und starrte auf ihn. »Was ist passiert?«

»Wir können Ihnen leider keine Auskunft geben«, sagte der Jüngere der beiden und prüfte Bitterles Vitalfunktionen.

Kula ließ sich allerdings nicht abwimmeln. »Doch! Das können Sie, verdammt noch mal. Das ist mein Kollege, und ich will jetzt sofort wissen, was passiert ist!«, fauchte sie.

Der Ältere, ein Arzt um die fünfzig, nahm Kula einen Schritt beiseite und sagte: »Ihr Kollege hatte einen Nervenzusammenbruch. Kein Wunder, nach dem«, er blickte zum Eingang des Präsidiums und hob das Kinn, »was da drinnen passiert sein muss. Wahrlich kein schöner Anblick.«

»Was um Himmels willen war da los?«

»Tut mir leid, dazu kann ich Ihnen wirklich nichts sagen. Wir müssen uns jetzt auch um den Patienten kümmern.« Der Arzt wandte sich wieder seinem Kollegen zu, und sie berieten sich über das weitere Vorgehen.

Kula umrundete die Transportliege und trat neben Bitterle. Der hatte die Augen geschlossen und atmete ruhig unter seiner Sauerstoffmaske. Sie strich über seine Hand, doch er zeigte keinerlei Reaktion. »Was ist los mit ihm? Nun sagen Sie schon!«

»Er hat ein starkes Sedativum bekommen, aber er ist ansonsten unverletzt.«

Kula glaubte ihm, denn der Arzt machte auf sie einen kompetenten und vertrauenswürdigen Eindruck. »Wo bringen Sie ihn hin?«

»Hoch zum Michelsberg.«

»In die Psychiatrie?«, platzte es aus Kula heraus. »Aber wieso das denn?«

»Nur zur Sicherheit. Er steht nach dem Vorfall unter einem massiven Schock und war vorhin gar nicht ansprechbar. Dort ist er in seinem momentanen Zustand vorläufig am besten aufgehoben. Glauben Sie mir. Und nun treten Sie bitte zur Seite, wir wollen los.«

Kula musste mit ansehen, wie Bitterle in den Notarztwagen geschoben wurde. Die Hecktüren wurden zugeknallt, dann wendete das Fahrzeug und fuhr mit Blaulicht und Martinshorn vom Hof.

Kulas Magen krampfte sich zusammen. Ihr war nun schon zum zweiten Mal an diesem Tag hundeelend, und sie musste an sich halten, um sich nicht auf der Stelle erneut zu übergeben.

Sie holte mehrmals tief Luft und presste ihre Hände gegen den Bauch. Erst danach, als sie wieder halbwegs frei atmen konnte, nahm sie den Leichenwagen wahr, der zwischen den Einsatzfahrzeugen geparkt hatte. Er machte sich jetzt ebenfalls zur Abfahrt bereit.

Was zum Teufel ist hier geschehen, während ich bei diesem Mistkerl von Bellmann im BWK war, schoss es Kula durch den Kopf. Warum bin ich nicht bei Bitterle geblieben? Womöglich hätte er meine Hilfe gebraucht.

Verdammt noch mal!

***

Kula hastete die Treppen in den ersten Stock hoch, immer zwei Stufen auf einmal. Kriminaltechniker kamen ihr entgegen, uniformierte Polizeibeamte standen herum, kalkweiß im Gesicht, und unterhielten sich gedämpft. Es herrschte eine angespannte Stimmung, und alle Anwesenden wirkten ratlos oder verzweifelt. Kulas Puls raste, als sie oben ankam, und sie hatte einen trockenen Hals.

Sie trat durch die Schwingtür zum Vernehmungstrakt und erstarrte sofort. Weite Teile des Flurs waren mit rot-weißem Band abgesperrt. Nur ein schmaler Durchgang ließ Platz, um zu den Büros und Arbeitsräumen zu gelangen. Auf dem Boden glänzte eine Blutlache. Doch schlimmer waren die Blutspritzer, die über das Fenster verteilt waren und die Wand entlang bis hoch zur Decke reichten. Blutspritzer, gemischt mit grauweißen Flecken und Knochensplittern.

»Da sind Sie ja, Frau Skoulatopulos.« Kommissar Kurt Bürkner, ein Kollege aus dem zweiten Stock, fasste sie an der Schulter, bugsierte sie zum Fahrstuhl und eine Etage höher in sein Büro. »Kommen Sie, setzen Sie sich und trinken Sie erst mal etwas. Sie werden sehen, dann wird alles gleich viel leichter. Was möchten Sie? Einen Kaffee, Wasser oder vielleicht eine Cola?«

Kula ließ sich auf den Drehstuhl fallen, schob sich die Haare hinters Ohr und sah zur Decke. »Haben Sie auch was Stärkeres?«

»Wenn Sie mich nicht verraten.« Bürkner öffnete eine Schranktür, schob ein paar Ordner beiseite und fischte eine halb volle Flasche zwölf Jahre alten Lagavulin hervor. Ein schottischer Single Malt erster Güte, den Kula aus ihrer Stammkneipe kannte, als sie noch mit Svenja schräg gegenüber in der Gänslände gewohnt hatte. Dazu stellte Bürkner zwei wuchtige Gläser auf den Tisch.

Der Typ hat Stil, dachte Kula für einen kurzen Moment, doch dann waren ihr die Gläser im Nu wieder unwichtig. »Was um Himmels willen ist da draußen passiert? Ich war doch höchstens anderthalb Stunden weg.«

Bürkner goss zwei Fingerbreit der goldbraunen Flüssigkeit ein, und ein moorig-torfiger Geruch erfüllte umgehend den ganzen Raum. »Das erzähle ich Ihnen gleich. Jetzt trinken Sie aber erst mal einen Schluck!«

Kula schwenkte das Glas, roch und nippte. Dann kippte sie den Inhalt in den Mund, wo sie ihn lange behielt, bevor sie ihn schluckte. Sofort breitete sich eine Wärme in ihrem Inneren aus, die langsam vom Magen in den Kopf stieg und ihr eine gewisse Leichtigkeit bescherte. Sie stellte das Glas ab. »Also, was ist jetzt?«

Bürkner lehnte sich gegen den Tisch. Er kratzte sich an der Schläfe, wischte sich übers Gesicht und sagte dann leise: »Bitterle hat einen entscheidenden Fehler gemacht, der so einem alten Hasen eigentlich nicht hätte passieren dürfen.«

»Wieso? Was für ein Fehler?«

»Wir alle wissen, dass es unter bestimmten Voraussetzungen angebracht ist, besonders bei jemandem, der unter Mordverdacht steht, nach der Vernehmung die Handschellen am Rücken statt vorn anzulegen, wenn er zurück in Gewahrsam gebracht wird. Selbst wenn er die Tat gestanden hat und sich reuig zeigt.«

»Ja und?«

»Genau das hat Bitterle unterlassen. Er ging neben dem Verdächtigen her, ohne ihn vorschriftsgemäß gesichert zu haben.«

»Das hätte mir auch passieren können. Burkard Haderer ist mit seiner Vergangenheit gewiss kein Unschuldslamm. Aber nach dem, was er heute hat erfahren müssen, zusammen mit seiner Vorgeschichte, hat er Bitterle wahrscheinlich einfach nur leidgetan. So wie mir auch.«

»Das spielt keine Rolle. Was ich so am Rande mitbekommen habe, war er ja wohl ein ehemaliger Fremdenlegionär. Die sind mit allen Wassern gewaschen und können, wenn es sein muss, blitzschnell reagieren. So wie vorhin.«

»Jetzt sagen Sie endlich, was passiert ist!«

»Als Bitterle den Mann zurück in seine Zelle begleitet hat, kamen ihnen zwei junge Streifenpolizistinnen entgegen. Sie hatten Dienstschluss und haben sich über den Fang eines Auto-Posers gefreut, der ihnen wohl dumm gekommen war. Dadurch ist Bitterle offenbar kurz abgelenkt gewesen. Dieser Haderer hat die Situation in Sekundenbruchteilen erfasst und Bitterle gegen die Wand geworfen, sodass er für den Augenblick benommen am Boden lag. Bevor er sich wieder aufrappeln konnte, hat Haderer eine der Polizistinnen überwältigt und mit irgendeinem Spezialgriff außer Gefecht gesetzt. Sie hatte offenbar nicht die geringste Chance zur Gegenwehr. Er hat ihr die Waffe aus dem Holster gerissen und ›Mich steckt keiner in den Knast! Niemals!‹ gebrüllt. Dann hat er sich den Lauf unter das Kinn gehalten und, ohne zu zögern, abgedrückt.«

Kommissar Bürkner standen Schweißperlen auf der Stirn, nachdem er geendet hatte. Er goss sich nach und sah Kula an, die streckte ihm ihr Glas entgegen.

Sie nahm einen Schluck und spürte sofort, wie der Alkohol ihre nach dem Gehörten trübselige Stimmung wieder etwas hob und Denksperren lockerte. Ein Gedanke drängte sich in ihr Bewusstsein und nahm Gestalt an. Sie erinnerte sich an Maura Zirbenthalers Worte, die gesagt hatte, ihr Freund bräuchte Hilfe, denn einen Gefängnisaufenthalt würde er nicht überstehen.

Scheiße, dachte Kula. Das hätten wir ernster nehmen müssen, dann wäre Haderer wohl noch am Leben, und wir hätten jetzt nicht so ein riesiges Problem. Aber um eine Strafe wäre er ja auf keinen Fall herumgekommen. Und ob die Unterbringung in einer geschlossenen psychiatrischen Anstalt letztlich nicht noch schlimmer für ihn geworden wäre? Was hätte es denn auch sonst für Alternativen gegeben? Haderer gar nicht erst festzusetzen? Dann wäre er keine fünf Minuten später auf und davon gewesen. Auf Nimmerwiedersehen abgetaucht. Und die Tötung von Milan Zivković vermutlich ewig unaufgeklärt geblieben.

Kulas Glas war schon wieder leer. Sie streckte es dem Kommissar entgegen, der den Rest zwischen ihnen aufteilte.

17

Zwei Monate später, 17.00 Uhr, Blaustein

Kula hatte schon vor Wochen den Rat ihrer Mutter befolgt und sich mit Svenja ausgesprochen. Dabei hatte sich herausgestellt: Ihre Sorge war völlig umsonst gewesen. Ihre Partnerin hatte in Karlsruhe einfach zu viel um die Ohren gehabt und oftmals ihr Handy ausgeschaltet, um ein paar Stunden Ruhe zu haben.

Nun stand Kula im Garten ihres Häuschens und schichtete Holzscheite in die Feuerschale. Sie hatte noch genügend Zeit, bis die ersten Gäste eintrudeln würden. Zeit, die Fackeln in die Beete zu stecken, Teller und Gläser zu richten und die kleine Musikanlage aufzubauen. Ihr Vater würde es sich nicht nehmen lassen, an ihrem Geburtstag mit ihr Sirtaki zu tanzen. Schließlich feierte sie heute den Vierzigsten.

Aus der Küche duftete es verführerisch nach Svenjas Selbstgebackenem. Neben einer französischen Mandeltarte hatte sie einen Quark-Aprikosenkuchen gezaubert. Und die mit Schafskäse und Spinat gefüllten Blätterteigtaschen im Ofen waren Kulas Leibspeise.

Die Lammspieße waren eingelegt und ruhten im Kühlschrank. Ouzo und Weißweine waren kalt gestellt, die Roten zum Lüften geöffnet. Eine Auswahl an Weizenbieren für Bitterle hatte Kula natürlich auch nicht vergessen. Sie würde ihren Kollegen heute zum ersten Mal nach den katastrophalen Ereignissen im Anschluss an Haderers Vernehmung wiedersehen. Er hatte sich, nachdem er einige Wochen in psychotherapeutischer Behandlung gewesen war, komplett eingeigelt. Ein, zwei knappe Mails, das war's.

Auch Kula hing der Donaufest-Fall noch nach, nicht nur wegen der Folgen für Bitterle. Haderers Schicksal ging ihr ebenfalls weiterhin nahe. Nach der zweiten Obduktion war zwar klar, dass es seine Messerstiche gewesen waren, die Milan

Zivković getötet hatten. Dennoch fiel es Kula schwer, in ihm allein den Mörder zu sehen. Für sie war er genauso ein Opfer gewesen.

Dass Haderer als Burhan Hodžić in seinem bosnischen Heimatort die letzte Ruhe gefunden hatte, wusste sie von Maura Zirbenthaler. Kula schluckte, als sie daran dachte. Vergiss es! Jetzt wird gefeiert.

Ein Blick nach oben sagte ihr, dass das Wetter halten und die leichte Wolkendecke die Nacht nicht allzu kühl werden lassen würde. Idealbedingungen für ein ausgelassenes griechisches Fest. Sie sah über den Zaun nach nebenan. Schade, dass Kerstin so sang- und klanglos aus ihrem Leben verschwunden war. Wo sie wohl stecken mochte, was sie jetzt machte?

Dass Kula von Dietmar in den letzten Wochen nichts mehr gehört oder gesehen hatte, kam ihr zwar seltsam vor, war ihr für heute aber gerade recht. Entweder hätte er sich über den Lärm beschwert oder gefragt, warum er, so als Nachbar, nicht eingeladen worden war. Das hätte gerade noch gefehlt!

Svenja kam in den Garten. »Komm, lass uns die Tische richten. Hast du einen Plan, wer wo sitzen soll?«

»Keine Ahnung, das wird eh ständig wechseln.«

Sie klappten die Biertische auseinander und stellten die Bänke davor, Kula steckte Lavendel und Margeriten in kleine, bauchige Glasfläschchen und verteilte sie. Das wird ein tolles Fest, dachte sie. Ihr Handy meldete sich. Eine Nachricht von ihrem Vater. »Sind gut in München gelandet und sitzen schon im Zug. Bis bald, *filí patéras*«. Er kann's nicht lassen, den »Papa-Kuss« immer auf Griechisch zu sagen, freute sich Kula. Und er weiß ja auch, wie schön ich das jedes Mal wieder finde.

Kurz darauf tönte der Türgong.

»Ich geh schon«, sagte Svenja und huschte nach drinnen. Dann hörte Kula sie sagen: »Na, das ist ja eine Überraschung! Hallo, Kerstin, lange nicht mehr gesehen. Ich wusste gar nicht, dass Kula dich auch eingeladen hat. Aha, und in Begleitung. Da schau her!«

»Grüß dich, Svenja«, ertönte Kerstins Stimme. »Eingeladen gerade nicht, aber ich weiß doch, was heute für ein Tag ist, und da dachte ich, wir schauen einfach mal vorbei.«

Kerstin! Kulas Herz setzte für einen Moment aus. Aber warum »in Begleitung«? Der kleine Stich währte jedoch nur eine Sekunde, dann freute sie sich für ihre Freundin, eilte ins Haus und stand Kerstin im Flur gegenüber. Die hatte sich verändert. Neue Frisur – kürzer, mit hellen Strähnchen –, leichtes Make-up und ein neuer Duft. Sie roch leicht herb nach Zedern, Harz und Blüten, auf jeden Fall jung und unternehmungslustig. Was das wohl sein mochte?

»Lass dich anschauen. Mensch, gut siehst du aus.« Kula näherte sich ihr und küsste sie links und rechts auf die Wangen.

»Danke. Und das hier ist der Grund, warum es mir so gut geht: Roland, ein alter Bekannter, den ich neu entdeckt habe.«

Roland strahlte und zwinkerte Kula zu. Er stand dicht neben Kerstin und hielt einen gewaltigen Blumenstrauß in den Händen. »Hallo, Kula, Glückwunsch erst mal. Kerstin hat mir schon viel von dir erzählt.« Dann schaute er auf die Blumen. »Ich stell die mal ins Wasser.« Er sah sich um, ging wie selbstverständlich in die Küche und bat Svenja um eine Vase. Sie tauschten Nettigkeiten aus.

Kula verfolgte ihn mit den Augen. Er war etwa so groß wie Kerstin, hatte vielleicht ein paar Kilo zu viel auf den Rippen, war leger gekleidet und wirkte vom ersten Eindruck her sympathisch. Sie wandte sich wieder Kerstin zu und strich ihr über den Arm. »Aha, das ist also dein Neuer. Wo hast du den denn aufgegabelt?«

»Stell dir vor, ich war mit meinem Team bei BAP im Ulmer Zelt, Ende Juni. Und dann, bei ›Verdamp lang her‹, ich stand ganz vorne, hat mich jemand bei den Schultern gepackt, herumgedreht und mir den Refrain ins Ohr gebrüllt.« In Kerstins Gesicht spiegelte sich das pure Glück. »Ich kenne Roland noch aus Studienzeiten und habe ihn sofort wiedererkannt. Und dann haben wir gemeinsam mitgegrölt: ›Nit resigniert, nur reichlich desillusioniert ... Un vüür Enttäuschung echt ni' mieh kunnt ...‹, oder so ähnlich.«

»Na, das trifft den Nagel ja auf den Kopf, oder?«

Kerstin wiegte den Kopf hin und her, grinste verschmitzt und hob einen Daumen. »Jepp! Ich sag dir, Kula, keine fünf Minuten später haben wir die Sau rausgelassen und so wild getanzt wie früher auf den Studentenfeten. Danach sind wir noch vor zur Donau und haben die halbe Nacht gequatscht. Tja, und dann hat's geknallt.«

»Und? Endlich wieder ein Gefühl von Freiheit, oder?«

»So ist es, ganz genau! Und das wirklich Verrückte dabei ist: Wir hatten damals vor gut fünfundzwanzig Jahren schon engeren Kontakt bei so Studienprojekten, uns dann aber aus den Augen verloren. Na ja, wie es der Zufall so will ...«

»Blödsinn! In Liebesdingen gibt es keine Zufälle, das ist vorherbestimmt. Aber was ist jetzt mit dir und Dietmar? Man sieht ihn nicht, man hört ihn nicht. Der scheint spurlos verschwunden. Sein Kombi ist auch weg.«

Kerstin legte die Hände aneinander und führte sie wie bei einem indischen Gebet vors Gesicht. Dann schnellten ihre Finger explosionsartig auseinander. »Du glaubst es nicht! Die Sache ist vom Tisch!«

»Wie das? Da stand doch jahrelanger Zoff ins Haus.« Kerstin winkte ab. »Weißt du, wo Roland arbeitet, da gibt es jede Menge wirklich ausgebuffte Juristen. Einem davon hat er mein Problem gesteckt, und keine drei Wochen später war Ruhe im Karton.«

»Wie hat er das denn geschafft? Ich dachte, bei Dietmar beißt sich jeder die Zähne aus, so stur, wie der ist.«

»Frag mich nicht. Auf einmal lag eine Verzichtserklärung in meinem Briefkasten, von Dietmar unterschrieben. Das Haus steht zum Verkauf, und wir teilen die Summe auf. Ganz einfach. Halbe-halbe. Klingt doch gut, oder?«

»Das klingt nicht nur gut, das klingt phantastisch! Glückwunsch!«

Roland kam aus der Küche zurück, die Vase mit Kulas Geburtstagsstrauß in den Händen. »Wohin damit?«

»Der ist echt wunderschön, vielen Dank.« Kula bemühte sich zu lächeln. »Gib her, ich stelle ihn auf den Terrassentisch, damit ihn jeder sehen kann.«

Kerstin folgte den beiden in den Garten, nahm Kula dann beiseite und sagte: »Du glaubst gar nicht, wie glücklich ich bin.«

»Doch, das sieht man dir an. Du strahlst wie die Sonne selbst.«

Kula dachte an den Abend, als sie aus Naxos zurückgekommen war und Kerstin so vermisst hatte. Nun wusste sie, dass all ihre Träumereien und Sehnsüchte Hirngespinste gewesen waren, von einem Moment zum anderen wie Seifenblasen zerplatzt. Aber zum Glück! Sie war damals einfach frustriert gewesen wegen Svenjas Abwesenheit und hätte sonst was gemacht, nur um sich selbst zu trösten. Sie wandte sich ab und seufzte dennoch still in sich hinein.

Kerstin sah sie an und strich ihr über den Nacken. »Du schaust so traurig auf einmal, was ist mit dir?«

»Ach, nichts weiter. Ich mache mir nur Sorgen um meine Eltern. Sie müssten längst hier sein.«

***

Nach und nach trudelten die Gäste ein. Kula hatte Jan und Simcha eingeladen, ein Pärchen, das mit ihr in der Kampfsportgruppe trainierte. Sie drückte ihnen einen Aperol in die Hand und begleitete sie in den Garten.

Iris Mützenrieder kam in einem gewagten Etuikleid mit stilisierten Sommerblumen darauf, Bitterle wie üblich in Jeans und einfarbigem Poloshirt.

Bei seinem Anblick erschrak Kula jedoch. Die dunklen Ringe unter den Augen machten ihn um Jahre älter, zudem hatte er bestimmt fünf Kilo zugelegt. Er war unbefristet krankgeschrieben und hatte sich in sein Schneckenhaus verkrochen. Das Nichtstun schien ihm nicht zu bekommen, und Kula fragte sich, ob ihm eine vorzeitige Pensionierung aus psychischen Gründen, die er in einer Mail angedeutet hatte, wirklich guttäte.

Iris hatte Rosen dabei und Bitterle einen alten Calvados aus einem Feinkostgeschäft. Lukas, der kurz nach ihnen klingelte, kam allein und steckte Kula einen Gutschein von einem Bio-Supermarkt zu.

Ina Weichselbraun, die Gerichtsmedizinerin und langjährige Freundin von Bitterle, war zwar auch eingeladen worden, hatte aber wegen einer Tagung in Oslo, wo sie neue Gutachtermethoden vorstellen würde, absagen müssen. Schade, dachte Kula. Ihr Kollege hätte sich sicher gefreut, sie zu treffen.

Langsam wurde Kula ungeduldig, denn die Gäste schielten heimlich zum Kuchenbüfett, sie wollte jedoch noch auf ihre Eltern warten. Sie waren mittlerweile tatsächlich überfällig.

Endlich klingelte es, und Spiros und Despina standen vor der Tür, bepackt mit einem großen Reisekoffer und prall gefüllten Taschen.

Kula stürmte auf sie zu und zog sie in die Wohnung. »Na, das wurde jetzt aber auch Zeit! Wo habt ihr so lange gesteckt?«

»Die Bahn«, sagte Spiros, streckte die Hände weit von sich und sah nach oben. »Es hat sich nichts geändert in Deutschland. Der Zug war in München schon mit Verspätung angekommen – gut, das kann passieren. Aber dass sie dann in Augsburg die Lok auswechseln mussten, wegen einem Schaden am Radlager …« Er schüttelte theatralisch den Kopf. »Also ich weiß nicht, Kula, wo soll das noch hinführen?«

»Egal. Jetzt seid ihr da, und wir können feiern. Kommt raus in den Garten, der Tisch ist schon gedeckt.«

Mit großem Hallo und unzähligen Wangenküsschen wurden Kulas Eltern begrüßt, und alle machten sich über Svenjas Kuchentafel her.

Kaum war das Kuchengeschirr abgetragen, kam Svenja mit einer von Eiskristallen funkelnden Flasche Ouzo an den Tisch.

Spiros sprang auf und klatschte in die Hände. »Jetzt machen wir Platz für das Abendessen und schenken die Gläser voll.

Yassu!«, rief er in die Runde, und alle streckten ihm die Gläser entgegen. »Auf Kula und dass sie lange und glücklich leben soll!«

»Auf Kula!«, tönte es im Chor.

Dann machte Spiros sich am Gasgrill zu schaffen und legte die aus Naxos mitgebrachten eingelegten Oktopusspieße auf den Rost. Im Nu duftete es nach Urlaub. Zwischendurch nippte er am Ouzo und schenkte sich heimlich nach.

Roland gesellte sich dazu, hielt ein Bier in der Hand und begann mit Spiros ein Gespräch. »Weißt du, wie die Nordafrikaner das machen, mit den Kraken? Sie schlagen sie nach dem Fangen so lange auf Steine, bis das Fleisch mürbe wird. Sonst könntest du das überhaupt nicht essen. Bin ja gespannt, wie die hier schmecken.« Er zeigte auf den Grill.

»Aha, so ist das also.« Spiros blickte Kerstins Begleitung schmunzelnd an. »Weich klopfen muss man die. Aber weißt du auch, woher die Nordafrikaner diesen Trick haben?«

»Erfahrung, nehme ich an, was sonst?«

Jetzt begann Spiros leise zu lachen, und er nippte am Ouzo. Die Falten seitlich um seine Augen sahen nun aus wie kleine Jakobsmuscheln. »Von wegen! Von uns Griechen haben sie das.« Er schenkte sich nach und stieß mit seinem Glas gegen Rolands Flasche.

Plappert der immer so drauflos, oder liegt das am Bier, fragte sich Kula, die trotz des ersten positiven Eindrucks noch immer nicht so recht wusste, was sie von Roland halten sollte. Dann betrachtete sie ihre Mutter. Despina hatte im Gegensatz zu sonst nur zaghaft vom Schnaps getrunken und sah bekümmert aus. Kula setzte sich neben sie und legte den Arm um ihre Schulter. »Was ist los, Mama? Dich bedrückt doch was.«

»Ach, Kula, ich weiß gar nicht, wie ich es dir sagen soll.« Sie zog ein Taschentuch hervor und betupfte ihre Augenwinkel, wo plötzlich Tränen erschienen waren. »Es ist so schrecklich. Ich habe mich die ganze Zeit nicht getraut, es dir am Telefon zu sagen.«

»Nun mach schon, so schlimm wird es schon nicht sein. Hattet ihr beiden mal wieder Streit?«

Despina winkte ab. »Ach was, das wäre doch kein Grund, traurig zu sein. Das gehört dazu und legt sich auch wieder.« Sie griff nach Kulas Hand, drückte sie und hielt sie fest. »Es ist viel schlimmer, Kind. Ich kann es immer noch nicht fassen.«

»Mama, bitte!« Kula klang zunehmend beunruhigt.

»Dein Cousin Ioannis ist tot. Und Larissa auch. Sie waren erst letzte Woche zusammen im Norden bei Kinidaros unterwegs, um für eine Reisegruppe eine Bergwanderung zu planen und den neuen Weg zur Quelle mit den Schildkröten und weiter zu der Marmorstatue zu prüfen. Ja, und nach den heftigen Regengüssen die Tage davor muss sich das Erdreich gelockert haben. Sie sind beide abgestürzt und unter einer Schlammlawine begraben worden. Tagelang wurde alles auf den Kopf gestellt, bis man sie endlich bergen konnte.« Nun weinte Despina hemmungslos.

»Das darf doch nicht wahr sein!« Kula war schockiert, drückte ihre Mutter an sich und wiegte sie wie ein krankes Kind. »Wie schrecklich! Und die arme Kleine! Was wird denn nun mit Dorea? Sie ist doch noch nicht mal zwei!«

»Das ist ja, was mir so Sorgen macht und was ich mit dir lieber persönlich besprechen wollte. Bei Opa Dimitrios kann sie nicht bleiben. Er hat keine Zeit und – was viel schlimmer ist – überhaupt keinen Sinn für kleine Kinder. Denkt nur an sein Geschäft und wie er noch reicher werden kann.«

Trotz der Trauer, die Kula seit der Nachricht überwältigt hatte, keimte plötzlich ein Hoffnungsschimmer in ihr auf. »Und nun dachtest du …?«

»Genau. Ihr wollt doch schon lange ein Kind adoptieren. Meinst du nicht, Dorea könnte zu euch kommen? Glaubst du, das geht?«

»Das müsste dann aber doch möglichst schnell abgewickelt werden, oder? Nicht, dass die Kleine noch in ein Heim muss, womöglich sogar nach Athen.«

»Du verstehst mich, Kula. Das wusste ich.«

Iris, die die ganze Zeit in Hörweite der beiden gewesen war, setzte sich nun neben Kula. »Das ist ja wirklich furchtbar. So ein kleines Mädchen und plötzlich alleine auf der Welt. Und das mit der Adoption … Dass du und Svenja das vorhabt, hat Konrad mir gegenüber schon einmal erwähnt. Vielleicht kann ich euch jetzt dabei helfen. Natürlich nur, wenn ihr das wünscht.«

»Das ginge?«, fragte Kula erstaunt. »So was braucht doch alles seinen Amtsweg und kann ewig dauern.«

»Nicht, wenn man die richtigen Leute kennt.«

***

Gegen halb zwei war das Fest vorbei. Alle bis auf Kerstin und Roland waren bis zum Schluss geblieben. Die beiden hatten sich kurz vor Mitternacht eng umschlungen verabschiedet.

Nachdem Kulas Eltern im Gästezimmer unter dem Dach verschwunden waren, machten Kula und Svenja nur noch das Nötigste, trugen das Geschirr in die Küche, räumten die unbenutzten Gläser weg und verschoben den Rest auf den nächsten Tag.

Nach einer kurzen Dusche krochen beide ins Bett.

»Du darfst dir noch was wünschen«, sagte Svenja und kraulte Kula unterm Kinn.

Kula küsste Svenja zärtlich auf den Mund und schob ihren Kopf sanft unter die Bettdecke. Minuten später hatten sich ihre Gedanken an Kerstin in Nichts aufgelöst. Sie waren ganz im Hier und Jetzt, und da würden sie auch bleiben. Da war sich Kula nun ganz sicher.

***

Bitterle fühlte sich wie erschlagen, als er und Iris am Illerkanal ankamen. Er war nichts mehr gewohnt und kam sich alt vor. Dazu die drei Weizen und die vielen Schnäpse. Die hatten ihm den Rest gegeben. Er betrachtete sich im Spiegel, sah die Falten und seufzte tief. So weit ist es mit mir gekommen, dachte er. Alt und ohne Arbeit und ohne Perspektive.

»Komm ins Bett, mein Lieber. Wir beide brauchen jetzt Schlaf.«

Bitterle putzte sich die Zähne und wusch sich gründlich. Doch der schale Geschmack im Mund und die Sorgen blieben. Auf dem Rücken lag er schließlich im Bett und starrte Löcher in die Decke.

Iris hatte das Nachtlicht mit einem Seidentuch abgedeckt und eine heimelige Atmosphäre geschaffen. »An was denkst du?«

»Ach, das weißt du doch. Mir gehen der letzte Arbeitstag, die Folgen und die Zukunft einfach nicht aus dem Kopf. Und genau diese sehe ich nicht mehr. Zum Glück habe ich dich.«

»Und deine Fische«, kam es patzig von Iris. »Konrad, so geht das nicht weiter, du grübelst dich noch zugrunde und verbreitest schlechte Laune. Lange halte ich das nicht mehr aus.«

Bitterle wandte ihr den Kopf zu. »Und was schlägst du dagegen vor?«

»Pass auf: Wenn das klappt mit der Adoption des kleinen griechischen Mädchens, und da bin ich recht zuversichtlich, dann ist Kula voll eingespannt, zumindest die nächsten Jahre. Da kannst du ihr unmöglich die Führung als leitende Hauptkommissarin zumuten. Konrad, Kula braucht dich jetzt mehr denn je. Bitte lass das mit dem Antrag auf frühzeitige Pensionierung. Geh zurück zu deiner Arbeit und fang weiter deine Mörder. So bist du mir ohnehin lieber.«

Bitterle strich Iris über die Wange und küsste sie auf die Stirn. »Vielleicht hast du ja recht.«

Epilog

Buenos Aires, viele Jahre später

Maria, die zwanzigjährige Novizin der Barmherzigen Schwestern, kniet neben Señor Gabriel Perón und betet für seine Seele. Er liegt aufgebahrt in der Aussegnungshalle, in seinem gestärkten und gebügelten weißen Hemd, grauer Weste und grauer Hose. Seine wenigen Haare sind ordentlich gescheitelt, der Oberlippenbart ist akkurat getrimmt. Ein alter Mann, der bis zu seinem Tod auf ein friedliches und erfülltes Leben hat zurückblicken können. Ein Wohltäter. Vor knapp vierzig Jahren gründete er hier ein Heim für Kinder, deren Eltern entweder in Straßenkämpfen gestorben waren oder im Gefängnis saßen beziehungsweise die in so ärmlichen Verhältnissen leben mussten, dass sie keine Zukunft haben würden.

Señor Perón kümmerte sich liebevoll um sie und sorgte dafür, dass sie etwas von diesem an sich so wundervollen Land zu sehen bekamen, in dem sie lebten. Denn der Wohltäter hatte viele Freunde, reiche Freunde, die den kleinen Jungen und Mädchen die Schönheit der Welt zeigen konnten. Manchmal durften die Kinder das Heim sogar für mehrere Tage verlassen und wohnten bei ihren Gönnern. Wenn sie dann zurückkamen, lächelten sie zumeist mit dünnen Lippen. Sie rannten auf die Schwestern zu, warfen sich gegen ihren Schoß und umklammerten sie. Doch niemand schenkte dem wirklich Beachtung, denn anschließend wurde jedes Mal großzügig für das Heim gespendet.

Wie wird das in Zukunft weitergehen?, fragt sich Schwester Maria, während sie die vielen Kerzen anzündet, die rings um den offenen Sarg aufgestellt sind. Es sind gewiss mehr als einhundert. Señor Peróns Freunde haben darauf bestanden, ihm eine würdige Trauerfeier auszurichten.

Maria ist nicht nur strenggläubig und hat ihr Leben Gott, dem Herrn, verschrieben, sie übt sich auch täglich in Verzicht und befolgt gewissenhaft die Regeln des Klosters. Aber zugleich ist Maria neugierig. Sehr neugierig. Obwohl ihr von der Oberin untersagt worden ist, Peróns Privaträume zu betreten, die Räume, in denen er die letzten Wochen, Tage, Stunden in abwesendem Dämmer verbracht hat, schleicht sie sich in sein Schlafzimmer und öffnet die oberste Schublade des Nachtkästchens, die Schublade, die Señor Perón stets verschlossen gehalten und den dazu passenden Schlüssel in einer Falte zwischen Matratze und Laken verborgen hat. Maria weiß davon, denn gelegentlich hat sie ihn dabei beobachtet, wie er die Schublade herauszog, das Kästchen aus Rosenholz mit den orientalischen Elfenbeineinlagen hervorholte und in den Briefen las, die darin lagen. Oft lächelte er dabei versonnen in sich hinein.

Sie zieht die Briefe aus den Umschlägen, wird jedoch enttäuscht, denn sie sind in einer ihr fremden Sprache verfasst, mit vielen Buchstaben, die sie nicht kennt. Auf dem Grund des Kästchens entdeckt sie eine Fotografie, in der Mitte gefaltet und recht abgegriffen. Das Foto zeigt Perón als jungen Mann in Militäruniform. Er hat die Beine gespreizt, hält das Kinn nach oben wie zum Angriff und vor der Brust eine schwere Waffe in den Händen. Maria vermutet, dass es sich um eine Maschinenpistole handelt.

Sie ist entsetzt, denn dieses Bild passt überhaupt nicht zu Señor Perón, diesem liebevollen, gütigen und gottesfürchtigen alten Mann, der stets um das Wohlergehen anderer bemüht schien.

Maria verbirgt das Bild unter ihrer Schürze, packt die Briefe zurück in die Schatulle und schleicht ins Büro der Oberin, die sie zu diesem Zeitpunkt mit der Ausrichtung der Abendandacht beschäftigt weiß. Sie fährt den Computer hoch, startet ein Übersetzungsprogramm und gibt Buchstabe für Buchstabe des Textes ein, der handschriftlich auf der Rückseite des Bildes steht. Sie hat Mühe, die vielen fremden Sonderzeichen zu finden, doch endlich erscheint der Text in einer für Maria verständlichen Sprache:

Für Goran
In Erinnerung an unsere besten Zeiten!
Dein Mladić

Zum Buch

Informationen über den Balkankrieg habe ich diversen Presseartikeln und Videoberichten entnommen; insbesondere der 2020 erschienene Film »Quo Vadis, Aida?« von Jasmila Žbanić war dabei sehr aufschlussreich.

Informationen über die Fremdenlegion habe ich aus dem Buch von Stefan Müller »Mythos Fremdenlegion« (ECON-Verlag, 2015), aus diversen Presseartikeln und Videoberichten sowie aus an unterschiedlichen Stellen und in unterschiedlicher Form publizierten Aussagen ehemaliger Legionäre.

Informationen über die Praxis des Raubs und Verkaufs von Babys im ehemaligen Jugoslawien stammen aus der Münchner Abendzeitung, der Neuen Zürcher Zeitung, dem Spiegel und dem im Text zitierten Artikel von ZEIT ONLINE (»Serbiens verschwundene Babys«, 19.12.2014).

Informationen über Vergewaltigung als Kriegswaffe und deren Folgen habe ich aus der Diplomarbeit von Indira Duraković »Massenvergewaltigungen im Bosnienkrieg (1992–1995)« (Karl-Franzens-Universität Graz, 2008) sowie aus diversen Rundfunk- und Presseberichten zu diesem Thema, u. a. in der Süddeutschen Zeitung, dem Spiegel (darunter die beiden im Text zitierten Artikel »Die Qual dauerte Stunden«, 20.02.1994, und »Jetzt bekommst du ein serbisches Baby«, 20.03.2000), dem Tagesspiegel und der ZEIT sowie dem im Text zitierten Beitrag auf Deutschlandfunk Kultur (»Vergewaltigung als Kriegswaffe. Der Körper der Frau – ein Schlachtfeld«, 30.11.2015).

Die im Buch enthaltenen Beschreibungen der Orte in Bosnien entsprechen nicht unbedingt den tatsächlichen dortigen Gegebenheiten, sondern sind teilweise frei erfunden, ebenso der Angriff serbischer Milizen auf den Ort Bjelovode, das Lager bei Žarkovina sowie die im Epilog beschriebene Figur des Señor Perón. Das Gleiche gilt für die Räumlichkeiten des Ulmer Polizeipräsidiums am Münsterplatz und der Kriminalpolizeidirektion in Söflingen.

Danksagung

Mein Dank gilt allen Beteiligten, die zum Gelingen dieses Krimis beigetragen haben.

Meiner Frau, die meine über Monate andauernde geistige Abwesenheit schon zum vierten Mal nahezu klaglos ertragen und mich dabei immer wieder neu inspiriert hat.

Sebastian Rihm für Informationen über die heutige Organisation des Ulmer Donaufestes.

Peter Langer, dem Gründer des Donaufestes, der in der Geschichte »Mister Donau« genannt wird. Aus seinem Werk »Lebensstrom« durfte ich Passagen zitieren. Dieses Buch ist 2022 im Verlag Klemm & Oelschläger erschienen (ISBN 978-3-86281-179-3).

Christof Hußmann und Marta Bilger, den Erfindern und Gestaltern der über sechshundert Donaufest-Fahnen, des Wahrzeichens der Veranstaltung.

Matthias Loibner, der ein Auge auf das Wienerische der Gerichtsmedizinerin geworfen und es überarbeitet hat.

Peter Obrist für die immer wieder hilfreichen Details über die Polizeiarbeit.

Jochen Schneider von den Stadtwerken Ulm, der mich durch das Böfinger Kraftwerk geführt, die Funktion der Turbinen erklärt und mir einen Überblick über die Geschichte der fast siebzig Jahre alten Anlage verschafft hat.

Francesca Vecciobici, die mich zu Kulas Gedankenspielen mit ihrer Nachbarin inspiriert hat.

Meinen Testlesern Edwin Ruschitzka und Rudi Schulz für ihre wachsamen Augen und die konstruktive Kritik.

Vielen Dank an Lorenz Knieriem. Sein Lektorat hat viel zum Gelingen dieses Buchs beigetragen.

Dem gesamten Team des Emons Verlages, ohne dessen Engagement aus meiner Idee kein Buch geworden wäre.

Und natürlich allen Leserinnen und Lesern, die ich hoffentlich bis zur letzten Seite wieder gut unterhalten konnte.

Auf ein Neues!

Helmut Gotschy im Sommer 2023

Helmut Gotschy
DIE TOTE IN DER BLAU
Broschur, 224 Seiten
ISBN 978-3-7408-0054-3

Eine bekannte Ulmer Kulturschaffende wird tot zwischen den Zillen in der Blau entdeckt – und das ausgerechnet unmittelbar vor dem Schwörmontag, dem wichtigsten Ulmer Stadtfest, zu dem die Touristen zu Tausenden in die Stadt strömen. Kommissar Bitterle bleiben nur wenige Tage, um den Fall aufzuklären. Die Lösung scheint zum Greifen nah – da geschieht ein weiterer Mord.

»Dieser Bitterle hat das Zeug, der Ulmer Bienzle zu werden.«
Helmut Pusch, Südwest Presse Ulm

www.emons-verlag.de

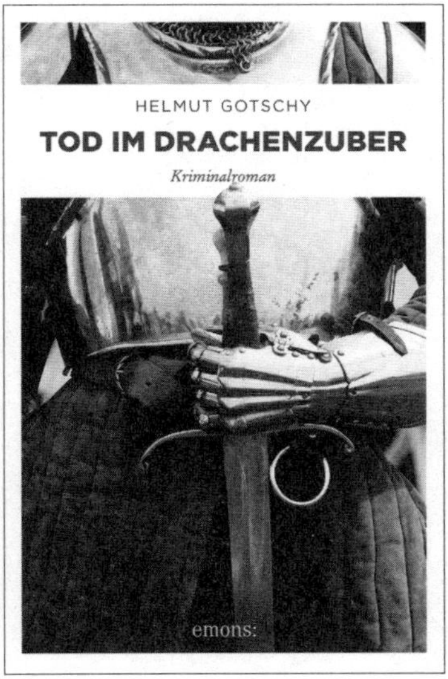

Helmut Gotschy
TOD IM DRACHENZUBER
Broschur, 256 Seiten
ISBN 978-3-7408-0510-4

Der Freudentaumel des Mittelalterspektakels im Wiblinger Klosterhof endet jäh, als Nils Jadewald, Kopf einer Mittelalter-Heavy-Metal-Band, tot im Badezuber treibt. Ein weiteres Bandmitglied wird bewusstlos aufgefunden und kämpft in der Uniklinik um sein Leben. Kommissar Bitterle und sein Team versuchen alles, um die Tat so schnell wie möglich aufzuklären. Doch dann nimmt der Fall eine vollkommen unerwartete Wendung.

»Gotschy schreibt suchtverdächtig spannend und unterhaltsam. Eine Neuentdeckung auf dem Markt der Regiokrimis, die man sich keinesfalls entgehen lassen sollte.« Karfunkel

www.emons-verlag.de

Helmut Gotschy

TOD BEIM FISCHERSTECHEN

Broschur, 272 Seiten

ISBN 978-3-7408-1120-4

Eklat beim traditionsreichen Ulmer Fischerstechen: Der Höhepunkt des Festes ist in Gefahr, denn Sebastian Unseld, der beim Finale den unverzichtbaren Spatz mimen soll, wird vermisst. Nicht nur der Schifferverein sorgt sich um ihn, sondern auch seine Affäre Sabrina Pohl. Hat womöglich ihr eifersüchtiger Ehemann etwas mit Unselds Verschwinden zu tun? Kommissar Konrad Bitterle und sein Team machen sich auf die Suche und geraten dabei in einen Fall, dessen Schatten weit über die Ulmer Grenzen hinausragen ...

www.emons-verlag.de